Katja Rostowski

Der Regen von gestern

Katja Rostowski

DER REGEN VON
gestern

ROMAN

VAJONA

Der Regen von gestern

© 2024 VAJONA Verlag GmbH
Originalausgabe bei VAJONA Verlag GmbH

Druck und Verarbeitung:
FINIDR, s.r.o.
Lípová 1965
737 01 Český Těšín
Czech republic

Lektorat: Madlen Müller
Korrektorat: Lara Späth und Susann Chemnitzer
Umschlaggestaltung: VAJONA Verlag GmbH unter
Verwendung von Motiven von rawpixel
Satz: VAJONA Verlag, Oelsnitz

VAJONA Verlag GmbH
Carl-Wilhelm-Koch-Str. 3
08606 Oelsnitz

ISBN: 978-3-98718-274-7

Für Sarah.
Ich bin froh, in dir eine Freundin gefunden zu haben, mit der ich nicht nur über die Höhen und Tiefen des Mutterseins reden kann, sondern auch über meine Leidenschaft fürs Schreiben.

Hinweis

Der Roman behandelt potenziell triggernde Inhalte. Eine Übersicht findest du am Ende des Romans, da die Warnungen Spoiler enthalten.

1
Ein Meer aus glitzernden Splittern

Elliot

Wofür lebst du? Wofür kämpfst du? Was hält dich über Wasser, wenn du in der Dunkelheit zu ertrinken drohst? Und was bleibt, wenn dir dieser Grund genommen wird? Wenn es nichts mehr gibt, wofür du kämpfst und du keinen Sinn darin siehst, den Kopf oben zu halten, um den kostbaren Sauerstoff einzuatmen. Wenn das dunkle Nichts plötzlich tröstlicher erscheint als die Sonne hinter dem verdreckten Fenster.

Ich hatte gekämpft. So sehr. Für einen Traum, eine Zukunft, eine beschissene Chance. Für uns beide. Aber es gab kein uns mehr. Nur noch ein Mich. Ein trauriges, einsames Mich. In einer Welt, die mich brennen sehen wollte und Menschen, deren Hass mich an diesen Ort getrieben hatte.

Ich saß auf einem breiten Holzbalken, der als Brückengeländer diente, und sah nach oben in den dunklen Nachthimmel. Betrachtete mit einer wehmütigen Faszination das Meer aus glitzernden Sternen. Es war so ruhig hier draußen. So friedlich. Nur das beruhigende Rauschen des Flusses unter mir, die sanfte, warme Brise des Windes, der über meine Wangen strich. Sie liebkoste, als würde er versuchen, mir den unerträglichen Schmerz zu nehmen, der mein Herz und meine Seele so quälte. Doch sie waren zerbrochen, in winzige Splitter zerfallen, die mir in die Finger schnitten, sobald ich versuchte, sie wieder zusammenzusetzen.

Ich schloss die Augen. Suchte in meinem Inneren nach einem letzten kleinen Funken. Etwas, an dem ich mich festhalten konnte, das verhinderte, dass ich weiter in die Dunkelheit stürzte.

Doch ich fand nur ein schmerzhaftes Nichts, das teilnahmslos zusah, wie ich langsam immer kleiner wurde, bis ich irgendwann gänzlich verschwinden würde.

Meine Finger gruben sich in das morsche Holz.

Ich hatte gekämpft.

Für uns.

Und verloren.

2
Schweigende Worte

Flora

»Idiot! Mistkerl! Großkotziger Kotzbrocken!«

Keuchend stieß ich weitere Beschimpfungen aus. Trat abgehakt und wütend in die Pedale, als könnte ich so den Zorn und die Enttäuschung aus mir hinaustreiben. Dabei ignorierte ich den verwunderten Angler, der mitten in der Nacht mit seinem Kumpel am Ufer des Flusses stand und mehrere Ruten vor sich aufgestellt hatte.

Stattdessen malträtierte ich mein armes, altes Fahrrad. Fuhr weiter den steilen Berg hinauf, bis es jämmerlich zu quietschen begann. Die Abfahrt hatte mehr Spaß gemacht. Aber da war noch alles in Ordnung gewesen. Da hatte ich Alex noch nicht mit dieser gertenschlanken, braun gebrannten Tussi mit den kilometerlangen Wimpern gesehen. Auf ihm. Nackt. Mit ihrem ach so perfekten, straffen Körper. Und diesem niedlichen kleinen Blumentattoo auf ihrer rechten Pobacke, das bei mir niemals so hübsch aussehen würde. Abgesehen davon, dass ich mir so etwas sowieso nicht leisten konnte.

Ich biss die Zähne zusammen. Verbot mir, auch nur eine Träne zu vergießen. Verdrängte das verräterische Brennen und schaltete stattdessen meine Gangschaltung höher, damit statt meiner Augen meine Oberschenkel brannten. Die, wie der Rest meines Körpers, mehr Bewegung vertragen könnten. Im Gegensatz zu der Tussi, die wahrscheinlich täglich ins Fitnessstudio rannte.

»Baka!«

Keine Ahnung, warum mir dieses japanische Wort, das ich nur

aus Mangas und Animes kannte, mehr Befriedigung verschaffte als all die anderen Beschimpfungen. Vielleicht, weil der *Baka* nicht wusste, was *Baka* bedeutete.

»Baka ... Baka ... Baka«, schnaufte ich atemlos, während ich immer langsamer wurde und durch die Steigung und den viel zu hohen Gang beinahe zum Stillstand kam.

Ich hatte gewusst, dass diese Party in einer Katastrophe enden würde. Das taten sie immer. Das war das Gesetz einer Studentenparty. Immerhin war ich bei einer von ihnen mit Alex zusammengekommen. Das sagte alles.

Ich durfte mich nicht ständig von Brit überreden lassen. Von ihren unschuldigen Rehaugen, ihrem hoffnungsvollen Lächeln. Ich war keine Studentin. Ich war selbstständig und hatte als Inhaberin eines Cafés nicht nur Verantwortung, sondern auch eine verdammte 80-Stunden-Woche. Diese Partys waren einfach nichts für mich. Das einzig Gute waren die kostenlosen Getränke, aber auf die konnte ich verzichten. Was auch immer in meinem Becher gewesen war, schwappte nun unangenehm in meinem Magen und brachte ihn zum Grummeln.

Solange ich mir das Gebräu nicht noch einmal durch den Kopf gehen lassen musste, würde ich damit klarkommen. Genauso wie ich das Ende meiner kurzen Beziehung verkraften würde. Vier Monate. Und ich Idiotin hatte schon von einer gemeinsamen Wohnung geträumt.

Dabei hatte er sich ständig über das Chaos bei mir beschwert. Dieses Chaos, das für mich Gemütlichkeit, Sicherheit und Zuhause bedeutete. Spätestens als er sich über das laute Plätschern meines Zwerggarnelen-Aquariums beschwerte, hätte mir klar sein sollen, dass das zwischen uns nicht funktionierte.

Schnaufend schüttelte ich den Kopf. Ärgerte mich über mich selbst, als ich endlich den Berg erklommen hatte und nach rechts auf die schmale Holzbrücke abbog. Sie führte über einen Fluss, der in der dunklen Nacht eine Beklemmung in mir auslöste, die selbst das schöne Glitzern, der sich spiegelnden Sterne nicht vertreiben konnte.

Ich wischte mir den Schweiß von der Oberlippe und bereute es, keine Jacke mitgenommen zu haben. Eigentlich hatte ich geplant, die von Alex zu stibitzen, aber dieser Plan war nun hinfällig. Es war Sommer und auch nachts warm genug für mein blumiges T-Shirt und der kurzen, grünen Latzhose. Aber der Schweiß, der meinen Rücken hinab lief, ließ mich augenblicklich frieren. Hoffentlich fing ich mir keine Erkältung ein. Mich ein paar Tage ins Bett zu legen, um mich auszukurieren, war keine Option.

Ich folgte dem dunklen Pfad vor mir. Schnell, damit kein Irrer mich überfallen konnte oder kein Monster mit langen Klauen oder scharfen Reißzähnen auf meinen Rücken sprang.

Du liest zu viele komische Bücher, hörte ich Brits Stimme in meinem Kopf.

Automatisch verzog ich meine Lippen zu einem Lächeln. Manchmal vielleicht. Aber es waren schöne, komische Bücher, voller magischer Wesen und fremder Orte. Und an manchen Tagen waren die gefährlichen Abenteuer furchtloser Helden besser als das reale Leben vor meiner Tür.

Mein Lächeln erstarb in dem Moment, in dem ich die dunkle Gestalt vor mir auf der Brücke erkannte. Sofort schoss mein Puls in die Höhe. Ich blinzelte. Hoffte, mich getäuscht zu haben, aber mit jedem Meter, den ich näherkam, wurde die Gestalt deutlicher.

Serienkiller, schoss es mir durch den Kopf. *Entflohener Psychopath.*

Ich hielt an, sah kurz zurück, vergewisserte mich, dass kein Monster hinter mir stand, aber der Weg war verlassen und nur durch den schwachen Schein einer Laterne erleuchtet.

Aus dem Augenwinkel sah ich die Taschenlampen der Angler am Ufer leuchten. Vielleicht gehörte die Gestalt zu ihnen. Aber wer sagte mir, dass sie nicht auch psychopathische Serienkiller-Monster waren?

Meine Brust wurde eng und ich starrte die Gestalt an. Unschlüssig, ob ich es wagen sollte, mit Höchstgeschwindigkeit an ihr vorbeizurasen.

Ich wollte nicht zurück auf die Party. Zurück zu Alex. Ich wollte nach Hause, nur war diese Brücke der einzige Weg. Zumindest, wenn ich nicht noch eine weitere Stunde unterwegs sein wollte. Und das wollte ich nicht. Verdammt, in fünf Stunden musste ich wieder im Café sein.

»Bitte sei kein psychopathisches Serienkiller-Monster«, flehte ich leise und setzte mich wieder in Bewegung.

Doch nach nur wenigen Metern stoppte ich erneut.

Etwas stimmte nicht.

Mein Körper reagierte mit Entsetzen, bevor mein Gehirn verstand, was es da sah.

Die Gestalt, ein junger Mann, stand nicht auf der Brücke, sondern saß auf dem breiten Holzgeländer. Seine Beine hingen still über dem Fluss, dessen bedrohliches Rauschen bis zu uns nach oben drang. Es warnte uns, dass das Wasser uns verschlingen würde, wenn wir in seine Fänge gerieten.

Der Kerl sollte nicht dort sitzen. Nicht mit diesen hängenden Schultern, mit diesem gesenkten Kopf.

Nur wenige Meter vor mir lief gerade etwas gewaltig schief.

Meine Beine zitterten, als ich langsam von meinem Fahrrad stieg. Und das hatte nichts mehr mit meiner Unsportlichkeit zu tun.

Ich lehnte mein Gefährt gegen das Geländer und schlang schützend meine Arme um mich. Machte einen Schritt auf den Kerl zu. Er schien mich nicht zu bemerken und da es eine schlechte Idee war, ihn zu erschrecken, verlieh ich meinem leisen »Hey« so viel Liebe und Wärme, wie ich in dieser Situation konnte. Also nicht sehr viel. Es klang eher wie das Krächzen eines altersschwachen Raben im Stimmbruch.

Der Kerl hob langsam den Kopf, drehte ihn in meine Richtung und blinzelte, als würde er aus einem Traum erwachen.

Er wirkte nicht viel älter als ich, vielleicht dreiundzwanzig, und trug eine dunkel gerahmte Brille. Die gelockten Haare zum Teil unter der Kapuze seines ausgeblichenen Hoodies versteckt. Das Gesicht blass in dem schwachen Schein der entfernten Laterne und des zunehmenden Mondes.

»Kenne ich dich?«, fragte er verwirrt.

Ich presste die Lippen zusammen und schüttelte den Kopf, bevor ich antwortete: »Ich glaube nicht.«

»Hm.« Er musterte mich nachdenklich, als würde er sichergehen, dass er mir nicht schon einmal begegnet war.

»Ist dir kalt?«, fragte er schließlich.

Die Sorge in seiner Stimme irritierte mich. Musste ich ihn nicht …? Wollte er nicht …?

Was tat ich hier? Was tat er hier? Bevor ich reagieren konnte, hatte er bereits seinen Hoodie ausgezogen und entblößte ein ebenfalls ausgeblichenes T-Shirt mit *Ace* von *One Piece* darauf. Der Anblick hätte mir beinahe ein begeistertes Grinsen entlockt, wäre die Situation nicht so verdammt beängstigend gewesen.

Er streckte mir das Kleidungsstück entgegen, aber ich hob abwehrend die Hände.

»Ist schon okay, so schlimm ist es nicht.«

»Nimm ihn ruhig«, sagte er. »Ich brauche ihn sowieso nicht mehr.« Die emotionslosen Worte ließen alle Alarmsirenen in mir aufheulen.

Trotzdem nahm ich ihm den Hoodie aus den Händen. Drückte den warmen Stoff an mich und sah unentschlossen auf meine Schuhe hinab.

Der Kerl seufzte leise. Stoff raschelte. Sofort sah ich auf, aber er saß unverändert auf dem Geländer und starrte ins Leere.

»Darf ich mich zu dir setzen?«, fragte ich, unfähig, einfach weiterzufahren und ihn hier zurückzulassen.

Doch er schüttelte den Kopf. »Das ist zu gefährlich.«

Ich schnaufte. »Aber du darfst da sitzen?«

Nun sah er mich wieder an. Direkt in meine Augen und die

Intensität seines Blickes raubte mir den Atem. Er hatte seine Entscheidung getroffen.

»Ja.«

Mein Puls rauschte in den Ohren. Meine Gedanken überschlugen sich. Was sollte ich tun? Ich kannte ihn nicht. Hatte ich überhaupt das Recht, mich einzumischen? Konnte ich ihn aufhalten? Nein, ich musste es zumindest versuchen. Er durfte nicht ... Das konnte ich nicht zulassen. Aber mein Körper war wie erstarrt. Die Kehle wie zugeschnürt.

Tu etwas, schrie ich mir zu. *Irgendetwas! Bewege dich! Rede! Halte ihn auf!*

Ich blieb regungslos.

»Nicht weinen«, flüsterte er mit einer Traurigkeit in der Stimme, die bis in die Tiefen meiner Seele drang.

Erst jetzt bemerkte ich die feuchte Spur auf meinen Wangen.

Seine Lippen zuckten leicht. Der Anflug eines Lächelns. »Es ist okay. Glaub mir.«

Es ist nicht okay, hätte ich sagen müssen. *Du darfst nicht gehen. Nicht heute, nicht morgen, nicht ... so. Es wartet noch so viel auf dich. So viele Kleinigkeiten, für die es sich lohnt zu bleiben. Der neue Marvel-Film, der nächsten Monat herauskommt. Die belgischen Waffeln, aus dem urigen Laden in der Einkaufsstraße. Das Open-Air-Festival in zwei Wochen. Oder Brits French-Fries-Sandwich, das wirklich abartig aussieht, aber verdammt lecker ist.*

All die Worte wirbelten durch meinen Kopf, aber nicht eines kam über meine Lippen. Sie steckten in meiner trockenen Kehle fest. Ich konnte nur hier stehen und weinen. Dabei hatte ich mir das Weinen schon vor Jahren abgewöhnt. Das war nicht mehr ich.

Doch in diesem Moment verwandelte ich mich wieder in das ängstliche, schwache, stille Mädchen, das ich so sehr hasste.

»Ich weiß, dass es nicht meine Schuld war«, flüsterte er, sah kurz in den Himmel, bevor sein Blick wieder auf mich fiel. Den endlosen Schmerz, den ich darin sah, zerriss mir das Herz. »Und doch ... fühlt es sich jeden verfickten Tag so an.«

Langsam nahm er seine Brille ab und legte sie so behutsam neben sich auf das Geländer, als hätte er Angst, sie zu zerbrechen. Warum hatte diese Geste so etwas Endgültiges? Ich holte zittrig Luft.

»Nein«, stieß ich erstickt hervor. *Geh nicht.* Tränen liefen in einem endlosen Strom über mein Gesicht. *Bitte geh nicht. Du bist nicht allein. Ich bin hier.*

Verzweifelt schüttelte ich den Kopf, versuchte, irgendwie die Worte herauszubekommen, aber mehr als ein weiteres geflüstertes »Nein« brachte ich nicht zustande.

Es reichte nicht. Das Glitzern in seinen blassen, grauen Augen war das Letzte, was ich von ihm sah, bevor er nach vorne fiel.

Mein Schrei hallte durch die Nacht und mein Körper erwachte aus seiner Starre. Zu spät. Viel zu spät. Ich stürzte nach vorne, kämpfte gegen den Instinkt an, selbst hinterher zu springen. Der kleine Funke Vernunft in mir wusste, dass das meinen eigenen Tod bedeuten konnte.

Ich sah nichts, bis auf die dunkle Strömung, hörte nur den leisen Aufprall seines Körpers, der beinahe in dem dröhnenden Rauschen des Flusses und meinem eigenen Keuchen unterging.

Kleine Lichter blendeten mich. Taschenlampen am Ufer. Die Angler!

»Helft ihm!«, schrie ich und winkte panisch, ohne zu wissen, ob sie mich überhaupt sehen oder hören konnten. »Hilfe! Er ist gesprungen!« Ich deutete nach unten. »Ihr müsst ihm helfen!«

Die Lichtpunkte bewegten sich auf den Fluss zu. Ich hörte die Angler fluchen.

Hektisch atmend starrte ich auf die Lichter der Taschenlampen, die sich am Rand des Ufers hüpfend bewegten.

»Er ist gesprungen«, wisperte ich tonlos. Dann ballte ich die Hände zu Fäusten. Hitze schoss durch meine Venen, vertrieb die Kälte in ihnen wie eine brüllende Feuerwalze.

»Du bist gesprungen!« Wutentbrannt schnappte ich mir mein Fahrrad, klemmte den Hoodie unter meinen Arm und fuhr im halsbrecherischen Tempo den Weg zurück. Den steilen Berg hinab verlor ich beinahe die Kontrolle. Schlitternd kam ich am Flussufer zum Stehen, warf das Fahrrad achtlos auf den Boden und rannte auf das Wasser zu.

Gehetzt suchte ich das Ufer in der Dunkelheit ab. Hörte in einiger Entfernung laute Rufe, rannte darauf zu, bis ich den Umriss einer Gestalt auf einem Steg entdeckte. Durch das Licht einer Laterne konnte ich erkennen, dass es einer der Angler war, der am Ende des Steges lag und sich nach vorne beugte. Die Taschenlampe zwischen die Zähne geklemmt, streckte er einen langen Kescher seinem Kumpel entgegen. Dieser schwamm mühsam gegen die Strömung an, konnte sich kaum über Wasser halten.

Ich hielt den Atem an. Starrte auf die Szene vor mir, die so unwirklich schien, als wäre es nur ein Film.

Der Angler im Wasser griff nach dem Kescher und der andere begann, ihn näher ans Ufer zu ziehen.

Hatten sie den jungen Mann retten können? Es war zu dunkel. Ich konnte nicht genug erkennen. Erst als der Angler auf dem Steg seinen Kumpel komplett aus dem Wasser gezogen hatte, sah ich die schlaffe Gestalt in seinen Armen. Die beiden Männer zogen den Körper weiter auf das trockene Gras am Ufer.

»Ruf ... ruf einen Krankenwagen«, keuchte einer der beiden. Mein Blick blieb an dem regungslosen, nassen Körper hängen. »Schnell!«

Ich zuckte zusammen und mir wurde klar, dass er mich meinte.

Mit zitternden Fingern holte ich mein Handy aus der Tasche und wählte den Notruf. Hastig gab ich der ruhigen Stimme am anderen Ende der Leitung alle Informationen, bevor ich auflegte und auf die beiden Angler und den jungen Kerl zustürmte. Neben ihm gaben meine zittrigen Knie nach und ich fiel ins weiche Gras.

»Ist er ...«, fragte ich, ohne den Satz beenden zu können.

Die Hände des Anglers schwebten zitternd und unsicher über der blassen, leblosen Gestalt. Wassertropfen vermischten sich mit Blut, das seine Schläfe hinablief.

»Ich weiß es nicht.«

3
Meine verschwommene, neue Welt

Elliot

Ich kämpfte. Kämpfte, um nicht zu ertrinken. In diesem grauen, dichten Nebel, der mich immer tiefer ins Nichts zog. Er schlängelte sich über meine Haut, über mein Gesicht, kroch in meinen Mund, in die Nase. Ich konnte nicht mehr atmen. Panisch schlug ich um mich. Aber der Nebel drang unaufhaltsam in mich ein. In meinen Körper, in meinen Kopf, in meine Gedanken.

Bis er plötzlich innehielt. Inmitten Tausender Bilder, die in der Dunkelheit schwebten, und dröhnender Stimmen, die durch den fremden Raum hallten. Der Nebel formte sich zu einer riesigen, wabernden Gestalt, aus deren leeren Augenhöhlen mir eine furchteinflößende Dunkelheit entgegenblickte. Mich fixierte. Dann begann es, sich den Bildern zu nähern, hüllte sie in seinen dichten Nebel und ... verschlang sie. Eines nach dem anderen. Sie verschwanden in dem Wesen und ich konnte nichts dagegen tun. Nur zusehen, wie er die Stimmen und die Bilder verschluckte.

Was tust du, flüsterte ich. Die Worte klangen verzerrt an diesem seltsamen Ort, der immer leerer wurde.

Aber das Wesen achtete nicht auf mich, nahm sich immer mehr. Das Wimmern einer Frau, das Bild eines Zimmers. Schreie. Ein Brüllen. Das Bild einer blutenden Faust.

Das gewisperte »Nein« einer jungen Frau. Ein weiteres Bild. Lange, gewellte Haare. Eine Latzhose. Entsetzt beobachtete ich, wie der Nebel langsam über das Bild kroch. Ich streckte meinen Arm aus. Wollte es aufhalten. Stoppen.

Nicht sie, rief ich und stolperte in der plötzlichen Leere. Ich sah mich um, drehte mich im Kreis, aber alle Bilder waren verschwunden, all die Stimmen, der Lärm. Da war nur die Dunkelheit, das nebelartige Wesen und – eine Tür. Eine alte, zerkratzte Holztür. Ein einzelnes weißes Blatt Papier war mit Klebestreifen daran befestigt. Darauf waren mit Buntstiften ein Haus, Strichmännchen, Blumen und eine Sonne gemalt.

Langsam öffnete sich die Tür und das Wesen trat hindurch.

Was hast du getan?, rief ich ihm hinterher, während die Tür sich wieder schloss.

Dich gerettet, hallte eine leise, dunkle Stimme durch das Nichts. Und dann war ich allein. Die Tür verschwunden und um mich herum eine erdrückende Leere. Dunkelheit.

Ich bewegte mich. Wusste weder wohin noch in welche Richtung. Ich begann zu rennen. Immer schneller. Auf der Suche nach etwas. Nach irgendetwas. Aber ich fand nur die Dunkelheit. Ich rannte weiter. Rannte und rannte. Suchte nach … mir. Aber ich war weg. Alles von mir.

Irgendwann hörte ich ein Geräusch. Keuchend blieb ich stehen und lauschte. War da nicht etwas? Hoffnung keimte in mir auf und ich folgte dem schwachen, regelmäßigen Piepen. Es wurde lauter. Begleitete mich im Duett mit einem dumpfen Pochen in meinem Kopf.

Piep … Piep … Piep …

Es schmerzte in den Ohren. Ich presste die Augen zusammen. Und plötzlich war da ein Licht hinter meinen Lidern. Der Traum glitt von mir ab und ich bemerkte, dass ich auf etwas Weichem lag. Spürte die Schwere meines Körpers, den Schmerz in meinem Kopf. Ein Kribbeln breitete sich in meinen Fingerspitzen aus und ich zwang meine Lider, sich zu heben. Die Helligkeit stach mir in die Augen, trieb mir die Tränen hinein. Ich stieß ein schwaches Stöhnen aus, drehte den Kopf weg, aber es blieb hell und verschwommen. Das hektische Piepen neben mir brachte mein Herz zum Rasen. Oder war es andersherum? Ich musste einige Male blinzeln, bis es mir gelang, meine Augen halbwegs offen zu halten.

Ich versuchte, einen Arm zu heben, aber er gehorchte mir nicht. Das Piepen und mein Herzschlag lieferten sich ein Wettrennen.

Stimmen drangen zu mir. Sie hörten sich an, als hätte ich einen Wattebausch im Ohr. Ich konzentrierte mich auf sie, während ich immer wieder blinzelte, in dem Versuch, klarer sehen zu können.

»Hallo? Ähm, hallo? Hier … äh, ich glaube, er ist wach.«

Schritte näherten sich. Ein undeutlicher Schatten kam näher.

»Hey, alles ist gut.«

Sprach der Schatten mit mir? Verdammt, ich konnte nichts erkennen.

»Du bist im Krankenhaus.«

Mir gelang es, einen schlaffen Arm zu heben. Doch eine Sekunde später landete er unsanft auf meinem Gesicht. Unbeholfen rieb ich mir mit dem Handgelenk über die Augen, in der Hoffnung, den Schleier zu vertreiben. Ohne Erfolg.

»Ich …« Das Wort blieb in meiner ausgetrockneten Kehle stecken.

»Oh, warte.« Der Schatten, der hellen Stimme nach zu urteilen, eine junge Frau, holte etwas und steckte es mir zwischen die Lippen. Einen Strohhalm.

»Wasser«, sagte sie unnötigerweise, denn ich saugte bereits wie ein Irrer daran und benetzte die trockene Wüste in meinem Mund mit herrlich kühlem Wasser.

Natürlich verschluckte ich mich prompt und hustete, was in meinem gesamten Körper eine Welle aus Schmerz auslöste. Besonders im Kopf.

Ich hustete und stöhnte, während mir die junge Frau zaghaft auf den Rücken klopfte.

Dann tauchte ein weiterer, deutlich breiterer Schatten auf.

»Willkommen zurück, Kumpel. Immer schön langsam«, sagte eine ruhige, tiefe Stimme.

Das Bett bewegte sich und ich wurde Stück für Stück aufgerichtet, während mich ein weiterer Hustenanfall schüttelte.

»Du bist im Krankenhaus. Ein Arzt ist auf dem Weg. Aber mach dir keine Sorgen. Dass du wach bist, ist ein gutes Zeichen.«

Ich hatte keine Ahnung, wovon der zweite Schatten sprach. Mir war übel und in meinem Kopf drehte sich alles. Aber zu meiner Erleichterung stellte er das hektische Piepen ab und richtete die Kissen in meinem Rücken zurecht. Danach hantierte er weiter an irgendwelchen Geräten neben meinem Bett herum. Ich begann mir erneut über die Augen zu reiben. Blinzelte. Kniff sie zusammen, aber meine Sicht wurde nicht besser.

Ich war im Krankenhaus? Warum? Ich versuchte, mich zu erinnern, aber stattdessen pochte es schmerzhaft in meinem Kopf.

Also konzentrierte ich mich auf den Schatten der jungen Frau. Sie stand etwas abseits, sah aus, als hätte sie die Arme um sich geschlungen.

»Ist dir kalt?«, fragte ich. Zumindest wollte ich es. Aber es hörte sich an, als hätte jemand meine Stimmbänder herausgenommen, durch den Fleischwolf gedreht und wieder eingesetzt. Sie hatte mich trotzdem verstanden und stieß ein belustigtes, zeitgleich trauriges Geräusch aus, bevor sie sagte: »Ist schon okay, so schlimm ist es nicht.«

Erst danach wurde mir klar, dass ich ihr nichts hätte geben können, bis auf das dünne Krankenhaushemd, das ich trug.

Meine Fingerspitzen kribbelten noch immer und ich hatte das Gefühl, so etwas schon einmal gehört zu haben. Dieselbe Stimme. Dieselben Worte.

Ich kniff die Augen zusammen, um sie besser erkennen zu können. Langes, dunkles Haar. Eine kurze Latzhose? Ich war mir nicht sicher.

»Kenne ich dich?«

Der Schatten zuckte leicht zusammen, schüttelte dann aber den Kopf. »Nein, nicht wirklich.«

Aber warum kam sie mir so bekannt vor? In meinen Kopf

bohrten sich immer mehr feine Nadeln und ich ließ mich stöhnend nach hinten fallen.

»Wie fühlst du dich?«, fragte der andere Schatten, wahrscheinlich ein Krankenpfleger.

»Geht so.«

»Irgendwelche Schmerzen? Fühlt sich irgendwas komisch an?« Ich räusperte mich, horchte in meinen Körper. Bewegte Finger und Zehen.

»Fühlt sich an wie ein verdammter Muskelkater, mein Kopf tut weh und irgendwie funktionieren meine Augen nicht richtig. Alles ist verschwommen.«

»Oh, okay?«

Das war keine Reaktion, die mich beruhigte.

Die junge Frau kam einen Schritt näher. »Er hatte eine Brille auf.«

Ich entspannte mich ein wenig.

Mir fehlte nur eine Brille.

»Vielleicht liegt sie noch auf der Brücke.«

Welche Brücke? Meine Kopfschmerzen wurden immer stärker. Irgendetwas stimmte nicht. Nicht wegen meiner Augen. Auch nicht wegen meinem Körper, der sich so schwach anfühlte, als wäre ich gerade einen Marathon gelaufen. Irgendetwas in mir stimmte nicht. Etwas fehlte. Aber ich konnte es nicht richtig greifen.

Eine Ärztin betrat den Raum. Sie stellte sich vor, aber ich vergaß ihren Namen sofort. Sie stellte mir dieselben Fragen wie der Krankenpfleger, bevor sie schließlich eine Mappe zur Seite legte und sich zu mir beugte.

»Okay, junger Mann. Wissen Sie, was passiert ist?«

Mein Puls beschleunigte sich wieder, denn je mehr ich versuchte nachzudenken, desto leerer wurde es in meinem Kopf.

»Nein«, sagte ich leise. »Ich habe keine Ahnung.«

Sie schwieg einen Moment. »Sie hatten einen Unfall und wären beinahe ertrunken.«

»Oh.« Was zu Hölle? Wie konnte ich das vergessen?

Bevor ich etwas sagen konnte, stellte mir die Ärztin bereits die nächste Frage.

»Wissen Sie, wie Sie heißen?«

»Klar, ich heiße ... « Ich stockte. »Ich ...« Eine Faust schloss sich um mein Herz. Ich räusperte mich. »Mein Name ist ...« Panik stieg in mir auf, als ich in der Leere suchte. Ein zittriges Lachen kam über meine Lippen.

Ich wollte ihr antworten. Wollte es wirklich. Aber da gab es nichts, was ich ihr sagen konnte. Keinen Namen. Kein Alter. Kein Ich.

Meine Kehle zog sich schmerzhaft zusammen. Ich schluckte, presste die Augen zusammen. Suchte. Durchforstete weiter die dunkle Leere in meinem Kopf. Grub. Wühlte.

»Mein Name ...«

Zitternd hob ich die Hände, griff mir in die Haare. Kratzte mit den Nägeln über meine Kopfhaut. Ich musste doch wissen, wie ich hieß.

Aber es blieb bei dem Nichts. Bei der Dunkelheit. Und je mehr ich mich konzentrierte, desto mehr fühlte es sich an, als würde ich mich darin verlieren.

Wer zur Hölle ... war ich?

Das Atmen fiel mir schwer und die Panik kroch tiefer in mich hinein.

Eine kalte Hand berührte mich am Arm, drückte ihn sanft nach unten, sodass ich unwillkürlich meine Haare losließ.

»Schau mich an«, sagte die Ärztin mit leiser, warmer Stimme. Ich öffnete die Augen. Starrte in das verschwommene Gesicht. Ein Schluchzen schüttelte meinen Körper. Ich konnte die Tränen nicht zurückhalten.

»Würde ich ja gerne«, entfuhr es mir erstickt und ich kniff die Augen zusammen. »Aber ich kann Sie nicht erkennen. Ich bin ein verdammter Blindfisch!« Ich lachte verzweifelt auf.

Die Ärztin beugte sich noch näher zu mir, nur wenige Zentimeter trennten uns, und wurde etwas deutlicher. Blonde Haare, hoher Zopf, braune Augen und ein sanftes Lächeln auf den Lippen. Sie roch nach Desinfektionsmittel und einem fruchtigen Parfüm.

»So besser?«, fragte sie.

Ich nickte, atmete tief durch und fuhr mir über das Gesicht.

»Mach dir keine Sorgen, okay? Nach so einem Unfall ist es nicht ungewöhnlich, dass man für kurze Zeit sein Gedächtnis verliert. Das geht vorbei. Vielleicht in ein paar Stunden, spätestens in ein paar Tagen, glaub mir. Kannst du dich an irgendetwas erinnern, dass vor dem Krankenhaus passiert ist?«

Ich schüttelte den Kopf. »Da ist nichts«, flüsterte ich. »Nur Dunkelheit.«

»Okay.«

Nichts war okay! Was sollte daran okay sein?

Ein Telefon klingelte. Die Ärztin holte es aus ihrer Brusttasche, ging ran und wechselte wenige Worte mit jemanden, bevor sie wieder auflegte. Dann stand sie auf.

»Leider hattest du nichts bei dir. Kein Handy, keine Brieftasche. Daher müssen wir vorerst abwarten, bis wir wissen, wer du bist. Ruh dich erst einmal aus. Versuche zu essen, zu trinken. Entspanne dich und zwinge dich nicht, dich an etwas zu erinnern. Das kommt von ganz allein, glaub mir.«

Sie tätschelte meinen Arm und wollte gehen.

Das sollte es gewesen sein? Sie konnte mich doch nicht einfach so zurücklassen. Ohne… irgendetwas.

»Warten Sie!«

Sie blieb stehen.

»Was … was war das für ein Unfall?«

Und plötzlich überrollte mich die Angst. Angst vor der Antwort. Ich wusste, dass ich nicht einfach im tiefen Wasser untergegangen war, weil ich nicht schwimmen konnte. Es war etwas anderes passiert. Etwas Schlimmeres.

Warum sonst sollte mich mein Gedächtnis im Stich lassen.

24

Die Ärztin seufzte und deutete schließlich auf die junge Frau, die sich ans Ende des Raumes neben ein Fenster zurückgezogen hatte.

»Die junge Dame hat gesehen, wie du von einer Brücke gesprungen bist.«

Mein Körper erstarrte. Ich hörte auf zu atmen, mein Herz stolperte.

»Du wolltest dich umbringen.«

Tief verborgen in der Dunkelheit, versteckt hinter der Mauer aus Leere, spürte ich ihn. Den Schmerz. So unerträglich, dass er, wenn er durchbrechen würde, mein Herz und meine Seele zerreißen würde.

»Warum?«, fragte ich heiser.

»Sag du es mir. Du hattest verdammtes Glück, dass zwei Angler am Ufer waren. Das Mädchen hat ihnen zugerufen, dass sie dir helfen sollen, und es ist ihnen tatsächlich gelungen, dich rechtzeitig aus dem Fluss zu ziehen. Du warst bewusstlos, bist wahrscheinlich unglücklich mit dem Kopf auf dem Wasser aufgeschlagen und hast dir dabei eine Gehirnerschütterung zugezogen.«

Ich starrte auf meine Hände, hörte ihr zu, aber es war, als würde sie von einem traurigen Film erzählen und nicht von mir und dem, was passiert war.

Ich hatte versucht, mich in einem verdammten Fluss zu ertränken?

»Verstehe mich nicht falsch«, sagte die Ärztin und ich blickte zu ihrer verschwommenen Gestalt auf. »Ich habe keine Ahnung, was dich zu dieser Entscheidung getrieben hat, aber vielleicht ist dein Gedächtnisverlust eine Chance. Du wirst dich bald wieder an alles erinnern«, sagte sie zuversichtlich. »Aber vielleicht hilft dir der Abstand, die Dinge anders zu sehen. Verstehst du, was ich meine?«

Ein nebelartiges Wesen blitzte in meinen Gedanken auf. Eine Stimme. Ein Wort.

Gerettet.

Ich antwortete der Ärztin nicht. Wusste nicht, was ich sagen, was ich denken sollte. Alles war so durcheinander und gleichzeitig so leer.

Sie seufzte leise. »Ruh dich aus. Morgen kommt ein Kollege zur Visite bei dir vorbei und klärt mit dir alles weitere.«

Dann verließ sie den Raum, der Krankenpfleger wollte ihr folgen, blieb jedoch noch einmal stehen.

»Die Besuchszeit ist eigentlich vorbei«, sagte er zu der jungen Frau. »Aber ich drücke ein Auge zu. Du kannst noch eine halbe Stunde bleiben, aber dann musst du wirklich gehen.«

»Alles klar, danke.«

Die Tür schloss sich mit einem leisen Klicken. Zurück blieben die junge Frau, deren Namen ich nicht kannte, und ich, dessen Namen ich auch nicht kannte.

4
Dein verblasster Hoodie

Flora

Unschlüssig und ein wenig unwohl stand ich neben dem Fenster und wusste nicht, wohin ich meinen Blick richten sollte. Ich sah von der weißen Tür zu den Geräten, dann zum Tisch mit den beiden Stühlen, dann wieder zur Tür. Nur nicht zu dem jungen Mann, der regungslos auf seinem Bett saß und seine Hände anstarrte.

Es war Sonntagabend. Ich hatte mir bereits Sorgen gemacht, als die Krankenschwester mir erzählte, dass er noch nicht aufgewacht war. Dass es jetzt, ausgerechnet in der Stunde, in der ich hier war, passierte, damit hatte ich nicht gerechnet.

Und nun fühlte ich mich fremd wie ein Eindringling an einem Ort, an dem ich nichts zu suchen hatte.

Ich kannte ihn doch gar nicht. Was machte ich hier überhaupt?

Zögernd richtete ich meinen Blick auf seine kurzen ungewaschenen Locken. Den leichten Bartschatten. Er konnte nicht viel älter sein als ich, wirkte in dem Krankenhaushemd aber wie ein trauriges, verlorenes Kind, gefangen in seinen eigenen Gedanken. Auf seiner Stirn prangte eine große Beule, auf der ein kleines Pflaster klebte. Zumindest die äußerliche Verletzung, die er sich durch den Sprung zugezogen hatte, schien nicht allzu schlimm zu sein. Aber wie sah es in seinem Inneren aus?

Dass er sich nicht erinnerte, wer er war … Ich konnte mir nicht vorstellen, wie er sich fühlen musste. Angst und Verzweiflung hatten sich deutlich in seinen blassen, grauen Augen widergespiegelt, als die Ärztin ihn nach seinem Namen gefragt hatte.

Nervös wippte ich auf meinen Fußballen, bevor ich mir einen Ruck gab und zu einem der Stühle ging. Über der Rückenlehne hing der verblichene Hoodie, den er mir auf der Brücke gegeben hatte. Ich nahm ihn und hielt ihm das Kleidungsstück entgegen. »Ich glaube, der gehört dir. Ich habe ihn auf der Brücke gefunden«, log ich.

Den Tag über hatte ich alles getan, um diesen Augenblick zu verdrängen. Ihm jetzt zu sagen, dass ich dabei gewesen war, dass ich es nicht geschafft hatte, ihn aufzuhalten. Dass ich den Mut nicht gehabt hatte und meine Glieder vor Angst erstarrt waren. Ich konnte es nicht, schämte mich für das Mädchen, zudem ich in diesem Moment geworden war.

»Ich wollte ihn waschen, aber irgendwie fühlte es sich falsch an.«

Langsam hob er den Kopf, blinzelte, genau wie in der Nacht. Ich schluckte. Was machte ich hier?

Er nahm ihn entgegen. Seine Finger erstaunlich ruhig, während sie über den Stoff glitten, der bereits einige kleine Löcher aufwies.

Mit fahrigen Bewegungen suchte er in den Taschen nach Gegenständen. Doch ich wusste, dass sie leer waren. Ich hatte sie selbst durchsucht, als die Rettungskräfte am Flussufer eingetroffen waren.

»Danke«, sagte er leise.

»Kein Ding. Wenn du willst, nehme ich ihn heute mit, wasche ihn und bringe ihn dir morgen wieder vorbei. Dann hast du wenigstens … etwas zum Anziehen.«

Er schüttelte den Kopf, sah erneut zu mir mit dem Anflug eines schwachen Lächelns auf den Lippen. »Nein. Ich meine, danke, dass du mich gerettet hast.«

Meine Brust zog sich zusammen. *Ich habe dich nicht gerettet. Ich habe es nicht geschafft.*

Abwehrend hob ich die Hände.

»Die beiden Angler haben dich gerettet.«

Er hob kaum merklich die Schultern. »Aber ohne dich, hätten sie mich vielleicht gar nicht bemerkt.«

28

Dann kniff er die Augen zusammen, beugte sich vor und betrachtete mich eingehend. Dabei biss er sich konzentriert auf die Unterlippe und sah albern, aber auch niedlich aus.

»Das klingt jetzt komisch, aber könntest du etwas näherkommen? Anscheinend habe ich einen Dioptrienwert von Minus einhundert.«

Ich lachte und spürte, wie sich der Knoten in meinem Magen etwas löste. »Ich glaube nicht, dass es so einen Wert gibt.«

Aber ich tat ihm den Gefallen, stellte mich neben ihn ans Bett und beugte mein Gesicht etwas näher zu ihm. Obwohl er von einem Fluss ausgespuckt wurde, roch er nicht unangenehm. Nach Krankenhaus und etwas Süßem, das mich an einen gemütlichen Kinoabend erinnerte.

Er musterte mich konzentriert, dann seufzte er und rieb sich erschöpft die Augen, bevor er sich wieder zurücklehnte.

»Ich habe das Gefühl, dich zu kennen und doch wieder nicht.«

Mein Herz verkrampfte sich. »Ich war auch die Letzte, die du gesehen hast, als …«

Ich brachte den Satz nicht zu Ende. Konnte … nein, wollte nicht.

Er schloss die Augen und nach einiger Zeit dachte ich, er wäre einfach eingeschlafen, aber dann sagte er matt: »Was ist passiert? Auf der Brücke. Habe ich irgendetwas gesagt? Meinen Namen zum Beispiel?«

Ich zog einen Stuhl ans Bett und setzte mich. Ignorierte das Zittern meiner Hände. Ich schob es auf die Erschöpfung. Letzte Nacht hatte ich keinen Schlaf gefunden und nur der Stress im Café hatte mich tagsüber wachgehalten.

»Nein«, sagte ich nur. Seine Worte, bevor er gesprungen war, hatten keinen Sinn ergeben. Jetzt, wo er sich sowieso nicht mehr erinnern konnte, würde es ihm auch nicht weiterhelfen. Oder doch? Ich schloss kurz die Augen. Das schlechte Gewissen wickelte sich um meine Eingeweide, quetschte sie zusammen. Ich durfte es ihm nicht verschweigen, aber wenn ich ihm alles erzähl-

29

te, würde er wissen, dass ich nichts unternommen hatte. Dass die Angst mich gelähmt hatte und ich lediglich ein stummer Zuschauer seines Selbstmordes gewesen war.

»Nicht weinen.«

Ich zuckte zusammen. Sah in ein Paar halbgeschlossene blassgraue Augen. Instinktiv hob ich meine Hand an die feuchten Wangen, starrte auf das Glitzern auf meinen Fingerspitzen. Schon wieder? *Euch dürfte es nicht geben. Ich habe euch verbannt.*

Unsicher lachte ich und wischte mir schnell die Augen trocken. »Tut mir leid. Eigentlich weine ich nicht. Aber bei dir passiert mir das schon zum zweiten Mal.« Ich zwang die Fröhlichkeit zurück in meine Stimme und setzte ein Lächeln auf. »Ich habe auch keinen Grund dazu. Schließlich bin ich nicht diejenige, die ihre Brille und auch die Erinnerungen verloren hat.«

Er legte den Kopf schief. »Es ist okay, zu weinen. Es war sicher nicht einfach, das mit ansehen zu müssen. Also, dass ich …« Er verzog das Gesicht. »Du weißt schon. Tut mir leid.«

Ich schniefte und straffte meine Schultern. »Das muss es nicht. Mach dir keine Sorgen um mich.«

Wir sahen uns einige Sekunden schweigend an. Auch wenn ich mir nicht sicher war, wie klar er mich eigentlich sehen konnte.

Schließlich stand ich zögernd auf und nahm meine Tasche vom Tisch.

»Ich muss los, bevor mich der Pfleger aus dem Fenster nach draußen wirft. Aber ich komme dich morgen Abend wieder besuchen.«

»Warum?«

Ich hob die Schultern. Ich wusste es selbst nicht genau. Also sagte ich nur: »Nenn mir einen Grund, warum nicht?«

»Du kennst mich nicht.«

»Du kennst dich auch nicht«, entgegnete ich prompt.

Er zog die Augenbrauen zusammen. »Stimmt.«

Schmunzelnd hob ich zum Abschied die Hand. »Also bis morgen, Fremder.«

Er erwiderte die Geste matt, mit einem schwachen Lächeln.

»Bis morgen, Fremde.«

Erst als ich die Tür hinter mir zuzog, fiel mir auf, dass ich ihm meinen Namen nicht verraten hatte.

Ich winkte dem Pfleger und den Krankenschwestern und verließ das Krankenhaus.

Eigentlich hatte ich gehofft, dass, sobald ich sah, dass es ihm gut ging, ich das alles hinter mir lassen konnte. Dass dieses Pflichtgefühl, diese Verantwortung für ihn, einfach verschwand, und jeder seinen eigenen Weg gehen würde. Aber dass er ohne Erinnerungen aufwachte, änderte alles.

Die Schwestern hatten mir verraten, dass ihn den Tag über niemand anderes besucht hatte. Niemand hatte angerufen, niemand hatte sich nach einem vermissten jungen Mann erkundigt. Also war ich gerade die einzige Person, abgesehen vom Krankenhauspersonal, die an seiner Seite war.

Ich konnte ihn jetzt nicht allein lassen. Ich konnte nur hoffen, dass seine Familie oder Freunde bald auftauchen oder seine Erinnerungen zurückkehren würden. Aber solange das nicht der Fall war, würde ich bei ihm bleiben. Wenn auch nur für ein bis zwei Stunden am Tag.

Es war neun Uhr abends, als ich mit meinem Fahrrad von dem Gelände des Krankenhauses in Richtung meiner Wohnung fuhr. Vorbei an dem hohen Bretterzaun, über die verlassene Kreuzung, zwischen den riesigen Gebäuden hindurch, durch die Einkaufsstraße, weiter bis zum großen Park, von dem aus eine Seitenstraße zu meiner kleinen, chaotischen Wohnung führte. Ich schloss die Haustür auf, manövrierte das Fahrrad durch den schmalen Flur eine Etage tiefer in den Keller. Ich stellte es auf dem freien Platz, neben das von meinem cholerischen Nachbarn. Öffnete den Verschluss seiner Satteltasche, einfach, weil ich es konnte und weil ich wusste, dass er durchdrehen würde, wenn er herausfand, dass ich seine Sachen anfasste. Ich konnte den Kerl nicht leiden. Und er mich auch nicht.

Dann machte ich mich an den Aufstieg in die sechste Etage. Auch nach zwei Jahren keuchte ich immer noch vor meiner Wohnungstür wie nach einem zehnstündigen Marathon.

Ich trat ein und stellte meine Schuhe auf die Fußmatte neben der schmalen Kommode.

Das leise Rauschen meines beleuchteten Aquariums begrüßte mich. Das Licht, das durch das leicht strömende Wasser an den Wänden rings herum flackerte, erhellte meine kleine Einraumwohnung, sodass ich die ungemütliche Deckenlampe nicht einschalten musste.

Ich ließ mich auf mein Bett fallen. Bücher stachen mir in den Rücken. Aber ich war zu erschöpft, um sie wegzuräumen, und zu erschöpft, um meinen knurrenden Magen zu füttern.

Die Anspannung der letzten Stunden fiel langsam von mir ab. Ebenso die Sorge. Die Sorge, dass der junge Mann von der Brücke nicht wieder aufwachte. Die Sorge, dass es zum Teil meine Schuld gewesen wäre.

Jetzt war er wach. Ihm ging es gut. Bis auf die fehlenden Erinnerungen.

Ich hatte die Worte der Ärztin gehört. Dass es für ihn eine Chance sein könnte. Ein Neuanfang. Ich stimmte ihr zu. Auch wenn ich ihn nicht kannte, nicht wusste, was ihn zu seiner Entscheidung getrieben hatte, hatte ich heute doch einen jungen Mann gesehen, der kaum Ähnlichkeit mit dem blassen Geist auf der Brücke hatte. Bevor ich meinem Körper und meiner Seele die dringend benötigte Erholung schenkte, zog ich eines der Bücher unter meinem Rücken hervor. Ich blätterte durch die Seiten. Sah mir die verschiedenen Namen an. So lange, bis ich einen passenden fand und zufrieden in einen traumlosen Schlaf glitt.

5

Mein Traum aus Chaos

Flora

»Hey, mein hübsches Blümchen.«

Brit stand bereits hinter dem Tresen aus dunkelbraun angestrichenen Paletten, die ich mit kleinen Hängepflanzen bestückt hatte. Sie musterte mich mit hochgezogener Augenbraue und einem schiefen Lächeln, während sie die ersten Schokoladenmuffins in das oberste Fach der Glasvitrine stellte.

Ich sah kurz auf meine beige Latzhose mit floralem Muster. Darunter trug ich ein schwarzes T-Shirt mit Rosen und auf meinem Kopf thronte ein Haarreif mit kleinen Sonnenblumen. Dazu trug ich große Hängeohrringe, ebenfalls mit Sonnenblumen.

»Too much?«, fragte ich und gähnte herzhaft, während mir der köstliche Duft von frisch gebackenem Kuchen in die Nase stieg.

»Du passt zur Einrichtung.«

»Dann ist doch alles gut.«

Ich schlurfte zu ihr hinter den Tresen und schnappte mir einen warmen Muffin vom Blech, bevor ich den großen Kaffeevollautomaten aus seinem Schlaf holte.

Brit schüttelte grinsend den Kopf und sah viel zu frisch und munter für die Uhrzeit aus.

»Wie kannst du mitten in der Nacht so fröhlich sein«, nuschelte ich mit vollem Mund.

»Es ist halb sieben Uhr morgens und für viele Menschen eine ganz normale Uhrzeit, um in den Tag zu starten.«

Brit drehte sich um und verschwand in der schmalen Küche, in der wir, besser gesagt sie, Kuchen und Sandwiches für unsere Gäste vorbereitete.

»Ich wünschte, alle würden ihren Tag erst um zehn starten, dann bräuchte ich hier nicht schon um sieben die Türen für die ersten Kaffeesüchtigen öffnen.«

Ich lehnte mich, erneut gähnend, gegen die mächtige Schrankwand, in der neben der großen Kaffeemaschine und den verschiedenen Röstungen, Sirups und weiteren Zutaten auch dutzende Bücher sowie Pflanzen standen.

Das ganze Café bestand aus nichts anderem. Und ich liebte es. Liebte jedes kleine Detail, liebte es mehr als alles andere in meinem Leben. Diesen Ort, der in den letzten zwei Jahren mehr ein Zuhause war als meine Wohnung.

Books, Cakes and Flowers von den Stammgästen liebevoll *BCF* genannt, verband meine drei Leidenschaften und war ein Café für alle Bücher- und Kaffeeliebhaber.

»Geh einfach früher ins Bett«, kam es von Brit aus der Küche.

Ich brummte zur Antwort und raffte mich auf, um die runden Tische abzuwischen, die Stühle zurechtzurücken und einmal durchzufegen. Ich goss einige Pflanzen, ordnete Bücher in den Regalwänden und setzte schließlich die Geldkassette in die Kasse ein. Zum Schluss schaltete ich das Radio ein. Aus zwei Boxen an der Decke drang leise Musik durch den Raum. Brit kam erneut aus der Küche und stellte einen dampfenden Apfelkuchen auf den Tresen.

»Was gibt es Neues von deinem Brücken-Typen?«

Ich war noch so müde, dass ich gar nicht an die wichtige Neuigkeit gedacht hatte.

Aber statt Freude oder Begeisterung breitete sich eine verwirrende Schwermut in mir aus.

Ich fummelte an einem Zuckerstreuer herum. »Er ist aufgewacht.«

»Das ist doch super! Hast du mit ihm geredet? Hat er dich wiedererkannt?«

Ich seufzte und drehte mich zu ihr um. »Ja und nein.«

Brit verschränkte die tätowierten Arme über ihrer schlichten, schwarzen Schürze. »Erzähl.«

Ich hob die Schultern. »Er hat sein Gedächtnis verloren.«

Ihre braunen Augen weiteten sich. »O Shit.«

Ich lachte kurz und freudlos. »Das kannst du laut sagen. Er hat keine Ahnung, wer er ist oder was passiert ist. Er kann nicht mal richtig sehen, weil seine Brille weg ist und er eine ziemlich beschissene Sehstärke hat.«

Brit schüttelte fragend den Kopf. »Und jetzt?«

Erneut hob ich die Schultern. »Keine Ahnung. Ich werde nach Feierabend zu der Brücke fahren. Vielleicht liegt sie noch dort.«

»Nein, ich meine mit seinen Erinnerungen?«

»Die Ärztin meinte, dass sie wieder kommen. Ich schaue heute Abend bei ihm vorbei.«

Brit sah mich mit hochgezogenen Augenbrauen an. Die blonden Haare unter einem Basecap verborgen, sah meine Freundin in dem Oversize-Shirt und der weiten Jeans wie die Lässigkeit in Person aus. Dass sie sich nachts in eine heiße Frau in einem engen, kurzen Kleid verwandelte und anderen Frauen hinterherjagte, hatte ich erst geglaubt, als ich sie in einen Club begleitete.

»Meinst du nicht, du solltest es … keine Ahnung … gut sein lassen?«

Ich biss mir auf die Lippe, hatte mir dieselbe Frage auch schon gestellt.

»Er hat niemanden, Brit. Ich kann nicht einfach zu Hause sitzen, während er völlig allein ohne Erinnerung im Krankenhaus liegt. Außerdem, wenn ich die Brille finde, will ich sie ihm vorbeibringen.«

Sie seufzte. »Du bist nicht für ihn verantwortlich, Süße. Eigentlich hast du schon genug zu tun mit deinem Café, deinen Autoren und den ganzen Aktionen.«

Ich verschränkte die Arme und starrte aus der breiten Glasfront auf den noch menschenleeren Bürgersteig dahinter.

Brit verschwand wieder in der Küche, sprach jedoch weiter.

»Du weißt, dass du nichts hättest tun können, oder? Du bist keine Polizistin oder Feuerwehrfrau, die Erfahrung mit solchen Situationen hat.«

Ich ballte die Hände zu Fäusten. Warum fühlte es sich trotzdem so an, als wäre es meine Schuld? Auch sie wusste nicht, wie nah ich ihm gewesen war. Dass ich nur meine Hand hätte ausstrecken müssen, um ihn aufzuhalten, dass ich nur meinen verdammten Mund hätte aufmachen müssen.

»Ich weiß«, sagte ich leise.

Zum Glück ging in dem Moment die Tür auf und lenkte mich von den unliebsamen Gedanken ab. Begleitet von dem leisen Klingeln der kleinen Glöckchen über der Tür, kam Danny in das Café geschlurft, warf seinen Rucksack hinter den Tresen und ließ sich schlaff auf einen der Stühle fallen.

»Morgen Danny«, begrüßte ich meine halbtags Baristakraft.

Er hob matt die Hand und versank augenblicklich in die Welt seines Handys. Der schweigsame Student verdiente sich genau wie Julia, meine Aushilfe am Nachmittag, neben der Uni ein bisschen was in meinem Café dazu. Er war ein großer, dünner Kerl mit der Körperhaltung einer krummen Banane, der das Talent hatte, mit seiner Umgebung zu verschmelzen, sodass man erst auf ihn aufmerksam wurde, wenn er etwas sagte. Was schon zu manchen peinlichen Momenten geführt hatte.

Auch wenn er nicht viel redete und in meinem Café nur das Nötigste tat, war er ein ziemlich guter Barista mit einem guten Geschmackssinn und einer geschickten Hand, mit der er beeindruckende Milchschaumkunstwerke zauberte.

Wenn er oder Brit nicht kommen konnten, war ich ziemlich aufgeschmissen. Ich konnte zwar Kaffee kochen und auch in Sachen Backen war ich keine absolute Niete, aber so viel Talent wie die beiden hatte ich definitiv nicht.

Dafür kannte ich mich mit Büchern aus. Und darum ging es schließlich auch in meinem Café. Die Wände waren voll von alten und neuen Romanen. Von Thriller über Romantasy bis hin zu Horror. Klassiker oder Neuerscheinungen. Hier konnte jeder herkommen, sich Bücher ausleihen oder direkt kaufen. Autoren konnten Lesungen abhalten oder ich selbst las nach Absprache mit eher schüchternen Schriftstellern einige Szenen vor. Ob Kinderromane am Vormittag oder Düsteres in der Nacht. Ich überlegte mir ständig neue Events, um neue Gäste anzulocken und die Stammkundschaft zu begeistern.

Ich war so stolz auf das, was ich hier erschaffen hatte. Zeitgleich hatte ich das Gefühl, dass es noch nicht genug war, dass ich mehr machen müsste. Mehr Ideen, mehr Neues, mehr Anderes.

Die Uhr verriet mir, dass ich gleich öffnen musste und ich machte die letzten Handgriffe, bevor ich mich auf einen neuen Elf-Stunden-Tag vorbereitete.

Der Vormittag verlief ereignislos. Bekannte und unbekannte Gesichter. Manche nahmen nur etwas mit, andere setzten sich an die Tische. Notebooks, Tablets oder Bücher, jeder hatte irgendetwas in der Hand. Recherchierte für die Uni oder saß mit Freunden zusammen. Zufrieden betrachtete ich meine Gäste. Ich konnte manchmal immer noch nicht glauben, dass es meine Gäste waren. Mein Geschäft. Ich hatte den Schritt gewagt, ich hatte es geschafft. Trotz *ihrer* Bedenken. *Ihrer* Angst. Würde beides nicht ihr Leben bestimmen, wäre sie sicher stolz auf mich.

Gegen elf Uhr legte Brit ihre Schürze ab. Die Küche befand sich in einem makellosen Zustand und der Kühlschrank war mit Kuchen und Sandwiches gefüllt, die für den restlichen Tag reichen sollten.

»Und du willst den Brücken-Typen wirklich wieder besuchen?«

Ich sah von dem Tablett auf, auf das ich gerade das benutzte Geschirr eines frei gewordenen Tisches räumte.

»Ja«, sagte ich nur.

»Und das hat nichts mit *Baka* Alex zu tun?«

37

Ich holte tief Luft, nahm das Tablett und trug es, vorbei an Brit, in die Küche.

»Nein, *Baka* Alex, existiert für mich nicht mehr. Und ich möchte, dass dieser Name in diesem Café nicht mehr benutzt wird.«

Ich hörte sie lachen, bevor ich wieder zu ihr ging.

»Und außerdem habe ich mir für den *Brücken-Typen* einen Namen überlegt, damit ich ihn nicht mehr so nennen muss.«

Brit hob eine Augenbraue. »Ich höre?«

Selbstbewusst und zufrieden verriet ich ihn ihr.

»Nein.« Sie schüttelte den Kopf. »Nein. Den kannst du nicht nehmen. Da muss ich immer an den Kinderfilm denken.«

»Welchen Kinderfilm?«

»Kennst du den nicht? Der mit dem Jungen und dem Drachen.«

Fragend sah ich sie an, aber sie winkte ab. »Glaub mir, der Kerl wird nicht begeistert sein.«

Nachdenklich verzog ich den Mund. »Ich finde, er passt zu ihm.«

Brit hob abwehrend die Arme, bevor sie ihren Rucksack schnappte. »Ich habe dich gewarnt.«

Dann winkte sie mir zum Abschied zu und verließ das Café.

»Ich finde ihn ganz okay.«

Erschrocken zuckte ich zusammen. Danny stand neben mir am Kaffeeautomaten. Starrte gelangweilt aus der Fensterfront. Wie konnte man diesen riesigen Kerl übersehen?

»Danke«, sagte ich nachdrücklich und brachte einen der Gäste einen neuen Kaffee, den Danny vor mir auf den Tresen gestellt hatte.

Kurz darauf endete auch die Schicht meines Baristas. Für den Nachmittag hatte ich vor wenigen Monaten Julia gefunden, nachdem meine andere Aushilfe weggezogen war. Ich war mir nicht sicher, ob die Arbeit im Café etwas für sie war und ob es funktionieren würde. Aber zur Freude von uns beiden lief es wunderbar und die Gäste gewöhnten sich schnell an ihre spezielle Art.

Als die schüchterne junge Frau durch die Tür kam, richtete sich Danny ein wenig auf und sah für einen kurzen Moment nicht mehr aus wie eine krumme Banane.

»Hey, Julia«, begrüßte er sie.

Sie hob einen Arm, dabei zuckte er unkontrolliert und sie pfiff mehrmals hintereinander, bevor sie ihm leise antwortete: »Hey Danny. *Ding-Ding-Dong*.«

Ich war gerade dabei, zwei große Haselnuss Latte macchiatos abzurechnen und bekam ihr kurzes Gespräch nur mit halbem Ohr mit.

Aber die gelegentlichen Pfiffe und Julias zuckende Bewegungen erregten die Aufmerksamkeit der beiden Damen vor mir. Sie sahen Julia verwirrt und ein wenig abschätzig an. Ich hielt mich zurück und vermied es, die beiden aufzuklären. Wenn sie mit Julia nicht klarkamen, konnten sie ihre Latte macchiatos gerne woanders trinken.

Danny verabschiedete sich schließlich und Julia band sich die Schürze um.

Die Glocke klingelte leise, als neue Gäste hereinkamen und sich einen freien Tisch suchten.

»*Ding-Ding-Dong*«, stieß Julia hervor, oder besser gesagt Julias Tourette. »Na, wie ist die Lage?«

»Gut«, entgegnete ich lächelnd und überlegte nicht zum ersten Mal, ob ich die dämliche Glocke über der Tür nicht einfach abhängen sollte. Seit einigen Wochen schien sie Julias Tourette zu triggern und sie gab immer dieses *Ding-Ding-Dong* von sich, wenn sie läutete.

Aber ich wusste, dass sie sich unwohl fühlen würde, wenn ich wegen ihr etwas änderte. Direkt zu Beginn hatte sie uns gesagt, dass wir ihre Ticks einfach ignorieren sollten. An die motorischen Ticks hatten wir uns schnell gewöhnt, auch die Gäste. Aber manche sprachlichen Ticks waren doch sehr ungewöhnlich. Manchmal war es lustig, manchmal etwas unangenehm, wenn ihr ein Schimpfwort herausrutschte, und teilweise hatten wir uns erschreckt.

Aber irgendwie gehörte sie mittlerweile einfach mit zum Inventar. Um ehrlich zu sein, sie passte perfekt in dieses gemütliche Chaos, das ich hier erschaffen hatte.

Ich wollte mich nach ihr erkundigen, wusste ich doch, dass sie gestern eine Prüfung schreiben musste, die ihr im Vorfeld Sorgen bereitet hatte.

Aber mein Handy klingelte und ich zog mich kurz in die Küche zurück.

»Hallo Caroline.« Ich hatte die Nummer der Autorin gespeichert, wusste also sofort, wer mich anrief. In zwei Tagen würde sie hier eine Lesung halten. Ich rührte bereits ordentlich die Werbetrommel. Verteilte Flyer, hängte Plakate auf und postete regelmäßig in den sozialen Medien.

»Äh, ja, hallo«, kam es unsicher aus dem Telefon.

»Bist du schon aufgeregt wegen Samstag?«

Sie zögerte und sofort breitete sich ein flaues Gefühl in meinem Magen aus.

»Genau darum geht es«, begann sie. »Ich ... ich habe mich mit anderen Autorinnen unterhalten. Wegen Lesungen und so.«

Ich zog die Augenbrauen zusammen. »Okay? Hast du noch Fragen? Kann ich dir irgendwie helfen?«

»Wir haben noch nie über Geld gesprochen«, platzte es aus ihr heraus und ich erstarrte, hatte sofort eine böse Vorahnung, lenkte das Thema aber trotzdem bewusst in die andere Richtung.

»Weil Geld auch kein Thema ist. Das Ganze ist für dich kostenlos, da brauchst du keine Angst zu haben.« Ein kleiner Wink mit dem Zaunpfahl. Wir profitierten beide von der Lesung. Ich nahm Geld durch die verkauften Bücher und die trinkenden und essenden Gäste ein und sie steigerte ihren Bekanntheitsgrad und verdiente natürlich auch Geld durch die Verkäufe. Win-Win sozusagen.

»Du kommst hierher, bringst eine Handvoll Bücher mit und liest für die Gäste.«

»Na ja, die anderen haben gesagt, dass man als Autor für eine

Lesung Geld verlangen kann. Also …« Sie beendet den Satz nicht. Ich biss die Zähne zusammen. Sie hatte meinen Wink nicht verstanden.

»Du willst Geld dafür, dass du hier liest?«

Ich wusste, dass man bekannten Autoren Geld zahlen musste, damit sie bei einem lasen. Sie lockten natürlich viel mehr Gäste an. Es gab sicherlich auch Locations, die Debütautoren für eine Lesung bezahlten, aber ich konnte mir das mit meinem kleinen Café nicht leisten. Davon abgesehen, dass so etwas im Voraus geklärt werden musste und nicht wenige Tage vor dem Termin.

»Nicht viel, aber ich denke an hundert, hundertfünfzig.«

Meine Gesichtszüge entglitten, mein Puls beschleunigte sich und in mir wuchs das Unbehagen, sodass meine Hände zu schwitzen begannen. Hundertfünfzig? Es klang im ersten Moment nicht viel, aber für mich war jeder Cent überlebenswichtig.

»Caroline, wir planen schon seit über einem Monat. Wir haben uns die Druckkosten geteilt, es werden viele Leute kommen und einige werden mit Sicherheit dein Buch kaufen. Und jetzt, kurz vorher, kommst du und möchtest von mir Geld haben?«

»Äh, ja. Die anderen haben gesagt, dass ich das kann.«

Ich rieb mir die Stirn. Das konnte nicht wahr sein. Wenn sie absprang, wäre das ein riesiger Verlust für mich, aber ich sah es auch nicht ein, ihr nur einen Cent zu geben.

»Ich bin nur eine kleine Cafébetreiberin, die Autoren unterstützen möchte. Sei mir nicht böse, aber ich kann dir kein Geld für eine Lesung geben. Abgesehen davon, dass ich es mir nicht leisten kann, wäre es unfair, den anderen gegenüber, die hier schon zum Teil mehrfach gelesen haben.«

Das Schweigen am anderen Ende zog sich in eine beinahe unerträgliche Länge. Irgendwann sagte sie: »Hm, okay. Ich melde mich noch mal bei dir.«

Dann legte sie auf.

Was sollte das heißen? Sie meldete sich? Weswegen? Wollte sie wirklich absagen, bestand sie so sehr auf dieses lächerliche Geld?

Ich rieb mir erneut über die Stirn. Verdammt, ich hätte es wissen müssen und auf mein Baugefühl hören sollen. Die Zusammenarbeit mit ihr war von Anfang an schwierig gewesen. Ständig gab es etwas zu meckern und die meiste Zeit fühlte ich mich wie ihre Angestellte und nicht wie eine Geschäftspartnerin. Ich liebte es, andere Autoren zu unterstützen, ihnen zu helfen, aber ich ließ mich nicht wie Dreck behandeln.

Ich schluckte meinen Ärger herunter. Fuhr mir mit beiden Händen über das erhitzte Gesicht, atmete tief durch und setzte ein Lächeln auf, bevor ich mich wieder um meine Gäste kümmerte.

Es würde sich schon alles klären. Es brachte nichts, sich jetzt schon Sorgen zu machen.

Zumindest redete ich mir das für den restlichen Tag ein. Ignorierte den schweren Stein auf meiner Brust oder die geballte Faust in meinem Magen. Es ärgerte mich, dass ich mich so darüber ärgerte. Noch mehr ärgerte mich, dass ich neben der Wut noch etwas anderes spürte. Nur ein entferntes Echo, aber es reichte, um mich aus dem Gleichgewicht zu bringen.

Machte ich hier gerade einen riesigen Fehler? Hatte ich mir zu viel zugemutet? Hatte *sie* recht? Würde ich es nicht schaffen? Würde ich diesen Traum irgendwann wieder aufgeben müssen?

Das blasse, ängstliche Gesicht meiner Mutter blitzte in meinen Gedanken auf. Ihre zittrige Stimme. Die Furcht in ihren Augen.

Nein, ich bin nicht wie du.

6

Ich ertrinke im Nichts

Elliot

Die Tür zu meinem Zimmer öffnete sich und wie die anderen Male schreckte ich mit rasendem Puls hoch, in der Hoffnung, eine junge Frau mit dunklen Haaren zu sehen. Aber auch dieses Mal ließ ich mich enttäuscht wieder nach hinten fallen. Mein Kopf quittierte die Bewegung mit einem scharfen Schmerz.

»Na, erwartest du jemanden?«, fragte mich die Pflegekraft, die mein Tablett mit dem Essen vom Tisch nahm, schmunzelnd. Eine kleine, untersetzte Frau mit grauen Haaren und sanften Augen. Dass ich diese Einzelheiten aus der Entfernung überhaupt sehen konnte, verdankte ich der gerahmten Brille auf meiner Nase. Nachdem ich gestern von Schwestern mit Nadeln durchlöchert worden war, Ärzte meinen Körper, insbesondere meinen Kopf untersucht hatten und sogar Polizisten gekommen waren, um mir Fingerabdrücke abzunehmen, um vielleicht meine Identität herauszufinden, war ich gestern weit vor dem Abendessen eingeschlafen und erst heute Mittag wieder aufgewacht. Dadurch hatte ich den Besuch der jungen Frau verpasst. Doch sie hatte meine Brille und einen Zettel hinterlassen, mit dem Versprechen, dass sie heute wiederkommen würde.

Jetzt, da ich wieder klar sehen konnte, waren die Kopfschmerzen etwas erträglicher geworden und ich fühlte mich wieder halbwegs lebensfähig.

Zumindest wenn man von dem dunklen Nichts in meinem Kopf absah.

»Ist es so offensichtlich?«

43

Das Schmunzeln verwandelte sich zu einem Grinsen. »Hier auf der Station reden alle von dem jungen Mann ohne Gedächtnis und dem lieben Mädchen, das ihn besucht, obwohl sie ihn nicht kennt.«

»Also sind wir so was wie eine Berühmtheit?«, fragte ich belustigt, zeitgleich trommelte mein Herz nervös in der Brust.

»Na ja, Berühmtheit würde ich nicht sagen, aber sie hat uns die letzten zwei Abende Tüten voll Essen mitgebracht und mich würde es nicht wundern, wenn sich heute der eine oder andere auf unsere Station verirrt.«

Das brachte mich zum Lachen und genau in diesem Moment öffnete sich erneut die Tür und eine junge Frau in einer kurzen, beigen Latzhose mit Blumenmuster betrat mein Zimmer. Sie hielt kurz inne, als sie mich und die Pflegerin sah.

Die nachdenklichen Falten auf ihrer Stirn verschwanden innerhalb eines Herzschlages und ein Strahlen erhellte ihr Gesicht.

»Guten Abend«, begrüßte sie uns. In der einen Hand hielt sie eine weiße Papiertüte, in der anderen einen kleinen Rucksack, an dem ein Fahrradhelm baumelte.

»Hallo, mein Liebes. Dann lass ich euch mal allein.« Die Pflegerin zwinkerte mir zu, ging an der jungen Frau vorbei und zog die Tür hinter sich zu.

Das leise Klicken hallte laut durch den plötzlich stillen Raum. Unentschlossen stand die Frau im Raum und auch ich bekam kein Wort über meine Lippen, wodurch ein peinliches Schweigen entstand.

Aber ich nutzte den Moment, um sie näher zu betrachten. Jetzt, wo ich endlich mehr sehen konnte als einen verschwommenen Schatten.

Die dunkelbraunen, fast schwarzen Haare, hingen ihr in Wellen über die Schultern. Ein kurzer Pony verdeckte ihre Stirn, und ein Ring glitzerte in ihrem rechten Nasenflügel. Sie hatte blasse Haut, ein rundes, sanftes Gesicht. Falls sie Make-up trug, fiel es nicht auf. Unter der Latzhose trug sie ein schwarzes T-Shirt mit rosafarbenen Rosen. Sie war nicht groß und ihr Körper bestand aus sanften Kurven.

Plötzlich straffte sie ihre Schulter, holte mich aus meinem Starren und kam auf mich zu. »Hey Elliot, wie ich sehe, kannst du wieder sehen.«

Ich grinste und berührte meine Brille. »Danke ...« Doch dann stockte ich.

»Elliot?« Wusste sie meinen Namen? Aber ihre Antwort erstickte meine aufkommende Hoffnung im Keim.

»Irgendwie muss ich dich doch nennen. Außer du möchtest weiter Typ, Kerl oder junger Mann heißen.«

Meine Mundwinkel hoben sich. »Nein, Elliot ist ... okay. Glaube ich.« Ich kratzte mich im Nacken, unschlüssig, was ich von ihrer Namenswahl halten sollte.

»Also keine zurückgekehrten Erinnerungen?«, fragte sie, während sie zum Tisch ging, ihren Rucksack wie selbstverständlich über die Stuhllehne hängte und die Tüte abstellte.

»Nein, leider nicht.« Nur Dunkelheit. Und je mehr ich mich auf sie konzentrierte, desto größer wurde sie. Als würde sie mich warnen, verhindern wollen, dass ich weiter grub.

Die junge Frau setzte sich und faltete ihre Hände im Schoß. Ihre Nägel waren bunt lackiert. Jeder Finger hatte eine andere Farbe.

»Ich ...«, begann sie zögernd. »Es ist komisch, dass du wach bist.« Sie lachte leise. »Also, es ist gut, aber, keine Ahnung, gestern saß ich hier und habe gelesen und Kuchen gegessen.« Sie deutete auf die Tüte.

»Das hört sich doch nach einem guten Plan an.« Ich konnte nicht aufhören, sie anzusehen. Entdeckte immer wieder neue Kleinigkeiten an ihr. Wie den schwarzen Haarreif mit den kleinen Sonnenblumen im Haar oder die verschiedenfarbigen Socken, die aus ihren Schuhen lugten.

»Ich habe leider nur ein Buch dabei.«

Ich hob die Schultern. »Du kannst mir ja vorlesen, während ich deinen Kuchen esse.«

Das brachte sie erneut zum Lachen. Aber sie machte keine Anstalten, ihr Buch zu holen, sondern sah mich nachdenklich an. »Wie geht es dir?«, fragte sie. Ich hörte die Sorge in ihrer Stimme, sah, wie sie sich bemühte, dass diese Sorge sich nicht über ihr Gesicht ausbreitete.

»Abgesehen von … «, ich tippte mir an den Kopf, »eigentlich ganz gut. Etwas wackelig auf den Beinen, aber ich werde liebevoll umsorgt und mit Essen vollgestopft.«

»Dann hast du sicherlich keinen Platz mehr für einen Apfelstreuselkuchen oder einen Blaubeer-Käsekuchen.« Sie zog die Tüte zu sich heran.

»Ach, so toll ist das Essen hier jetzt auch nicht«, sagte ich schnell, während mir bereits das Wasser im Mund zusammenlief.

Sie schmunzelte, holte zwei eingewickelte Sandwiches heraus und noch einen kleinen Karton, in dem sich die angekündigten Kuchenstücke plus zwei Gabeln befanden.

»Apfel oder Blaubeere?«, fragte sie und legte eines der Sandwiches auf meinen kleinen Tisch, der mit einem beweglichen Arm an meinem Bett befestigt war.

»Hm, Blaubeere?« Ich war mir nicht sicher, was von beidem ich lieber mochte.

Sie riss den Deckel von dem kleinen Karton und schob mit der Gabel das Kuchenstück darauf, sodass ich einen provisorischen Teller hatte.

Ich richtete mich etwas auf und setzte mich im Schneidersitz hin. Froh darüber, dass das Krankenhaus mir einen Satz Kleidung zur Verfügung gestellt hatte und ich nicht mehr in dem dünnen Hemdchen hier sitzen musste. Auch wenn die zerschlissene Jogginghose und das rote T-Shirt bereits bessere Tage hinter sich gehabt hatten.

Die fremde Kleidung fühlte sich genauso an. Fremd. Genau wie mein Körper, an dem mir nichts vertraut vorkam. Weder die strohblonden Locken auf meinem Kopf, noch die grauen Augen oder die leicht gekrümmte Nase. Ich wusste auch nicht, woher ich die verblassten Narben auf meinen Armen oder auf meinem linken Schienbein hatte. Die Gabel in meiner Hand begann zu zittern. Mochte ich überhaupt Kuchen? War ich allergisch gegen ... keine Ahnung ... Nüsse?

Mein Atem beschleunigte sich. Die Gedanken wirbelten wie ein Tornado durch die Leere in meinem Kopf. Schwindel erfasste mich. Das Bett wankte. Ich wankte. Mein Inneres wankte. Mir wurde schlecht.

»Hey.«

Eine Hand mit bunten Fingernägeln legte sich auf meine. Grün, blau, rot, schwarz, gelb. Ich ging die einzelnen Farben noch einmal durch. Grün, blau, rot, schwarz, gelb. Und noch einmal. Das Zittern ließ nach. Ich holte tief Luft, hatte nicht bemerkt, wie ich aufgehört hatte zu atmen.

»Alles in Ordnung?«

Ich sah zu der Frau mit der warmen, ruhigen Stimme auf. Sie lächelte sanft, fing meinen Blick auf, schien sich zu vergewissern, dass ich sie gehört hatte.

Unwohl rutschte ich in dem Bett hin und her, fuhr mir durch die Haare.

»Äh, ja, sorry. Ich ... manchmal ...« Die Worte verhedderten sich in meinem Kopf. Blieben in meinem Hals stecken, dass ich, überfordert von mir selbst, mir eine Gabel voll Kuchen in den Mund schob.

»Kein Problem. Das muss alles sehr verwirrend für dich sein.«

Ich antwortete ihr nicht. Brauchte ihr nicht sagen, dass sie recht hatte. Es war offensichtlich. Dieser kleine Anflug einer Panikattacke war nicht der erste heute. Immer wieder stellte ich mir eine Frage, nur um verzweifelt in dem leeren, dunklen Raum in meinem Kopf nach der Antwort zu suchen.

Auch wenn jeder Verständnis hatte, mich niemand zu etwas drängte oder mit Fragen löcherte, die ich ohnehin nicht beantworten konnte, war es für mich selbst unerträglich, in diesem Nichts zu schweben.

Die junge Frau stellte ihren Kuchen unberührt auf den Tisch zurück. Kurz befürchtete ich, dass ich sie verschreckt hatte, dass sie lieber gehen wollte, doch dann zog sie ein Buch aus ihrer Tasche.

»Ich hoffe, du magst Fantasy. Aber ich muss dich warnen, die Lovestory spielt zwischen zwei Frauen.«

Ich sagte nichts, sondern starrte weiter auf den Teller.

Sie setzte sich auf den Stuhl, blätterte die Seiten um, bis sie an der richtigen Stelle war und begann zu lesen. Laut. Für sich und für mich.

Ihre Stimme fuhr wie eine beruhigende, zärtliche Brise über meine Haut, drang durch die Poren, bis in mein aufgewühltes Inneres. Ich lauschte ihrer angenehmen Stimme. Lauschte den Worten. Der Geschichte über eine mutige Kriegerin, die niemandem erlaubte, ihre Tränen zu sehen. Dabei aß ich den Kuchen auf, Gabel für Gabel, bis auch der letzte Krümel in meinem Magen gelandet war. Danach lehnte ich mich in meinem Bett zurück, beobachtete die junge Frau fasziniert. Sah die Emotionen in ihrem Gesicht, spürte sie in ihrer Stimme.

Meine Gedankenwelt beruhigte sich. Genau wie ich. Es dauerte nicht lange, bis meine Augen schwer wurden. Ich weigerte mich, einzuschlafen. Weigerte mich, auch nur eine Sekunde von ihr zu verpassen. Von dieser hübschen jungen Frau, die hier war, obwohl sie mich nicht kannte. Die letzte Person, die mich in meinem vergessenen Leben gesehen hatte und die erste, der ich in diesem neuen Leben begegnet war.

Ich wollte ihr Fragen stellen. Und gleichzeitig wollte ich es nicht. Ich fürchtete die Antworten, fürchtete mich vor dem, was ich vergessen hatte. Vor dem, was mich dazu gebracht hatte, von einer verdammten Brücke zu springen.

Leise packte sie ihre Sachen. Ich hatte nicht mitbekommen, dass sie aufgehört hatte zu lesen. Augenblicklich fehlte mir ihre Stimme. Das sanfte Rauschen im Hintergrund.

Sie sah zu mir. Neigte den Kopf. Musterte mich aufmerksam.

»Ich muss leider wieder los«, sagte sie leise. »Aber wenn du möchtest, komme ich morgen wieder.«

Die dunkle Leere bäumte sich in mir auf. Erneut begann mein Herz zu rasen. Ich wollte nicht, dass sie ging. Wollte nicht allein sein. Mit mir. Mit meinen Gedanken, mit meinem Vergessenen. Hastig blinzelte ich die Tränen weg.

Reiß dich zusammen!

Sie trat zögernd einen Schritt näher ans Bett, holte ihr Buch wieder heraus und legte es an das Fußende.

»Wenn du wissen willst, wie es weitergeht.«

Ein letztes Mal sahen wir uns an, bevor sie sich umdrehte, ihren Rucksack nahm und zur Tür ging.

»Warte.«

Sie blieb stehen, drehte sich um. Den Türgriff bereits in der Hand.

Ich holte tief Luft. »Ich habe dich noch gar nicht gefragt, wie du heißt.«

Ein Grinsen breitete sich auf ihrem Gesicht aus. »Denk dir einen schönen Namen für mich aus, Elliot.«

7
Du bist nicht allein

Elliot

Eine ältere Dame holte aus ihrer Handtasche einen kleinen Beutel. Sie beobachtete ihren zotteligen Hund, wie er sein Geschäft verrichtete, während ich sie aus dem Fenster beobachtete und überlegte, ob ich Hunde mochte. Oder mochte ich Katzen lieber? Mit Hunden konnte man deutlich mehr anfangen. Tricks beibringen, Stöckchen holen spielen, Gassi gehen. Katzen dagegen lagen den meisten Tag faul herum und wenn man sie streichelte, wurde man sie nicht mehr los oder sie zerkratzten einem das Gesicht. Und trotzdem, wenn ich so darüber nachdachte, hätte ich in dem Moment lieber eine Katze neben mir als einen Hund.

Ich schlurfte mit noch zittrigen Beinen zu dem Tisch und schrieb *lieber Katze als Hund* in ein kleines, einfaches Notizheft, das mir eine Krankenschwester gegeben hatte. Ich hatte auf die eine Seite *Ich mag* und auf die andere Seite *Ich mag nicht* geschrieben. Auf der *Ich mag*-Seite standen bereits Dinge wie, Blaubeerkuchen, Fantasybücher und Wackelpudding. Auf der *Ich mag nicht*-Seite stand bisher nur Pilzsuppe. Die war wirklich widerlich gewesen.

Mein vierter Tag ohne Erinnerung und nicht nur die Langeweile wurde immer schlimmer, sondern auch das nervöse Kribbeln in meinem Magen. Jeder sagte, dass es Zeit brauchte, aber ich hatte das Gefühl, dass sie mir davonlief. Mit jeder Stunde, die verging, ohne dass sich etwas tat, befürchtete ich mehr, dass sich nichts an meinem Zustand ändern würde.

Die gelegentlichen Angstattacken halfen mir auch nicht, ruhiger zu werden. Genauso wenig wie das nichtssagende Zimmer, in das ständig jemand kam und wieder ging, und ich mich trotzdem einsam fühlte. Das andere Bett war noch frei und manchmal wünschte ich mir einen Bettnachbarn, nur um im nächsten Moment froh zu sein, keinen unheimlichen Kerl ertragen zu müssen, der wirres Zeug redete oder lauthals schrie, wie die Frau am Ende des Flures.

Sie hatten mich heute auf die geschlossene Psychiatriestation verlegt. Zu meinem eigenen Schutz. Dabei verspürte ich kein Verlangen, das zu beenden, was ich auf der Brücke begonnen hatte. Warum auch? Ich hatte schließlich keinen blassen Schimmer, was mich dazu getrieben hatte.

Seufzend klickte ich ein paar Mal auf den Kugelschreiber, ließ ihn zwischen meinen Fingern kreisen, bevor ich ihn in die Tasche des Hoodies schob, den die junge Frau mir gegeben hatte. Meinen Hoodie. Mit den Fingern tastete ich den Stoff im Inneren der Tasche ab. Suchte zum hundertsten Mal nach irgendetwas. Einem Zettel, einem verdammten Bonbon oder nur einem beschissenen Stein. Irgendetwas, das vielleicht meine Erinnerungen an die Oberfläche holen würde. Aber die Tasche blieb leer, genau wie mein Kopf.

Ich nahm das Buch in die Hand. Blätterte durch die Seiten, die aussahen, als hätten schon viele Hände vor mir dasselbe getan. Kam zu der Stelle, die sie mir vorgelesen hatte. Versuchte selbst, einige Zeilen zu lesen, aber ich konnte mich nicht auf die einzelnen Wörter konzentrieren.

Also legte ich es zurück auf den Tisch, starrte wieder aus dem Fenster und wartete.

Irgendwann holte mich ein Pfleger ab und ich durfte eine Runde durch die Außenanlage laufen. Dabei sah ich nicht nur einmal zu dem dicht bewachsenen hohen Zaun. Lauschte dem rauschenden Verkehr. Dachte an die Welt dahinter, die mir völlig fremd war.

Am Nachmittag kam ein sonnengebräunter Arzt in mein Zimmer, der mich nervös machte. Es war nur ein unverfängliches Kennenlerngespräch mit Fragen, die ich nicht beantworten konnte, die jedoch eine Unruhe in mir auslösten, die ich nicht erklären konnte.

Als er sich verabschiedete, starrte ich auf die Uhr, auf den Minutenzeiger, der sich nicht zu bewegen schien und wartete. Wartete auf die nächste Schwester, auf das Abendessen ... auf die junge Frau. Der Gedanke an sie vertrieb die Trostlosigkeit in mir. Brachte mein Herz dazu, einen Takt schneller zu schlagen.

Sie war wie das Strahlen eines einzelnen Sterns inmitten einer finsteren Nacht. Ein Lichtpunkt. Ein Hoffnungsschimmer. Sie war die einzige Person, die sich – abgesehen vom Krankenhauspersonal, für die es einfach zum Job gehörte – für mich interessierte.

Wie konnte es sein, dass mich niemand vermisste? Müsste sich meine Familie oder meine Freunde nicht Sorgen um mich machen? Würden sie sich nicht bei der Polizei melden oder Krankenhäuser abtelefonieren? Aber wer sagte mir, dass ich überhaupt Familie oder Freunde hatte? Wer sagte mir, dass sie sich für mich interessierten?

Ich ballte meine Hände zu Fäusten. Die Nägel gruben sich schmerzhaft in die Haut. Gab es da draußen überhaupt jemanden, der mein Verschwinden bemerkt hatte?

Jemanden, dem ich wichtig war?

Die Tür öffnete sich, und ich setzte mich auf in der Erwartung, die Pflegekraft mit meinem Abendessen zu sehen.

Aber es war nicht die Pflegekraft.

Mein Herz stolperte, als ich die beinahe schon vertraute Latzhose sah. Heute weiß-blau gestreift. Konzentriert blickte sie auf die weiße Tüte, als würde sie mich gar nicht bemerken.

Ich beobachtete, wie sie die Tür schloss, den Kopf hob und sich plötzlich ein Lächeln auf ihre Lippen legte, als hätte sie einen Schalter umgelegt. Der vorherige Gesichtsausdruck wie weggewischt, fast glaubte ich, ich hätte ihn mir nur eingebildet.

»Hey, Elliot.« Sie lief leichtfüßig auf mich zu, stellte die Tüte auf den Tisch und hängte ihren Rucksack mit dem Helm über die Stuhllehne, bevor sie sich setzte und mich mit diesem sanften Strahlen ansah.

»Hey, Flora.«

Sie rümpfte die Nase. »Flora?«

Plötzlich kam mir der Name, den ich mir für sie überlegt hatte, bescheuert vor. Meine Wangen wurden heiß und ich sah unangenehm berührt auf meine Finger.

»Ich fand ihn irgendwie passend, weil du so … du siehst aus wie …«

»Ich liebe den Namen«, entfuhr es ihr, und als ich zu ihr aufblickte, strahlte sie noch mehr. »Du weißt gar nicht, wie perfekt er passt.«

»Okay? Das … freut mich.«

Sie wandte sich der Tüte zu. »Heute ist nicht viel übrig geblieben. Nur ein Muffin und ein Sandwich von heute Mittag. Was davon willst du?«

»Äh, ich würde das Sandwich probieren.«

Sie gab mir das eingewickelte Brot, und als ich es aus dem Papier befreite, sah ich mehr Salat zwischen den getoasteten Scheiben als alles andere. Trotzdem biss ich hinein und meine Bedenken waren sofort verflogen. Es schmeckte wirklich gut.

»Sie haben dich in ein anderes Zimmer gebracht«, bemerkte sie und sah sich um. »Nett.« Sie lächelte verkrampft.

Ich hob die Schultern, antwortete jedoch nicht, da mein Mund zu voll war. Nett war der kleine Bruder von Scheiße. Ich war in der Geschlossenen. Nichts davon war nett.

Um von dieser Tatsache abzulenken, deutete ich auf das Essen vor uns, schluckte den Bissen hinunter und fragte: »Wo hast du das eigentlich alles her?«

»Nach Ladenschluss bleibt manchmal etwas übrig, und bevor ich es wegwerfe, nehme ich es mit und gebe es Leuten, die sich darüber freuen. Wie du zum Beispiel.«

Sie grinste, biss in den Muffin und fing mit einer Hand die Krümel auf.

»Also, arbeitest du in einem Restaurant oder in einem Café?«, fragte ich neugierig, um mehr über sie zu erfahren.

»In einem Café. Genauer gesagt, gehört das Café mir. Ich habe mir damit einen Traum erfüllt.«

Überrascht sah ich sie an. Sie wirkte so jung. Ich hätte eher gedacht, dass sie noch zur Uni ging.

»Erzähl mir mehr«, bat ich und sie tat es.

Sie erzählte mir von ihrem Traum, ihre Leidenschaften zu vereinen. Bücher, Pflanzen und Kuchen. Sie mietete ein leer stehendes Geschäft, das sie monatelang umbaute, bis es ihren Vorstellungen entsprach.

»Jedes Mal, wenn ich durch die Tür gehe, ist es wie nach Hause zu kommen. Und genau dieses Gefühl haben auch meine Gäste und das bedeutet mir unglaublich viel. Egal, wie erschöpft ich bin, wie anstrengend manche Tage sind. Es lohnt sich. Dieses Café ist mein Leben.«

Fasziniert betrachtete ich Flora. Diese Begeisterung in ihren Augen, wie zwei strahlende Sonnen, die mich beinahe blendeten. Ihre Worte rissen mich mit. Es war, als würde ich sie selbst spüren.

Die Pflegerin kam mit dem Abendessen, ich bedankte mich, achtete aber nicht auf das Tablett auf meinem Tisch. Stattdessen ließ ich mir von Flora Bilder ihres Cafés auf dem Handy zeigen. Ein gemütlicher Raum, mit dunkel gestrichenen Paletten voller Pflanzen, an den Wänden hunderte von Büchern, Tische und Stühle, die alle aussahen, als wären sie Antiquitäten. Auf den ersten Blick ein absolutes Chaos, aber als ich das Bild näher betrachtete, spürte ich die Liebe und Leidenschaft in jedem Detail.

»Und das hast du alles allein gemacht?«

Sie wog den Kopf hin und her. »Ich habe es zumindest versucht. Mit Youtube-Videos.« Sie lachte. »Aber bei manchen

Sachen hat mir mein Onkel geholfen. Er war es auch, der mir die finanzielle Starthilfe gegeben hat. Die ich ihm natürlich zurückzahle. Wahrscheinlich noch die nächsten fünfzig Jahre.«

»Das ist es wert«, flüsterte ich und scrollte durch die Homepage, die sie für das Café erstellt hatte. Es drehte sich viel um Bücher. Ihre Angebote für Autoren. Termine für anstehende Lesungen. In vier Wochen fand sogar eine Mitternachtslesung statt.

»Ja, oder?« Flora hatte sich neben mich aufs Bett gesetzt und ließ ihre Beine über dem Boden baumeln. Die Nähe, die mir erst jetzt bewusst wurde, brachte meine Wangen zum Glühen. Ich schob meine Brille hoch und gab ihr das Handy zurück. Hoffte, dass sie nicht bemerkte, wie verschwitzt meine Hand war.

»Du bist jederzeit herzlich eingeladen.« Sie grinste mich von der Seite an.

»Ich komme auf jeden Fall vorbei.« Irgendwann. Wenn ich hier herauskäme und endlich wieder wusste, wer ich war und wo ich hingehörte. Das freudige Kribbeln, das Flora in mir ausgelöst hatte, fiel in sich zusammen. Das Lächeln auf meinem Gesicht verschwand. Ich starrte auf meine Jogginghose, fummelte an einem hervorstehenden Faden. Spürte, wie die gelöste Atmosphäre um uns herum schwerer wurde.

»Du bist nicht allein.« Floras Stimme war so leise, dass ich aufblicken musste, um mich zu überzeugen, dass ich sie mir nicht eingebildet hatte.

Ich sah in ihre braunen Augen, sah das vertraute Strahlen darin, obwohl sie verdächtig glitzerten. Und irgendwie hatte ich das Gefühl, dass ihr die Worte in diesem Moment mehr bedeuteten als mir.

»Hast du das Buch weitergelesen?«, fragte sie immer noch leise. Ich schüttelte den Kopf.

»Soll ich es für uns beide machen?«

Ich nickte, plötzlich zu erschöpft, um etwas sagen zu können. Hinter meiner Stirn begann es zu pochen und ich lehnte mich in dem Bett zurück.

Flora holte das Buch von dem Tisch und setzte sich im Schneidersitz an das Bettende. Ihre melodische Stimme vertrieb die Leere in meinem Kopf, füllte ihn mit Bildern aus fremden Welten und Helden, die nicht merkten, wie sie langsam unter der Last der Welt zerbrachen.

Ich kuschelte mich in das flache Kissen, schloss die Augen und erwachte Stunden später in einem verlassenen Zimmer, das nur durch eine matte Lampe über der Tür erhellt wurde.

Fröstelnd schlang ich die Decke um mich und starrte auf das Buch auf dem Tisch.

Du bist nicht allein.

8
Nur ein Name

Flora

»Fährst du heute wieder zu ihm?« Julia zupfte an dem Träger meiner Latzhose. »*Nackt*.« Ihre Hand verkrampfte sich kurz, bevor der Tick wieder vorbei war.

Ich schnaufte belustigt und packte weiter die übrig gebliebenen Sandwiches in eine Tüte. »Ja, ich fahre zu ihm. Aber nicht nackt.« »Das würde ihn auf jeden Fall überraschen.«

Jetzt musste ich doch lachen.

»Definitiv.« Ich sah auf die Uhr. Endlich Feierabend. Bei dem Gedanken zuckte ich zusammen. Seit wann freute ich mich so über den Feierabend? Klar, war ich erschöpft, aber wenn ich könnte, würde ich die Nacht in diesem Café verbringen.

»Drehst du das Schild um?«

Aber Julia war bereits auf dem Weg. »Mach ein Foto von ihm. Ich will wissen, wie er aussieht.«

»Ich kann mich doch nicht vor ihn stellen und ihn fotografieren.«

Julia schnalzte mit der Zunge. »Mach ein Selfie von euch beiden. Ein Erinnerungsfoto.«

Ich holte Luft, um etwas zu sagen, ließ es aber bleiben. Bedeutete ein Erinnerungsfoto nicht, dass etwas zu Ende ging? Dass etwas bald vorbei sein würde? Aber ich wollte nicht, dass meine täglichen Besuche endeten.

Heute war der fünfte Tag, an dem ich abends ins Krankenhaus fahren würde. Es war wie ein Ritual und ich freute mich jeden Tag mehr, ihn zu sehen. Dabei wusste ich nicht mal, was mich an diesem blassen Jungen mit der Brille so faszinierte. Ich wusste nur, dass seine Nähe ein Gefühl in mir auslöste, von dem ich nicht gewusst hatte, dass es mir bisher gefehlt hatte.

Aber ja, irgendwann würden die Besuche enden. Ob er seine Erinnerungen wiedererlangen würde oder nicht, das Krankenhaus würde ihn nicht ewig dortbehalten.

Und dass ich nicht wusste, wie es dann weiterging, beschäftigte mich mehr, als mir lieb war. Nicht nur, was mit ihm geschah, sondern auch, ob sich unsere Wege weiterhin kreuzen würden.

Dass Alex mich vor wenigen Tagen betrogen hatte, war so unbedeutend geworden, dass ich mich ernsthaft fragte, was ich am Anfang in ihm gesehen hatte. Außer Muskeln und einem hübschen Gesicht.

Vielleicht hatte ich mich einfach nach einem heißen Typen gesehnt, wie in meinen Büchern. Jemanden, der mir die Welt zu Füßen legte, mich über Pfützen trug und mich verträumt ansah. Dabei waren die meisten Beziehungen in Büchern so toxisch dargestellt, dass ich die Protagonisten nur selten darum beneidete. Davon abgesehen, hatte Alex mich noch nie über eine Pfütze getragen, geschweige denn mir verträumte Blicke zugeworfen. Automatisch wanderten meine Gedanken zu Elliot und seinen aufmerksamen grauen Augen zurück.

»Kann ich dir noch irgendwo helfen?«

Ich sah zu Julia auf und legte den Kopf schief. Sie kannte die Antwort.

»Schönen Feierabend, Julia.«

Sie winkte mir zum Abschied, stieß ein *Ding-Ding-Dong* aus, als das Glöckchen über der Tür klingelte und verließ das Café.

Ich packte den übrig gebliebenen Kuchen ein und sah mich noch einmal um, vergewisserte mich, dass alle Geräte ausgeschaltet waren. Nichts wäre schlimmer, als wenn nachts ein Feuer ausbräche, nur weil ich vergessen hatte, den verdammten Sandwichgrill auszumachen.

Ich trat aus der Tür, lief nur wenige Schritte und schloss die

Haupttür des Mehrfamilienhauses auf, in dem ich wohnte. Es war ein Wink des Schicksals gewesen, als ich das leer stehende Geschäft gesehen hatte und der Makler mir zeitgleich verraten hatte, dass eine Wohnung in dem Gebäude daneben im nächsten Monat frei werden würde. Wie hätte ich da ablehnen können?

Ich holte mein Fahrrad aus dem Keller und verstaute die Tüten in dem Korb auf meinem Gepäckträger, bevor ich mich auf den Weg Richtung Park machte. Dort stellte ich eine Tüte an einer verlassenen Bank ab, hoffte, dass sie von der richtigen Person gefunden wurde. Dann fuhr ich weiter Richtung Krankenhaus. Begleitet von einer prickelnden Aufregung. Etwas, das ich zuletzt gespürt hatte, als ich den Mietvertrag für mein Café unterschrieben hatte.

Auf der Station begrüßte mich eine ältere Krankenschwester und ich reichte ihr eine weitere, vollbeladene Tüte.

»Danke, meine Liebe.« Doch ihr Lächeln erreichte nicht ihre Augen. »Der junge Mann hat Besuch. Doch ich glaube, du solltest trotzdem zu ihm rein.«

»Oh?« Mehr brachte ich nicht hinaus.

Besuch? War das nicht gut? Doch warum wirkte die Schwester so besorgt? Mit einem nervösen Ziehen im Magen ging ich Richtung Elliots Zimmer.

Die Tür stand offen und als ich hineinsah, blieb ich augenblicklich stehen.

Zwei Polizisten standen vor Elliot, der blass und steif in seinem Bett saß, und drehten sich zu mir um.

»Äh ... tut ... tut mir leid«, stammelte ich und wollte wieder gehen.

»Nicht«, rief Elliot, die Augen panisch aufgerissen. »Bitte bleib hier«, flehte er mich an.

Unsicher sah ich zu den Polizisten. Eine schlanke junge Frau und ein braun gebrannter Mann mit grau melierten Haaren.

Der Mann nickte. »Kein Problem.«

Zögernd ging ich an den beiden vorbei und setzte mich neben

Elliot auf das Bett. Seine Hände krallten sich verkrampft in den Stoff seiner Jogginghose und er atmete schwer.

Okay, was war hier los?

»Also«, begann die Polizistin. »Wie gesagt, du musst dir keine Sorgen machen. Der Verdacht wurde fallen gelassen, du hast auch keine Anzeige bekommen. Der Täter wurde gefasst. Es ist alles in Ordnung und er hat dafür gesorgt, dass wir deine Identität herausfinden konnten.«

Ein leises »Oh« entfuhr mir.

War das nicht gut? Ich sah Elliot an. Er war noch blasser geworden als wenige Sekunden zuvor.

Sanft legte ich eine Hand auf seine.

»Atme«, flüsterte ich. Wusste, wie eine drohende Panikattacke aussah und wusste auch, dass diese einfache Aufforderung manchmal Wunder bewirken konnte. »Ein und aus.«

Elliot tat es und das Zittern, das ich unter meiner Hand spürte, ließ ein wenig nach.

Die Polizisten waren einfühlsam genug und hatten ihm etwas Zeit gegeben, bevor die Frau einen Umschlag auf den Tisch legte.

»Da drin stehen dein Name und deine Adresse.« Sie holte tief Luft, schien noch etwas sagen zu wollen, entschied sich dann aber dagegen. Sorge stand ihr ins Gesicht geschrieben und ich fragte mich warum. War jetzt nicht alles in Ordnung?

Schließlich sagte sie mit einem freundlichen Lächeln auf den Lippen, das ihre Augen nicht erreichte: »Vielleicht hilft dein Zuhause deinen Erinnerungen auf die Sprünge, aber selbst wenn nicht …« Sie zögerte. »Sieh es als Chance. Eine Chance, Dinge zu ändern, einen neuen Blickwinkel zu bekommen. Egal wie trist und regnerisch es gestern war, egal wie viele Wolken heute über den Himmel ziehen, morgen könnte schon die Sonne scheinen.«

Warum hatte ich das Gefühl, dass sie ihm etwas verschwieg? Wut stieg in mir auf, nur um sofort wieder abzuebben. Verheimlichte ich ihm nicht auch etwas? Das kurze, einseitige Gespräch auf der Brücke?

»Meine Güte, warum bist du heute so poetisch?«, grummelte der Mann.

Die Polizistin lachte leise. »Tut mir leid.«

Dann wandte sie sich an Elliot, der regungslos auf den Umschlag starrte.

»Mach dir keine Sorgen, das wird wieder.«

Er reagierte immer noch nicht. Auch als sich die Polizisten verabschiedeten, blieb er unverändert sitzen.

Meine Hand lag immer noch auf seiner. Ich drückte sie leicht, um seine Aufmerksamkeit zu erregen.

»Willst du lieber allein sein?«, fragte ich leise.

Ein Ruck ging durch seinen Körper und endlich löste sich sein beängstigend starrer Blick von dem Umschlag und richtete sich auf mich. Der Ausdruck in seinen Augen ließ mich zusammenzucken.

»Bitte bleib«, wisperte er.

»Okay«, flüsterte ich und blieb neben ihm sitzen. Überlegte, warum er sich so vor diesem unscheinbaren Umschlag fürchtete. Konnte er sich an etwas erinnern? Oder wollte er sich nicht erinnern?

Doch ich drängte ihn nicht, ich blieb einfach bei ihm und wartete geduldig, bis er sich wieder etwas gefasst hatte. Dabei wurde mir klar, dass er vielleicht bald nach Hause konnte, jetzt, wo er seine Wohnanschrift hatte. Die abendlichen Besuche hier im Krankenhaus würden irgendwann enden und er würde in sein altes Leben zurückkehren.

Vielleicht hatte Julia recht und ich sollte noch ein Erinnerungsfoto mit ihm machen.

Der Gedanke stimmte mich traurig. Aber ich verdrängte das Gefühl.

Neben mir entspannte sich Elliots Körper langsam und er nahm die Brille ab, um sich die Augen zu reiben.

»Kannst ... würdest du ...« Seine Stimme klang heiser. »Liest du mir weiter aus dem Buch vor?«

Aufmerksam sah ich ihn von der Seite an, aber er wich meinem Blick aus.

Was ging in seinem Kopf vor?

Das Buch lag genau neben dem Briefumschlag. Ich nahm es und öffnete es an der Stelle, an der das Lesezeichen herausschaute.

Wie gestern setzte ich mich auf sein Bett, in dem Elliot es sich jetzt bequem machte, und begann zu lesen.

Solange bis eine Schwester hereinkam und mich daran erinnerte, dass die Besuchszeit vorbei war.

Elliot lag auf der Seite und starrte ins Leere. Ich klappte das Buch lauter als nötig zu. Aber es hatte den gewünschten Effekt und lenkte seine Aufmerksamkeit auf mich.

»Wovor hast du Angst?«, fragte ich ihn forscher als beabsichtigt.

Er setzte sich auf. Fuhr sich durch die lockigen Haare.

»Ich weiß es nicht.« Unschlüssig hob er die Schultern, bevor er mich ansah. »Es muss einen Grund gehabt haben, warum ich …« Er verzog das Gesicht. »Ich will wissen, wer ich bin, aber ich habe Angst davor. Angst vor diesem Grund. Verstehst du?«

Ich nickte nachdenklich. »In diesem Umschlag«, begann ich, »wird höchstwahrscheinlich nicht dieser Grund drinstehen. Und selbst wenn der Inhalt dich wieder daran erinnert, heißt das nicht, dass du dich wieder so fühlen musst wie auf der Brücke. Du hast seit fünf Tagen keine Erinnerungen mehr an dein altes Leben. So etwas verändert einen.«

»Vielleicht«, murmelte er unsicher. Wir starrten beide auf den Umschlag.

Dann stand ich auf, ging zum Tisch und stellte die Tüte mit dem Essen darauf, die die gesamte Zeit neben mir auf dem Bett gestanden hatte. Daneben legte ich das Buch.

»Ich habe eine Idee«, sagte ich. »Was ist, wenn ich reinschaue.«

Unschlüssig kaute Elliot auf seinem Daumennagel, dann nickte er.

Also nahm ich den Umschlag. Er war nicht zugeklebt, also zog ich nur die Lasche heraus und dann ein DIN-A4-Blatt. Ich faltete es auseinander. Als Erstes fiel mein Blick auf ein verpixeltes, schwarzweiß Bild, das einen jüngeren Elliot zeigte. Eine Mütze bedeckte seine Haare, die Brille saß schräg auf der Nase und er sah unsicher in die Kamera. Daneben standen ein Name, eine Adresse und eine Handynummer. Mehr nicht.

»Also ich finde den Namen, den ich für dich ausgesucht habe, besser«, sagte ich mit einem schiefen Grinsen und hielt ihm den Zettel entgegen.

Unsicher sah er darauf.

»Nimm«, forderte ich ihn sanft auf und er tat es.

Seine Augen überflogen die wenigen Zeilen.

»Luca Callens?«, sagte er schließlich zweifelnd, als konnte er nicht glauben, dass er so hieß.

»Du siehst wirklich nicht aus wie ein Luca.«

Er schnaubte belustigt und ich konnte spüren, wie die Anspannung langsam von ihm abfiel.

»Wie sieht denn ein Luca für dich aus?«

»Keine Ahnung. Ein muskelbepackter, hirnloser Footballspieler vielleicht, aber nicht ... du.«

»Und ich sehe aus wie ...?« Er ließ den Satz unvollendet.

Ich schulterte den Rucksack und lächelte frech. »Wie ein Elliot.«

Er hob einen Mundwinkel und ich war froh, dass die Angst in seinen Augen schwächer wurde. Die Daten auf dem Blatt schienen seine Erinnerungen nicht heraufbeschworen zu haben. Und irgendwie wirkte er erleichtert.

»Also dann sehen wir uns morgen, Elliot.«

Sein Lächeln erstarb und er starrte auf den Zettel. »Ja, vielleicht.«

Nachdenklich runzelte ich die Stirn, während sich ein Knoten in meinem Magen bildete. »Vielleicht?«

Er sah auf und blickte Richtung Fenster. »Jetzt, wo ich meine Adresse habe, lassen sie mich vielleicht gehen.«

Ich konnte mir nicht vorstellen, dass sie ihn einfach so wieder entließen.

»Willst du nicht lieber noch etwas bleiben und zur Ruhe kommen?«

Entschlossen schüttelte er den Kopf. »Hier kann ich nicht zur Ruhe kommen, Flora.« Er seufzte. »Nicht, wenn ich wie ein Gefangener in diesem fremden Zimmer hocke. Nicht, wenn ich Fragen gestellt bekomme, die ich nicht beantworten kann, weil ich nicht weiß, wer ich bin. Ich habe keine Erinnerungen. Ich weiß nicht, warum ich mich umbringen wollte. Jetzt, wo ich die Adresse habe, muss ich dahin. Auch wenn ich es nicht will, was ich nicht verstehe, weil …« Er presste die Augen zusammen und hielt sich den Kopf, als hätte er Schmerzen.

»Da ist etwas, Flora«, flüsterte er gequält. »Und ich habe Angst vor diesem Etwas. Aber ich muss wissen, wer ich bin, und das finde ich eher bei meiner Adresse heraus als in irgendeinem fremden Krankenhaus.«

Er holte tief Luft und seine Schultern sackten ein, als hätten ihm die Worte die Kraft geraubt.

»In Ordnung«, sagte ich leise in die Stille hinein. »Aber versprich mir etwas.«

Er sah zu mir auf.

»Schlaf noch eine Nacht drüber. Diese Adresse ist auch noch in ein oder zwei Wochen da, genau wie deine Vergangenheit. Sie wird nicht einfach wegrennen.«

»Warum fühlt es sich dann so an?«

Seine Augen glitzerten verräterisch, bevor er hastig auf seine Hände sah.

Verdammt, ich wollte jetzt nicht gehen. Ich wollte ihn nicht allein lassen, aber die Besuchszeit war um. Ich kramte in meinem Rucksack nach meinem Terminplaner, riss eine leere Notizseite heraus und schrieb mit meinem pinken Kugelschreiber etwas darauf.

»Das ist meine Handynummer und die Adresse meines Cafés.« Ich reichte ihm den Zettel. »Du kannst dich jederzeit melden.«

»Danke«, sagte er leise. »Danke für alles.«

Warum hatte ich das Gefühl, dass ich ihn morgen nicht wiedersehen würde, dass es gerade zwischen uns zu Ende ging, obwohl es noch gar nicht angefangen hatte. Nur weil Elliot bald in sein altes Leben zurückkehren konnte, bedeutete es nicht, dass wir uns nicht mehr sahen. Und doch befürchtete ich genau das.

Ich holte tief Luft, dachte an seine Worte auf der Brücke. *Egal, was du dort finden wirst; es ist nicht deine Schuld.*

Ich sollte es ihm sagen. Ich musste es.

»Wir sehen uns, Elliot.« Schnell drehte ich mich um und wollte gehen.

»Dein Buch«, rief er mir hinterher, aber ich winkte ab.

»Du kannst es dir ausleihen. Dann hast du immerhin einen Grund, mich zu besuchen.«

»Das werde ich.«

»Ich freue mich darauf.«

Dann verließ ich sein Zimmer.

9
Der Heimweg

Elliot

Keuchend stützte ich meine Hände auf den Knien ab. Bemüht meine Atmung und meinen Herzschlag zu beruhigen. Schweiß lief mir kitzelnd den Rücken hinab, während ich mich aufrichtete und den Kopf gegen die kühle Mauer hinter mir lehnte.

Verdammt, wer hätte gedacht, dass man so einfach aus einer Psychiatrie verschwinden konnte. Zu gern hätte ich das Gesicht meines Pflegers gesehen, als ich plötzlich Richtung Zaun gerannt war. Ein atemloses Lachen entkam mir und das Adrenalin ebbte langsam wieder ab.

Natürlich wollte das Krankenhaus mich nicht entlassen. Der Arzt hatte mir seinen Therapieplan erklärt, doch ich hatte gar nicht zugehört. Ich wollte meine Erinnerungen zurück und nicht mit irgendwelchen Fremden in einem Raum sitzen und reden. Was sollte ich denn erzählen? Da gab es nichts in meinem Kopf.

Und nun stand ich hier. Allein und schutzlos. Die vertrauten vier Wände meines Zimmers unerreichbar für mich und die plötzliche Weite um mich herum, nahm mir die Luft.

Vor mir eine belebte Kreuzung. Drei verschiedene Wege. Drei verschiedene Richtungen und ich hatte keine Ahnung, wohin ich gehen sollte. Wo ich überhaupt war. Kurz kamen mir Zweifel, ob ich die richtige Entscheidung getroffen hatte. Sollte ich doch lieber zurück?

Ich presste die Augenlider zusammen.

Nein. Ich musste zu dieser Adresse, meinem Zuhause, auch wenn sich mein gesamtes Inneres dagegen sträubte.

Ich verstärkte den Griff um Floras Buch, in dem der Zettel mit ihrer Telefonnummer und ihrer Adresse steckte. Das und das Notizheft mit dem Kugelschreiber in meiner Hoodietasche waren alles, was ich besaß. *Atme!*, sagte Floras Stimme in meinem Kopf. Ich tat es. *Ein und aus.*

Dann lief ich los. Geradeaus, mal links, mal rechts. Da ich kein Geld für ein Taxi besaß, blieb mir nur der Weg zu Fuß. Und da ich keine Ahnung hatte, wo ich mich eigentlich befand, musste ich mich überwinden, Leute anzusprechen, die mir helfen konnten, meine Adresse zu finden.

Ich entdeckte einen sympathisch wirkenden Kerl an einem Handy und ging auf ihn zu. Erklärte ihm, dass ich mein Handy verloren hatte und zu der Adresse auf dem Zettel musste. Er zeigte mir die Route. Das Navi sagte mir, dass ich etwa dreißig Minuten zu Fuß brauchen würde. Ich notierte die Wegbeschreibung in mein Notizheft und machte mich auf den Weg.

Zwischen den hohen Häusern türmten sich in der Ferne bedrohlich dicke, dunkle Wolken auf. Mit Pech würde ich direkt in einen Regenschauer hineinlaufen. Also beeilte ich mich, folgte den Straßen, suchte nach Schildern und ging immer weiter in die mir völlig fremde Stadt hinein. In der überfüllten Einkaufsstraße landeten die ersten dicken Tropfen auf meinen Brillengläsern.

Ich zog mir die Kapuze über, stopfte Floras Buch in die Hoodietasche. Auch wenn es etwas knickte, war es besser, als wenn es durch den Regen völlig zerstört wurde. Der Weg führte mich an einem Friedhof vorbei, der mir so plötzlich den Magen verkrampfte, dass mir schlecht wurde. Ich war kurz davor, mich zu übergeben, als ich ihn endlich hinter mir ließ und sich das Gefühl verflüchtigte.

Natürlich waren Friedhöfe keine schönen Orte, aber dass ich so reagierte, verunsicherte mich. Verband ich etwas mit diesem Ort? Oder lag es daran, dass ich beinahe selbst dort gelandet wäre?

Ich schob die Gedanken beiseite und bog in eine gepflegte Wohnsiedlung ein. Hübsche Einfamilienhäuser, ordentliche Vorgärten. Schulkinder liefen an mir vorbei auf ihrem Weg nach Hause. Ich sah auf meine gekritzelte Wegbeschreibung und hoffte, dass vielleicht eines der Häuser zu mir gehörte. Dass dort eine Familie auf mich wartete. Aber warum war dann niemand im Krankenhaus aufgetaucht?

Es lagen noch einige Abzweigungen vor mir, sodass sich, als der Regen stärker wurde, die Einfamilienhäuser in große Wohnblocks verwandelten. Immer noch gepflegt, aber man sah, dass die Menschen hier deutlich weniger Geld zur Verfügung hatten. Hier und da lagen Glasflaschen oder Getränkedosen herum.

Mit jedem Schritt, den ich weiterlief, verdunkelte sich nicht nur der Himmel, sondern auch das Leben um mich herum. Dunkle Gestalten lauerten in den Schatten. Müll sammelte sich in den Gebüschen. Es begann nach vergammelten Essen, Pisse und Bier zu stinken. In der Ferne war das Brüllen eines Mannes und das wütende Zetern einer Frau zu hören. Hunde bellten. Motoren dröhnten.

Meine Hand krampfte sich um mein Notizheft, als ich an einer Ecke ein Schild entdeckte, auf dem die Straße meiner Wohnanschrift stand.

Hier irgendwo wohnte ich, aber nichts kam mir bekannt vor. Im Gegenteil, diese verdreckte Gegend gab mir das Gefühl, so schnell wie möglich das Weite suchen zu wollen. Ich gehörte nicht hierher. Es fühlte sich einfach falsch an, aber die Adresse stimmte.

Ich suchte nach der Hausnummer und fand sie schließlich. Eine große, weiße Sechsundvierzig prangte über einer Eingangstür, deren rechte Scheibe gesprungen war. Ich näherte mich dem Eingang. Stieg über ein verrostetes Kinderfahrrad, einen verdreckten Puppenwagen. Über zerbrochene Bierflaschen, leere Lebensmittelverpackungen. Hier konnten doch keine Kinder wohnen.

Mein Herz raste, während ich die Reihe der Namen neben der Tür durchging. Manche waren mit Edding auf den Plastikschutz geschrieben, andere mit Tesafilm aufgeklebt und nur wenige ordentlich hinter den Schutz geschoben.

Und tatsächlich entdeckte ich den Namen Callens. Ein kleiner weißer Zettel, auf dem neben dem Namen auch eine kleine Sonne gemalt war.

Ich starrte auf die Schrift. War das meine? Ich verglich sie mit meinen Notizen. Aber sie war anders. Bedeutete das, dass noch jemand in dieser Wohnung lebte? Oder hatten sich die Polizisten getäuscht? War ich gar nicht Luca Callens? Hatten sie einfach falsche Daten bei den Fingerabdrücken hinterlegt?

Ich hoffte es so sehr. Hoffte, dass es nur ein dummer Fehler war und dass irgendwo eine Familie auf mich wartete, in einer netten Wohnung fernab von all der Finsternis hier.

Mein Finger schwebte über der Klingel. Die Nervosität vibrierte in jeder einzelnen Zelle meines Körpers. Der Regen prasselte laut auf das Vordach über mir, dröhnte unerträglich in meinen Ohren. Ich musste wissen, wer ich war, wo ich herkam, ob das hier tatsächlich mein Zuhause war … doch ich wollte es nicht.

Mein Körper drängte mich dazu, zu gehen. Die Leere in meinem Kopf wurde immer deutlicher, immer größer. Als warnte sie mich, dass ich nicht weitersuchen sollte.

»Fuck!« Ich drückte auf die Klingel und hielt den Atem an. Wartete. Sekunde um Sekunde. Starrte die Tür vor mir an. Nichts geschah. Niemand öffnete. Ich war … allein.

Mir entwich die Luft aus der Lunge und ich nahm einen zittrigen Atemzug. Mein Inneres war hin und her gerissen zwischen Erleichterung und Verzweiflung.

Kurz blitzte ein Gefühl in mir auf. Etwas Vertrautes, als hätte ich bereits einige Male vor dieser Tür gewartet.

Hass, Angst, Hoffnungslosigkeit. Ein Knäuel aus Emotionen überwältigte mich. Nicht länger als für einen flüchtigen Moment, doch es genügte, dass ich hastig von der Tür zurückwich. Ich konnte hier nicht bleiben. Alles in mir brüllte, dass ich verschwinden sollte. Dass es hier nichts mehr für mich gab.

Ich wirbelte herum und eilte davon. Vorbei an einem rostigen Klettergerüst. Selbst hier, wo Kinder unbekümmert spielen sollten, lagen so viel Müll und Scherben herum.

Mein Blick blieb an der Schaukel hängen. Und plötzlich schob sich eine Erinnerung vor mein Sichtfeld. Vermischte sich mit der Realität. Ich stand in der Gegenwart und war doch in der Vergangenheit gefangen.

Ein Kind schaukelt lachend. Ich schubse es an, sehe auf die rote Jacke. Ein gelbes Basecap versteckt strohblonde wirre Locken. Ein Mädchen. Sie lacht, ruft etwas, das ich nicht verstehen kann. Ein normaler, glücklicher Moment. Aber alles, was ich fühle, ist Schmerz. Ein unerträglicher Schmerz, der sich durch mein Herz frisst. Es in Stücke reißt. Es verschlingt.

Keuchend stolperte ich zurück. War wieder im Hier und Jetzt. Die Erinnerung verblasste, aber der Schmerz blieb. Es tat so weh. Ich krallte meine Finger in die Brust. Warum tat es so weh? Tränen sammelten sich in meinen Augen.

Ich sah zurück auf das heruntergekommene Gebäude. Auf die dreckigen Fensterscheiben, auf das vereinzelte Flimmern von Fernseher, das nach draußen drang. Balkone, nur mit Brettern gesichert. Risse in der Mauer. Der Eingangsbereich mit Farbe beschmiert und mit leeren Bierflaschen übersät.

Glas zerbricht. Ein gehässiges Lachen hallt zu uns herüber. Schützend ziehe ich das Mädchen an mich. Beobachte einen Mann wachsam, bevor ich sie in Sicherheit bringe.

Die Erinnerung fiel von mir ab, hinterließ eine glühende Panik, die mir den Atem nahm.

Dann rannte ich. Ich rannte weg von diesem Haus. Weg von den Erinnerungen, die diesen unerträglichen Schmerz in mir auslösten. Der Puls rauschte in meinen Ohren, die Welt vor mir verschwamm. Ich stolperte, fiel hin, richtete mich schwankend wieder auf und rannte weiter.

Erst als der Schmerz langsam nachließ und mein Kopf wieder klarer wurde, verlangsamte ich meine Schritte. Der Regen war mittlerweile so stark, dass ich durch meine Brille kaum noch etwas sehen konnte und ich bis auf die Knochen durchnässt war. Keuchend blieb ich an einer Bushaltestelle stehen. Lehnte meine Stirn gegen das kühle, nasse Blech. Mein eigener Atem dröhnte unerträglich in meinen Ohren. Das Herz schlug mir bis zum Hals. Ein leiser Schluchzer ließ mein Inneres Beben.

»Was bis'n du für 'n Weichei?«

Ich zuckte vor der lallenden Stimme hinter dem Blech zurück. Erkannte erst jetzt, dass dort ein alter Typ mit einer Bierdose stand. Trotz des Regens roch es nach Pisse und Kotze. Hastig wollte ich an ihm vorbei, doch er packte mich an der Schulter.

»Hey Heulsuse, hast'n bissel Kleingeld für mich?«

Instinktiv riss ich mich von ihm los, doch plötzlich stieß er mich gegen die Blechwand, die unter meinem Aufprall laut schepperte. Bier schwappte auf meinen durchnässten Hoodie und der Typ kam wankend, aber nicht weniger drohend auf mich zu.

Bevor er erneut etwas sagen konnte, übernahm die Angst meinen Körper. Lenkte ihn, lenkte meine Faust auf das knollige und rote Gesicht des Typens zu. Ich traf ihn mitten auf die Nase. Brüllend stolperte er nach hinten, fiel über seine eigenen Füße und landete auf dem versifften Boden. Ich verlor keine Zeit, ignorierte sein lallendes, unverständliches Gebrüll und lief mit hastigen Schritten weiter. Immer weiter. Bis die beschmierten Wände zu dichtem Gestrüpp, leere Flaschen und Dosen zu wilden Blumen wurden. Überfüllte Mülltonnen formten sich in unscheinbare Briefkästen in kleinen, ordentlichen Vorgärten. Und aus betrunkenen Gestalten wurden Hundebesitzer, die durch den Regen eilten.

Erst als ich sicher war, die bedrückende Dunkelheit hinter mir gelassen zu haben, blieb ich stehen. Meine Hand, mit der ich den Typen geschlagen hatte, begann langsam zu pochen. Meine Füße schmerzten in den viel zu kleinen Schuhen, die ich vom Krankenhaus bekommen hatte. Erschöpfung machte sich in mir breit und ich war dankbar für die Bank, die am Rand des Fußweges auftauchte.

Ich setzte mich, schloss die Augen und wandte mein Gesicht dem Regen zu. Hoffte, dass er die quälenden Erinnerungen wegspülte, die Bilder der letzten Minuten. Ich sehnte mich nach der einsamen Leere in meinem Krankenhauszimmer, nach der Ungewissheit.

Verdammt, was sollte ich jetzt tun? Ich konnte nicht zurück zu diesem Wohnblock. Nicht jetzt. Nicht allein. Das schaffte ich nicht. Doch ich wollte auch nicht in irgendeiner sterilen Klinik sitzen und verzweifelt auf weitere Erinnerungen warten.

Automatisch dachte ich an Flora. An ihr strahlendes Lächeln. An ihre Stimme. Ihr Geruch nach frischem Kaffee und Kuchen. Sie war die erste Person, die ich in diesem fremden Leben gesehen hatte, die Einzige, die sich für mich interessierte. Sie hatte die Leere in mir mit Licht gefüllt.

Mit zitternden Fingern tastete ich nach dem Buch in der Tasche meines Hoodies. Mein Herz setzte aus, als es nicht da war. Ich sprang hoch, suchte noch mal in der Tasche, klopfte die Hosentaschen ab, als könnte das Buch dort sein. Aber es war weg. Mein Notizheft auch.

Ich hatte es verloren. Panik überkam mich, ließ meine Gliedmaßen zittern.

Ihre Nummer. Die Adresse ihres Cafés. Weg.

Nein. Nein, nein, nein!

Wie sollte ich sie jetzt finden?

Ich raufte mir die Haare, drehte mich im Kreis, suchte den dunklen, nassen Boden ab. Vielleicht hatte ich es an der Bushaltestelle oder vor dem Wohnblock verloren.

Ohne nachzudenken, rannte ich zurück. Rannte durch den Regen, durch die Pfützen, vorbei an Menschen unter Regenschirmen, an Briefkästen, an Blumen und Büschen. Ließ die friedvolle Gegend hinter mir und tauchte wieder ein in die Dunkelheit der Stadt. Dem Abschaum. Dem Dreck und den finsteren Gestalten.

An der Bushaltestelle lag der besoffene Typ immer noch an derselben Stelle und schnarchte laut. Ich suchte alles ab, sogar seine Jacke, schob ihn zur Seite. Aber es war nicht hier. Also lief ich weiter zu dem Wohnblock. Zu der Schaukel. Die Regenwolken hatten den Himmel verdunkelt, durch meine nassen Brillengläser konnte ich kaum etwas erkennen. Der Regen und das Glitzern der Pfützen machten es mir nicht leichter, aber auch hier war nichts zu sehen.

In meinem Kopf drehte sich alles um das Buch. Um den Zettel darin. Um die Nummer. Die Adresse. Um sie. Flora. Ich kannte nicht einmal ihren richtigen Namen.

Meine Erinnerungen, meine Vergangenheit, die hinter den Mauern des heruntergekommenen Wohnblocks verborgen waren, kümmerten mich nicht.

In der Ferne heulten Sirenen, lösten ein nervöses Ziehen in meiner Brust aus und ich lief eilig den Weg entlang, den ich gekommen war. Immer wenn mir etwas fremd vorkam, suchte ich nach vertrauten Orientierungspunkten, bis ich schließlich völlig durchnässt und zitternd am Krankenhaus ankam. Der Himmel war nicht mehr als eine wabernde Schwärze, dass selbst die Regenwolken hinter dem grellen Licht der Laternen nicht mehr zu erkennen waren.

Ich starrte das hell erleuchtete moderne Gebäude an, aus dem ich heute erst geflohen war. Und trotzdem war es in den letzten Tagen mehr mein Zuhause gewesen als der heruntergekommene Wohnblock, in dem ich gemeldet war.

Und jetzt stand ich hier. Verloren. Einsam. Konnte weder in die eine noch in die andere Richtung. Unfähig, mich meiner Vergangenheit zu stellen und nicht in der Lage einen Schritt in die Zukunft zu gehen.

»Elliot?«

10
Willkommen im Chaos

Flora

Erschrocken drehte er sich um. Er schien mich im ersten Moment gar nicht zu erkennen und stand völlig neben sich. War komplett durchnässt, blass und die Schultern eingefallen. Aber auch ich war nicht darauf vorbereitet, Elliot hier draußen zu sehen. Hatte das Krankenhaus ihn tatsächlich entlassen? Aber warum stand er dann hier mitten im Regen?

»Flora.« So viel Schmerz in einem Wort und so viel Erleichterung.

Unsicher ging ich auf ihn zu. Blieb vor ihm stehen. Ich hob eine Hand, wollte ihn berühren, traute mich aber nicht.

»Was machst du hier? Warum …«

Plötzlich stürzte er auf mich zu und schlang seine Arme um mich. Erschrocken schnappte ich nach Luft. Er drückte mich so fest an sich, als hätte er Angst, ich würde wieder gehen.

Ich bin hier.

Meine Arme legten sich um seinen Rücken und ich vergrub mein Gesicht in der Vertiefung seiner Halsbeuge. Mein Regencape, kalt und nass, verhinderte, dass sich unsere Haut berührte, trotzdem schmiegte ich mich enger an seinen bebenden Körper.

Wir hielten uns fest. Achteten nicht auf den Regen, achteten nicht auf die Leute, die an uns vorbeieilten. In diesem Augenblick gab es nur uns beide. Zwei Menschen, die das Schicksal zum zweiten Mal zusammengeführt hatte. Aber dieses Mal würde ich nicht zulassen, dass er in die Dunkelheit hinabfiel. Dieses Mal würde ich ihn halten. So fest ich konnte.

Langsam entspannte sich Elliots Körper unter meiner Umarmung. Sein Atem wurde ruhiger, das Zittern ließ nach.

»Ich dachte, ich hätte dich verloren«, sagte er leise an meinem Ohr.

»Verloren?«, fragte ich ebenso leise.

»Du warst weg. Alles, was ich von dir hatte, war weg.«

Er drückte mich noch enger an sich, dass ich befürchtete, er würde mich gleich zerquetschten. Aber ich beschwerte mich nicht. Blieb in seiner Umarmung. Streichelte ihm beruhigend über den Rücken. Dabei stieg mir ein unangenehmer Geruch in die Nase. Ich versteifte mich, ignorierte die dutzenden Bilder von Alex, die warnend durch meinen Kopf blitzten. Schwankend, lallend, unberechenbar.

»Bist du betrunken?«

Langsam löste er sich von mir. Fuhr sich durch die Haare. Wirkte auf einmal verunsichert.

»Nein. Warum?«

»Du stinkst nach Bier.«

Er lachte zittrig. »Da war so ein Typ, der hat seine Dose über mich verschüttet und dann habe ich …« Sein Lachen erstarb und er starrte auf seine Hand.

Besorgt ließ ich meinen Blick an ihm auf und ab gleiten.

»Was ist passiert? Warum stehst du hier draußen im Regen?«

»Ich wollte zu dieser Adresse«, sagte er erstickt. »Ich war da. Aber niemand hat aufgemacht und … ich konnte nicht bleiben.« Er schlang die Arme um sich und blickte zu Boden. »Ich musste da weg. Und dann wollte ich dich anrufen, weil du gesagt hast … du hast gesagt, ich kann mich jederzeit bei dir melden. Aber dann war dein Buch weg. Ich habe überall gesucht, aber ich habe es nicht gefunden. Aber jetzt …«

Er hob seinen Blick, sah mich mit solch einer Erleichterung an, dass sich meine Brust zusammenzog. Innerhalb eines Herzschlags traf ich eine Entscheidung.

»Okay.« Ein sanftes Lächeln breitete sich auf meinem Gesicht aus. »Komm mit.«

Ich ging zu den Fahrradständern, schloss mein Rad ab und begann, es nach Hause zu schieben. Unsicher folgte mir Elliot.

»Es tut mir leid«, begann er kurz darauf. »Wegen deinem Buch. Ich werde es dir ersetzen … irgendwann.«

»Mach dir keine Gedanken. Zum Glück habe ich es schon …«, ich überlegte kurz, »viermal gelesen. Von daher bist du der Einzige von uns beiden, der nicht weiß, wie es weiter geht.«

»Kann sie den König am Ende töten?«

Ich lachte. »Ha, als ob ich dir das verraten würde. Vielleicht finden wir das Buch, wenn wir den Weg bei Tageslicht noch einmal gehen.«

Bei den Worten spannte sich Elliot erneut an. Was hatte er erlebt, dass ihn so verunsicherte, beinahe ängstigte?

Ich ließ das Thema vorerst auf sich beruhen und wir liefen den restlichen Weg in vertrautem Schweigen. Der starke Regen hatte sich in einen feinen Niesel verwandelt, was es nicht besser machte. Trotz meines Regencapes waren meine Arme und Beine völlig durchnässt. Zum Glück war mein Rucksack darunter geschützt.

Nach zwanzig Minuten kamen wir an dem einfachen, unscheinbaren Wohnhaus neben meinem Café an. Elliot wirkte erschöpft, achtete kaum auf seine Umgebung. Also schob ich ihn durch die Tür. Er wartete, bis ich mein Fahrrad im Keller verstaut hatte und folgte mir die knarrende, petrolfarbene Treppe hinauf in den sechsten Stock. Vor meiner Wohnungstür zog ich das Regencape aus und knüllte es zusammen, um nicht alles nasszumachen.

»Ich habe keinen Besuch erwartet, also beschwer dich nicht über die Unordnung«, sagte ich, schloss die Tür auf und schaltete das Licht in der Wohnung ein.

Elliot folgte mir und wir stellten unsere nassen Schuhe auf die Fußmatte.

»Ich kann dir kein Gästezimmer und auch kein Sofa zum Schlafen anbieten, aber ich habe irgendwo noch eine Isomatte, die ich dir geben kann.«

Fröstelnd rieb ich mir die Arme, war seltsam angespannt, während ich beobachtete, wie Elliot sich in meiner chaotischen Wohnung umsah.

Der Schmerz in seinen Augen verblasste ein wenig, genauso wie die bedrückende Traurigkeit.

»Aber zuerst mache ich uns einen heißen Kakao.«

»Das hört sich gut an«, murmelte er abwesend, während er sich fasziniert umsah. Ich unterdrückte ein Schmunzeln.

Es gab genau zwei Arten von Menschen, die meine Wohnung betraten. Die einen, die von dem heillosen Durcheinander überfordert waren und automatisch begannen aufzuräumen, und die anderen, die jedes Detail bewunderten, es in sich aufnahmen und sich stundenlang umsehen konnten.

Ja, meine Wohnung war ein heilloses Durcheinander. Aber es war nicht dreckig, um ehrlich zu sein, war es auch nicht unaufgeräumt. Es war einfach viel und irgendwie passte nichts zusammen.

Hunderte von Büchern und Pflanzen, die jeden freien Fleck für sich beanspruchten. Mein kleines, aber feines und gepflegtes Garnelen Aquarium. Die dutzenden *Funko Pop* oder Anime-Figuren. Buchkerzen, Lesezeichen und anderes Buchmerchandise. Dazu meine wenigen Möbel, die ich alle vom Flohmarkt hatte. Ein runder Tisch, zwei unterschiedliche Sessel und ein großer Kleiderschrank aus dunklem Eichenholz.

Ich nahm zwei Tassen aus dem Schrank und holte den Kakao aus einer Schublade, während ich Elliot aus dem Augenwinkel beobachtete, wie er langsam durch die Wohnung ging. Dabei hinterließ er feuchte Fußabdrücke auf dem weichen, hellen Teppich vor meinem Bett.

»Elliot?«

Eiliger als nötig drehte er sich zu mir um. Ich deutete auf die Badezimmertür.

»Wenn du magst, da ist das Badezimmer. Du kannst dich trocken machen oder duschen, wenn du willst.«

Er sah an sich herunter. »Das wäre schön.«

»In der untersten Schublade sind Handtücher und du kannst

mein Duschgel benutzen, es sei denn, du willst keine seidenweiche Haut, die nach Mandeln duftet.«

Das entlockte ihm ein kleines Lächeln. »Ein bisschen Mandelduft kann nicht schaden. Danke.«

Ich nickte. »Ich schau mal nach, ob ich noch etwas zum Anziehen für dich finde.«

Automatisch blickte er an mir herunter auf die Kleidung. Unter meiner eher schlichten, kurzen Latzhose – ich liebte diese Teile einfach, besonders, weil sie einige meiner Problemzonen gut kaschierten – trug ich heute eine schwarze Leggings, dazu ein schwarz-weiß gestreiftes T-Shirt.

Zweifelnd hob er die Augenbrauen.

»Irgendetwas werde ich schon finden, und wenn du mein Kleid mit den Sonnenblumen nicht anziehen willst, wickeln wir dich einfach in ein Laken, während deine anderen Sachen trocknen.«

»Also ich würde das Kleid zumindest mal anprobieren. Vielleicht steht es mir ja.«

Lachend hob ich die Hände. »Fühl dich frei.«

Grinsend verschwand er im Badezimmer und ich ging zu meinem Kleiderschrank, kramte in dem untersten Fach herum. Ich hatte Alex schon so vergessen, dass ich nicht einmal seine Klamotten aus meinem Schrank verbannt hatte. Es waren nicht viele, aber vorerst würde es reichen. Auch wenn es mich nicht glücklich machte, Elliot Kleidung von meinem idiotischen Ex zu geben. Als hätte ich Angst, die Arschlochaura könnte auf ihn abfärben.

Das Wasser in der Dusche lief noch, als ich an die Tür klopfte.

Nach einem kurzen Moment hörte ich ein gedämpftes »Ja«.

»Ich komme kurz rein und lege dir etwas zum Anziehen hin.«

»Okay.«

Ich öffnete die Tür und Elliot stellte das Wasser ab. Auf dem Boden lagen die nassen Klamotten und seine Brille auf dem Waschbeckenrand.

Mein Blick blieb an dem, zum Glück blickdichten, Duschvorhang hängen. Der Gedanke, dass sich dahinter ein komplett nackter und nach Mandeln duftender Elliot befand, ließ mein Herz schneller schlagen und ich warf die Kleidung hastig auf den Toilettendeckel, bevor ich aus dem Bad eilte.

In der Küche füllte ich die Tassen mit Milch und stellte sie in die Mikrowelle. Dann holte ich mir trockene Kleidung aus dem Schrank. Eine graue Leggings, mit einem großen Loch am Knie und ein oversized T-Shirt. Ich schälte mich aus den nassen Sachen und schlüpfte in die neuen. Das Regencape hatte den Großteil meiner Haare vor dem Regen geschützt, sodass ich sie kurzerhand zu einem hohen Dutt zusammenband.

Gerade als ich mich mit einem heißen Kakao und meinem Notebook auf das Bett setzte, ging die Badezimmertür auf.

Elliot in Alex' Kleidung zu sehen, machte mir weniger aus als befürchtet. Er sah immer noch aus wie Elliot. Vielleicht, weil er wieder eine einfache graue Jogginghose trug und das T-Shirt auch nichtssagend schwarz war.

Sein Gesicht hatte etwas Farbe bekommen, die noch feuchten Haare waren lockiger als sonst und ich blickte wieder dem Elliot entgegen, den ich aus dem Krankenhaus kannte. Ohne den Schmerz in den Augen, ohne die Traurigkeit im Gesicht.

»Passt doch, oder?«, fragte ich und deutete auf die Kleidung.

»Äh, ja. Danke.» Er rieb sich verlegen den Nacken. »Obwohl ich mich schon auf das Kleid gefreut hatte.«

Ich lachte. »Kein Problem. Wenn du es unbedingt haben willst, suche ich es dir raus.«

»Vielleicht morgen.«

Grinsend deutete ich in die schmale Küche.

»Dein Kakao steht noch in der Mikrowelle. Mein Kühlschrank ist leider ziemlich leer, weil ich zu Hause so gut wie nie esse, aber ich habe gedacht, wir bestellen uns was. Was meinst du?«

Er nahm die Tasse und stellte sich unschlüssig mitten in den Raum.

»Ich kann dir aber kein Geld dafür geben.«

Ich winkte ab. »Du bist eingeladen. Mach dir keinen Kopf und fühl dich wie zu Hause, okay?«

Er nickte und beugte sich vor mein Garnelenbecken.

Auf meinem Handy öffnete ich die App des Lieferdienstes.

»Magst du Sushi?«

Er sah mich an und hob die Schultern. »Keine Ahnung, aber wir können es ausprobieren.«

Also bestellte ich uns Sushi, Frühlingsrollen, gebratene Nudeln, eine Suppe und Reis mit Gemüse, bevor ich mich über das Notebook beugte und versuchte herauszufinden, wie viel so ein Anwalt eigentlich kostete.

Caroline, die überhebliche Autorin, hatte nicht nur die Lesung abgesagt, sondern auch das Geld für die Marketingkosten zurückgefordert. Als ich ihre Nachricht heute Morgen gelesen hatte, wäre ich beinahe explodiert. Sie war die erste Autorin, die sich nicht einfach über die Chance freute, aus ihren Büchern vorzulesen und vielleicht sogar welche zu verkaufen. Ich verstand es nicht, war unseren Chatverlauf noch mal durchgegangen, hatte versucht, herauszufinden, ob ich mich falsch ausgedrückt hatte. Aber sie war einfach eine dumme, arrogante Ziege. Um es mit Brits Worten auszudrücken.

»Alles okay, bei dir?«

Irritiert sah ich zu Elliot, der sich in der Zwischenzeit in einen der beiden Sessel gesetzt hatte und einen der wenigen Mangas, die ich besaß, in den Händen hielt.

»Du siehst aus, als würdest du gleich in dein Notebook beißen.«

»Nur ein bisschen Ärger mit meinem Café«, erklärte ich ihm. »Aber nichts, was sich nicht lösen lässt«, sagte ich zuversichtlicher, als ich mich fühlte.

Elliot sah ebenfalls nicht überzeugt aus, hakte aber nicht weiter nach.

Nach zwanzig Minuten kam endlich der Lieferservice und wir konnten unsere knurrenden Mägen füttern.

»Dann lass uns mal herausfinden, was du magst und was nicht.«

Ich verteilte die verschiedenen Schachteln auf dem viel zu kleinen Tisch und gemeinsam machten wir uns über das Essen her.

Schnell stellte sich heraus, dass Elliot kein Fan von Sushi war, dafür aber von Frühlingsrollen, sodass ich ihm alle überließ und das Sushi für mich hatte. Die Nudeln mochte er ebenfalls, der Reis war ihm etwas zu klebrig und die Suppe zu kokoslastig. Es machte Spaß, mit ihm über das Essen zu fachsimpeln, obwohl wir beide offensichtlich keine Ahnung von der chinesischen Küche hatten.

Elliot deutete auf die gebratene Garnele, die auf dem Sushi vor mir lag.

»Findest du das nicht ein bisschen makaber.«

Fragend hob ich eine Augenbraue und er nickte in Richtung Aquarium.

»Was denkst du, warum ich die kleinen Kerle habe«, entgegnete ich ihm ernst. »In ein paar Monaten werden sie fett genug sein, dass ich sie mit ordentlich Butter und Knoblauch in der Pfanne braten kann.«

Zögernd sah er zu meinen Garnelen, die mit ihren vielen kleinen Beinchen umherschwammen. Dann schüttelte er traurig den Kopf. »Ich hätte wissen müssen, dass sich hinter diesem hübschen Lächeln eine eiskalte Garnelen-Mörderin verbirgt.«

Hübschen Lächeln?

Ich nahm demonstrativ das Sushi mit der Garnele zwischen die Finger und schob es mir im Ganzen in den Mund, ohne den Blick von ihm zu wenden.

»Da bekommt das Sprichwort, Liebe geht durch den Magen, eine ganz neue Bedeutung.«

Ich grinste ihn mit vollem Mund an.

Nachdem wir beinahe das gesamte Essen vertilgt hatten, fielen wir in ein Fresskoma und hingen wie aufgeblähte Hefeklöße in unseren Stühlen. Elliots Augen waren vor Müdigkeit halb geschlossen und auch ich spürte den Tag in meinen Knochen.

Bevor ich mich nicht mehr aufraffen konnte, stand ich auf und räumte den Tisch ab.

Elliot half mir schwerfällig, aber als er bedrohlich wankte, schickte ich ihn zurück auf den Sessel.

Dann sprang ich schnell unter die Dusche, damit ich morgen früh länger schlafen konnte. Flocht mir die feuchten Haare zu einem lockeren Zopf, tauschte die Leggings gegen kurze Schlafshorts und hängte unsere regennasse Kleidung auf.

Als ich aus dem Badezimmer kam, hing Elliot immer noch mit geschlossenen Augen im Sessel, das Gesicht auf seine Hand gestützt.

Unentschlossen stand ich vor meinem Bett und blickte auf das Chaos aus Büchern, Notizzetteln, Ordnern und Kissen. Dann räumte ich kurzerhand alles herunter und war überrascht, wie groß mein Bett eigentlich war.

»Du kannst bei mir im Bett schlafen, wenn du willst.«

Elliot öffnete die Augen und war plötzlich wieder hellwach. Ich sah die Unsicherheit in seinem Gesicht.

»Mich stört das nicht. Wirklich.« Dann holte ich eine dünne Decke mit Herzchen aus dem Schrank und breitete sie neben meinem Bettzeug aus.

»Sicher?«, fragte Elliot.

Ich hob die Schultern. »Wenn du mich anfasst, wachst du morgen ohne Hände auf.«

»Klingt fair«, murmelte er.

Dann krabbelte ich in das Bett, schob mein Kissen an die Wand und kuschelte mich unter meine Decke.

Es dauerte ein, zwei Minuten, bevor Elliot sich aus dem Sessel hievte und sich zögernd neben mich legte. Steif und verkrampft wie ein Besenstil, ganz nah an die Kante, sodass noch eine dritte Person zwischen uns hätte schlafen können.

Das halbe Gesicht unter meiner Decke versteckt, musste ich wegen seiner Verlegenheit schmunzeln. Aber es verging schnell. Hatte er sich an etwas erinnert? Anders war sein Anblick vor dem

Krankenhaus nicht zu erklären. Auch in diesem Moment sah er mit ernster, nachdenklicher Miene an die Decke. Die Brille noch auf der Nase, wirkte er nicht, als würde er schnell einschlafen.

Ich wartete noch ein paar Minuten, wartete darauf, dass er mir erzählte, was passiert war, doch er schwieg. Und ich hatte kein Recht, ihn zu drängen.

»Gute Nacht, Elliot«, flüsterte ich.

Ohne seinen Blick von der Decke zu wenden, sagte er ebenso leise: »Gute Nacht, Flora.«

11
Eine strahlende Maske

Elliot

Ein schrilles Geräusch riss mich aus einem traumlosen Schlaf. Murrend zog ich die Decke enger an mich. Neben mir raschelte es, während das Klingeln in meinen Ohren und meinem Kopf schmerzte. Plötzlich klatsche mir eine Hand mit voller Kraft ins Gesicht.

Ich stieß ein erschrockenes Keuchen aus und zuckte zusammen. Neben mir schrie jemand auf und sprang in die Höhe. Ich tat es der Person nach. Mit rasendem Herzen sah ich in ein verschwommenes Gesicht. Mein Gehirn benötigte einen Moment, um die dunklen Haare wiederzuerkennen und das Bett, in dem ich lag.

Auch Flora entspannte sich schnell.

»Stimmt«, nuschelte sie verschlafen, schaltete ihren Wecker aus und rieb sich die Augen, bevor sie sich wieder nach hinten fallen ließ.

»Sorry, hatte kurz vergessen, dass du hier bist.«

Ich ließ mich ebenfalls nach hinten fallen und legte den Arm über meine Augen. Ohne Brille konnte ich ohnehin nicht viel sehen. Wo hatte ich sie gestern Abend hingelegt?

»Kein Problem«, sagte ich und unterdrückte ein Gähnen. »Ich habe noch viel mehr vergessen.«

Nach einem kurzen Moment der Stille, schnaufte sie belustigt.

Ich drehte den Kopf zu ihr und grinste ebenfalls.

»Also keine bahnbrechenden Träume heute Nacht?«

»Nicht einen. Zumindest keinen an den ich mich erinnern kann.«

Sie seufzte und richtete sich auf. »Das kommt noch. Entspann dich einfach und …«

»Lass es auf dich zukommen. Ich weiß.« Um ehrlich zu sein, war ich mir nach gestern nicht sicher, ob ich mich überhaupt noch erinnern wollte. Ich rieb mir die Brust, spürte das Echo des Schmerzes, den die Erinnerungsfetzen in mir ausgelöst hatten. Aber ich konnte nicht für immer bei Flora bleiben. Ich brauchte meinen Ausweis und vielleicht Geld und einfach einen Plan, was ich vor dem Krankenhaus gemacht hatte. Ging ich zur Schule, zur Uni? Oder hatte ich einen Job?

Und schon begannen die Kopfschmerzen wieder.

Flora war im Badezimmer verschwunden und nachdem ich endlich meine Brille gefunden hatte, strömte das Chaos der Wohnung auf mich ein. Das Licht im Aquarium war aus, sodass ich die kleinen Kerlchen nicht sehen konnte. Ich saß etwas verloren auf dem Bett. Nicht sicher, was der heutige Tag mir bringen würde. Hinter den beiden Dachfenstern erinnerte der blaue Himmel nicht mehr an das dunkle Grau von gestern. Trotzdem hingen meine Gedanken fest. Ich musste zurück an diesen Ort. Doch die Angst davor war größer als der Drang zu wissen, wer ich war.

Verdammt, ich war nichts weiter als ein Feigling, der sich hier versteckte.

Flora trat in der für sie typischen Kleidung durch die Tür und griff nach ihrem Rucksack und ihrem Handy.

»Ich muss ins Café. Fühl dich wie zu Hause und wenn du Hunger hast, komm einfach rüber, okay?«

»Rüber?«

»Ach so, das Café ist direkt neben dem Haus.«

Ich hob die Augenbrauen. »Praktisch.«

»Ja, oder?«

Sie blieb noch einmal an der Wohnungstür stehen. »Also, bis gleich?«

»Bis gleich.« Ich hob zum Abschied die Hand.

Die Tür schloss sich mit einem leisen Klicken und in der plötzlichen Einsamkeit und Stille fühlte ich mich fremd in der chaotischen Wohnung. Als wäre ich jemand, der hier nichts zu suchen hatte, der nicht hierher gehörte.

Hastig richtete ich mich auf. Meine Kleidung von gestern war noch immer klamm, auch die Schuhe. Trotzdem schlüpfte ich hinein, sah im Flurspiegel aus wie ein Möchtegern-Rapper, der letzte Nacht zu viel getrunken hatte. Die Jogginghose zu weit, das T-Shirt zu lang. Ich brauchte dringend eine Rasur, die lockigen Haare standen in alle Richtungen ab, dazu kamen tiefe Augenringe und eine Blässe, die nicht gesund wirkte.

Ich überlegte kurz, mich wieder ins Bett zu legen und mich weiter zu verkriechen, aber mein Magen knurrte erwartungsvoll und ich war neugierig, wie Floras Café aussah.

Also verließ ich die Wohnung und auf dem schmalen Bürgersteig entdeckte ich rechts von mir einen Aufsteller, auf dem mit Kreide ein Spruch geschrieben war.

Bücher sind Schokolade für die Seele – Richard Atwater

Dahinter unter einem großen Fenster, stand eine hellgrün angestrichene Bank, links und rechts zwei weitere einfache Holzklappstühle. Dazwischen große Pflanzenkübel. Ein Mann mit zwei Pappbechern in der Hand trat aus der Eingangstür, begleitet von einem leisen Klingeln. Ich sah ein großes Plakat, auf dem ein Foto einer blonden Frau abgebildet war, die Schrift darauf informierte mich, dass sie am dritten September eine Lesung halten würde. Was in mir die Frage aufwarf, was wir eigentlich für einen Tag heute hatten.

Zögernd betrat ich das Café. Wie in Floras Wohnung musste ich erst einmal stehen bleiben und den Raum auf mich wirken lassen.

Der dunkelgestrichene Tresen aus Paletten, den ich von Fotos kannte, stand hinten links. Dahinter sah ich einen Durchgang, der in eine Küche führte und einen weiteren Durchgang, über dem ein Toilettenschild angebracht war. Links von mir standen zwei Tische und eine Garderobe an der Wand. Die Wände rechts und gegenüber von mir waren durch riesige Bücherregale verdeckt. Sie waren so hoch, dass es sogar eine kleine Leiter gab.

Zwischen alten und neuen Büchern standen dutzende Pflanzen und andere Dekorationen. Auf einem Tisch lag das Plakat von draußen und zahlreiche Exemplare eines Buches. Wahrscheinlich von der Autorin. Dazu stand ungefähr ein Dutzend runde Tische im Raum verteilt. Meist mit zwei oder drei Stühlen darum. Die Tische waren alle gleich, nur von den Stühlen gab es einfache Holzstühle, Klappstühle oder sogar Sessel. Aber selbst die Klappstühle hatten ein dickes, weiches Polster auf der Sitzfläche und sahen genauso gemütlich aus wie die Sessel.

Ein großer, schlanker Kerl hantierte an der Kaffeemaschine, Flora unterhielt sich mit einem Gast und aus der Küche hörte ich jemanden fluchen. Im Hintergrund lief leise Musik.

Hinter mir ging die Tür auf, zwei junge Frauen drängten sich an mir vorbei und suchten sich einen Tisch.

Durch das Klingeln sah Flora auf und entdeckte mich. Das Lächeln auf ihrem Gesicht wurde noch breiter. Sie begrüßte die Neuankömmlinge und kam direkt auf mich zu.

»Und was sagst du?«

»Viele Bücher.«

Sie lachte. »Deswegen heißt es ja auch *Books, Cakes and Flowers.*« Sie deutete auf den freien Tisch genau neben dem Fenster und der Garderobe. »Setz dich. Was willst du haben?«

»Du weißt, dass ich …« Aber sie schob mich bereits auf den Tisch zu.

»Du bist eingeladen.«

Ich seufzte und setzte mich. »Ich werde es dir zurückzahlen. Versprochen.«

Sie winkte ab. »Also, was möchtest du?« Sie zählte mir einige Dinge auf, die ich mir nicht merken konnte, daher sagte ich nur: »Überrasch mich.«

Sie grinste, verschwand und wirbelte wie ein blühender Sturm durch das Café. Ich versuchte, sie nicht zu offensichtlich zu beobachten, aber die Freude, die sie ausstrahlte, färbte nicht nur auf mich ab. Die Stimmung in dem gut besuchten Café war locker und leicht. Es gab keine ernsten oder traurigen Gesichter, manche waren allein und saßen vor einem Notebook, andere waren mit ihrem Partner oder ihren Freunden hier.

Flora und der Kerl hinter dem Tresen arbeiteten Hand in Hand, ohne sich groß zu unterhalten. Trotz der Hektik wirkte er beinahe gelangweilt und gähnte nicht nur einmal, während er darauf wartete, dass der Kaffee in Tassen oder Becher lief.

Kurz nachdem ich mich gesetzt hatte, kam eine Person aus der Küche. Er oder sie, ich konnte es aus der Entfernung nicht genau sagen, deutete auf eine Tasse und einen Teller auf dem Tresen und fragte den Kerl etwas, was ich nicht hören konnte. Der deutete in meine Richtung. Die Person schnappte sich beides und kam direkt auf mich zu.

Trotz des lässigen Auftretens erkannte ich schnell, dass es sich um eine Frau handelte. Ihre Figur verschwand unter der weiten Jeans und dem übergroßen Hoodie, dazu trug sie ein Basecap, unter der ich blonde Haare erkennen konnte. Mit ihrem lässigen Grinsen und den halbgeschlossenen Augen wirkte sie, als würde sie mit mir flirten, gleichzeitig lag etwas Prüfendes in ihrem Blick. Sie stellte Tasse und Teller auf den Tisch, bevor sie sich breitbeinig mit verschränkten Armen vor mir aufbaute. Hellbraune Augen musterten mich von oben bis unten.

»Du bist also der geheimnisvolle Fremde.«

Unwohl rutschte ich auf meinem Stuhl hin und her. »Ja. Sieht ganz so aus.«

»Und du kannst dich wirklich an nichts erinnern?«

Ich hob die Schultern, wich ihrem intensiven Blick aus und starrte auf die lasierte Tischoberfläche, die aus abgerissenen Buchseiten bestand.

»Krasse Scheiße.«

»Das beschreibt es ziemlich gut.« Ich hob verhalten einen Mundwinkel.

Dann beugte sie sich näher zu mir. Unwillkürlich lehnte ich mich zurück. Es fiel mir schwer, sie einzuschätzen. War sie mir gegenüber freundlich oder weniger freundlich?

»Und jetzt nutzt du meine Freundin aus?«

Die harten Worte ließen mich zusammenzucken. Ich schluckte schwer. Mein Hals war plötzlich trocken wie die Wüste.

»N-nein ... also ich ...«, stotterte ich, bekam keinen richtigen Satz zustande. Sie hatte sich mittlerweile genau vor mir mit dem Ellenbogen auf den Tisch abgestützt und tippte sich an die Unterlippe.

»Sie hat ein gutes Herz«, sagte sie bedrohlich leise. »Ein zu gutes, wenn du mich fragst. Sie denkt mehr an andere als an sich selbst. Wenn du sie ausnutzt, ihr wehtust ...«

Sie machte eine bedeutsame Pause.

»Werde ich nicht«, sagte ich schnell.

Langsam richtete sie sich wieder auf, ohne mich auch nur eine Sekunde aus den Augen zu lassen.

»Der letzte Kerl, der ihr wehgetan hat, wird immer noch von sehr seltsamen Unglücken verfolgt.«

»Was hast du gemacht?«, rief Flora ein wenig entsetzt. Sie stand genau hinter der Frau, die jetzt zufrieden grinste.

»Das eine oder andere.« Ihr Blick blieb auf mich gerichtet, doch dann schob Flora sie zur Seite.

»Bedräng nicht meine Gäste. Und hör auf irgendetwas mit Alex zu machen, verstanden?«

»Ich dachte, wir erwähnen seinen Namen nicht mehr.«

Flora kniff die Augen zusammen. »Tun wir auch nicht. Lass einfach sein, was auch immer du mit ihm vorhast.«

Die Frau hob die Schultern und sagte noch im Gehen. »Mal sehen.«

Flora und ich sahen ihr nach, bis sie in der Küche verschwand.

»Sorry wegen Brit. Sie ... keine Ahnung, sie mischt sich gerne ein.« Flora sah mich entschuldigend an.

»Kein Ding.« Ich bemühte mich, lässig zu klingen.

»Danny hat dir einen Americano gemacht, wenn du ihn nicht magst, sag Bescheid, dann bekommst du was anderes.«

»Danke.«

Ich starrte die Grübchen auf ihren Wangen an, die mir erst jetzt auffielen. Entdeckte ein kleines Loch am Rand ihrer Unterlippe, vermutete, dass sie dort auch mal ein Piercing getragen hatte. Warum hatte sie es rausgenommen, aber das in der Nase behalten?

Flora schien mich auch zu mustern. Ich fragte mich, was sie wohl sah, was sie über mich dachte.

»Also …«. Sie deutete hinter sich. »Ich muss weitermachen.«

»Okay.«

Wir sahen uns noch zwei Sekunden an, bevor sie sich umdrehte und mich am Tisch zurückließ.

Ich trank den Kaffee, der erstaunlich gut schmeckte und aß den Blaubeermuffin.

Danach fühlte ich mich wieder verloren und fehl am Platz. Ich fragte mich zum hundertsten Mal, was ich hier eigentlich tat und was ich tun sollte. Der Gedanke wieder zurück *nach Hause* zu gehen, war ein ständiger Begleiter, den ich einfach ignorierte.

Ich lenkte mich mit einem Manga ab, den ich mir aus einem Bücherregal schnappte. Aber ich konnte mich nicht darauf konzentrieren, sodass ich ihn wieder zurückstellte. Gäste kamen und gingen. Flora setzte sich manchmal für ein, zwei Minuten zu mir und erzählte mir mit leuchtenden Augen etwas über ihr Café. Wie sie Brit und Danny, den Kerl hinter dem Tresen, gefunden hatte oder wie hart die ersten Monate gewesen waren.

»Deine Eltern müssen unglaublich stolz auf dich sein.«

Ihr Strahlen verrutschte für einen kurzen Moment. Auch wenn sie ein knappes »Ja« von sich gab, war mir klar, dass es nicht der Wahrheit entsprach. Aber genauso wenig, wie sie bei mir nicht nachhakte, würde ich es bei ihr auch nicht tun. Wenn sie mir mehr erzählen wollte, dann würde ich ihr zuhören.

Es gab nur wenige Ruhephasen und irgendwann fragte ich sie,

ob ich ihr nicht helfen konnte. Aber sie lehnte ab, stattdessen rief mich Brit zu sich in die Küche. Ich war etwas nervös, aber nachdem ich sie kennengelernt hatte, stellte sich heraus, dass sie zwar sehr direkt, aber lustig war.

Ich half ihr, die Küche aufzuräumen, bis sie sich gegen Mittag verabschiedete.

Kurz darauf kam eine schlanke junge Frau herein. Die kleine Glocke klingelte leise und sie stieß ein *Ding-Ding-Dong* aus.

Sie sah nicht älter als achtzehn aus und hielt ihren Blick unsicher gesenkt. Die rotgefärbten Haare hingen ihr glatt bis zu den schmalen Schultern. Sie trug dunkle Jeans und eine bordeauxrote Bluse.

»Hallo zusammen.« Schüchtern hob sie eine Hand.

»Hey Julia«, rief Danny plötzlich und ich zuckte zusammen, überrascht von seiner Stimme, die ich bisher kaum gehört hatte, erst recht nicht in dieser Lautstärke.

Flora grüßte vom anderen Ende des Cafés und stellte gerade zwei Latte macchiatos vor einem Pärchen auf den Tisch.

Die junge Frau ging am Tresen vorbei, stieß einen leisen Pfiff aus, während gleichzeitig ihre Hand nach oben zuckte. Dann verschwand sie in dem Durchgang, der zu den Toiletten und einem schmalen Lagerraum führte, der gleichzeitig als Pausenraum diente.

Etwas irritiert sah ich ihr hinterher. Genau wie Danny. Nur wirkte er nicht irritiert, sondern interessiert. Verwundert hob ich eine Augenbraue. Ich kannte ihn erst seit ein paar Stunden, hatte ihn aber bisher nicht so ... wach gesehen wie jetzt.

Julia kam zurück hinter den Tresen und band sich eine Schürze um. Dabei zuckte ihr Kopf mehrere Male zur Seite und sie pfiff einmal kurz.

Flora kam zu uns.

»Elliot, das ist Julia«, stellte sie uns vor. »Sie löst Danny ab.«

Julia hob zum Gruß die Hand und verzog krampfhaft das Gesicht. »Hey, El-Elliot. *Elefant.*«

Unsicher sah ich kurz zu Flora, bevor ich ebenfalls ein zögerndes »Hey« von mir gab.

»Sie hat Tourette«, erklärte Danny, sah dabei noch einmal kurz zu Julia, bevor er wieder gewohnt gelangweilt auf seinem Handy herumtippte.

»Tourette?«

Julia band sich die Haare zurück, bevor sie mir erklärte: »Ich habe ständig Ticks. Motorische und sprachliche. Ignorier sie einfach.« Sie lächelte schüchtern, bevor sie erneut pfiff und mit der Hand zuckte, sodass ihre Haare wieder in Unordnung gerieten.

»Und nehme ihre Beleidigungen nicht allzu ernst«, fügte Flora belustigt hinzu.

»Okay?«

»Und nehme dich vor Löffeln in acht«, murmelte Danny, bevor er sein Handy in die Hosentasche steckte und in Richtung Pausenraum ging.

Julia schnaufte. »Das ist mir nur zweimal passiert.«

Ich war noch immer etwas irritiert, aber die nächsten Gäste kamen bereits durch die Tür und ich machte Platz, damit Flora ihre Bestellungen entgegennehmen konnte.

Der Nachmittag war genauso hektisch wie der Vormittag und Flora bezog mich nun voll mit ein. Ich brachte Getränke an die Tische, räumte ab, füllte die Vitrine mit den vorbereiteten Sachen von Brit auf oder wärmte Sandwiches auf dem kleinen Grill auf. Julias Ticks schienen im Café bekannt zu sein, denn kaum einer achtete auf ihre gelegentlichen Worte, die sie ausstieß. Auch ich gewöhnte mich schnell daran. Auch wenn ich manchmal verunsichert war, ob sie nun sprach oder ihr Tourette, wenn sie ganze Sätze in einer veränderten Tonlage ausstieß.

Gerade als ich Geschirr in die Küche brachte, traf mich ein Löffel direkt am Kopf.

»Sorry!«, rief Julia und hielt sich erschrocken eine Hand vor den Mund. »Das ist bestimmt, weil Danny es vorhin erwähnt hat. *Der Spacken.*«

Plötzlich warf sie erneut einen Löffel nach mir und rief »Fang!«.

Ich fing ihn tatsächlich mit dem Tablett auf, das ich in meinen Händen balancierte.

»Jetzt verstehe ich das mit den Löffeln«, sagte ich belustigt, verließ aber schnell die Schussbahn.

Als ich alles abgestellt hatte, reichte mir Julia das erste Wurfgeschoss.

»Das ist mir schon lange nicht mehr passiert. Tut mir echt leid.«

»Kein Problem. Solange es nur Löffel sind und keine vollen, heißen Kaffeebecher.«

»Bring mich nicht in Versuchung.«

Ich lachte und hob abwehrend die Hände.

Am späten Nachmittag wurde es im Café so voll, dass sich vor dem Eingang eine kleine Schlange bildete. Alle Tische waren besetzt und Flora und Julia standen Schweißperlen auf der Stirn, während ich Getränke brachte und Geschirr abräumte. Meine Muskeln schmerzten, genau wie mein Kopf. In der Küche musste ich mich an den Kühlschrank lehnen und warten, bis der Schwindel nachließ. So kurz nach meinem Krankenhausaufenthalt war es keine gute Idee, sich so zu verausgaben.

Plötzlich durchbrach ein hektisches Klingeln das laute Treiben im Café. Ich schaute aus der Küche und sah, wie draußen ein Mann auf einem Fahrrad an der Menschenschlange vorbeifahren wollte.

»Weg da! Das ist ein Radweg!«

Eine Frau beschwerte sich lautstark, als der Mann sie fast über den Haufen fuhr und sie dabei noch beschimpfte.

»Dieser Idiot«, entfuhr es Flora wütend.

»Was hat der denn für ein Problem?«, fragte ich.

Sie seufzte und gab einem jungen Mann das Wechselgeld. »Ich bin sein Problem. Oder das Café. Oder beides.«

Ich runzelte die Stirn. »Warum?«

»Frag mich nicht. Er wohnt zwei Etagen unter mir und seit ich eingezogen bin, findet er ständig irgendetwas zum Meckern. Ich gehe zu laut die Stufen rauf, ich sortiere den Müll nicht richtig, mein Fahrrad hätte seins berührt.«

»Wie konntest du nur!«, kam es scherzhaft von Julia.

Sie lachte. »Schlimm, ich weiß. Aber das Café ärgert ihn am meisten. Zu laut, zu voll. Ständig Leute vor dem Haus.« Sie schüttelte den Kopf. »Er ist ein cholerischer Mistkerl. Mehr nicht.«

Sie verzog den Mund zu einem gequälten Lächeln. Dann sah sie mich aufmerksam an. »Geht es dir gut? Du siehst blass aus.«

Ich winkte ab. »Nur etwas erschöpft.«

Doch jetzt, wo sie es ansprach, begannen meine Beine zu zittern und ich hielt mich unauffällig am Tresen fest.

Flora bemerkte es trotzdem und schickte mich kurzerhand mit einer kleinen Flasche Wasser in den Pausenraum. Ich hielt die plötzliche Ruhe nicht mal fünfzehn Minuten aus, bevor ich wieder aufstand und mich zurück in das Getümmel stürzte.

Der Tag neigte sich dem Abend zu, das Café war leer, sodass ich Floras Stimme von dem Tisch, an dem ich heute früh gesessen hatte, hören konnte.

Sie telefonierte mit jemandem.

»Genau, es ist nicht viel, deswegen weiß ich nicht, warum du so darauf bestehst. Es steht alles im Chatverlauf …« Sie seufzte genervt. »Nein, es geht ums Prinzip. Du machst hier ein Riesendrama wegen einer Kleinigkeit. Mir schadet es doch viel mehr als dir.«

»Und du arbeitest jetzt hier?«, lenkte mich Julias Stimme von Flora ab. Ich drehte mich zu ihr um.

»Äh, eigentlich nicht. Also nicht so richtig.«

»Oh?« Sie pfiff ein paar Mal und verdrehte die Augen.

»Es ist etwas kompliziert.« Ich wusste nicht, wie viel Flora ihr von mir erzählt hatte, daher erklärte ich: »Ich, äh, habe mein

Gedächtnis verloren und Flora hat mich vorübergehend bei sich aufgenommen.«

Julia starrte mich an. »Flora?«, fragte sie verwirrt.

Plötzlich wurde mir bewusst, dass das nicht ihr richtiger Name war und ich ihn immer noch nicht kannte. Ich hob einen Mundwinkel und vergrub die Hände in den Hosentaschen, bevor ich mich neben Julia an die Wand lehnte. »Ich wusste am Anfang nicht, wie ich heiße, deswegen hat sie«, ich nickte Richtung Flora, »mich Elliot genannt, und als ich sie nach ihrem Namen gefragt habe, sollte ich mir einen für sie ausdenken.«

Etwas verlegen über den Namen, den ich gewählt hatte, zuckte ich mit den Schultern. Aber ich hatte nicht vor, Julia nach Floras richtigem Namen zu fragen. Irgendwie würde das den ganzen Spaß verderben.

»Okay?« Julia schüttelte den Kopf, bevor sie grinste. »Ohne Scheiß, es gibt keinen Namen, der besser zu ihr passen würde.«

Ich hob die Augenbrauen, dann sah ich Richtung Flora, die mit einer Hand ihr Handy hielt und mit der anderen mit dem Blatt einer Pflanze spielte.

»Wir können dich hier gut gebrauchen. *Nein, du kannst gar nichts.*« Kurze Grimassen unterbrachen sie, bevor sie weitersprach. »Brit, Danny und ich, wir lieben den Job hier, aber wenn einer von uns ausfällt, hat *Flora* ein Problem. Sie selbst macht auch keine Pause. Ich habe Angst, dass sie irgendwann einfach zusammenbricht.«

Nachdenklich sahen wir beide zu ihr. Sie bemerkte uns nicht, spielte noch immer an dem Blatt herum, während ihr Gesicht immer finsterer wurde.

»Ja, tschüss«, sagte sie unfreundlich ins Handy und legte auf. Dann stand sie auf, drehte das Schild am Eingang um, und als sie sich zu uns umdrehte, war der ganze Ärger aus ihrem Gesicht verschwunden, als hätten wir ihn uns nur eingebildet. Eine Maske der Fröhlichkeit. Ein Strahlen, das ihre Augen zum Leuchten brachte, die zuvor noch vor Zorn Funken gesprüht hatten.

»Feierabend«, sagte sie fröhlich.

Und ich fragte mich, wie oft diese Maske ihre wahren Gefühle verbarg.

12
Haben wir einen Deal?

Elliot

Flora schloss die Tür des Cafés. Nachdenkliche Falten zogen sich über ihre Stirn. Lag es an dem Anruf? Wer war es gewesen? Ich wollte sie fragen, befürchtete aber, dass sie wieder ihre Maske aufsetzte und alles als harmlos abtun würde.

Außerdem war ich so müde, dass ich kaum meine Augen offenhalten konnte. Nach all der Zeit im Krankenhaus, in der ich mich kaum bewegt hatte, kam mir der Tag im Café wie ein Marathon vor. Dazu kam, dass der gestrige Tag noch tief in meinen Knochen und meiner Seele steckte.

»Ich muss noch mal los«, erklärte mir Flora und drückte mir eine Tüte mit den Resten aus dem Café und ihren Haustürschlüssel in die Hand.

»Bist du sicher, dass ich dir nicht noch helfen kann?«, fragte ich und unterdrückte dabei ein Gähnen.

Sie tätschelte mich am Arm. »Geh, du siehst müde aus.«

Dem konnte ich nicht widersprechen. Ich sah ihr nach, wie sie mit einer weiteren Essenstüte um die Straßenecke verschwand, dann machte ich mich auf den Weg nach oben in ihre Wohnung. Ächzend zog ich mich am Geländer hoch, spürte den Schmerz in meinem Kopf viel zu deutlich, stolperte in die Wohnung und ließ mich vorsichtig auf das Bett fallen.

Es dauerte keine Minute, bis mich der Schlaf überfiel. Ein lauernder Schatten, der nur darauf wartete, mich in die Dunkelheit zu ziehen. In die Leere. Tiefer und tiefer. Schwärze umhüllte mich, drang durch meine Haut, bis in die Tiefen meiner Seele. Ich fiel, schlug auf, wirbelte herum, verlor das Gefühl für oben oder unten.

Dann stand die Welt still und ich stand inmitten der Finsternis.

Vor mir eine einfache Holztür. Das bunte Bild, das daran angebracht war, wirkte vertraut. Ich hörte leise Schreie dahinter, spürte die Dunkelheit, den drohenden Schmerz. Ich wollte mich umdrehen, mein Körper schrie danach, kämpfte, aber stattdessen ging ich darauf zu.

Zögernd berührte ich die Türklinke. Kälte kroch von dem Metall zu meinen Fingerspitzen, den Arm hinauf, breitete sich in meinen Adern aus, ließ mich von innen her erfrieren. Langsam drückte ich die Klinke nach unten, öffnete die Tür und wagte einen Blick hinein.

Dutzende Hände griffen nach mir, packten meine Kleidung und zerrten mich hindurch.

»Steh auf«, ruft eine helle, ungeduldige Stimme. »Ich habe Hunger.«

Spitze kleine Füße treten in meine Rippen.

»Mach dir Cornflakes«, knurre ich genervt und ziehe mir die Decke über den Kopf. Jemand hebt sie an. Strahlende graue Augen, die meinen ähneln, tauchen wenige Zentimeter vor mir auf. Kinderlachen. Trippelnde Schritte.

Stille.

Ein schriller Schrei. Voller Entsetzen und Qual. Ein so furchteinflößendes Geräusch, dass es mein Innerstes zerreißt.

Ich kämpfe mich aus der Decke, springe auf, bevor ich eine dröhnende Stimme höre.

»Wo ist Luca?!« Die Tür wird aufgerissen, donnert gegen die Wand. Große Hände packen mich.

»Was hast du getan!«

Mein Kopf knallt gegen etwas Hartes. Ich sehe ein verschwommenes Gesicht. Schmerzhaft werde ich gegen die kalte Wand hinter mir gepresst.

»Was hast du getan!«, brüllt die Stimme erneut.

Verwirrung. Angst. Schmerz. Ich kann nicht klar denken.
Kann nicht klar sehen.
Der Umriss einer Frau erscheint im Türrahmen. Sie hält etwas
in ihren Armen.
»Es ist deine Schuld!«
Sie weint.
»Was?« Ich verstehe nicht, was los ist.
»Das ist deine Schuld.«
Ich starre auf die kleine Gestalt in ihren Armen.
Verstehen breitet sich in mir aus. Entsetzen. Dann der
Schmerz.

Keuchend setzte ich mich auf. Mein Herz schlug zu schnell, der Puls rauschte laut in meinen Ohren. Die Kleidung klebte an meiner erhitzten Haut. Ich versuchte, Luft zu holen. Aber es ging nicht. Ich konnte nicht. Meine Luftröhre war zugeschnürt. Verzweifelt krallte ich meine Finger in das Laken.

Atme.

Es gab keine Luft. Keinen Sauerstoff.

Atme.

Ich erstickte!

Atme.

Ein Klopfen an der Tür.

Mein Kopf war gefangen in der Erinnerung, in der Panik. Aber mein Körper reagierte instinktiv. Ich stolperte zur Tür. Riss sie auf.

Flora sah mich überrascht an.

Ich wollte etwas sagen, bekam nur ein Japsen zustande.

Ihre Augen wurden größer, aber ihre Stimme blieb ruhig, als sie sagte: »Du hast eine Panikattacke.«

Ich ersticke!

»Lass uns zum Fenster gehen.« Sanft nahm sie meine Hand und zog mich ohne Eile hinter sich her. »Die frische Luft wird dir helfen.«

Ich sterbe!

Noch bevor sie das Fenster öffnete, gelang mir ein Atemzug. Sie positionierte mich direkt davor und schob das Dachfenster auf.

Ein kühler Luftzug fuhr über mein Gesicht. Ein weiterer Atemzug.

»Durch die Nase einatmen«, sagte Flora leise neben mir. »Luft anhalten und durch den Mund ausatmen.«

Ich hörte, wie sie es tat und machte es automatisch nach. Mein ganzer Körper zitterte. Sogar meine Zähne klapperten, als ich weiter atmete.

Das Rauschen wurde leiser, mein Herzschlag langsamer. Mit jedem Atemzug löste sich der beängstigende Druck in meiner Brust.

»Morgen findet im Café eine Lesung statt.« Floras leise, sanfte Stimme klang entspannt und unbekümmert. »Nachdem die letzte abgesagt wurde und ich seither nur noch Stress mit der ... Dame habe, hoffe ich, dass es morgen besser läuft.«

Sie redete weiter. Ihre Stimme half mir, mich zu beruhigen.

Als ich nicht mehr glaubte, zu ersticken, tauchten die Stimmen aus meinem Traum, aus meiner Erinnerung wieder auf.

Ich habe Hunger.

Wo ist Luca?!

Es ist deine Schuld.

Erneut begann mein Herz zu rasen. Mein Körper zuckte, zitterte. Ich schluchzte leise.

»Sieh mich an.« Warme Hände zwangen mein Gesicht zur Seite. Ich fand Floras Blick, konzentrierte mich auf das dunkle Braun ihrer Iris. »Versuch, deine Gedanken in andere Bahnen zu lenken.«

Ich nickte kaum merklich.

»Was hat dir heute zum Beispiel am besten gefallen?«

»Du«, entfuhr es mir automatisch.

Flora zuckte kaum merklich zurück, aber dann schmunzelte sie, während mir plötzlich klar wurde, was ich gesagt hatte.

»A-also dein Café«, versuchte ich matt zu erklären. »Und der K-Kuchen und so ...«

Schnell presste ich die Lippen aufeinander.

Flora verkniff sich sichtlich das Lachen, dann legte sie den Kopf schief und musterte mich eindringlich. »Geht es wieder?«

Ich horchte in mich hinein. Mein Herz hatte sich beruhigt, das Zittern nachgelassen, irgendwo lauerte noch die Panik, aber vorerst hielt ich sie in Schach. Genauso wie die Erinnerung. Ich verschloss sie irgendwo tief in mir. Sperrte sie ein und hoffte, dass mein imaginäres Gefängnis sie für einige Zeit verbannen konnte.

Ich schluckte. Mein Hals fühlte sich rau und kratzig an. »Ja, ich denke schon.«

Sie nickte, ging in den Flur und schloss die Tür, die immer noch offen stand.

Ich blieb am Fenster stehen und genoss noch ein wenig die frische Abendluft.

»Willst du mir erzählen, was los war?«, fragte sie vorsichtig. »Manchmal verliert es den Schrecken, wenn man es laut ausspricht.«

Ich starrte auf zwei Tauben, die sich auf dem gegenüberliegenden Dach aufplusterten. »Nein, lieber nicht.«

Flora schwieg einen kurzen angespannten Moment und ich wusste, dass ich sie verletzte. Aber ich fürchtete, dass es eben nicht seinen Schrecken verlieren würde, wenn ich die Erinnerungen laut aussprach. Denn es war keine Fantasie, kein Traum, keine surreale Angst, sondern meine Vergangenheit. Ein Schrecken, der tatsächlich existierte und der mich früher oder später erneut heimsuchen würde.

Dann hallte ihre gewohnt fröhliche und unbeschwerte Stimme durch die Wohnung.

»Ich war einkaufen.«

Ich fuhr mir durch die verschwitzen Haare und drehte mich zu ihr um.

Flora reichte mir einen Einkaufsbeutel und ich schaute hinein.

Zahnbürste, Zahnpasta, Deo, Duschgel, Rasiergel, Einwegrasierer, Socken und …

Ich hob eine Augenbraue. »Boxershorts?«

Floras Wangen färbten sich rosa. Sie hob die Schultern. »Ich dachte, etwas zum Wechseln wäre ganz nett. Hoffentlich habe ich die richtige Größe geschätzt.«

»Danke.« Verlegen kratzte ich mich im Nacken. Meine Hand zitterte immer noch. »Du bekommst das Geld wieder.«

»Sieh es als Bezahlung für deine Hilfe heute an«, sagte sie und holte zwei Teller aus der Küche, um das übriggebliebene Essen aus dem Café darauf zu verteilen.

»Okay.« Ich sah auf die Einkaufstasche und dachte an Brits drohende Worte.

Wir setzten uns und ein unangenehmes Schweigen hing zwischen uns. Lediglich das Brummen des Aquariums und das leise Rauschen des Verkehrs unter dem Dachfenster drangen durch die Wohnung.

»Übrigens, ich habe nachgedacht«, begann sie im selben Moment als ich »Ich sollte gehen« sagte.

Überrascht sah sie mich an, wartete darauf, dass ich weitersprach. Ich wich ihrem Blick aus, starrte stattdessen aus dem Dachfenster. »Brit hat recht. Ich sollte dich nicht ausnutzen.«

»Niemand nutzt mich aus.« Die Worte klangen ungewohnt kalt und scharf.

Ich seufzte. Suchte nach den richtigen Worten.

»Du gibst mir ein Dach über dem Kopf, Essen, Kleidung, einen Ort, wo ich bleiben kann. Dabei habe ich diesen Ort doch selbst. Ich bin nur zu feige, um dorthin zurückzugehen.« Feige? Ich hatte höllische Angst davor. Besonders nach diesem Traum-Flashback. Ich legte meine Stirn auf die Hände, starrte die Tischplatte an.

»Ich weiß, dass ich zurückmuss. In meine Wohnung. In mein altes Leben«, sagte ich leise. »Aber dort wartet etwas auf mich. Etwas Schreckliches. Und ich weiß nicht, ob ich dafür bereit bin.«

Verzweifelt rieb ich mir durch die Haare. Ich war definitiv nicht bereit. Würde es wahrscheinlich nie sein. Dabei wusste ich noch immer nicht, was genau geschehen war. Wer waren diese Leute? Dieses Mädchen? Die Panik stieg wieder auf und ich verbannte die Erinnerung schnell zurück in ihr Gefängnis.

»Du musst wirklich zurück, Elliot.«

Ich erstarrte. Hatte mit beruhigenden Worten gerechnet, aber nicht mit dieser Schonungslosigkeit.

»Wenn auch nur für kurze Zeit.«

Jetzt blickte ich auf, sah direkt in Floras sorgenvolles Gesicht.

»Du brauchst deinen Ausweis, deine Kleidung, deine Dokumente, dein Geld. Was auch immer dort auf dich wartet, was auch immer geschehen ist, wir müssen in deine Wohnung und diese Dinge holen. Und danach sehen wir weiter.«

»Wir?«

Sie nickte. »Wir. Ich werde dich begleiten.«

»Nein.« Ich schüttelte energisch den Kopf. »Nein, du wirst nicht mit an diesen Ort kommen.«

Flora hob auffordernd eine Augenbraue und verschränkte die Arme vor der Brust.

»Ich schaffe das allein.«

Sie sah mich an, als wüsste sie, dass ich log.

»Ich schaffe das«, sagte ich mehr zu mir selbst. »Das ist schließlich mein Leben. Das bin ich. Also wie schlimm kann es schon werden. Rein, Sachen holen und wieder raus.«

Die dunklen Erinnerungen lachten hinter der verschlossenen Tür.

Meine Hände zitterten. Ich ballte sie zu Fäusten, damit Flora es nicht bemerkte. Ich wollte wirklich nicht, dass sie an diesen Ort ging. Aber meine Meinung schien ihr völlig egal zu sein.

»Ich schlage dir einen Deal vor.«

Aufmerksam sah ich sie an.

»Du darfst so lange bei mir wohnen, bis du wieder auf den Beinen bist und weißt, wo du hinwillst.«

»Das ist zu viel …«

Sie unterbrach meinen Einwand mit einem erhobenen Finger. »Dafür wirst du mir im Café helfen. Ich brauche nämlich dringend einen neuen Mitarbeiter, kann mir aber im Moment keinen leisten. Außerdem werde ich dich zu deiner Wohnung begleiten.« Wenig begeistert verzog ich das Gesicht.

»Und du wirst dir einen Psychologen suchen. Es ist wichtig, dass du mit jemandem redest, Elliot.« Sie runzelte die Stirn. »Um ehrlich zu sein, habe ich nicht damit gerechnet, dass das Krankenhaus dich einfach entlässt.«

Unwohl rutschte ich auf dem Stuhl hin und her und räusperte mich. »Haben sie auch nicht.«

»Hm?«

»Ich bin abgehauen.«

Flora starrte mich an. »Was?«

»Ich bin über den Zaun gesprungen und weggelaufen.«

Ihr Mund klappte auf und ich presste die Lippen aufeinander, unsicher, wie sie darauf reagieren würde.

Je länger sie mich anstarrte, desto nervöser wurde ich.

»Das«, sagte sie schließlich, zögerte, bevor sie sich in die Nasenwurzel kniff. »Okay. Also es nicht okay, aber …« Sie seufzte und sah mich an. Ein sanftes Lächeln breitete sich auf ihren Lippen aus.

»Ich kann dich verstehen.«

Mir entwich der Atem, den ich unbemerkt angehalten hatte.

»Ich werde mit jemanden reden, sobald ich … mehr über mich weiß.«

Flora sah mich noch einen kurzen Moment an, bevor sie nickte. Dann holte sie tief Luft, straffte die Schultern und hielt mir auffordernd eine Hand entgegen. »Haben wir einen Deal?«

Ich starrte auf ihre bunt lackierten Fingernägel. Verdammt, der Deal klang mehr als fair. Er gab mir die Möglichkeit, alles in Ruhe anzugehen, Stück für Stück herauszufinden, wer ich war und was genau in meinem Leben Schreckliches geschehen war. Dafür blieb ich bei Flora, die, seit ich sie zum ersten Mal gesehen hatte, viel mehr war als ein Anker. Sie war mein Rettungsseil. Mein sicherer Hafen. Mein Zuhause.

»Können wir das mit »mich in meine Wohnung begleiten« noch mal verhandeln?«

»Nein.«

Der Gedanke, dass sie dorthin gehen würde, bereitete mir Übelkeit.

»Wir gehen nicht heute, wir gehen nicht morgen. Aber wenn wir gehen, werde ich an deiner Seite sein, okay?«

Ich seufzte und starrte auf ihre Hand. Dann schlug ich ein. Ein gequältes Lächeln auf meinen Lippen.

»Okay.«

13
Verbotene Angst

Flora

»Also der Kerl wohnt jetzt bei dir und er arbeitet bei dir? Ich dachte, er weiß, wo er wohnt. Warum quartiert er sich bei dir ein?«

Brit stand mit verschränkten Armen neben der Tür, während ich auf dem Boden hockte und die Scherben einer zerbrochenen Espressotasse aufsammelte.

»Einquartieren klingt so negativ.«

»Es klingt nicht nur so.«

Schnaubend richtete ich mich auf und warf die Scherben in den Mülleimer. »Ich gebe ihm nur einen Ort, an dem er … keine Ahnung, sich sammeln kann. Eine Starthilfe.«

Ich drängte mich an Brit vorbei in die Küche, um einen Handfeger zu holen und die restlichen kleinen Scherben aufzukehren.

»Und dabei schläft er rein zufällig neben dir im Bett. Sicher, dass ihr bisher immer eure Klamotten anhattet?«

»Brit!« Zum Glück lag Elliot immer noch in gesagtem Bett und schlief.

Die beiden Frauen vor dem Tresen kicherten wie kleine Mädchen.

»Könnt ihr das Gespräch bitte woanders fortführen«, grummelte Danny genervt und stellte eine gefüllte Espressotasse auf den Tresen.

Ich duckte mich schnell mit meinem Handfeger.

»Ich mein ja nur. Du hängst dich ziemlich rein für einen Typen, den du vor dem Vorfall noch nie gesehen hast.«

Schweigend kehrte ich die restlichen Scherben zusammen und

wischte mit einem Lappen die kleine Espressopfütze weg, bevor ich erneut in der Küche verschwand.

Brit folgte mir.

»Ich weiß, dass du gerne für die Leute da bist. Ihnen gerne hilfst. Aber meinst du nicht, du übertreibst?«

Brits Reaktion nervte mich. Es ging sie nichts an, was ich warum tat. Trotzdem versuchte ich, mich zu rechtfertigen.

»Du hättest ihn am Sonntag sehen sollen. Vor dem Krankenhaus. Er war völlig verzweifelt. Hatte Angst. Richtige Angst, verstehst du?«

Ich sah kurz ins Café, ob alle Gäste zufrieden waren, bevor ich mich wieder meiner Freundin zuwandte. »Irgendetwas ist passiert, Brit.«

»Natürlich ist etwas passiert. Der Kerl wollte sich umbringen, schon vergessen?«

Ich verzog das Gesicht. »Nein, habe ich nicht.«

»Sorry.«

Ich seufzte. »Schon gut. Ich glaube, er erinnert sich an etwas. Er wollte es mir nicht erzählen, aber es muss schlimm gewesen sein.«

»Was macht ihm solche Angst?«, fragte ich leise, mehr zu mir selbst als zu Brit. »Was ist ihm passiert?«

»Muss ihm unbedingt etwas passiert sein?«

»Wie meinst du das?«

Brit hob die Schultern. »Schon mal drüber nachgedacht, dass der Kerl Mist gebaut hat?«

»Er?« Ich dachte an dieses schüchterne Lächeln. An Elliots unbeholfene Art. Doch er war auch aus der Klinik geflohen.

Sie zog die Augenbrauen auffordernd nach oben.

»Meinst du, er hat ... jemandem was getan?« Entsetzt riss ich die Augen auf. »Jemanden umgebracht?«

Brit rollte mit den Augen. »Jetzt übertreib mal nicht. Aber vielleicht hat er Mist gebaut und dadurch ist ... etwas passiert.«

Ich erinnerte mich an seine Worte auf der Brücke.

»Ich weiß, dass es nicht meine Schuld war«, flüsterte ich kaum hörbar, aber Brit hatte es trotzdem gehört.

»Was meinst du?«

Nachdenklich sah ich mich um. »Das hat er auf der Brücke gesagt, bevor er ... du weißt schon.«

»Ihr habt euch unterhalten?«

Mein Herz geriet ins Stolpern.

Mist.

»Nicht wirklich.«

»Blümchen, ich kenne diesen Blick. Was verheimlichst du mir?«

Nervös kaute ich auf meiner Unterlippe. Bis jetzt war es mir gut gelungen, das Gespräch und meine Unfähigkeit, ihn aufzuhalten, zu verdrängen. Aber ich wusste, dass Brit nicht Ruhe geben würde, bis ich ihr alles erzählt hatte.

Also erzählte ich ihr von der Nacht, in der Elliot mir seinen Hoodie gegeben hatte. Von der endgültigen Entscheidung, die ich in seinem Gesicht gesehen hatte. Und wie ich einfach nur dagestanden und geweint hatte.

Ich schluckte die Enge in meiner Kehle hinunter, blinzelte das Brennen in meinen Augen weg.

»Und jetzt hast du ein schlechtes Gewissen und kümmerst dich um ihn? Nur weil du nicht heldenhaft hinterher gesprungen bist?«

»Nein«, fuhr ich sie an. »Ich bin ja nicht dumm. Aber ich stand da wie ein ängstliches, unfähiges kleines Mädchen. Ich wusste genau, was ich ihm sagen wollte, aber ich brachte es nicht heraus.«

»Und du glaubst, deine Worte hätten ihn aufgehalten?«

»Ich hätte es versuchen müssen.«

Brit schwieg und ich hoffte, dass das Gespräch beendet wäre. Für mich konnte es gerne vorbei sein.

»Weiß Elliot von diesem Gespräch?«

Ich schüttelte den Kopf.

»Warum erzählst du es ihm nicht? Vielleicht hilft das seinen Erinnerungen auf die Sprünge.«

»Ich glaube, es würde ihn nur noch mehr beunruhigen.«

»In Ordnung. Es hat also nichts damit zu tun, dass du dich in diesem Moment wie deine Mom gefühlt hast? Dass du dich für deine Reaktion schämst, dass du dich über dich selbst ärgerst?«

Ich biss die Zähne zusammen. Verdammt, sie kannte mich erst seit zwei Jahren, aber trotzdem wusste sie gefühlt alles über mein Leben.

»Du hattest Angst, okay. Das ist keine Schande und völlig normal in so einer Situation.«

Aber ich darf keine Angst haben.

»Oh, neue Gäste«, sagte ich schnell, als die Glocke über der Tür läutete. »Bis morgen, Brit.« Sie hatte bereits seit zwanzig Minuten Schluss.

Fröhlich winkte ich ihr zum Abschied zu und stellte mich hinter den Tresen.

Sie seufzte hinter mir und holte schließlich ihre Sachen, bevor sie an mir vorbei Richtung Tür ging.

»Am Samstag ist übrigens die Open-Air-Party. Dein Onkel tritt auf. Du solltest vorbeikommen.«

Unschlüssig blickte ich Brit an, die neuen Gäste sahen noch nachdenklich auf die Auswahl an Kuchen in der Vitrine. Ich wusste von dem Auftritt meines Onkels, aber meist war ich abends so erschöpft, dass ich mich nicht aufraffen konnte, auf irgendwelche Feiern oder Veranstaltungen zu gehen.

»Wir könnten die anderen einladen. Teambildende Maßnahme und so.«

Ich lachte. »Teambildende Maßnahme?«

Hinter ihr ging erneut die Tür auf und ein erstaunlich fit aussehender Elliot kam herein.

»Wir könnten Elliot mitnehmen und ihn gebührend im Team begrüßen.«

Der Angesprochene blieb irritiert stehen und sah zwischen uns hin und her.

»Wohin mitnehmen?«

»Zu einer Party.«

109

»Oh?«

»Am Samstag.«

»Okay?«

Brit nickte, als wäre es eine beschlossene Sache.

»Dann frag Julia, und wenn sie auch kommt, kommt Danny sowieso.«

Fragend sah ich zu meinem Barista, aber der blickte gedankenversunken ins Leere und schien das Gespräch nicht mitbekommen zu haben. Schließlich verließ Brit mein Café.

»Gut geschlafen?«, fragte ich Elliot, der sich verlegen durch die Haare fuhr.

»Ja, danke. Ich glaube, das habe ich gebraucht.«

»Kein Problem. Offiziell brauche ich dich hier sowieso erst ab Mittag, wenn Brit Feierabend hat.«

Ich schickte Elliot für ein kleines Frühstück oder besser gesagt Mittagsessen an einen Tisch, kurz darauf kam Julia und löste Danny ab.

Die nächsten Stunden verliefen in einem entspannten Einklang. Julia, Elliot und ich, wir waren ein gutes Team.

Eine halbe Stunde vor Ladenschluss kam eine blonde Frau mittleren Alters herein. An ihrer Hand ein kleiner Junge. Fünf oder sechs Jahre alt.

Ich erkannte sie, als die Autorin, die heute Abend ihren Thriller bei mir vorlesen wollte.

Sie war gekommen. Das war schon mal besser als die Autorin davor.

»Hallo Stella«, begrüßte ich die Frau. »Schön, dass du da bist.«

Elliot und Julia hatten bereits damit begonnen, die freien Stühle und Tische so hinzustellen, dass alle einen guten Blick auf den Tisch hatten, an dem die Autorin sitzen würde.

»Ich freue mich, dass ich hier lesen darf.« Stella lächelte nervös. Ich wusste, dass es nicht ihr erstes Buch war und dass sie bereits Lesungen gehalten hatte. Aber anscheinend ließ die Aufregung nicht nach.

Sie zeigte auf den kleinen Jungen.

»Leider hat meine Babysitterin kurzfristig abgesagt. Ich hoffe, es ist okay, dass ich Benji mitgebracht habe.«

»Kein Problem.« Ich hockte mich vor den Zwerg, der mich misstrauisch musterte.

»Was hältst du davon, wenn ich dir einen Muffin und einen Kakao bringe? Dann kannst du dich ans Fenster setzen und deiner Mama beim Lesen zuschauen.«

Sein Misstrauen wich kindlicher Begeisterung und er nickte eifrig.

»Danke«, sagte seine Mutter. Julia hatte das Gespräch mitbekommen und kümmerte sich um das Essen für den Kleinen, während ich die Autorin zu ihrem Tisch führte.

Einige Gäste, die nicht wegen der Lesung hier waren, beobachteten uns interessiert. Andere kamen durch die Tür und setzten sich auf die freien Stühle.

Es wurde kurz stressig, als alle etwas bestellten, aber mit Elliots Hilfe bekamen die Gäste schnell ihre Getränke und ihr Essen.

Brit hatte zwar mehr als gewöhnlich vorbereitet, trotzdem waren nach dem Bestellmarathon nur noch zwei Stücke Kuchen übrig.

Der kleine Junge saß etwas verloren am Fenster und fühlte sich sichtlich unwohl allein.

Elliot bemerkte meinen Blick. »Ich kümmere mich um ihn.«

Dankbar nickte ich ihm zu und trat neben die Autorin, um die heutige Lesung anzukündigen.

»Ich freue mich, dass ihr alle gekommen seid. Es ist Dienstagabend und die wundervolle Stella Rose ist heute nur für euch da, um über ihren aktuellen Roman zu erzählen und natürlich auch einige Textpassagen vorzulesen. Ganz viel Spaß!«

Dann trat ich zur Seite und überließ Stella die Bühne.

Elliot stapelte währenddessen mit Benji Pappbecher und Julia winkte mir zum Abschied zu und schlich sich leise aus dem Café. Zumindest versuchte sie es, denn ihr gewohntes, lautes *Ding-Ding-Dong* ließ Stella kurz irritierend innehalten.

Aber sie fand schnell wieder zurück und alles lief perfekt. Für sie und für mich.

Neben mir hörte ich die leise Stimme des Jungen. Er erzählte und erzählte. Elliot gab gelegentliche Ohs oder Ahs von sich, während er eine Burg aus Pappbechern baute.

Aber ein Satz von Benji ließ mich plötzlich aufhorchen.

»Warum weinst du?«

14
Ein Kampf mit Worten

Flora

Mein Kopf drehte sich zu Elliot und Stellas Sohn. Der Kleine spielte unbekümmert weiter mit den Pappbechern, während Elliot sich unter seiner Brille die Augen wischte.

»Ich weiß nicht«, sagte er leise. »Du erinnerst mich an jemanden.«

»An ein Kind?«, fragte der Kleine.

Ich wollte nicht lauschen. Also blickte ich wieder in Stellas Richtung. Trotzdem konzentrierten sich meine Ohren nicht auf ihre Stimme, sondern auf seine.

»Ja, ich glaube ein Mädchen.«

»Wie heißt das Mädchen?«

Es dauerte einige Sekunden, bevor er antwortete. »Ich weiß es nicht.«

»Vielleicht Kara. Meine Cousine heißt Kara.«

»Ja, vielleicht.«

Er erinnerte sich an ein kleines Mädchen. Wer war sie? War ihr etwas zugestoßen? Irgendetwas musste passiert sein. Warum sonst sollte er weinen, wenn er sich an sie erinnerte.

Schon mal drüber nachgedacht, dass der Kerl Mist gebaut hat.

Brits Worte geisterten durch meinen Kopf.

Dann begann der Kleine über einen Ausflug in seinem Kindergarten zu erzählen und ich wandte mich wieder Stella zu.

»Vielen Dank fürs Aufpassen«, sagte Stella an Elliot gewandt. »Du hast mir wirklich sehr geholfen.«

Elliot lächelte unbeholfen. Die Leichtigkeit von heute Nachmittag war völlig verflogen. »Kein Problem. Es hat Spaß gemacht.«

Sie betrachtete die Pappbechertürme, die die beiden gebaut hatten, und hörte ihrem Sohn zu, der begeistert von allem erzählte.

»Du hast bestimmt Geschwister, oder?«

Elliot zuckte neben mir zusammen. Sein Körper spannte sich an und sein Lächeln wirkte deutlich verkrampft.

»Ja, habe ich.«

»Sie können sich glücklich schätzen, so einen tollen Bruder zu haben.«

Er nickte steif, bevor Stella und ihr Sohn sich verabschiedeten. Der Kleine umarmte Elliot sogar, woraufhin er ihm durch die Haare wuschelte.

Wir winkten ihnen nach, und als ich mich ans Aufräumen machen wollte, blieb Elliot wie angewurzelt stehen.

»Elliot?«

Er reagierte nicht.

Vorsichtig berührte ich ihn am Arm und holte ihn so aus seiner Starre.

Blinzelnd sah er mich an.

»Alles in Ordnung?«

Sein Gesicht verdunkelte sich und er schüttelte kaum merklich den Kopf.

»Nicht wirklich.« Er schenkte mir ein trauriges Lächeln.

»Du erinnerst dich an was, oder?«

Seine Mundwinkel sanken vollends herab. Er rieb sich die Stirn und sah sich im Café um. Wir waren die Einzigen. Die Gäste waren bereits vor der Autorin gegangen.

»Ja und nein«, begann er zögernd. »Es sind keine richtigen Erinnerungen. Nur Bruchstücke. Bilder. Stimmen.«

»Aber ist das nicht gut?«, fragte ich vorsichtig.

Er schüttelte den Kopf. »Es fühlt sich nicht gut an.«

Das war offensichtlich. Egal was für Bruchstücke er sah, sie belasteten ihn. Schwer.

»Diese Bruchstücke«, begann ich. »Hast du sie auch vor deiner Wohnung gesehen? Wolltest du deswegen nicht bleiben?«

Er nickte. »Ich stand direkt davor. Vor der Tür. Habe geklingelt. Aber dann ...« Er seufzte, rieb sich erneut die Stirn, als hätte er Kopfschmerzen. »Es hat niemand aufgemacht und dann hatte ich diese Erinnerung. Sie hat ... wehgetan. Hier.« Er legte sich eine Hand auf die Brust und sah mich unsicher an, als wüsste er nicht, ob er weiterreden sollte. »Ich habe ein Kind gesehen, ich habe Stimmen gehört in meinem Kopf. Und es hat so verdammt wehgetan. Ich konnte nicht bleiben.«

Stille senkte sich über uns. Elliot stand neben mir, wirkte so verloren und verzweifelt. Irgendetwas war mit diesem Kind passiert. Da war ich mir sicher. Und ich glaubte, dass er selbst seine Erinnerungen daran blockierte. Diese Angst, die er davor hatte, sie ließ nicht zu, dass er sich erinnerte. Als ob sein Körper, sein Geist, wusste, dass er es nicht verkraften konnte.

Panikattacken waren mir nicht fremd. Ich hatte sie oft genug erlebt, bei meiner Mutter, hatte irgendwann einen Weg gefunden, ihr zu helfen sie durchzustehen. Aber das war alles. Ich war nicht in der Lage den Auslöser zu finden oder weitere Attacken zu verhindern. Das Einzige, was ich in diesem Moment tun konnte, war für Elliot da zu sein. Ihn ein bisschen von seinen Sorgen abzulenken.

Verdammt.

Es war nicht gut, dass er aus der Klinik abgehauen war. Er brauchte dringend professionelle Hilfe, doch ich konnte ihn nicht dazu zwingen. Er musste es aus freien Stücken machen. Ich konnte nur hoffen, dass er sich an unseren Deal hielt und sich selbst darum kümmerte.

»Hilfst du mir beim Aufräumen?«, fragte ich schließlich.

Er nickte erleichtert. Dann rückten wir in einvernehmlichem

Schweigen Tische und Stühle zurecht, räumten die Werbung weg. Tassen, Teller und Gläser in die Spülmaschine. Am Ende war alles an seinem Platz und ich zufrieden mit dem heutigen Tag. Die Uhr zeigte bereits neun Uhr abends, draußen vor der Tür erhellten Laternen statt der Sonne die Straßen.

Schnaufend stemmte ich die Hände in die Hüften und sah mich im Café um.

»Feierabend«, verkündete ich feierlich.

Elliot lehnte locker an einem der Tische und betrachtete mich müde, aber mit einem faszinierenden Funkeln in den Augen. Mit einem halben Lächeln auf den Lippen, wirkte er in diesem Moment wie ein völlig anderer Mensch. Nicht betrübt, nicht ängstlich, nicht nachdenklich. Irgendwie ... sexy?

O mein Gott, hatte ich das gerade tatsächlich gedacht?

Hastig wandte ich mich ab und kramte in meiner Tasche nach meinem Handy.

»Wollen wir uns zum krönenden Abschluss noch Pizza bestellen?«

Als er nicht antwortete, drehte ich mich wieder zu ihm um. Doch er stand unverändert da und musterte mich auf diese ... sexy Art. Ich schob es auf seine Müdigkeit.

»Was ist?«, fragte ich verunsichert.

Langsam hob er die Schultern. »Ich bin beeindruckt, wie du immer noch hier herumwirbelst. Dabei bist du mindestens fünf Stunden länger auf den Beinen als ich.«

»Man gewöhnt sich dran.« Ich packte alles zusammen. »Komm, wir gehen nach Hause.«

Wir saßen auf meinem Bett und sahen uns eine Serie auf meinem Notebook an, als es klingelte.

»Ich gehe schon«, sagte Elliot, kämpfte sich ächzend aus den Kissen und wankte mehr zur Tür, als das er ging.

»Ich habe schon online bezahlt«, murmelte ich, aber als er die

Tür öffnete, stand da nicht der Pizzalieferant, sondern ein großer, breitgebauter Kerl.

Mein Herz setzte aus, nur um in der nächsten Sekunde im doppelten Tempo weiterzuschlagen.

»Äh, hey?«, begrüßte Elliot meinen Ex-Freund, der ihn mit verkniffener Miene von oben bis unten musterte.

»Alex?« Hastig stand ich auf. »Was zur Hölle willst du hier?«

Elliot sah verwirrt zwischen uns hin und her und machte einen Schritt zur Seite, damit ich an ihm vorbei und mich direkt vor Alex aufbauen konnte. Mit verschränkten Armen sah ich zu ihm auf, aber er starrte noch immer Elliot an, als wäre er ein unerwünschtes Insekt im Haus.

»Da hast du dir aber schnell Ersatz besorgt«, sagte er schließlich abfällig. »Oder ist das wieder eines deiner kranken Experimente?«

»Was ich wie und wann mache, geht dich einen Scheißdreck an«, zischte ich ungehalten.

Endlich riss er sich von Elliot los und richtete seinen abwertenden Blick auf mich.

Kalte blaue Augen in einem hübschen gebräunten Gesicht. Er hatte ein markantes Kinn, gepflegte kurze Haare und normalerweise ein charmantes Lächeln, das damals dafür gesorgt hatte, dass ich ihn nicht sofort abgewiesen hatte. Von außen konnte er locker mit all den sexy Bookboyfriends mithalten, aber innerlich war er nicht mehr als ein arroganter, selbstverliebter Langweiler.

»Na ja, mehr als ein netter Zeitvertreib warst du sowieso nicht.« Lässig spielte er mit einem silbernen Zippo, das ich ihm zum Geburtstag geschenkt hatte.

Ich ballte die Hände zu Fäusten, merkte, wie Elliot sich neben mir ebenfalls anspannte.

»Stimmt. Tiefgründige Gespräche konnte man mit dir sowieso nicht führen, dafür fehlen dir einfach die nötigen Gehirnzellen.« Ich tippte mir demonstrativ an den Kopf. »Als Kind hast du wohl zu oft versucht, zum *Gleis 9 ¾* zu kommen, oder?«

Während Alex verwirrt die Stirn runzelte, schnaufte Elliot neben mir belustigt.

Er kennt Harry Potter. Gut zu wissen.

Neben Alex erschien plötzlich der Pizzabote. Elliot und er verständigten sich über Handzeichen, während ich Alex weiter fixierte.

Was hatte ich nur an ihm gefunden?

»Ich will meine restlichen Sachen abholen.«

Ich hob fragend eine Augenbraue. »Was für Sachen?«

»Komm schon«, sagte er genervt. »Ladekabel, Sonnenbrille.« Er sah kurz zu Elliot. »Klamotten.«

Stimmt, er trug Alex' Jogginghose und sein T-Shirt.

Trotzdem sagte ich desinteressiert: »Sorry, hier ist nichts mehr von dir. Frag doch die braun gebrannte Tussi, an deren Brüsten du gesaugt hast.«

Überrascht hielt der Pizzabote, der Elliot gerade die Kartons in die Hand drückte, inne. Auch Elliot starrte mich mit großen Augen an. Alex hingegen biss die Zähne zusammen und Wut verdunkelte sein Gesicht.

»Und jetzt hau ab«, fuhr ich ihn an. »Der IQ in diesem Raum sinkt mit jeder Minute, die du hier bist.«

Der Pizzabote nahm Reißaus, auch Elliot zog sich mit den Pizzen in die Wohnung zurück. Und ich? Ich stieß den deutlich größeren und schwereren Alex unsanft aus der Tür und knallte sie ihm vor der Nase zu.

»Fick dich, Schlampe«, rief er durch die geschlossene Tür.

»Besser, als von dir gefickt zu werden«, antwortete ich laut genug, dass er es hören musste.

Die Tür erzitterte unter einem Schlag. Ich zuckte zusammen. Elliot auch. Aber danach war Ruhe. Wir standen noch einige Herzschläge still. Dann begannen meine Hände zu zittern. Die Mischung aus Wut, Anspannung und Adrenalin löste sich schlagartig auf und ich holte keuchend Luft.

Elliot kam einen Schritt auf mich zu, hielt die freie Hand oben, als wollte er mich berühren. Aber er tat es nicht, obwohl ich mir in diesem Moment nichts sehnlicher gewünscht hätte. Ich straffte die Schultern und strich meine Haare zurück.

»Das war …«, begann er.

»Dumm«, unterbrach ich ihn und schloss die Augen. Verdammt, was hatte ich mir dabei gedacht, ihn so zu provozieren.

»Nein, das war ziemlich beeindruckend.« Elliot lachte unsicher.

Ich verschränkte die Hände auf meinem Kopf, die Augen noch immer geschlossen. »Es war dumm. Männer mit seinem Ego sind ziemlich nachtragend.«

»Er wird es nicht wagen, noch mal zu dir zu kommen.«

Zweifelnd blickte ich ihn an. »Weil du ihm dann eine runterhaust?«

»Zur Hölle, nein! Der wird mich windelweich prügeln.«

Das brachte mich zum Lachen. Auch wenn es nicht witzig war. Tatsächlich hatte die Angst kurz in meinem Kopf aufgeblitzt, als die beiden sich angestarrt hatten. Nicht das Elliot sich nicht hätte wehren können. Aber er war eben einen Kopf kleiner als Alex und an die Bodybuilder-Muskeln von ihm kamen seine Oberarme nicht heran.

»Der Kerl wird wahrscheinlich Scheiße über dich erzählen, aber er wird sich nicht mit dir anlegen. Er wird wissen, dass du ihn fertigmachst, und das ganz ohne Muskeln.«

Der Knoten in meiner Brust löste sich und die Wärme kehrte in meinen Körper zurück. Ich ließ den angehaltenen Atem entweichen und deutete auf die Pizzakartons.

»Nach dem Bitch-Fight habe ich jetzt echt Hunger.«

Elliots Lachen war ansteckend und wir machten es uns mit Pizza und *Netflix* auf dem Bett gemütlich.

15
Trautes Heim

Elliot

Wenig begeistert starrte ich am nächsten Morgen die Jogginghose und das Shirt von Alex dem Fremdgeher an.

Nicht, dass ich viele Alternativen hatte. In der Jogginghose aus dem Krankenhaus, mit all den Löchern und dem ausgefranzten Bund konnte ich nicht ins Café gehen, auch das rote T-Shirt saß an mir, als wäre es in der Waschmaschine eingelaufen.

Aber zu wissen, dass ich die Kleidung von Floras Ex-Freund tragen musste, führte dazu, dass ich mich schmutzig fühlte.

Wir hatten gestern nicht mehr darüber gesprochen, aber nach dem kurzen Wortgefecht zwischen ihnen konnte ich mir selbst zusammenreimen, dass er ihr vor nicht allzu langer Zeit fremdgegangen war. Und das machte es nur noch schlimmer.

Aber mir blieb keine andere Wahl, sodass ich seufzend seine Klamotten anzog. Ich wischte den beschlagenen Spiegel frei, was nicht viel brachte, da meine Brille ebenfalls beschlagen war. Also rubbelte ich mir schnell die Haare trocken, öffnete das Fenster und trat in Floras Wohn-, Schlaf- und Esszimmer.

Sie hatte mich wieder schlafen lassen, aber statt mittags war es erst neun Uhr morgens. Trotzdem hatte ich ein schlechtes Gewissen. Daher beeilte ich mich, räumte die Küche auf, richtete das Bett her und schlüpfte dann in meine zu engen Schuhe.

Gerade als ich die Tür öffnen wollte, hörte ich von draußen den Schlüssel und Flora zuckte erschrocken zusammen, als wir uns nur wenige Zentimeter voneinander entfernt ins Gesicht sahen.

»Gut geschlafen?«, fragte sie grinsend.

Verlegen kratzte ich mich am Nacken. »Äh, ja, danke. Ich wollte gerade zu dir ins Café.«

Statt in die Wohnung zu kommen, zog sie mich kurzerhand nach draußen.

»Heute nicht«, meinte sie und ich folgte ihr die Treppe hinunter.

»Wo willst du hin?«, fragte ich verwirrt.

Die Sonne blendete mich, als ich auf die Straße trat und Flora am Café vorbei weiter die Straße entlang folgte.

»Wir beide machen einen Ausflug. Julia ist so lieb und übernimmt die Vormittagsschicht für mich. Dafür müssen wir heute Nachmittag allein zurechtkommen.«

»Okay?«

Wir blieben an einer Bushaltestelle stehen und Flora sah kurz auf die Uhr ihres Handys.

»Wo willst du hin?«, fragte ich erneut. Ein ungutes Gefühl machte sich in mir breit. Besonders, als Flora mich ansah und das Lächeln nicht wie sonst ihre Augen zum Strahlen brachte.

Doch bevor ich sie drängen konnte, mir endlich mehr zu verraten, kam bereits der Bus. Sie bezahlte für uns beide und wir setzten uns auf einen freien Zweiersitz.

»Flora?«

Sie sah mich an. »Wir fahren zu dir.«

Ich hatte es geahnt. Verdammt. Ich wusste, dass ich dorthin musste. Dass ich mich nicht ewig davor drücken konnte. Aber …

»Ich weiß, dass wir einen Deal hatten, Flora. Aber ich will wirklich, wirklich nicht, dass du mitkommst.«

Sie verzog verärgert den Mund. »Hast du Angst, dass ich irgendetwas über dich herausfinde, dass ich nicht wissen soll?«

»Ja … nein.« Ich schnaubte und blickte aus dem Fenster. »Darum geht es nicht.«

»Worum dann? Wovor hast du Angst?«

Ich schloss die Augen, nahm die Brille ab und rieb mir die Augen.

»Vor dem Ort. Vor dem, was dort passiert ist. Vor dem, was dir passieren könnte.«

»Was soll mir am helllichten Tag passieren?«

»Ich weiß es nicht. Ich weiß nur, dass dieser Ort abgefuckt ist und das alles, woran ich mich erinnern kann, so … so dunkel ist. Ich will nicht, dass du da mit reingezogen wirst.«

Zu meiner Überraschung lachte Flora. »Ich stecke schon mittendrin, Elliot. Du schläfst bei mir. Du wohnst bei mir. Du arbeitest bei mir. Für mich.«

Sie legte ihre Hand auf meine. Ich ließ sie sinken und sah Flora an.

»Ich will nicht stundenlang bleiben und in der Gegend herumschnüffeln. Wir gehen in deine Wohnung, holen ein paar Sachen von dir und dann gehen wir wieder, okay?«

»Aber was ist, wenn noch jemand zu Hause ist?«

»Aber das wäre doch gut. Dann würdest du endlich mehr über dich erfahren.«

Und wenn ich das gar nicht will?

Aber ich schwieg, starrte stattdessen erneut an ihr vorbei aus dem Fenster. Sah, wie wir Stück für Stück die Innenstadt verließen, an den Einfamilienhäuser vorbeifuhren. Fahrgäste stiegen aus, andere ein. Und je länger wir fuhren, je näher wir meinem Zuhause kamen, desto dunkler wurden die Gestalten. Bis Flora die Einzige war, die noch strahlte. Die Einzige, die mit ihrem ständigen Lächeln und der bunten Latzhose aus dem tristen, traurigen Grau der anderen hervorstach.

Allein dadurch zog sie die Aufmerksamkeit der anderen auf sich. Ich sah die verstohlenen Blicke. Verdammt, ich wusste, es war eine schlechte Idee.

Selbst als wir an unserer Haltestelle ankamen, der Bushaltestelle, an der ich den Kerl geschlagen hatte, strahlte Flora noch immer.

Ich stattdessen wurde von der trostlosen Hoffnungslosigkeit, die uns umgab, immer niedergeschlagener. Spürte, dass es nicht nur die der anderen war, sondern auch ein entferntes Echo meiner eigenen.

Als wir ausstiegen, war es, als wären wir in einer anderen Welt gelandet. Das bunte, lebhafte Treiben in der Seitenstraße bei Flora war einem trostlosen, trockenen Platz gewichen, der von grauen Mehrfamilienhäusern umringt war. Selbst die Bäume waren vertrocknet und kahl. Einer schien vor kurzem sogar Feuer gefangen zu haben. Überall lag Müll herum, leere Flaschen und Dosen.

Automatisch nahm ich Floras Hand, die mich überrascht ansah, während ich die Umgebung im Auge behielt.

»Du siehst aus, als würde uns gleich ein Trupp Schläger überfallen.«

»Genau davor habe ich Angst.«

»Findest du nicht, dass du übertreibst?« Aber kurz blitzte auch in ihrem Gesicht die Sorge auf, bevor sie weitersprach. »Ja, hier sieht es nicht sonderlich freundlich aus, aber nur, weil die Leute wenig Geld haben und es hier ein paar Idioten gibt, heißt das nicht, dass alle so sind.«

Flora zog mich von der Bushaltestelle weg. Jetzt war nicht ich es, der sie hielt, sondern sie mich.

»In welchem von denen ist deine Wohnung?«

Ich deutete auf das Gebäude links von uns.

Am liebsten hätte ich meine Füße in den Boden gestemmt, wäre umgekehrt und einfach losgerannt.

Die Schaukel kam in Sicht. Ich unterdrückte das Gefühl, dass sie in mir auslöste. Drängte das Lachen in meinem Kopf zurück. Das Bild von dem Kind mit dem Basecap. Lockige, strohblonde Haare lugten darunter hervor.

Schnell schüttelte ich den Kopf, konzentrierte mich stattdessen auf Floras und meine verschlungenen Finger. Zwischen unseren Handflächen sammelte sich der Schweiß. Aber Flora schien es nicht zu stören.

Vor der Eingangstür mit dem zerbrochenen Glas blieben wir stehen.

Ich atmete tief durch, sah mich noch einmal um. Hielt Ausschau nach ... jemandem. Weiter hinten stand eine Gruppe von Männern. Sie lachten laut. Grölten unverständliches Zeugs. Aber beachteten uns nicht.

Flora klingelte und als niemand öffnete, stieß sie kurzerhand die Tür auf, deren Schloss die gleiche trostlose Resignation ausstrahlte wie alles andere an diesem Ort.

»Na, komm. Du schaffst das.«

Ich sah sie an. Straffte meine Schultern und folgte ihr.

Das Treppenhaus sah fast noch schlimmer aus, als ich von außen erwartet hätte. Die Wände waren verschmiert und teilweise bröckelte der Putz ab. Überall lag Müll herum und die alten Stufen knarrten bei jedem Schritt.

Da ich nicht wusste, in welchem Stockwerk ich wohnte und teilweise keine Namen neben den Türen standen, konnten wir nichts anderes tun, als bis nach oben zu laufen und hoffen, dass wir einen Hinweis auf mein Zuhause fanden.

Im vierten Stock kamen wir an einer Tür vorbei, deren Anblick mich dazu brachte, stehen zu bleiben. Flora sah mich wachsam von der Seite an. Wartete ab. Genau wie ich.

Sie unterschied sich nicht sonderlich von den anderen Türen. Dunkles Holz, an manchen Stellen bereits gesplittert. Vor der Tür lag eine abgewetzte Fußmatte. Aber ein kleines Detail unterschied sie von den anderen. Über der Klingel an der Wand hing ein Bild. Zerknittert, mit einem Kaffeefleck drauf. Trotzdem konnte man vier Strichmännchen darauf erkennen. Typisch, wie Kinder sie malten. Zwei hatten lange, gelbe Haare, eines braune Locken und eines kurze, braune Haare.

»Das bin ich«, flüsterte ich und starrte das Strichmännchen mit den Locken an. Dazu hatte das Männchen etwas im Gesicht, das man als Brille interpretieren konnte.

In mir brüllten die verschlossenen Erinnerungen. Ich ballte die Hände zu Fäusten, durfte nicht zulassen, dass sie mich jetzt wieder überwältigten. Nicht an diesem Ort. Dafür war später noch Zeit. Rein und wieder raus, erst dann durfte ich zusammenbrechen.

Ich war mir sicher, dass hinter dieser Tür niemand wartete. Dafür war es zu ruhig und zu leer. Ich konnte dieses Gefühl nicht beschreiben. Hinter dieser Tür fehlte etwas. Und das war nicht ich.

»Hier wohnst du?«, fragte Flora leise. Ich nickte.

»Okay, dann brauchen wir nur einen Schlüssel, außer …«

Bevor ich sie aufhalten konnte, klopfte sie an die verschlossene Tür. Ich weiß nicht, was ich befürchtet hatte, aber es blieb still dahinter. Dann rüttelte sie probeweise an dem Knauf, aber sie war abgeschlossen.

»Die Polizisten haben dir nicht zufällig einen Schlüssel gegeben?«

Ich schüttelte den Kopf, bevor ich reagieren konnte, klopfte sie bereits an der Tür auf der anderen Seite.

»Was machst du da?«, flüsterte ich fassungslos.

Sie hob die Schultern. »Vielleicht hat dein Nachbar einen Schlüssel.«

Die Idee gefiel mir nicht. Und als sich die Tür öffnete, fand ich sie noch schlimmer.

Ein alter Mann mit rotem, verquollenem Gesicht und blutunterlaufenen Augen öffnete schwankend die Tür. Mit offenem Mund, aus dem ich schon von weitem die Fahne riechen konnte, sah er zuerst Flora von oben bis unten an, dann fiel sein Blick auf mich. Augenblicklich verfinsterte sich sein Gesicht.

»Du trausch disch ja was«, fuhr er mich ungehalten an. Ich zuckte vor der lauten, lallenden Stimme zurück. »Nach allem wasch du getan hasch!«

Mein Herz setzte aus, bevor es unkontrolliert zu schlagen begann.

Was du getan hast.

Eine fremde Frauenstimme schrie in meinem Kopf. *Was hast du getan! Du nutzloses Stück Scheiße, was hast du ihr angetan!*

Eine Hand griff nach meiner. Zerrte mich weg von der Tür, von den plötzlichen Bildern in meinem Kopf. Flora trat vor mich. Stellte ihren Körper als schützende Barriere zwischen mich und den wütenden Mann. Was tat sie da? Aber ich war wie erstarrt, gefangen zwischen Erinnerung und Gegenwart.

»Er hat seinen Schlüssel verloren, haben Sie zufällig einen Ersatzschlüssel von seiner Wohnung?«

Er spuckte Flora vor die Füße. Der Anblick machte mich wütend. Aber Flora war unbeeindruckt. Zumindest tat sie so, denn ich bemerkte ihre verkrampften Schultern und ihre zitternden Hände.

»Als ob ich irgendetwas von dieser drogenverseuchten Bude anfassen würde.« Er war im Begriff die Tür zuzuschlagen, aber Flora stellte ihren Fuß dazwischen. Ich war nicht der Einzige, der sie fassungslos anstarrte. Woher nahm sie nur diesen Mut?

»Hat jemand anderes einen Schlüssel für die Tür?«

Der Kerl sah sie missmutig an. Trat unsanft gegen ihren Fuß. »Versuch es bei der alten Schachtel eine Etage tiefer.« Dann knallte er die Tür zu.

Der Knall weckte meinen Körper auf und ich zog Flora ungehalten von der Tür weg.

»Bist du verrückt?«, fuhr ich sie an. »Der Kerl hätte auf dich losgehen können.«

»Ist er aber nicht.« Sie grinste. Aber das täuschte mich nicht mehr. Ich sah den Schweiß auf ihrer Stirn, spürte, wie sie unter meiner Berührung zitterte.

»Warum ...«

Sie ließ mich die Frage nicht aussprechen, sondern ging eine Etage tiefer.

Auch hier gab es links und rechts eine Tür. Kurzerhand klingelte sie an der mit der saubereren Fußmatte.

Kurz darauf öffnete ein hagerer Mann mittleren Alters. Er hatte eine Halbglatze und trug ein ausgeblichenes Hemd, das er in die Hosen gesteckt hatte. Hinter ihm erstreckte sich ein schmaler

Flur, von dem links und rechts drei Türen abgingen. Rechts stand sie offen und wir konnten einen kleinen Teil einer in die Jahre gekommenen Küche erkennen. Links von ihm konnten wir in dem Raum einen Fernseher sehen, auf dem eine Kochshow lief.

»Ja?«

»Wir haben den Schlüssel zu unserer Wohnung vergessen, haben Sie einen Ersatzschlüssel?«

Er musterte uns beide misstrauisch, dann rief er nach links. »Mom, hier ist jemand, der den Schlüssel zu seiner Wohnung haben möchte.«

»Milo?«, krächzte eine schwache, schrille Stimme, deren Besitzerin wir nicht sehen konnten.

Milo. Bei dem Namen rührte sich etwas in der Dunkelheit. Da ich befürchtete, erneut solch eine Reaktion wie von dem betrunkenen Typen von oben zu bekommen, sagte ich schlicht: »Ja.«

»Jungchen, du würdest auch deinen Kopf vergessen, wenn er nicht festgewachsen wäre.« Sie lachte, klang aber trotz der schrillen Stimme liebevoll. Ihr Sohn stand noch immer im Flur und wartete sichtlich genervt.

»Der Schlüssel liegt in der Schale.«

Er drehte sich suchend um, bis er ihn auf einer hohen Kommode entdeckte und uns einen unscheinbaren Schlüssel ohne Anhänger gab.

»Danke«, rief ich der unbekannten alten Dame zu. Erhielt aber keine Antwort, denn ihr Sohn knallte uns bereits die Tür vor der Nase zu. Unschlüssig sah ich auf den Schlüssel.

»Siehst du, war gar nicht so schwer.«

»Wenn dieser Milo auch in meiner Wohnung wohnt.«

»Sagt dir der Name etwas?«

»Ja, irgendwie schon.«

»Dann lass uns gehen.«

Gemeinsam gingen wir wieder nach oben. Aber ich blieb vor der Tür stehen. Den Schlüssel in der schwitzigen Hand. Mein Herz raste. In meinem Kopf herrschte ein unfassbares Chaos.

»Elliot?«

Ich sah zu Flora.

»Du musst da reingehen.«

Ich seufzte. »Ich weiß.«

»Aber?«

Ich fuhr mir durch die Haare. Drehte mich um. Sah die Treppe, die mich hinausführte. Raus aus diesem schrecklichen Ort, an dem ich mich so fehl am Platz fühlte und doch wusste, dass es mein Zuhause war.

»Ich weiß es nicht«, sagte ich leise, drehte mich wieder zu der Tür. »Ich weiß nur, wenn ich diese Tür aufmache, warten dort Erinnerungen auf mich, von denen ich nicht weiß, ob ich sie ertragen kann.«

Wieder sah ich zu Flora.

»Ich konnte es schon einmal nicht ertragen. Was, wenn ich es wieder nicht schaffe?«

Ein zuversichtliches, warmes Lächeln erschien auf ihrem Gesicht. »Elliot, ich weiß nicht, was genau passiert ist. Was du erlebt hast, aber du bist nicht allein. Okay? Ich bin hier. Hier bei dir. Und egal was passiert, ich bleibe bei dir.«

Ich starrte sie noch einige Herzschläge lang an. Konnte immer noch nicht verstehen, warum sie das alles tat.

Aber sie hatte recht. Ich hatte keine andere Wahl. Ich starrte auf meine Hand, auf den Schlüssel, dann öffnete ich die Tür.

16
Der Schrecken hinter Tür

Elliot

Mein Puls raste, als fürchtete ich, dass mich jede Sekunde ein schreckliches Monster anfallen würde. Ein kreischendes Wesen, das mir das Herz aus der Brust riss und in das dunkle Loch kroch, um mich von innen heraus zu verzehren.

Doch als ich die Wohnungstür öffnete, erwartete mich kein Monster. Nur eine einsame, stille Wohnung, die der eine Etage tiefer ähnelte. Ein schmaler Flur, von dem links und rechts drei Türen abgingen. Zumindest, wenn es Türen gegeben hätte. Denn an drei Räumen fehlten sie.

Der Anblick der Wohnung löste im ersten Moment nicht den befürchteten Sturm der Erinnerungen aus. Im Gegenteil. Mein Kopf war seltsam leer, während ich den ersten Eindruck in mich aufnahm.

Langsam ging ich über die Türschwelle, trat ein in mein Zuhause. Ein süßlicher Geruch hing in der Luft. Auch wenn er mir bekannt vorkam, konnte ich ihn nicht zuordnen. Die dunklen Dielen waren zerkratzt, die orangefarbene Tapete an mehreren Stellen abgerissen. Eine Garderobe fehlte, es gab nur einen Karton, auf dem ein Haufen Jacken lag. Daneben abgetragene Sneakers und Badeschuhe.

Ich atmete tief ein und machte einen weiteren Schritt.

»Und?«, fragte Flora leise hinter mir.

Ich brachte kein Wort über meine trockenen Lippen, konnte nur den Kopf schütteln. Auch wenn mir eine der Jacken und auch die Sneaker bekannt vorkamen, blieb die Wohnung fremd für mich.

Genau wie in der anderen Wohnung befand sich rechts eine kleine Küche. Am Kühlschrank hingen bunte, zerknitterte Kinderbilder, die in mir ein Gefühl auslösten, das ich schnell wieder verdrängte.

Es gab Kindermüsli, Cornflakes und vergammelte Bananen. Obwohl die Küche auf den ersten Blick wirkte, als hätte hier schon lange niemand mehr gekocht, stand auf dem Tresen ein Teller mit einem halb gegessenen Toast, der deutlich frischer war als die braunen Äpfel. Hier wohnte noch jemand. Und er war erst vor kurzem hier gewesen. Ich schluckte. Jemand wohnte hier, aber dieser Jemand hatte sich nicht für mich interessiert. Hatte nicht nach mir gesucht. War das dieser Milo? Wer war er? Mein Bruder? Mein Vater? Mein Onkel? Freund?

Der Gedanke ließ meine Hände kribbeln. Ich wollte nicht hier sein, wenn er nach Hause kam. Warum, wusste ich selbst nicht genau.

Rechts befand sich das kleine Wohnzimmer. Auf dem niedrigen Tisch vor dem Fernseher standen mehrere leere Flaschen. Ein Aschenbecher quoll über. Es gab noch ein braunes, durchgesessenes Sofa, eine Schrankwand und einen Wäscheständer, an dem noch einige Klamotten hingen. Unter dem Fenster standen drei Kartons und daneben ein Puppenwagen.

Ein Kinderlachen hallte durch mein Inneres. Das kleine Mädchen aus meinen Erinnerungen. Lebte es hier? Der plötzliche Schmerz in meiner Brust belehrte mich eines Besseren. Nein, hier lebte kein Kind. Nicht mehr.

Flora ging ins Wohnzimmer, aber ich stolperte zurück. Wandte mich ab und stieß die nächste Tür grob auf. Ein Badezimmer. Der Spiegel war zerbrochen, die Dusche an den Rändern verschimmelt. Auf der Ablage lagen zwei abgenutzte Zahnbürsten. Eine zerdrückte Tube Zahnpasta. Eine dunkle Jeans und ein T-Shirt lagen achtlos in der Ecke. Mein Blick blieb an der Barbiepuppe auf dem Fensterbrett hängen. Mein Herzschlag beschleunigte sich und ich ging schnell weiter.

Ich wollte die nächste Tür neben dem Badezimmer öffnen, aber ich hielt inne. Ich starrte auf das weiße Blatt Papier, das mit Klebestreifen daran befestigt war. Mit Buntstiften waren ein Haus, riesige Blumen, eine Sonne und Strichmännchen darauf gemalt. Bei dem Anblick baute sich etwas in mir auf. Etwas Dunkles. Etwas Schreckliches. Ich wagte es nicht, sie zu öffnen, und wandte mich hastig der Nächsten zu. Ein Schlafzimmer. Nichtssagend. Unbedeutend.

Trotzdem wurde mir schlecht und ich bekam Kopfschmerzen. Es war stickig und der süßliche Geruch machte mir zu schaffen. Dass ich hier vor kurzem noch gewohnt hatte, konnte ich nicht begreifen. Aber vielleicht war es nur die Adresse, unter der ich gemeldet war. Vielleicht lebte ich ganz woanders. Genau, das war nicht mein richtiges Zuhause.

Du glaubst auch, du bist was Besseres.

Ein dunkles Lachen.

Du bist ein Callens und bleibst ein Callens. Für uns gibt es nichts Besseres als das hier. Finde dich damit ab.

Ich schüttelte den Kopf, was meinen Kopfschmerz nur verschlimmerte.

»Alles in Ordnung?«, fragte Flora hinter mir.

»Nein«, krächzte ich. Ich wollte nur aus dieser Wohnung raus.

Ich eilte in das letzte Zimmer, eines, in dem die Tür fehlte, und stand einem Raum mit zwei Betten gegenüber.

Er war in zwei Bereiche geteilt. Ich musste nicht lange überlegen, welche Seite meine war. Links herrschte absolutes Chaos, während rechts die auffällige Ordnung einen starken Kontrast zum Rest der Wohnung bildete.

Das Bett war gemacht, auch wenn jemand darauf gesessen hatte. Auf dem Nachttisch stand eine Lampe, daneben ein Manga. Auch über dem Bett hing ein schmales Regalbrett, auf dem weitere Mangas und auch einige Bücher ordentlich aufgereiht waren. Auf einer zerkratzten Kommode standen ein kleiner Bildschirm und eine Spielkonsole.

Ich hatte damit gespielt. Oft. Zu oft. Abgenutzte Kopfhörer lagen daneben.

Zwischen Bett und Kommode stapelten sich Klamotten.

»Schau mal«, hörte ich Flora hinter mir sagen. Ich drehte mich um und sie hielt nicht nur ein Handy, sondern auch ein Portemonnaie in der Hand.

Sie deutete auf das Kopfkissen. »Das lag da drunter.« Dann reichte sie mir beides.

Das Handy ging nicht an. Aber als ich das Portemonnaie öffnete und die wenigen Karten durchging, fand ich meinen Personalausweis.

»Das sind meine Sachen.«

»Das ist also dein Zimmer«, sprach sie das Offensichtliche aus.

»Ja.« Kein ich bin mir nicht sicher, kein ich weiß es nicht. Nein, dass hier war mein Zimmer. Hier wohnte ich. Hatte ich gewohnt. Doch wer in dem anderen Bett schlief, wusste ich noch immer nicht. War es dieser Milo?

»Okay, dann schnapp dir ein paar Sachen und dann gehen wir.«

Ich regte mich nicht. Starrte auf einen Riss in der Wand über dem Kopfende des Bettes. Eine Stelle an meinem Hinterkopf pulsierte. Ein längst vergangener Schmerz.

»Oder willst du bleiben?«

»Nein«, entfuhr es mir. Die Panik kroch Stück für Stück höher. Ich würde sie nicht mehr lange aufhalten können. Dieser Ort weckte die Monster in mir. Ich hörte sie brüllen. Die Erinnerungen. Die Albträume.

Ich musste hier raus.

Schnell griff ich unter das Bett. Ich hatte gewusst, dass dort meine Sporttasche lag. Ein einfaches, verschlissenes Ding. Ich stopfte so viel Kleidung hinein wie möglich. Dann nahm ich noch ein Buch aus dem Regal. Irgendetwas war wichtig daran. Ich würde mich damit beschäftigen, wenn ich wieder zu Hause war.

Zu Hause.

Ich hielt inne. Das hier war mein Zuhause. Aber warum zur

Hölle fühlte sich Floras chaotische Einzimmerwohnung mehr danach an als das hier?

»Flora?«

Sie sah mich an, aber ich konnte ihren Blick nicht standhalten. Hatte Angst vor meiner Frage und Angst vor ihrer Antwort.

»Das ist mein Zuhause.«

»Ja, sieht so aus.«

»Wenn du ... du musst nicht ...« Ich fluchte, fuhr mir durch die Haare und starrte erneut auf den Riss in der Wand.

»Ich möchte es aber.«

Endlich schaffte ich es, sie anzusehen. »Warum?«

»Brauche ich dafür einen Grund?«

»Ja. Du kennst mich nicht. Du hast keine Ahnung, wer ich bin.« Die Worte des Nachbarn kamen mir wieder in den Sinn und mir wurde schlecht. »Was ich getan habe.«

»Du auch nicht.«

»Darum geht es nicht, Flora«, entkam es mir eine Spur zu laut. »Ja, ich habe keine Ahnung, wer ich bin. Aber das ist mein Problem. Es geht dich nichts an. Und trotzdem kümmerst du dich um mich. Besuchst einen Fremden tagelang im Krankenhaus. Lässt ihn in deiner Wohnung leben. Du gibst mir ein Zuhause, du gibst mir Kleidung, du gibst mir zu essen und zu trinken. Einen Job.«

Ich stockte kurz.

Eines deiner kranken Experimente, hatte Alex gestern gesagt. Im ersten Moment hatte ich mir nichts dabei gedacht. Aber jetzt ...

»Was bin ich für dich?«

Sie runzelte die Stirn. »Was meinst du?«

»Bin ich für dich nur irgendein Experiment? Ein Streuner, den du aufnimmst, aufpäppelst und dann wieder in die Freiheit entlässt?«

Sie riss die Augen auf, um sie dann wieder zu verengen. Wut färbte ihre Wangen rot. Ich fluchte erneut. Verdammt, warum hatte ich das gesagt?

»Gut, dann bleib hier.« Abrupt drehte sie sich um.

»Flora.«

Sie wirbelte herum und zeigte mit dem Finger auf mich.

»Du bist einsam und hast Angst vor dir selbst. Vor dem, was du bist. Weißt du, warum ich für dich da bin? Warum ich dich nicht allein lassen will?«

Ich schluckte und starrte sie an.

»Weil ich das Gefühl kenne. Ich kenne die Einsamkeit, ich kenne die Angst. Ich habe einen Teil von mir in dir gesehen. Darum will ich dir helfen. Darum bin ich für dich da. Denn für mich war niemand da. Niemand hat mir die Hand gereicht, niemand hat mir gesagt, dass ich alles schaffen kann, wenn ich nur will. Ich hatte ständig Angst und musste mich allein rauskämpfen. Ich musste selbst meinen Mut finden. Ich musste mich allein meinen Ängsten stellen. Das tue ich jeden verdammten Tag. Ich weiß, wie schwer es ist, niemanden zu haben. Deswegen bin ich hier. Um dir zu zeigen, dass du nicht allein bist.« Tränen schimmerten in ihren Augen und der Anblick brach mir das Herz. »Ich habe die Chance gesehen, die Welt für einen einzigen Menschen ein bisschen besser zu machen. Aber wenn du das nicht brauchst, wenn du mich nicht brauchst, dann bleib hier.«

Sie blinzelte, entließ ihre Tränen in die Freiheit.

»Nicht weinen«, flüsterte ich, wusste, dass ich Scheiße gebaut hatte. Ich hob eine Hand. Aber das brachte sie nur noch mehr zum Weinen und sie stürmte aus der Wohnung.

Ich weine nie. Aber bei dir passiert mir das schon zum zweiten Mal. Das hatte sie im Krankenhaus zu mir gesagt. Das zweite Mal. Wann war das erste Mal gewesen? Und warum zur Hölle gab es jetzt ein drittes Mal?

»Flora!« Hastig sah ich mich im Raum um, aber es gab nichts, was ich noch brauchte. Also rannte ich ihr hinterher. Sie war bereits durch die Tür ins Treppenhaus gestürmt. Ich schnappte mir eine Jacke, die mir bekannt vorkam, noch ein Paar Sneaker und stopfte alles in die Tasche. Ich knallte die Wohnungstür hinter mir zu und nahm zwei Stufen auf einmal nach unten.

Aber ich war zu langsam. Durch das zerbrochene Glas der Haustür sah ich eine Gruppe bedrohlich aussehender Kerle. Und in der Mitte von ihnen Flora.

Scheiße.

17
Vergessene Schulden

Flora

Wie ein dummes, weinendes Mädchen war ich aus dem Wohngebäude gestürmt, mitten in eine Gruppe von Männern. Zwei von ihnen packten mich an je einem Arm und ich war zu überrascht, um etwas zu sagen, geschweige denn mich zu wehren. Verwirrt hing ich in ihren schmerzhaften Griffen und konnte nicht begreifen, was hier gerade geschah. Eine Mischung aus Tabak und Schweiß drang in meine Nase, während alle auf den Hauseingang starrten. Auf Elliot, der langsam die letzten Treppenstufen herunterkam und mich mit Entsetzen in den Augen ansah.

In dem Moment wurde mir klar, dass diese Männer auf ihn gewartet haben mussten. Sie hatten ihm aufgelauert.

Und erst diese Erkenntnis weckte die Angst in mir. Ein Gefühl, das wie Eiswasser durch meine Venen rauschte, das mein Herz zum Rasen brachte, das mir den Schweiß auf die Stirn trieb. Ich begann zu zittern, während ich Elliot beobachtete, wie er wachsam nach draußen kam.

Unsicher. Zögernd. Für einen kurzen Moment sahen wir uns in die Augen. Sein Gesicht spiegelte die gleichen Gefühle wider, die in mir tobten.

»Callens«, rief einer der Kerle schräg vor mir. Ein untersetzter muskulöser Typ mit millimeterkurzen Haaren und einer dicken Silberkette, die über einem dunklen T-Shirt hing. An seinem Hals prangte ein Totenkopftattoo.

»Was hast du mit der Süßen hier gemacht?«, fragte er, als wären sie alte Freunde.

»Lasst sie los«, entgegnete Elliot leise, aber mit fester Stimme. Dabei starrte er die beiden Typen, die mich festhielten, wütend an.

Ohne auf Elliots Worte einzugehen, fragte der Totenkopf-tattoo-Kerl: »Hat sie deinen kleinen Schwanz gesehen und ist in Tränen ausgebrochen?«

Die anderen lachten höhnisch.

Elliot reagierte nicht, sondern ließ langsam seine Sporttasche von den Schultern gleiten und kam einen Schritt näher.

Verdammt, was passierte hier gerade? Das Herz schlug mir bis zum Hals, Adrenalin rauschte durch meinen Körper und ließ mich zittern.

»Was wollt ihr?«, fragte er wachsam, sein Blick huschte kurz zu mir, bevor er sich auf den Totenkopftattoo-Kerl konzentrierte.

»Weißt du, wo dein verdammter Bruder ist?«

»Nein, keine Ahnung.«

Der Typ schnalzte mit der Zunge und ging mit lässigen Bewegungen auf Elliot zu.

»Tja, das nenne ich Pech.« Er blieb direkt vor ihm stehen. »Pech für dich.«

Ohne Vorwarnung schoss seine Faust nach vorne und traf Elliot mit voller Wucht am Kinn. Ich schrie auf. Elliot stolperte zur Seite und konnte sich gerade so auf den Beinen halten.

Langsam hob er den Kopf und wischte sich das Blut aus dem Mundwinkel.

»Seit du deine Mom in den Knast gebracht hast, kriegt dein Bruder nichts mehr auf die Reihe.«

Bei den Worten hielt ich entsetzt die Luft an. Auch Elliot riss die Augen auf. Aber der Kerl sprach weiter.

»Der Wichser ist schlampig geworden und ich werde ungeduldig.«

»Was habe ich mit der Scheiße von meinem Bruder zu tun?«, fragte Elliot undeutlich und wischte sich noch mal über den Mund.

Plötzlich hob der Kerl sein Bein und trat ihm mit voller Wucht in den Magen. Elliot krümmte sich stöhnend, bevor ihn eine weitere Faust im Gesicht traf und endgültig zu Boden schickte.

»Hör auf!«, schrie ich. Versuchte mich aus den festen Griffen zu befreien. »Lass ihn in Ruhe!«

Aber die beiden Kerle hielten mich unbeeindruckt fest. War denn niemand hier? Bekam keiner etwas mit? Oder interessierte es einfach niemanden?

Ich trat einem von beiden auf den Fuß, aber er trug schwere Stiefel, sodass er meinen Tritt mit einem Lachen quittierte und mich noch näher an sich drückte.

Der Totenkopftattoo-Kerl drehte sich zu mir um und hob eine Augenbraue.

»Was? Willst du für ihn die Prügel einstecken?« Er musterte mich von oben bis unten. Hinter ihm stieß Elliot ein ersticktes »Nein« aus.

»Mir würde da allerdings etwas Besseres einfallen«, sagte er mit einem widerlichen Unterton und verzog seine Lippen zu einem raubtierhaften Grinsen.

Ich erstarrte und verdrängte die Bilder, die seine Worte in mir auslösten, während Übelkeit meine Kehle nach oben kroch.

»Du kannst es ja versuchen.« Mein Mund war schneller als mein Kopf. Sofort bereute ich meine Worte, die alles nur noch schlimmer zu machen drohten.

»Nein«, sagte Elliot jetzt deutlicher, kämpfte sich schwankend auf zwei Beine und lenkte so von mir ab. Er spuckte noch mehr Blut auf den Boden.

Der Kerl stampfte auf ihn zu, schubste ihn gegen die Hauswand, bevor er seinen Unterarm gegen seinen Hals presste.

»Ich habe keine Ahnung, was vor ein paar Wochen bei euch Callens los war, warum du deine Mom in den Knast gebracht hast. Ich weiß nur, dass die Geschäfte hier seitdem nicht mehr so laufen, wie sie sollten. Und irgendwie scheinst du dafür mitverantwortlich zu sein.«

Elliot versuchte verzweifelt, den Unterarm von seiner Kehle zu schieben, während sein Kopf rot anlief.

»Also sag deinem verfickten Bruder, dass ich das verfickte Geld haben will. Es ist mir egal, wie er es auftreibt.«

Er beugte sich näher zu Elliot.

»Soll er dich auf den Strich schicken oder dein Mädchen. Das ist mir egal. Aber in drei Wochen will ich mein Geld zurück, verstanden?«

Elliot nickte. Was sollte er sonst tun?

»Wenn nicht, wird weder er noch du in der Lage sein, überhaupt noch Stoff zu verkaufen. Weil euch die verdammten Beine und Arme fehlen werden!«

Dann, endlich, ließ er ihn los und Elliot fiel keuchend auf die Knie. Er griff sich an den Hals und hustete, während der Kerl ihm liebevoll den Haarschopf tätschelte.

»Bist ein schlaues Kerlchen, also hilf deinem Brüderchen, klar?«

Erneut nickte Elliot.

»Klar?«, fragte er lauter.

»Klar«, erwiderte Elliot krächzend.

Endlich ließ der Kerl von ihm ab. Aber die Erleichterung hielt nur einen Herzschlag, denn er ging direkt auf mich zu. Raue Finger umfassten grob mein Kinn, hoben es an, sodass ich ihm direkt in die kalten, braunen Augen blicken musste. Mein Herz war kurz davor zu explodieren. Mein Atem ging abgehackt und hektisch. Und trotzdem erwiderte ich seinen abschätzigen Blick mit einer gewaltigen Portion Wut und Hass.

»Was hältst du davon, wenn du dich mal mit einem richtigen Mann vergnügst statt mit dieser Brillenschlange.« Sein warmer Atem roch nach Bier.

»Kein Interesse«, entgegnete ich prompt mit fester Stimme. Ich hatte Übung darin, mir meine Angst nicht anmerken zu lassen.

»Hm.« Er musterte mich einige Sekunden, die sich wie Stunden anfühlten. Ich hielt die Luft an. Wusste, dass ich nichts tun konnte. Wusste, dass Elliot auch nichts tun konnte.

»Überleg es dir, Süße. Mein Schwanz könnte dich in den siebten Himmel vögeln.«

»Es gibt nichts, was mich weniger interessiert, als dass dein Schwanz mich sonst wo hin vögelt. Also sag deinen Gorillas, dass sie mich loslassen sollen.«

Was machst du da!

Das war nicht Alex. Das war nicht irgendein Ex-Freund. Das waren verdammt gefährliche Leute, die irgendwelche Deals mit Elliots Bruder hatten.

Der Kerl quetschte mir die Wange zusammen und ich war kurz davor mich mitten in sein Gesicht zu übergeben.

»Du hast ein vorlautes Mundwerk, Mädchen.«

Dann ließ er mich endlich los. »Das gefällt mir. Wenn du es dir anders überlegst, melde dich bei mir.«

Zum Glück gelang es mir, den Mund zu halten. Dann bedeutete er den beiden Typen rechts und links von mir, mich loszulassen.

Ihre Griffe lockerten sich und sofort schüttelte ich meine Arme, um ihre schmierigen Hände loszuwerden.

»Drei Wochen, Callens.«

Elliot zuckte zusammen, als er seinen Namen hörte. Dann sahen wir ihnen nach, wie sie in die Richtung eines weiter entfernten Parkplatzes schlenderten, als wäre nichts passiert.

Erleichtert ließ ich meinen Atem entweichen und das große Zittern überkam mich. Ich konnte mich nicht mehr auf den Beinen halten und sank auf den sandigen Boden. Stolpernd kam Elliot auf mich zu, kniete sich vor mich und drückte mich an sich. Mit einer Hand an meinem Hinterkopf presste er mein Gesicht an seine Brust, sodass ich kaum atmen konnte.

»Alles okay?«, fragte er mich mit rauer Stimme.

Ich hörte seinen hektischen Herzschlag, spürte das Beben seines Körpers an meiner Wange.

»Das fragst du ausgerechnet mich?«, antwortete ich gedämpft. Dann schob ich ihn ein Stück zurück. »Du wurdest verprügelt, nicht ich.«

Ich wollte sein blutiges Gesicht berühren, aber er war schneller und legte seine zitternden Hände auf meine Wangen.

»Nein, nein, nein.« Seine Augen suchten hastig mein Gesicht ab. »Sie haben dich angefasst.«

Sanft strich er mir die Haare nach hinten. Fuhr mit einem Finger unter meinem Auge entlang, hinterließ eine feuchte Spur. Erst jetzt wurde mir bewusst, dass ich weinte. Schon wieder. Elliot zog mich erneut an sich und vergrub sein Gesicht an meinem Kopf.

»O Gott.«

»Ich glaube nicht, dass er viel damit zu tun hatte.« Ich versuchte, locker zu klingen. Es gelang mir nicht.

»Wir verschwinden jetzt«, sagte Elliot entschlossen und ich hatte nichts dagegen.

»Das klingt gut.«

Er nickte mir zu und kämpfte sich auf die Füße.

Ich sah, wie er sein lädiertes Gesicht verzog. Trotzdem reichte er mir die Hand und half mir auf.

»Das nächste Mal lasse ich mich auf keinen verdammten Deal ein, der beinhaltet, dass du mitkommst. Ich wusste, dass das eine beschissene Idee war.«

Er wankte zu seiner Sporttasche und hängte sie sich über die Schulter.

»Konnte doch keiner ahnen, dass wir hier mitten in Mafiaangelegenheiten reinstolpern.«

»Das ist nicht witzig«, murmelte Elliot und rieb sich den Bauch. Er blickte in die Richtung, in die die Typen verschwunden waren. Zum Glück führte unser Rückweg nicht in dieselbe Richtung.

Elliot nahm meine Hand und ich war erleichtert, als er mich von diesem Ort wegzog.

Allerdings lief er so schnell, dass ich versuchen musste, mit ihm mitzuhalten. Aber ich beschwerte mich nicht, je schneller wir diesen Ort hinter uns ließen, desto besser.

Während wir liefen, schossen dutzende Fragen durch meinen Kopf. Wer waren diese Typen und wie viel Geld schuldete Elliots Bruder ihnen? Und waren wir in Sicherheit, nur weil wir den Ort verließen? Würden sie in drei Wochen vor meiner Tür stehen? Aber wie sollten sie uns finden?

Nach den Worten des tätowierten Kerls hatte Elliot seine Mutter ins Gefängnis gebracht. Aber ich glaubte nicht, dass es das große Geheimnis war, das ihn so quälte. Vielleicht war es ein Teil davon, aber nicht der Grund, warum er solche Angst vor seinem Zuhause hatte.

Ich stolperte über einen losen Pflasterstein und Elliots Hand hielt mich fest.

»Ich glaube, wir können aufhören, so zu rennen«, sagte ich atemlos und blickte zurück. Mittlerweile konnte ich die Wohnblocks nur noch in weiter Ferne sehen. Vor uns lag die Straße mit den gepflegten Einfamilienhäusern.

Elliot war ebenfalls außer Atem. Er wischte sich die feuchten Haare aus der Stirn, aber er hielt nicht an. Zog mich weiter. Nur etwas langsamer.

An einer Bank blieb ich stehen und zwang ihn so ebenfalls stehen zu bleiben. Er sah mich irritiert an, schien einen Moment zu brauchen, um sich seiner Umgebung wieder bewusst zu werden. Ich kramte in meiner Tasche und fand eine Packung Taschentücher. Dann holte ich meine kleine Wasserflasche heraus und befeuchtete eines der Tücher.

»Setz dich«, sagte ich und deutete auf die Bank.

»Wir soll… «

»Wir sollten das Blut aus deinem Gesicht waschen«, unterbrach ich ihn.

Er zögerte einen Moment. Sah nach links und rechts, als fürchtete er jeden Moment erneut überfallen zu werden. Dann setzte er sich endlich und ich begann, ihm mit dem feuchten Tuch vorsichtig das verschmierte Blut abzuwischen. Dass meine Finger dabei zitterten, ignorierte ich.

»Geht es dir gut?«, fragte er erneut und blickte mich mit seinen besorgten grauen Augen an.

»Du bist derjenige, der aussieht, als hätte jemand Fußball mit seinem Gesicht gespielt.«

Es klang etwas übertrieben, besonders nachdem ich das meiste Blut entfernt hatte. Aber seine Nase war verkrustet. Er hatte eine Schramme auf der Wange und eine aufgeplatzte Lippe. Morgen würde sicher ein schönes Veilchen zum Vorschein kommen. Meine Hände begannen stärker zu zittern, als ich mich daran erinnerte, wie der Kerl auf ihn eingeschlagen hatte.

»Ich meine es ernst«, brummte Elliot.

Ich seufzte. »Wenn ich ja sage, würde ich lügen und wenn ich nein sage, würde ich übertreiben. Also irgendetwas dazwischen.«

Er nickte, offenbar zufrieden mit meiner Antwort.

»Mir ist schließlich nichts passiert.«

Ruckartig fuhr sein Kopf hoch und er starrte mich fassungslos an. Plötzlich packte er meinen Arm und hob ihn zwischen uns hoch. »Das nennst du Nichts?«

Ich sah auf meinen eigenen Arm, sah die roten Druckstellen.

»Das ist nicht Nichts. Das ist … das ist … meine Schuld.«

Ich entzog ihm meinen Arm. »Nein.«

Er hob eine Hand und unterbrach mich sofort. »Es ist meine Schuld. Wenn ich nicht so ein jämmerlicher Angsthase gewesen wäre, hättest du nicht mitkommen müssen. Du hättest nicht drauf bestanden. Ich hätte das allein regeln müssen.«

»Elliot, jetzt halt endlich deine Klappe«, fuhr ich ihn an.

Er presste die Lippen zusammen und sah weg.

Ich stopfte das blutige Taschentuch in meine Tasche und setzte mich neben ihn auf die Bank.

»Was habe ich in deiner Wohnung gesagt? Was sage ich die ganze Zeit zu dir?«

Sein Atem ging unruhig. Er war sichtlich wütend und beobachtete mit verkrampftem Kiefer den Mähroboter, der auf der anderen Seite über den kurzen Rasen fuhr.

»Du bist nicht allein. Du musst das nicht allein durchstehen. Ich bin hier. Und zwar, weil ich es will. Weil ich bei dir sein möchte. Also, nein, es ist nicht deine Schuld. Ich hätte dich so oder so begleitet, ich wäre so oder so an deiner Seite gewesen. Mutig oder nicht.«

Unsicher drehte er den Kopf zu mir.

»Ich gebe zu, das war das Beängstigende, was ich je erlebt habe und ich möchte nie wieder in so eine Situation geraten. Aber wir sind ohne Knochenbrüche oder Schlimmeres davongekommen. Und die Kerle haben es nicht auf dich abgesehen, sondern auf deinen Bruder. Wer auch immer das ist. Du hast ein paar deiner Sachen rausgeholt und wir gehen jetzt zurück zu mir, weil wir«, ich sah auf die Uhr auf meinem Handy, »in weniger als einer Stunde Julia ablösen müssen, alles klar?«

Er starrte mich an, aber ich richtete mich entschlossen auf, drehte mich um und lief in Richtung der Bushaltestelle, die nicht weit von uns entfernt zu sehen war.

Als er keine Anzeichen machte, mir zu folgen, winkte ich ihn, ohne mich umzudrehen, zu mir.

»Komm jetzt.«

Dann hörte ich seine schnellen Schritte näherkommen und er holte mich ein. Zu meiner Überraschung schlang er von hinten seine Arme um mich und drückte mich fest an seinen warmen Körper.

»Danke«, flüsterte er an meinem Ohr und eine wohlige Gänsehaut überkam mich.

Sanft umfasste ich seinen Arm, schmiegte mein Gesicht an ihn. Spürte die Wärme, die seine Haut ausstrahlte, genoss das Kitzeln seiner Haare.

»Lass uns nach Hause gehen.«

18
Zurück in die Normalität

Elliot

Bevor wir Julia im Café ablösten, gingen wir in Floras Wohnung. Sie wollte sich etwas Frisches anziehen, obwohl ihre Kleidung nicht schmutzig geworden war. Aber ich konnte es verstehen. Auch ich wollte aus diesen Klamotten raus, an denen noch der süßliche Geruch der Wohnung haftete und die Erinnerungen an das, was danach passiert war.

Ich erschauderte und mein Gesicht pochte schmerzhaft an den Stellen, wo es Bekanntschaft mit einer Faust gemacht hatte. Die Angst steckte noch tief in meinem Knochen und in meinem Kopf wirbelten dutzende Gedanken umher. Ich hatte heute einiges erfahren und doch wieder nichts. Viele Bruchstücke, die sich einfach nicht zusammenfügen wollten. Einzelne Sätze, einzelne Bilder. Ich hatte einen Bruder, der höchstwahrscheinlich Milo hieß. Ich hatte eine Mutter, die meinetwegen im Gefängnis saß. Und dann gab es da noch dieses Mädchen. Dieses kleine Kind, das mich verfolgte, das in jeder meiner Erinnerungen auftauchte. Und jedes Mal, wenn ich an sie dachte, füllte sich mein Herz mit Wärme und zerbrach im selben Moment in tausend Scherben. Ich wusste mit schmerzlicher Gewissheit, dass ich diese Scherben nie wieder würde zusammensetzen können. Mein Herz blieb zerbrochen und ich fürchtete mich vor dem Warum.

Ich setzte mich auf die Bettkante und blieb eine Weile regungslos sitzen, während ich versuchte, den Geräuschen aus dem Badezimmer nicht zu lauschen. Mein Blick fiel auf die Sporttasche, die ich von zu Hause mitgenommen hatte.

Ich starrte sie an, als wäre sie verflucht. Als würde sie ihr unsichtbares Maul aufreißen und mich verschlingen, wenn ich den abgenutzten Stoff berührte. Seufzend richtete ich mich auf und begann sie auszuräumen.

Das Buch, eine dicke, zerfledderte Ausgabe eines Horror-Thrillers von einem Autor, der mir nichts sagte, legte ich auf den Tisch, genau wie das Portemonnaie und das Handy. Alles Dinge, mit denen ich mich heute nicht beschäftigen wollte.

An Kleidung hatte ich zwei abgetragene Jeans, eine Shorts, drei einfache T-Shirts und einen blauen Hoodie. Dazwischen ein paar Boxershorts und Socken. Nicht viel, aber vorerst würde es reichen. Schnell, noch bevor Flora aus dem Bad kam, zog ich meine Jogginghose aus und eine frische Boxershorts und eine Jeans an. Dann nahm ich ein Paar Socken und zog mein T-Shirt über den Kopf. Auf dem roten Stoff entdeckte ich eingetrocknete Blutflecken. Mein Blick blieb daran hängen, während eine Stimme durch meine Gedanken huschte.

»Müsst ihr euch immer prügeln?«

Eine Frau mit langen lockigen Haaren und einer Zigarette im Mund, schrubbt mein T-Shirt über dem Waschbecken in der Küche. Ihre dürren Hände sind gerötet, voller verkrusteter Wunden.

»Luca kann nichts dafür«, ruft eine helle Kinderstimme. »Milo ist ein Blödkopf.«

»Rede nicht so über deinen Bruder!«, fährt die Frau sie streng an.

Ich lege dem Mädchen eine Hand auf den Haarschopf. Sie sieht zu mir auf, aber ihr Gesicht bleibt verschwommen, vor mir verborgen.

»Du musst mir nicht helfen.«

Ich zuckte zusammen und entdeckte Flora vor der geöffneten Badezimmertür stehen.

»Wenn es zu sehr wehtut, meine ich.«

Sie deutete auf meinen Bauch. Meinen nackten Bauch. Da, wo

146

mich der Stiefel des Typen getroffen hatte, erkannte ich bereits die ersten Anzeichen eines blauen Fleckes.

»So schlimm ist es nicht«, sagte ich wahrheitsgemäß und zog mir ein neues Shirt an. Zum Glück roch es nur leicht nach der anderen Wohnung. Aber es reichte, dass meine Haut davon kribbelte und ich es am liebsten wieder ausgezogen hätte.

Flora kam auf mich zu. Musterte meine Lippe, die deutlich stärker schmerzte als mein Bauch.

»Ich könnte versuchen, sie ein wenig abzudecken. Dann würde nicht gleich jeder sehen, dass du dich gerade geprügelt hast.«

Ich verzog das Gesicht, was meine aufgeplatzte Lippe mit einem stechenden Schmerz quittierte. »Geprügelt? Eher verprügelt.«

Flora hob die Schultern. »Weiß ja keiner.«

Ich ließ mich von ihr ins Badezimmer ziehen und betrachtete mich im Spiegel. Etwas, das ich selten tat, denn das Gesicht, das mir dort entgegenblickte, war für mich noch immer fremd. Irgendein Lockenkopf mit Brille und traurigen Augen.

Meine Unterlippe war rot und geschwollen. Eine Kruste hatte sich über der aufgerissenen Stelle gebildet und ließ es noch schlimmer aussehen. Die Wange unter meinem linken Auge war rot, würde aber mit Sicherheit bald ein hübsches Spektrum an Farben aufweisen.

Flora holte eine Dose mit Puder aus dem Schrank und begann etwas davon mit dem beiliegenden Schwamm auf die Stelle zu tupfen. Ich hielt still und wartete. Merkte, wie ich ihre Nähe genoss. Die Wärme, die sie ausstrahlte, der vertraute Geruch ihres blumigen Parfüms, mit einem Hauch von gebackenem Apfelkuchen.

Gleichzeitig erinnerte ich mich an die Situation in meiner Wohnung. Was war dort in mich gefahren?

Als sie mich prüfend musterte, sagte ich: »Es tut mir leid.«

Fragend sah sie mich an.

»Was ich in der Wohnung gesagt habe. Das war nicht fair. Das war dumm von mir. Es tut mir leid.«

147

Sie legte den Kopf schief und schien nachzudenken.

»Es hat mich verletzt.« Die Worte ließen meinen Magen verkrampfen.

»Aber ich gebe zu, dass ich ein ziemlich übertriebenes Helfersyndrom habe.«

Sie biss sich auf die Unterlippe und tupfte mir weiter Puder auf den Mund.

»Mir fällt es schwer, jemanden eine Bitte abzuschlagen, mir fällt es auch schwer, Leute einfach zu ignorieren, die Hilfe brauchen. Noch schwerer fällt es mir, jemanden allein zu lassen, der einsam ist.«

»Du hast gesagt, du weißt, wie sich das anfühlt. Bist ... warst du auch mal einsam?«

Sie sah mich an.

»Ja. Und es hat lange gedauert, bis ich den Mut gefunden habe, mich nicht mehr so zu fühlen.«

»Wirst du mir irgendwann mehr von dir erzählen?«

Sie hob einen Mundwinkel. »Vielleicht. Aber nicht jetzt. Julia wartet.«

Das Café war gut besucht. Bis auf einen Tisch waren alle besetzt und zwei Frauen kamen uns entgegen, jede mit einem To-Go Becher in der Hand. Auch an der Wand mit den gebrauchten Büchern stöberte jemand.

Hinter dem Tresen stand Julia. Das Tourette ließ ihre Schultern nervös zucken. Unbeeindruckt davon lehnte Danny neben dem Eingang zur Küche. Sein Körper wie immer mit der Spannkraft eines nassen Lappens. Doch sein Blick hing wie Kaugummi an Julia. Sie lachte, was ihn ebenfalls zum Lächeln brachte.

»Hast du das gesehen?«, flüsterte Flora verschwörerisch.

»Er lächelt«, sagte ich bedeutungsvoll.

»Ein Wunder?«

»Oder Liebe?«

Mit großen Augen blickte sie mich von der Seite an. Ich sah, wie sich die Erkenntnis in ihren Kopf schlich. Sie hob die Hand vor den Mund, der sich langsam zu einem wissenden Lächeln verzog.

»Ich glaube, du hast recht.« Sie schüttelte den Kopf. »Warum ist mir das nicht früher aufgefallen?«

Ich hob unbekümmert die Schultern, musste jedoch auch grinsen. Was beinahe meine Lippe wieder aufgerissen hätte.

Die beiden bemerkten uns und wir gingen auf den Tresen zu.

»Schichtwechsel«, verkündete Flora, fröhlich wie immer. Sah dabei aber mit einem wissenden Lächeln zwischen Danny und Julia hin und her. Was beiden augenblicklich die Röte in die Wangen trieb.

»Was ist mit deinem Ge- Ge- *deiner hässlichen Hackfresse passiert?*« Julia stieß noch zwei kurze Pfiffe hinterher.

Ein Gast, der offenbar noch nie oder zumindest nicht während Julias Schicht hier gewesen war, sah verwirrt auf.

»Ein Missverständnis«, entgegnete ich schlicht.

»*Missgeburt.*«

»Wo habt ihr euch denn rumgetrieben?« Danny sah uns misstrauisch an.

»Wir waren im Drogenviertel am Ende der Stadt und haben uns mit ein paar Gangstern angelegt.«

Julia und Danny lachten, ohne zu wissen, dass Flora leider keinen Witz erzählt hatte.

Ein neuer Gast unterbrach unser Gespräch und Flora ließ sich von Danny auf den aktuellen Stand bringen, während ich begann, das dreckige Geschirr von zwei frei gewordenen Tischen abzuräumen.

Wenige Minuten später verabschiedeten sich die beiden und verließen gemeinsam das Café. Floras Grinsen klebte auf ihrem Gesicht und sie redete immer wieder darüber, warum sie das Knistern zwischen den beiden nicht bemerkt hatte.

Ich war froh über die Ablenkung im Café und die Ereignisse

des Vormittags rückten mit jeder Minute weiter in den Hintergrund. Als Flora schließlich kurz nach sechs Uhr das Schild von *geöffnet* auf *geschlossen* drehte, ließen wir uns beide erschöpft auf zwei Stühle fallen.

Flora gähnte herzhaft und steckte mich damit an.

»Wie schaffst du das nur jeden Tag?«, fragte ich erschöpft.

»Es ist hart«, sagte sie und sah sich mit einem strahlenden Glitzern in den Augen um. »Aber es ist mein Leben. Ich liebe es. Ich könnte mir nicht vorstellen, irgendwo in einem Büro vor mich hinzuvegetieren.«

Sie streckte sich genüsslich und ich ließ meinen Blick heimlich an ihrem Körper auf und ab wandern. Irgendetwas hatte sich zwischen uns verändert. Ich wusste nicht, ob ich es mir nur einbildete, ob nur ich es spürte, aber plötzlich existierte eine Spannung zwischen uns. Und das nicht auf negative Art. Ich erwischte mich dabei, wie ich sie immer wieder anstarrte. Wie ich das Bedürfnis hatte, ihre Haare aus dem Gesicht zu streichen, oder näher an sie heranzurücken, damit ich ihren Geruch in mich aufnehmen konnte.

»Was ist mit dir?«

Floras Stimme holte mich aus meinen Gedanken und ich räusperte mich, bevor ich antwortete.

»Ob ich ein Bürohengst bin?«

Sie lachte. »Na ja, hast du eine Idee, ein Gefühl, was dir gefallen könnte?«

Ich lehnte mich im Stuhl zurück, verschränkte meine Hände hinter dem Kopf. Mein Gefühl sagte mir, dass ich nie wirklich eine Perspektive gehabt hatte. Dass mir zu viele Steine in den Weg gelegt worden waren. Zu viele Hindernisse.

Du bist ein Callens und bleibst ein Callens. Für uns gibt es nichts Besseres als das hier.

Und doch musste es etwas gegeben haben, das mich begeisterte. Ein kleiner Traum, den ich heimlich in diesem kleinen Zimmer geträumt hatte.

150

Dann kam mir ein Wort in den Sinn. Ohne darüber nachzudenken, sprach ich es aus. »Polizist.«

»Polizist?«, echote Flora. Weder abwertend noch zweifelnd. Nur ehrlich interessiert.

Ich verzog das Gesicht. »Hört sich bescheuert an. Eigentlich sollte man erwarten, dass jemand, der aus so einer Gegend kommt, eher nicht zur Polizei will.«

»Oder vielleicht gerade deswegen. Vielleicht willst du etwas verändern? Etwas bewirken? Ich finde die Idee gut.«

»Aber daraus wird wahrscheinlich nichts werden.«

Flora sah mich von der Seite an. Ich erwiderte ihren Blick und deutete auf meine Brille. »Die werden nie so einen Blindfisch einstellen. Da braucht mir nur jemand das Ding von der Nase zu schlagen und ich bin hilflos wie ein neugeborenes Baby.«

Flora verzog mitleidig das Gesicht. Allerdings lag in ihrem Blick eine Spur Belustigung. »Du siehst ohne Brille wirklich nichts, oder?«

Ich schüttelte den Kopf. »Nichts.«

Dann mussten wir beide lachen. Schließlich rafften wir uns auf und räumten das Café auf. Bereiteten alles für den morgigen Tag vor. Flora packte die Reste in eine Tüte und als wir endlich gegen sieben die Tür abschlossen, blickte sie nachdenklich auf die Straße.

»Was ist los?«

Sie seufzte. »Eigentlich wollte ich noch jemanden besuchen, aber ich glaube, ich hatte heute genug Abenteuer für einen Tag.«

Fragend sah ich sie an, wartete auf eine Erklärung, aber sie blieb aus.

Schließlich gingen wir einen Hauseingang weiter.

»Du solltest etwas mit Kindern machen«, sagte Flora plötzlich. »Lehrer zum Beispiel.«

»Lehrer? Ich glaube, dafür bin ich nicht klug genug.«

Flora schloss ihre Tür auf. »Was ist die Wurzel aus zwölf?«

»Neun«, sagte ich ins Blaue hinein.

»Siehst du.«

»War das richtig?«, fragte ich verwirrt, trat hinter ihr ein und zog meine Schuhe aus. Die Sneaker aus der Wohnung. Sie hatten perfekt gepasst und das erste Mal seit Tagen taten meine Füße nicht weh.

»Äh ...« Flora nahm ihr Handy und tippte darauf herum.

»Oh.« Sie lachte. »Nicht wirklich.«

Dann zeigte sie mir, was die Wurzel aus zwölf wirklich war, und ich fühlte mich noch dümmer als zuvor.

»Dann Erzieher.«

»Hm«, sagte ich zögernd und spürte, wie sich etwas in mir regte. Wie sich die Erinnerungen gegen die verschlossene Tür pressten. Hinaus wollten. Doch sie konnten nicht. Und ich war froh darüber.

»Du hast dich gut um den Sohn von Stella gekümmert. Das könnte etwas für dich sein. Du könntest eine wichtige Bezugsperson für sie sein. Jemand, zu dem sie aufsehen.«

»Aufsehen?«, fragte ich skeptisch.

»Du bist ein liebevoller, höflicher und respektvoller Kerl.«

Ich lachte. »Wenn ich mich so bei *Tinder* beschreiben würde, hätte ich nie einen Match.«

Flora blieb im Türrahmen zum Badezimmer stehen, sah mich an und hob einen Finger. »Du hättest einen.«

Ich starrte sie an. Schluckte. Bevor ich reagieren konnte, schloss sie die Tür hinter sich. In mir baute sich eine Nervosität auf, die ausnahmsweise nichts mit meiner Vergangenheit zu tun hatte. Nein, dieses Gefühl gehörte ins Hier und Jetzt. In die Gegenwart. Dieses Gefühl gehörte Flora.

Ich stand immer noch regungslos mitten im Raum, als Flora mit leicht geröteten Wangen aus dem Badezimmer trat und mich mit schiefgelegtem Kopf ansah. Ein verschmitztes Grinsen breitete sich auf ihrem Gesicht aus.

»Damit meine ich natürlich Brit. Sie *matcht* alles und jeden.«

Sie verschwand wieder und ich wusste, dass sie log.

»Ich habe auch an niemand anderen gedacht«, sagte ich zu der verschlossenen Tür und hörte sie dahinter lachen.

18
Ein zerbrochenes Puzzleteil

Elliot

Ich träumte. Mir war es auf eine seltsam klare Art bewusst. Und doch war die Angst, die ich spürte, real. Der rasende Puls, das Zittern in meinem Körper, die Übelkeit.

Ich stand in dem schmalen Flur meiner Wohnung. Hörte aus dem hinteren Raum, in dem sich mein Zimmer befand, das vertraute helle Lachen. Eine kleine Gestalt in einem T-Shirt, das über den Boden schleifte, rannte kichernd auf mich zu. Eine Puppe in der Hand. Genau vor mir huschte sie in einen Raum und schloss die Tür hinter sich. Die Strichmännchen auf dem Blatt Papier, das an der Tür klebte, lachten mich an.

Langsam ging ich darauf zu, hielt aber inne, als ich eine dunkle Stimme aus meinem Zimmer hörte.

Woher hast du die Puppe?, fragte Milo. Ich *wusste*, dass es Milo war.

Gefunden, antwortete meine eigene, emotionslose Stimme.

Verarsch mich nicht! Das Preisschild war noch daran.

Etwas polterte dumpf.

Hortest du hier heimlich Geld, oder was?

Erneutes Poltern.

Nein, sagte meine Stimme.

Doch. Ich hatte Geld gehortet. Hatte mir etwas dazuverdient. Mit kleinen Jobs in einem anderen Wohnviertel. Rasen mähen. Hecken schneiden. Wände streichen.

Das Geld hatte ich in einem Buch versteckt.

Ein Knall. Instinktiv berührte ich die Brille auf meiner Nase.

Ich hatte mehr Angst davor, dass sie kaputt ging, als vor dem Schmerz, der kam, als Milo meinen Kopf gegen die Wand knallte.

Auch wenn ich nur den leeren Flur vor mir sah, die Geräusche aus dem Zimmer lediglich hörte, wusste ich, was Milo in diesem Moment mit mir machte.

Die Schmerzen vergingen, aber ohne Brille war ich nutzlos. Konnte *sie* nicht beschützen. Ihr keine Puppe kaufen. Kein Eis. Keine Schokoladenkekse, die sie so liebte. Ich wäre nicht in der Lage, auf sie aufzupassen. Etwas, das ich schon immer getan hatte. Das ich tun musste.

Die leisen Stimmen aus dem Zimmer waren verstummt und ich setzte mich zögernd in Bewegung. Lief Schritt für Schritt den Flur entlang, bis ich vor der Tür mit dem Bild stehen blieb. Ich starrte die Blumen auf dem weißen Papier an. Das Strichmännchen mit den krausen Haaren. Dabei bemerkte ich, wie der Rest der Wohnung um mich herum langsam verblasste. Die Konturen verschwammen, die Farben verblassten, bis nur noch ein dunkler, leerer Raum mich umgab. Nur ich und die Tür waren geblieben.

Mein Atem ging hektisch, während ich sie anstarrte. Die unscheinbare Klinke. Zitternd streckte ich meine Hand aus. Plötzlich erklang ein schriller Schrei hinter der Tür. Ich zuckte zurück. Er schwoll an, wurde lauter, verzweifelter, bis er kaum noch an den eines Menschen erinnerte.

Ich wollte rennen, fliehen, aber stattdessen berührten meine Finger die eiskalte Klinke und drückten sie herunter.

Die Tür war nicht verschlossen. Langsam öffnete ich sie. Dunkler Nebel quoll hervor, leckte über meine Haut, kroch meinen Arm hinauf.

Was hast du getan, flüsterte eine Stimme.

Der Nebel erreichte mein Gesicht. Ich spürte eine feuchte Kälte, die meine Wangen benetzte.

Es ist deine Schuld. Du hättest auf sie aufpassen müssen.

Der Vorwurf in der Stimme, brannte in meinem Magen wie Säure.

Deine Schuld.

Meine Schuld, hauchte ich tonlos und wusste mit trauriger Gewissheit, dass es stimmte.

Der Nebel wurde dichter, wurde mehr. Er hüllte mich ein, umschlang mich wie eine tödliche Decke. Er verschlang meinen Körper, drang in mich ein. Ich konnte nicht atmen. Konnte mich nicht bewegen. Ich ... starb.

Die Erkenntnis löste Wehmut in mir aus, aber auch Erleichterung.

Denn es war meine Schuld, oder? Ich hätte auf sie aufpassen sollen, nicht wahr? Ich verdiente nichts anderes.

Meine Schuld.

Keuchend öffnete ich die Augen. Mein Herz schlug schmerzhaft schnell in meiner Brust. Nur langsam nahm ich meine Umgebung wahr.

Ich hörte Floras leises Schnarchen neben mir. Das Plätschern des Aquariums, das Brummen der Pumpe. Eine Uhr, die unaufhörlich tickte.

Ich war nicht dort. Ich war hier. In Sicherheit. Der Gedanke ließ mich erstarren. Sicherheit? Wovor? Vor wem?

Ich war es, der etwas Schlimmes getan hatte. Ich war schuld an etwas, an das ich mich nicht erinnern konnte, das mir aber solche Schmerzen bereitete.

In meinem Kopf drehte sich alles. Drehte sich um einen einzelnen Gedanken, wie Planeten um die Sonne. Aber ich konnte das Chaos nicht durchdringen. Fand den Weg nicht. Wollte ihn nicht finden.

Übelkeit stieg in mir auf und ich musste mich aufsetzen. Dabei spürte ich ein Ziehen in meinem Bauch, auch der Schmerz in meinem Gesicht erwachte aus seinem Schlaf, erinnerte mich daran, in was Flora und ich erst vor wenigen Stunden hineingeraten waren.

Ich vergrub mein Gesicht in den Händen. Meine Gedankenwelt war so ein verdammtes Durcheinander, dass ich mich fühlte, als würde ich durch ein Weltall aus einzelnen, zerbrochenen Puzzleteilen schweben. Nichts passte zusammen und doch war das große Ganze genau vor meiner Nase.

Ich seufzte und tastete nach meiner Brille auf dem Boden, während Flora ein leises, unsicheres Stöhnen von sich gab. Der Raum vor mir lichtete sich und die vertraute Unordnung strömte auf mich ein. Durch das Dachfenster drang das erste schwache Licht des anbrechenden Tages. Ich saß auf der Bettkante und legte meine Unterarme auf die Knie. Mir war klar, dass ich mir selbst im Weg stand, dass ich dieses Chaos lichten könnte, wenn ich nur wollte. Wenn ich nur einmal versuchen würde, mich auf die Erinnerungen einzulassen, mich intensiv mit ihnen auseinanderzusetzen, dann …

Dann könnte ich wieder Luca werden. Dann könnte ich mein altes Leben zurückbekommen. Ich griff mir in die Haare. Aber ich wollte es nicht. Ich wollte die Erinnerungen nicht zurück. Und doch wollte ich es.

Argh! Ich war so ein erbärmlicher Feigling. Seufzend hob ich den Kopf. Mein Blick fiel auf das Portemonnaie, das Handy und das Buch. Auch wenn der Traum, der mich aus dem Schlaf gerissen hatte, längst verblasst war und nur das Echo in mir nachhallte, erinnerte ich mich wieder, warum das Buch so besonders war.

Also stand ich leise auf und griff danach. Ich schlug es auf, blätterte durch die Seiten. Und tatsächlich, zwischen ihnen waren mit Klebestreifen Geldscheine festgeklebt worden.

Damit sie nicht herausfielen, wenn Milo wieder meine Sachen durch die Gegend warf. Milo war mein Bruder. War das kleine Mädchen unsere Schwester?

Mein Inneres zog sich plötzlich zusammen, dass ich beinahe das Buch fallen gelassen hätte. Schweiß brach mir aus und ich musste mehrmals tief durchatmen, bis ich mich wieder unter Kontrolle hatte.

Kurz sah ich zu Flora, fürchtete, sie geweckt zu haben, aber sie schnarchte immer noch leise vor sich hin. Behutsam löste ich die Scheine aus dem Buch, zählte sie durch und war überrascht, wie viel Geld es war. Ich faltete sie zusammen und nahm mein Portemonnaie. Das dunkelbraune Kunstleder löste sich an mehreren Stellen bereits auf. Es fühlte sich leer und leicht an. Als ich es durchsuchte, fand ich tatsächlich nicht viel. Meinen Ausweis, mit einem hässlichen Foto, auf dem ich nur millimeterkurze Haare hatte und aussah wie ein Psychopath. Ein bisschen Kleingeld, von dem ich mir gerade mal ein Brötchen kaufen konnte. Quittungen über irgendetwas zu essen und eine Stempelkarte von einem Imbiss, an dem ich offensichtlich öfter war, denn mir fehlte nur noch ein Stempel für eine gratis Portion Pommes.

Ich stopfte die Geldscheine hinein und starrte auf mein Handy. Das Display war gesprungen. Funktionierte es überhaupt? Zögernd nahm ich es in die Hand, drückte auf den kleinen Knopf an der Seite, um es anzuschalten. Eine leere Akkuanzeige leuchtete mir entgegen. Ich würde Flora fragen müssen, ob sie ein passendes Ladegerät hatte.

Ich drehte das kleine Gerät in meinen Händen hin und her. Was verbarg sich darin? Hatte ich Nachrichten erhalten? Anrufe? War ich auf irgendwelchen Social Media Plattformen unterwegs? Flora hatte mich vor ein paar Tagen unter meinem richtigen Namen gesucht, aber keinen Account gefunden, der zu mir passen könnte. Was nicht hieß, dass ich nicht irgendwo einen Account hatte. Außer ich hatte sie gelöscht, wie ich mein Leben löschen wollte. Was mir am Ende auch gelungen war, allerdings auf eine andere Art als geplant.

Floras Handywecker klingelte schrill. Ein Ruck ging durch meinen Körper und ich stopfte Portemonnaie und Handy in meine Sporttasche. Versteckte sie, als wollte ich nicht, dass Flora sie sah. Was Unsinn war, denn schließlich hatte sie die Sachen gefunden. Trotzdem. Ich wollte nicht, dass sie Fragen stellte, dass sie mir half, Antworten zu finden, die ich nicht finden wollte. Nicht jetzt. Nicht heute.

Flora stöhnte genervt und schaltete im Halbschlaf den Wecker aus, nur um sich unter der Decke zu verkriechen und weiterzuschlafen.

Ich schlich mich leise ins Badezimmer und vergewisserte mich, dass ich nicht so schrecklich aussah, wie ich mich fühlte.

Ein Blick in den Spiegel offenbarte mir einen ziemlich lädierten jungen Mann, mit trüben Augen. Meine Brille kaschierte zum Glück nicht nur die dunklen Ringe darunter, sondern auch das nette Veilchen, das heute, wie befürchtet, in verschiedenen Farben leuchtete. Meine Lippe sah nicht mehr so geschwollen aus wie gestern, aber der Cut war trotzdem deutlich sichtbar.

Abgesehen von den Spuren des gestrigen Tages sah ich ziemlich durchschnittlich aus. Es war seltsam, denn auch nach all den Tagen fühlte sich der Anblick meines Spiegelbildes immer noch fremd an. Als ob ich diese Person zwar kannte, sie aber seit Ewigkeiten nicht gesehen hatte. Wie ein Freund, der weggezogen war und nach Jahren zurückkehrte. Vertraut und doch verändert durch das Leben, das er fernab geführt hatte.

Ich zupfte an den wirren Locken, von denen ich nicht wusste, ob sie besser aussahen, wenn ich sie schneiden ließ. Mir fiel auf, dass sie an den Seiten etwas kürzer waren. Also hatte ich irgendwann mal etwas Ähnliches wie einen anständigen Haarschnitt gehabt.

Ich fuhr mir über das stoppelige Kinn. Unschlüssig, was ich damit machen sollte. Und versuchte mich zu erinnern, ob ich mir schon mal einen Bart hatte wachsen lassen. Aber natürlich fiel mir nichts ein. Nur das entfernte Gefühl, dass in diesem Nichts einmal mehr gewesen war. Wie ein Wort, das einem auf der Zunge lag, auf das man aber einfach nicht kam.

Genervt von diesem Nichts, löste ich mich von meinem Spiegelbild. Gerade als ich meine Boxershorts auf den geschlossenen Toilettendeckel warf, klopfte Flora an die Tür.

»Brauchst du noch lange?«, fragte sie gedämpft.

Mein Herz schlug schneller und ich sah mich panisch nach einem Handtuch um. »Äh … also … Ich wollte gerade duschen.« Sie brummte etwas Unverständliches, während ich mir mein Duschhandtuch um die Hüften wickelte. »Dann mach du dich doch erst mal fertig.«

Ich schnappte mir die Kleidung vom Toilettendeckel und schloss die Tür auf.

Flora stand zerknittert mit zerzausten Haaren davor. Gähnend rieb sie sich die Augen und drängte sich mit einem gemurmelten »Danke« an mir vorbei.

Die Tür fiel ins Schloss und ich stand fast nackt und etwas verloren in der Mitte ihrer Wohnung.

Keine fünf Minuten später kam sie wieder heraus und sah wie ein völlig anderer Mensch aus. Wach, strahlend und mit dem vertrauten Lächeln auf den Lippen. Sie trug eine pastellgrüne Latzhose, ein schwarzes T-Shirt und hatte ihre Haare zu zwei Zöpfen geflochten, die ihr über die Schultern hingen. Ein fruchtiger Duft wehte mir entgegen, als sie an mir vorbeiging.

»Ich muss los, aber du kannst dir ruhig Zeit lassen. Ich brauche dich erst, wenn Danny und Brit gegen zwölf Uhr Feierabend haben.«

Sie eilte von links nach rechts durch die Wohnung, stopfte alles Mögliche in ihre Tasche und wirkte dabei wie ein Eichhörnchen, das panisch nach vergrabenen Nüssen sucht.

Schließlich schlüpfte sie in ihre Schuhe und drehte sich zu mir.

»Also, bis …« Sie stockte. Ihr Blick blieb an mir hängen, wanderte langsam auf und ab, denn ich trug immer noch nichts anderes als das Handtuch um die Hüften.

»Bis später«, beendete ich ihren Satz, bemerkte, wie ihre Wangen eine leichte Röte annahmen.

Sie nickte hastig und floh aus der Tür.

Das warme Prickeln in meinem Bauch hielt sich hartnäckig, während ich mich für den neuen Tag fertigmachte.

19
Schritt für Schritt

Flora

Ich öffnete den Karton, den der Paketbote gerade gebracht hatte, holte einige Flyer und Rollen mit Plakaten heraus, die die nächste Lesung eines Newcomer Autors ankündigten. Sein Debüt, ein New Adult Roman, lag bereits in meiner Wohnung und wartete darauf, dass ich einen Blick hineinwarf.

Ich sortierte gerade das Werbematerial auf dem freien Tisch neben der Tür, als sich Elliot zu mir gesellte.

»Soll ich dir helfen?«, fragte er.

Obwohl ich ihm gesagt hatte, dass er erst mittags kommen musste, war er nur eine halbe Stunde nach mir durch die Tür gekommen. Und sein Anblick rief sofort das Bild von heute Morgen herauf. Sein nackter Körper, nur bedeckt durch ein tief sitzendes Handtuch. Die plötzliche Explosion in meinem Inneren, hatte mich so überwältigt, dass ich für einen kurzen Moment wie erstarrt war, bevor ich Hals über Kopf geflohen war.

Das Kribbeln in meinem Bauch war noch immer da. Doch als ich die Sorgenfalten auf seiner Stirn sah, verschwand dieses Gefühl so schnell, wie es gekommen war und wurde durch die Erinnerungen des gestrigen Tages ersetzt. Das heruntergekommene Wohnviertel, die verdreckte Wohnung, die Kerle vor der Tür. Ihre rauen Hände an meinen nackten Armen. Das entsetzliche Gefühl der Hilflosigkeit, als Elliot verprügelt wurde. Die Angst, nicht zu wissen, wie weit die Kerle gegangen wären. Mit Elliot. Und mit mir. Ein Schauer lief mir über den Rücken und ließ mich für einen kurzen Moment frösteln.

Doch als ich Elliot antwortete, klang meine Stimme so unbeschwert wie immer. »Du kannst ein Plakat von innen und eines von außen an die Tür kleben und eins auf den Aufsteller draußen.« Mit einem Lächeln auf den Lippen spielte ich nicht nur meinem Umfeld etwas vor, sondern auch mir selbst. »Die Klebestreifen sind in dem Fach neben der Kasse.«

Er machte sich an die Arbeit, genau wie ich. Doch mit jeder Stunde, die verstrich, wurden Elliots Sorgenfalten tiefer. Es gelang mir kaum noch, ihm ein Lächeln zu entlocken. Auch Julia bemerkte es. Unsere Blicke begegneten sich und sie deutete unauffällig auf Elliot, aber ich hob die Schultern. Was sollte ich sagen? Es gab vieles, worüber Elliot sich Sorgen machen konnte. Die Schläger, seine Vergangenheit, seine Erinnerungen.

Außerdem war das Café kein Ort, an dem ich mit ihm über solch ernste Themen redete. Auch wenn zum Abend hin nur noch zwei Tische besetzt waren. Kurz vor sechs schickte ich Julia nach Hause, schloss die Tür und drehte das Schild auf *geschlossen* um.

Elliot saß an einem der beiden Tische vor dem Fenster und starrte gedankenverloren nach draußen. Ich stellte mich neben ihn, aber er schien mich gar nicht zu bemerken.

»Rede«, verlangte ich streng.

Er zuckte zusammen und sah zu mir auf. »Worüber?«, fragte er lahm.

»Über das, was dich gerade so unglaublich traurig macht, dass sogar meine Pflanzen die Köpfe hängen lassen.«

Automatisch sah er sich im Café um.

»Also?«

Er seufzte, wandte sich ab. »Es kann so nicht weiter gehen«, presste er schließlich hervor.

»Was genau?«

Er breitete die Arme aus. »Na, alles.« Er seufzte. »Ich kann nicht für immer in deiner Einzimmerwohnung wohnen bleiben ...«

»Was hast du gegen meine Wohnung?«

»Nichts …«

Ich kniff die Augen zusammen. »Schnarche ich?«

Er musste unwillkürlich lachen. Genau das, was ich bezweckt hatte.

»Ja, aber das ist nicht der Grund.«

»Hast du etwas gegen meine Garnelen? Nur ein schlechtes Wort über sie und ich schmeiße dich persönlich raus.«

»Ich liebe deine Garnelen.«

»Du wirst sie mit Knoblauchbutter noch mehr lieben.«

Ich blieb ernst, als er mich warnend ansah, aber ich bemerkte, wie seine Mundwinkel zuckten. »Wir werden sie nicht braten.«

»Ich werde dich daran erinnern, wenn wir mal nichts zu essen haben.«

»Flora, ich meine es ernst.«

»Ich auch.«

Er vergrub sein Gesicht in den Händen. »Flora.«

Ich setzte mich ihm gegenüber auf den Stuhl und zog ihm sanft die Hand aus dem Gesicht.

»Elliot.«

Er sah mich an und ich war mir nicht sicher, wie ich seinen Gesichtsausdruck deuten sollte.

»Ich kann nicht für immer in deinem Café arbeiten.«

Er hob einen Finger, bevor ich antworten konnte, also schloss ich den Mund und hörte ihm zu.

»Ich kann nicht für immer bei dir wohnen. Ich kann nicht für immer der Kerl bleiben, der keine Ahnung hat, wie sein Leben vorher ausgesehen hat. Vor dem … Vorfall. Ich kann mich nicht für immer verstecken.«

Ich wartete, musterte ihn, und als er nicht weitersprach, fragte ich: »Aber?«

Er sah mich für die Dauer eines Herzschlages an, bevor er nervös an seinem Daumennagel knibbelte.

»Ich habe Angst.«

Als ich nicht reagierte, blickte er auf.

»Was ist, wenn ich herausfinde, warum ich auf diese Brücke gegangen bin? Wenn ich den Grund herausfinde und es wieder nicht ertrage. Was, wenn es so schrecklich ist, dass es besser wäre, wenn ich es nicht wüsste.«

»Du weißt nicht genau, was passiert ist. Vielleicht ist es durch den Abstand, den du jetzt hast, gar nicht so schlimm.«

Er schüttelte den Kopf. »Doch, Flora. Es ist schlimm. Ich weiß nicht, was es ist, aber ich weiß, dass es schlimm ist. Und ich habe solche Angst, es herauszufinden.«

Ich lehnte mich in meinem Stuhl zurück. Dachte über die richtigen Worte nach.

Ich kannte das Gefühl. Die Angst. Mehr als mir lieb war. Sie war schon lange Zeit ein Teil von mir. Ein unsichtbarer Begleiter, der mein Leben bestimmt hatte.

»Du kannst dich verstecken«, begann ich. »Du kannst vor deiner Vergangenheit weglaufen.«

Unsicher sah Elliot mich an.

»Aber sie wird nicht verschwinden. Sie wird immer einen Schritt hinter dir sein, wo immer du auch bist. Sie wird dein Schatten sein. Jeden Tag. Jede Nacht. Egal, was du tust. Deine Vergangenheit wird nicht verschwinden. Die Angst davor ebenso wenig. Und mit jedem Tag, der verstreicht, wird dieser Schatten größer, bis er dich verschlingt, Elliot. Ich verstehe, dass du Angst hast, ich verstehe, dass du davor weglaufen willst. Aber du wirst es nicht schaffen. Deine Vergangenheit gehört zu dir. Sie ist nichts, was man einfach in den nächsten Mülleimer werfen und vergessen kann. Sie ist ein Teil von dir.«

Die Stille, die meinen Worten folgte, senkte sich schwer über uns. Wir sahen uns in die Augen. Eine Sekunde. Zwei. Drei.

Schließlich schloss Elliot gequält die Augen.

»Ich weiß nicht, wie ich weiter machen soll.« Er nahm seine Brille ab und kniff sich in die Nasenwurzel. »Wo soll ich anfangen? Was muss ich tun?«

»Schritt für Schritt«, entgegnete ich.

Er setzte die Brille wieder auf und hob fragend die Hände. »Was ist der nächste Schritt? Soll ich zurück in die Wohnung gehen? Meinen Bruder suchen und ihm sagen, dass er einer Gruppe von Schlägern Geld schuldet? Ihm helfen, es aufzutreiben?«

Ich wog den Kopf hin und her. »Vielleicht nicht so etwas Drastisches.«

Elliot schnaubte. »Was denn dann?«

»Du könntest in deinem Handy nachsehen, das du die ganze Zeit in deiner Sporttasche versteckst, als würde es auf magische Weise verschwinden.«

Er starrte mich mit großen Augen an.

»Glaubst du etwa, ich hätte es nicht bemerkt?« Ich schenkte ihm ein schiefes Grinsen. Dann hob ich abwehrend die Hände. »Das wäre mein nächster Schritt. Oder du verfolgst deinen Plan und gehst zu deinem unbekannten Bruder. Vielleicht könnt ihr das Problem mit den Typen auch bei einem gemütlichen Kaffeekränzchen lösen. Vereinbare eine Ratenzahlung. Über zwei Jahre, aber natürlich mit Zinsen und Bearbeitungsgebühr.«

»Ich habe es verstanden«, grummelte Elliot.

»Ich sage ja nicht, dass du jetzt sofort in die Wohnung gehen und dir dein Handy holen sollst. Aber vielleicht morgen oder in ein paar Tagen. Niemand drängt dich. Niemand verurteilt dich.«

Langsam glätteten sich Elliots Sorgenfalten auf der Stirn.

»Wenn du in zehn Jahren immer noch in meiner Wohnung hockst und auf deine Tasche starrst, werde ich vielleicht etwas sagen.«

Elliot hob eine Augenbraue. »Zehn Jahre? So lange würdest du es mit mir aushalten?«

Länger. Der plötzliche Gedanke löste Gefühle in mir aus, die ich so kurz nach der Trennung von Alex eigentlich nicht fühlen sollte. Aber meinem dummen Herz war das egal. Es interessierte sich nicht für das, was war, sondern nur für das, was kommen mochte. Mit diesem traurigen jungen Mann, dessen Anblick mich jeden Tag ein bisschen mehr aus dem Konzept brachte.

Ich schüttelte den Gedanken schnell ab.

»Aushalten? Ich werde dich ausbeuten. Als meinen persönlichen Sklaven im Café und du wirst es nicht einmal merken, weil du die ganze Zeit auf diese Tasche starrst. Und irgendwann wirst du dich um mein Café kümmern, ohne einen Cent dafür zu bekommen, und ich werde das Leben genießen und alle anderen die Arbeit machen lassen, vor allem dich.«

»Das war also von Anfang an dein Plan.« Er starrte mich gespielt entsetzt an. »Ich hätte es wissen müssen.«

»Sorry«, sagte ich unbekümmert. »Du hast dem Deal zugestimmt. Es gibt kein Entkommen mehr.«

Und endlich gelang es mir, dass die Traurigkeit in seinen Augen der Belustigung wich. Er legte den Kopf schief und das erschöpfte Lächeln auf seinen Lippen ließ mein Herz schneller schlagen.

»Wie machst du das nur?«, fragte er leise.

»Was?«

»Dass ich mich besser fühle. Sicherer. Nicht so durcheinander.«

Ich stützte mein Kinn auf der Hand ab und sah ihn an. »Weil ich mich mit dem Thema auskenne.«

»Mit welchem Thema? Gedächtnisverlust?«

Ich schüttelte den Kopf und stand auf. »Nein, Angst.«

Bevor er Nachfragen konnte, schnappte ich mir meine Tasche und ging zum Ausgang. »Komm, Sklave, ich muss meine Garnelen füttern.«

Leise lachend folgte er mir aus dem Café.

Auch den restlichen Abend blieb Elliot schweigsam und sichtlich in Gedanken versunken. Ich bemerkte, wie er immer wieder zu seiner Sporttasche sah, aber das Handy blieb, wo es war. Am liebsten hätte ich ihn gepackt und an den Schultern geschüttelt. Oder noch besser, mir selbst das Handy geschnappt und es durchsucht. Stattdessen hatte ich ihm das passende Ladekabel auf den Tisch gelegt.

Ich hatte Elliot verstanden. Wirklich. Aber wie er selbst erkannt hatte, konnte es so nicht weitergehen. Irgendwann würde ihn seine Vergangenheit einholen, ob er wollte oder nicht. Und wenn dieser Tag kam, musste er vorbereitet sein.

Ich hatte ihm meine Gedanken mitgeteilt, ihn an unseren Deal erinnert, dass er sich jemanden zum Reden suchen musste, dafür jedoch nur ein mattes Nicken bekommen. Ich konnte ihn nicht zwingen. Höchstens dezent in den Hintern treten und ihm eine helfende Hand hinhalten. Ob er sie ergriff, blieb ihm überlassen.

Damals hatte ich lange auf diese helfende Hand gewartet. Auf Worte, die mich bestärkten, die mir Mut machten. Auf jemanden, der an mich glaubte. Der mir aufhelfen würde, wenn ich fiel.

Ich hatte lange gewartet und irgendwann aufgegeben. Am Ende war ich selbst zu der Person geworden, die ich am dringendsten gebraucht hatte.

20
Die rettende Milch

Flora

Eine Gruppe von zwei jungen Männern und zwei Frauen betrat gegen Mittag das Café. Das laute, aufdringliche Lachen der Kerle verursachte augenblicklich ein unangenehmes Gefühl in meinem Magen. Sie sahen sich herablassend um, hoben spöttisch die Augenbrauen. Die beiden Frauen hatte ich schon einige Male gesehen, aber ihre Begleiter waren zum ersten Mal hier. Ich kannte meine Gäste, das Klientel, das herkam und diese zwei Typen gehörten nicht dazu. Ihr Verhalten schrie geradezu nach Ärger.

Ich war im hinteren Bereich des Cafés und brachte Eva, einer älteren Dame, die jeden Freitagmittag kam, ihr Sandwich. Julia musste die Bestellungen annehmen, während Danny und Elliot sich vor dem Durchgang zu den Toiletten unterhielten.

Als sich die Gruppe direkt vor Julia stellte, verstärkte das mein ungutes Gefühl.

»Hey … Hey, was wollt ihr haben?«, fragte Julia und ich stellte schnell den Teller ab und eilte zurück zum Tresen. Dabei sah ich, wie ihre Schultern und ihr Kopf zuckten und sie ihre vertrauten Pfiffe ausstieß.

»Was hast du für ein Problem?«, fragte einer der Typen abfällig. Er trug sein dunkles Basecap leicht schräg auf dem Kopf.

»Tut mir leid, ich habe …«

»Ich wusste nicht, dass das hier eine Behindertenwerkstatt ist.« Die Kerle lachten und während ich an den jungen Frauen vorbeilief, sah ich, wie diese sich unwohl wanden. Doch sie sagten nichts zu der abfälligen Bemerkung ihres Begleiters.

»Ich hätte gerne einen Cappuccino«, sagte eine der beiden schnell.

»Und ich ... einen ... einen ... einen ...« Der Kerl mit dem Basecap äffte Julias Zuckungen nach.

Sie lief augenblicklich rot an, während erneut dieses schmierige Lachen durch das Café hallte, das nicht nur die anderen Gäste, sondern auch Danny und Elliot die Köpfe heben ließ.

Ich stellte mich hinter Julia, wütend und bereit, diese Idioten rauszuwerfen, aber ich wusste, dass sie es nicht mochte, wenn ich sie verteidigte. Das war einer der Gründe, warum sie bei mir arbeiten wollte. Um mit solchen Mistkerlen besser umgehen zu können, um Selbstbewusstsein aufzubauen, dass man einfach mit dieser Krankheit besitzen musste.

»Oh? Hast du auch Tourette?«, fragte Julia leise, vermied jedoch, dem Kerl direkt in die Augen zu sehen.

Der nutzte ihre Unsicherheit aus. »Scheiße Mann, sehe ich etwa so behindert aus wie du?«

Ich bemerkte die Bewegung im Augenwinkel und bevor ich ihn sah, rief ich bereits: »Danny, stopp!«

Doch meine Worte kümmerten ihn nicht. Seine Faust traf den Typen am Kinn. Dieser fiel nach hinten, mehr vor Überraschung als von der Wucht des Treffers, denn er sprang sofort auf und stürzte sich auf den gleich großen, aber deutlich schlankeren Danny. Die Frauen wichen schreiend zurück, auch andere Gäste stießen erschrockene Rufe aus, während beide miteinander rangelten.

»Danny!«, rief ich wieder und sah, wie Elliot auf den zweiten Typen losging, der von hinten an Danny zerrte. »Elliot!«

Die konnten sich doch jetzt nicht prügeln. Mitten in meinem Café!

Danny bekam einen Schlag auf die Nase, stolperte nach hinten, nur um sich sofort zu ducken und den anderen Typen zu Boden zu ringen. Sie fielen der Länge nach hin und ich sah über den Tresen, wie Danny versuchte, die Arme seines Gegners auf den

Boden zu drücken, doch der war stärker, drohte ihn von sich zu stoßen. In dem Moment stolperte Elliot über die Beine der beiden, während er einen Arm um den Hals des anderen geschlungen hatte und offenbar versuchte, ihn festzuhalten. Sie landeten als Knäul aus rudernden Armen und Beinen auf den anderen beiden, verschmolzen kurzzeitig zu einer Masse aus sich raufenden, Testosteron geladenen Kerlen.

Ich nutzte die Gelegenheit, dass alle auf einen Haufen waren, und schnappte mir eine volle Milchpackung. Kurzerhand öffnete ich den Verschluss, beugte mich über den Tresen und schüttete den Inhalt über alle vier, in der Hoffnung, ihre erhitzten Gemüter abzukühlen.

Julia sah mich überrascht von der Seite an, aber es hatte den gewünschten Effekt. Die vier jungen Männer ließen voneinander ab und blinzelten sich verdutzt die Milch aus den Augen.

»Wenn ihr euch unbedingt prügeln wollt, dann geht gefälligst raus!«, sagte ich lauter als nötig, denn plötzlich war es mucksmäuschenstill im Café.

Ich starrte alle Vier mit einem vernichtenden Blick an, während sich jeder einzelne Muskel in meinem Körper vor Anspannung verkrampfte. Meine Gedanken drehten sich in dieser Sekunde nur darum, dass ich es mir nicht leisten konnte, dass hier etwas zu Bruch ging.

Als die Vier realisierten, dass sie alle übereinander lagen, rappelten sie sich hektisch auf, bis Danny und Elliot auf der linken Seite standen und die anderen beiden Kerle auf der Rechten.

»Ihr habt Hausverbot«, sagte ich mit fester Stimme und deutete auf die beiden Kerle.

»Als ob du hier was zu sagen hättest, Schlampe.«

Elliot wollte sich erneut auf ihn stürzen.

»Elliot!«, sagte ich drohend. Er biss die Zähne zusammen, blieb aber, wo er war.

»Dieser *Schlampe* gehört das verdammte Café und ich entscheide, wer hier reindarf und wer nicht. Und jetzt entscheide ich, dass zwei arrogante, widerliche Idioten, die mein Personal angreifen, hier nicht willkommen sind. Und wenn ihr nicht sofort geht, rufe ich die Polizei.«

»Das Arschloch hat mich zuerst angegriffen.« Wütend deutete er auf Danny. »Dein beschissener Angestellter hat einen Gast geschlagen, ich zeige dich und dieses Café an.«

»Danny hat seit«, ich sah übertrieben lange auf die Uhr, »fünfzehn Minuten Feierabend. Du kannst ihn anzeigen, oder ich zeige dich wegen Beleidigung meines Personals an.« Damit deutete ich auf Julia.

Ein angespanntes Schweigen setzte ein. Ich hielt die Luft an, ballte die Fäuste, damit meine Hände vor Wut und Anspannung nicht zitterten.

»Komm.« Die blonde Frau schob ihren Freund Richtung Ausgang.

»Ist sowieso ein Drecksladen hier«, schimpfte er und sein Kumpel folgte ihm, nicht ohne vorher auf den Boden zu spucken.

Das andere Mädchen zögerte. Als ich sie ansah, erkannte ich sie wieder. Sie war oft allein hier, las in einer Ecke oder kaufte Bücher.

»Entschuldigung«, sagte sie beschämt.

»Nicht deine Schuld, dass dein Freund ein hirnloses Toastbrot ist.«

Das entlockte ihr ein Lächeln. »Darf ich … habe ich auch Hausverbot?«

»Nur, wenn du wieder einen Idioten mitbringst.«

Hastig schüttelte sie den Kopf. »Werde ich nicht.«

»Okay, dann bis zum nächsten Mal.«

Sie winkte mir schüchtern zu und eilte ihren Freunden hinterher. Über deren Freundschaft sie hoffentlich noch einmal nachdachte. Vor dem Fenster auf dem Bürgersteig konnte ich noch beobachten, wie sie wütend auf den Kerl mit dem Basecap einredete, dann gingen sie weiter und verschwanden aus meinem Sichtfeld.

Bis auf die leise Musik, die aus den Lautsprechern kam, gab niemand ein Geräusch von sich. Ich straffte meine Schultern und wandte mich den Gästen zu.

»Entschuldigt bitte. Ich sollte mein Unterhaltungsprogramm noch einmal überdenken.« Es folgte ein belustigtes Gemurmel und löste die Anspannung im Raum. »Jeder darf sich noch einen kostenfreien Kaffee holen«, ergänzte ich und erntete einige zustimmende Laute.

Dann ging ich in die Küche und holte Putzzeug, damit niemand auf der Milch ausrutschte, die sich großflächig verteilt hatte.

»Das war Scheiße ... *verfickte Scheiße*.« Ich sah zu Julia auf, die Danny wütend anstarrte.

»Glaubst du, ich lasse zu, dass er so über dich redet?«

»Das war meine Sache. Ich kann, ich muss das selbst regeln. Außerdem kannst du nicht einfach so Leute verprügeln.«

Auch wenn sich beide bemühten, nicht laut zu werden, hatte ich keine Lust, dass mein Café erneut Schauplatz eines Dramas wurde.

»Er hat es nicht anders verdient.«

»Schlägst du immer Leute zusammen, die du nicht leiden kannst?«

»Das ist etwas ganz anderes. Dieser Kerl hat dich beleidigt.«

Ich seufzte. »Könnt ihr das bitte draußen klären.«

Beide sahen mich an und sagten wie aus einem Munde: »Da gibt es nichts zu klären.«

Bedeutungsvoll sah ich sie weiter an und nickte in Richtung Ausgang.

Julia schnaubte genervt und verschränkte die Arme.

»Ich habe sowieso Feierabend«, murmelte Danny und schnappte sich seinen Rucksack.

Ohne ein weiteres Wort lief er an uns vorbei nach draußen.

»Rede mit ihm«, drängte ich Julia. »Jetzt.«

Sie starrte mich noch einen Moment an, dann hob sie in einer verzweifelten Geste die Arme und folgte Danny nach draußen.

Erleichtert atmete ich auf und begann die Milch aufzuwischen. Nur eine Sekunde später hockte sich Elliot neben mich.

»Ich mach das«, sagte er und wollte mir den Lappen abnehmen.

»Nein, du gehst in die Wohnung und ziehst dich um.«

Nicht nur seine Schürze war komplett durchnässt, auch aus seinen Haaren tropfte Milch und seine Brille war damit gesprenkelt.

Eigentlich sah er ziemlich lustig aus. Und als die Anspannung von mir abfiel, wurde mir bewusst, dass ich vier sich prügelnde Kerle mit laktosefreier Milch übergossen hatte.

Ich presste die Lippen zusammen.

»Was?«

Ich versuchte, mein Lachen zu unterdrücken, was es nur noch schlimmer machte. Ich hielt mir die Hand vor den Mund und meine Schultern begannen zu beben.

»Weinst du?«, fragte Elliot unsicher.

Grunzend schüttelte ich den Kopf.

»Du lachst!« Es klang beinahe vorwurfsvoll, obwohl ich das Grinsen in seiner Stimme hören konnte, während ich lautlos vor mich hin kicherte.

Nur mit Mühe konnte ich mich zusammenreißen und blickte in das schmunzelnde Gesicht von Elliot.

»Immerhin eine hat ihren Spaß bei der Sache gehabt.«

Für einen kurzen Moment vergaß ich die Gäste und genoss das gelöste Gefühl, das dieser Lachanfall in mir auslöste.

Er lehnte sich an den Tresen, zog ein Knie an und wartete, bis ich mich wieder gefangen hatte.

Ich wischte mir die Tränen aus den Augenwinkeln. »Komm, zieh dich um, Milchjunge, ich mach sauber und dann wird weitergearbeitet.«

21
Ein Hang zu Mutproben

Elliot

Als ich mit sauberer Kleidung ins Café zurückkam, war es, als wäre nie etwas vorgefallen. Nur Julias angespannter Gesichtsausdruck verriet mir, dass sie sich immer noch ärgerte. Ob über Danny oder die Kerle, konnte ich nicht sagen.

»Ich hätte Danny aufhalten und nicht mitmischen sollen«, sagte ich entschuldigend zu ihr.

»Das hättest du.« Ihre Gesichtsmuskeln zuckten angespannt.

»Danny hat es nur gut gemeint«, versuchte ich, den schlaksigen jungen Mann zu verteidigen, der sich meistens nur bewegte, wenn es unbedingt nötig war, aber sich heute für Julia geprügelt hatte. Er musste wirklich viel für sie empfinden und ich wollte nicht, dass dieses Ereignis, das Verhältnis zwischen ihnen zerstörte.

Julia knallte den Lappen, mit dem sie neben der Kaffeemaschine sauber gemacht hatte, auf den Tresen und sah mich genervt an. Zumindest versuchte sie es, denn ihr Kopf ruckte immer wieder zur Seite. Was schmerzhaft aussah.

»Ich brauche niemanden, der mich beschützt, Elliot. Nicht vor irgendwelchen Idioten, die sich an meiner Krankheit aufgeilen. Die mich fertigmachen, weil ich nicht in ihr engstirniges Weltbild passe. Weil es überall diese Idioten gibt. An jeder Ecke. Ich werde ständig beleidigt oder blöd angemacht. Leute starren mich an, verurteilen mich. Es hilft mir nicht, wenn Danny sich für mich prügelt. Ich kann nur selbst lernen, damit umzugehen, es nicht an mich ranzulassen, schlagfertiger zu werden. Zu wissen, dass ich

Freunde habe, die hinter mir stehen, das hilft mir. Nicht ein Idiot, der auf einen anderen einschlägt.«

Während ihrer Ansage hatte ihr Tourette sie nicht ein einziges Mal unterbrochen, dafür stieß sie jetzt mehrere Schimpfwörter hintereinander aus.

»Du findest, Danny ist ein Idiot?«, fragte ich vorsichtig.

»Nein! Ja. Manchmal vielleicht. Oft.« Sie schüttelte den Kopf und begann den sauberen Tresen abzuwischen.

»Du magst ihn«, sagte ich leise.

Sie sah mich nicht an, aber ich bemerkte, dass sie sich bemühte, ein Lächeln zu verbergen. »Vielleicht.«

Ich hob einen Mundwinkel und sah sie wissend an.

Als Antwort bekam ich einen Schlag auf die Schulter.

Von ihr, nicht von ihrem Tourette.

»Das hat sie gesagt?«, fragte Flora begeistert, während sie das übrig gebliebene Essen in einen Karton packte.

Sie schüttelte den Kopf. »Warum ist mir das Knistern zwischen den beiden nicht schon vorher aufgefallen? So etwas passiert doch nicht von heute auf morgen.«

»Ich weiß gar nicht, ob Julia und Danny es selbst schon realisiert haben. Vielleicht hat es tatsächlich erst vor kurzem gefunkt.«

Ich beobachtete Flora, wie sie durch das Café lief und alles kontrollierte. Schließlich gingen wir hinaus und schlossen die Tür hinter uns ab. Sie deutete die Straße hinunter. »Ich muss noch mal wohin«, erklärte sie mir.

Skeptisch zog ich die Augenbrauen zusammen. »Du bist fast jeden Abend *wohin* gegangen.«

Sie grinste verschmitzt und flüsterte: »Vielleicht bin ich Batman.«

Das entlockte mir ein Lachen, bevor ich mich überwand, und fragte: »Darf ich dich begleiten?«

»Gerne.«

Ihre unbekümmerte Zustimmung überraschte mich. Ich hatte mit einer ausweichenden Antwort gerechnet, aber stattdessen zog sie mich die Straße entlang.

Wir liefen ein paar Minuten, vorbei an einem kleinen Blumenladen und einer bereits geschlossenen Eisdiele. Dann überquerten wir eine breite Straße und gelangten an den Rand eines Parks. Zwischen den dichten Bäumen führte ein schmaler Sandweg hinein. Überrascht stellte ich fest, dass dieser Park deutlich größer war, als er von außen gewirkt hatte. Eine riesige Rasenfläche, durch die sich mehrere Wege schlängelten. Ich entdeckte einen Eiswagen, einen Kiosk. Sogar ein riesiges Schachfeld, allerdings ohne Figuren. Es gab dicht bewachsene, aber auch große offene Flächen. Vereinzelt sah ich Jogger oder einen Hund über die freie Fläche hetzen. Zwischen hohen Bäumen hatte jemand ein Seil gespannt und balancierte gekonnt darüber.

»Wo willst du hin?«, fragte ich Flora, die zielstrebig auf einen sandigen Platz im Schatten hoher Bäume zusteuerte. Drei alte, mit Farbe beschmierte Holzbänke und ein überfüllter Mülleimer erweckten nicht den Eindruck von Gemütlichkeit.

»Zu Paula.«

»Und wer ist Paula?«

»Sie schläft meistens da hinten.« Sie deutete auf eine der drei Bänke. »Ich versuche, ihr jeden Abend etwas zu essen vorbeizubringen. Bevor ich das Ganze wegwerfe, verteile ich es lieber an Leute, die sich darüber freuen. Ich selbst kann diese Sandwiches an manchen Tagen nicht mehr sehen.« Sie lachte, während ich mit einem unguten Gefühl meinen Blick schweifen ließ. Mir gefiel der Gedanke nicht, dass Flora allein durch den verlassenen Bereich des Parks lief, der danach schrie, dass hier zwielichtige Leute, zwielichtige Geschäfte tätigten.

»Findest du ... meinst du nicht, es könnte gefährlich sein, ganz allein herumzulaufen?« Ich sah sie von der Seite an, bemerkte, wie sich ihre Kieferpartie anspannte.

Aber sie schüttelte den Kopf. »Ich habe immer Pfefferspray

dabei und ein Messer aus dem Café.« Sie hob ihre Tasche und ich sah, dass sie eine Hand darin vergraben hatte.

»Aber du könntest doch das Essen im Kühlschrank lassen und es dieser Paula mittags bringen. Dann wären hier auch mehr Leute unterwegs.«

Sie drehte den Kopf zu mir. Ihr Blick ungewohnt ernst. »Nein, das ist nicht Sinn der Sache.«

Verwirrt starrte ich sie an. »Und was ist der Sinn der Sache?«

Sie seufzte leise und dachte ungewohnt lange über eine Antwort nach. »Nenn es eine regelmäßige Mutprobe.«

»Mutprobe?«

Aber sie winkte ab. »Ich erkläre es dir später.«

Ich wollte gerade widersprechen, als sie weitersprach. »Jetzt stelle ich dir erst mal Paula vor.«

Wir waren an der schattigen Stelle angekommen. Aber ich konnte niemanden entdecken.

»Paula?«, rief Flora und blickte sich suchend um.

Ein paar Meter weiter, hinter einem Busch, raschelte es. Instinktiv spannte ich meine Muskeln an.

»Warte, bin grad pinkeln«, antwortete plötzlich eine schläfrige Stimme.

Flora zog die Mundwinkel nach oben und stellte den Karton mit dem Essen auf eine Bank und setzte sich daneben. Ich fühlte mich wohler im Stehen und verschränkte die Arme, während ich darauf wartete, dass diese Paula fertig gepinkelt hatte.

Es dauerte nicht lange und eine dürre, ungepflegte Gestalt trat hinter dem Busch hervor und zog den Reißverschluss ihrer abgeschnittenen Jeanshose hoch.

»Mein Engel«, rief sie. Ein breites Lächeln breitete sich auf ihren Lippen aus, entblößte mehrere Zahnlücken und gelbe Zähne. Das wettergegerbte Gesicht der Frau war von tiefen Falten durchzogen, die dunklen Haare hingen ihr strähnig vom Kopf.

Ihr Anblick löste ein unangenehmes Kribbeln in meinen

Fingerspitzen aus. Es lag nicht nur an ihrer heruntergekommenen Erscheinung, sondern auch an dem Gefühl, das sie in mir weckte. Etwas Vertrautes. Als würde ich nicht sie, sondern ihren Zustand kennen.

Ich schluckte schwer und beobachtete, wie Paula Flora unbeholfen umarmte. Sie schwankte leicht und Flora musste sie kurz stützen, bevor sie sich auf die Bank fallen ließ.

»Wie oft habe ich dir gesagt, dass du mir nichts mitbringen musst.«

»Wann hast du das letzte Mal etwas Anständiges gegessen?«

Paula blinzelte träge. »Zählt Weizen?«

»In flüssiger Form nicht.«

Paula kicherte und mir wurde klar, dass sie betrunken war.

»Dann weiß ich es nicht.«

Flora seufzte. »Siehst du? Deswegen bringe ich dir immer etwas zu essen.«

»Ich dachte, es liegt an meiner grandiosen Gesellschaft.«

»Das auch.« Flora lachte und reichte ihr den Karton mit dem Essen.

Hastig und mit zitternden Fingern öffnete Paula die Lasche und nahm sich ein Sandwich heraus.

»Und wer ist der nette junge Mann, der mich die ganze Zeit so böse anstarrt?«, nuschelte sie mit vollem Mund, nachdem sie in das Brot gebissen hatte. Sie schaute dabei nicht zu mir auf, aber es war klar, wen sie meinte.

Automatisch versuchte ich, mein Gesicht zu entspannen.

»Ich habe dir doch von dem Fremden aus dem Krankenhaus erzählt.«

Jetzt sah Paula doch auf. Ihr Blick war skeptisch. Die Augenbrauen zusammengezogen. Kurz schoss mir der Gedanke durch den Kopf, dass sie mich kennen könnte. Dass wir aus derselben abgefuckten Gegend kamen. Aber ich sah kein Wiedererkennen in ihren Augen.

Zögernd hob ich meine Hand und stieß ein heiseres »Hey« aus.

Sie sah mich noch immer missmutig an. »Du bist also der Grund, warum mein liebes Mädchen mich nicht mehr so oft besucht.«

Ich verzog das Gesicht. »Tut mir leid.«

Aber zu meiner Überraschung lachte Paula. »Schon gut. Mädchen wie sie sollten hier nicht ständig allein herumlaufen.« Sie biss erneut in ihr Sandwich und fuhr mit vollem Mund fort. »Versuch es ihr jeden Tag auszureden, vielleicht hört sie ja auf dich, bevor sie abgestochen wird.«

»Du übertreibst, Paula.« Flora verschränkte die Arme, während ich meinen Blick wachsam schweifen ließ. Denn Paula hatte das ausgesprochen, was mir selbst die letzten Minuten durch den Kopf gegangen war. Dieser Park war offensichtlich in zwei Bereiche geteilt. Den hellen Teil, in denen die Menschen ihren Feierabend ausklingen ließen, Sport trieben und sich mit Freunden trafen und den kleinen dunklen Teil. Hier gab es mehr Schatten, mehr Müll, mehr Ecken, hinter denen sich jemand verstecken konnte.

Warum tat Flora das? Nicht nur, dass es als Frau nicht die beste Idee war, hier allein herumzulaufen, auch als Mann könnte man Pech haben und überfallen werden.

»Außerdem, wer bringt dir sonst etwas zu essen?«, fuhr Flora fort.

»Ich kann auch zu dir kommen«, entgegnete Paula.

»Bisher hast du es immer vergessen, also bleibt mir nichts anderes übrig.«

Sie schnaubte, zerknüllte das Papier des Sandwiches und stopfte es zurück in den Karton. »Toll, dann ist es also meine Schuld, wenn dich jemand überfällt.«

Paula holte einen kleinen Beutel mit etwas Getrocknetem aus ihrer Hosentasche, dazu dünnes weißes Papier. Bei dem Anblick zog sich mir die Brust zusammen und plötzlich fiel mir das Atmen schwer. Wie erstarrt beobachtete ich, wie sie mit ihren angeschwollenen, verdreckten Fingern einen Joint drehte.

»Bist ein liebes Mädchen, weißt du. Aber leichtsinnig.«

Nur am Rande bemerkte ich, wie Paula mich musterte. »Pass auf sie auf Junge, okay?«

Ich konnte nicht antworten, sondern starrte weiter auf ihre Finger.

Flora stand seufzend auf. Wollte sie gehen? Hoffentlich. Denn ich musste weg von diesem Ort, weg von Paula. Nicht wegen ihr, sie schien nett und besorgt um Flora zu sein, aber das, was sie verkörperte, rüttelte an der Tür, die meine Erinnerungen zurückhielt.

»Vielleicht würdest du nicht mehr so vergesslich sein, wenn du die Finger von den Drogen lässt ...«

... Drogen lässt.

Drogen.

Ihr und eure verdammten Drogen!

Ich erstarrte. In mir öffnete sich die Tür einen winzigen Spalt. Aber das genügte dem Monster, das dahinter lauerte. Tausende Bilder strömten auf mich ein. Zu viele, um auch nur eines davon erkennen zu können. Sie begruben mich unter sich, drohten mich zu ersticken. Sie zogen mich hinab. In die Dunkelheit. Dort, wo der Albtraum auf mich lauerte.

22
Erkennst du die Lüge?

Elliot

Kaltes Wasser prasselte auf mein Gesicht. Keuchend zuckte ich zurück, starrte verwirrt in Floras weit aufgerissene Augen und fuhr mir über die nassen Wangen.

»Was …?«

Unsicher blickte ich auf das leere Glas in ihrer Hand, dann sah ich mich um.

Mein Herz klopfte wie wild, während ich erkannte, dass wir uns in Floras Wohnung befanden. Der große Raum war hell erleuchtet und im Hintergrund plätscherte das Aquarium.

In meinem Kopf überschlugen sich die Gedanken, ohne dass ich einen von ihnen fassen konnte.

Warum? Wo? Wie?

»Elliot?«

Wie waren wir hierhergekommen?

»Elliot?«, fragte Flora mich erneut, nahm mein Gesicht in ihre Hände und zwang mich, sie anzusehen. Was war passiert? Warum saß ich auf dem Bett? Und warum zitterte ich so?

Sie stieß einen lauten Pfiff aus, der mich zusammenzucken ließ. »Erde an Elliot!«

»Ja«, brachte ich nur hervor.

»Bist du wieder da?«

»Ja«, wiederholte ich.

»Sieht aber nicht so aus.« Sie löste sich von mir und musterte mich aufmerksam.

Dann hielt sie drei Finger hoch. »Wie viele Finger siehst du?«

»Sechsundfünfzig.«

Flora verzog das Gesicht und ich brachte ein zittriges Lachen zustande.

Aber offenbar war sie mit meiner Antwort zufrieden, denn sie drehte sich um und ging ins Badezimmer. Kurz darauf kam sie mit einem Handtuch zurück und reichte es mir. Mit einem anderen wischte sie das Wasser vom Boden, während ich meine Brille abnahm und mir Gesicht und Haare abtrocknete.

»Was ist …«

Weiter kam ich nicht, denn plötzlich unterbrach sie mich.

»Ich weiß nicht, was passiert ist. Ich habe mich von Paula verabschiedet und plötzlich warst du wie ein Roboter. Hast die ganze Zeit ins Leere gestarrt. Hast mir nicht geantwortet. Dann habe ich deine Hand genommen und dich nach Hause gezogen. Aber du hast nicht reagiert. Ich wusste nicht, was ich tun sollte. Ich wollte einen Krankenwagen rufen. Aber jetzt bist du wieder da und … «

Sie starrte mich atemlos an. »Sag *du* mir, was passiert ist.«

Ich fuhr mir durch die nassen Haare, versuchte, mich an etwas zu erinnern.

Wir waren im Park bei Paula gewesen. Flora und sie hatten sich unterhalten. Ich wusste noch, dass ich mich unwohl gefühlt hatte.

Und dann war ich hier. Ich griff mir an die Brust, die sich schmerzhaft zusammenzog. Da war wieder dieses Gefühl. Dieser Schmerz. Aber sonst nichts.

»Ich weiß nicht«, sagte ich kaum hörbar. Meine Stimme nicht mehr als ein ersticktes Flüstern. »Ich weiß es nicht«, stieß ich erneut hervor, suchte panisch in der Leere nach einer Antwort. Aber es gab keine. Es gab nichts. Schon wieder. Noch immer.

Ich hasste dieses Gefühl, hasste es, vor einer schwarzen Mauer zu stehen und zu wissen, dass dahinter alles war, wonach ich suchte. Doch ich konnte weder hindurch noch darüber oder an der Wand vorbei. Sie umschloss mich, engte mich ein.

Zitternd griff ich mir in die Haare, blinzelte die heißen Tränen in meinen Augen weg.

Flora streckte zögernd die Hand nach mir aus. Aber bevor sie mich berühren konnte, sprang ich hoch. Nicht in der Lage, ruhig sitzen zu bleiben.

»Ich kann mich an nichts erinnern!« Zu laut. Ich bin zu laut. *Brüllt hier nicht so rum! Eure Schwester schläft.*

Keuchend blieb ich stehen, lauschte der Stimme in meinem Kopf. Konzentrierte mich.

Schwester. Ich hatte eine Schwester. War sie das kleine Mädchen? Wie war ihr Name? Wie sah ihr Gesicht aus?

Ich presste die Augen zusammen. Suchte sie. Suchte sie in meinem Kopf. Irgendwo musste sie sein. In der Dunkelheit tauchte plötzlich die Tür aus meinen Erinnerungen auf, aus meinen Träumen, aus meiner Wohnung. Die Schreie dahinter dröhnten in meinen Ohren.

Eine Hand legte sich sanft auf meine Brust, auf das hektisch schlagende Herz dahinter.

»Atme, Elliot.«

Flora drängte mich zurück, bis ich die Bettkante an meinen Kniekehlen spürte.

»Atme«, befahl sie erneut und drückte mich auf die weiche Matratze.

Ich öffnete den Mund und sog den dringend benötigten Sauerstoff in meine Lungen.

»Ausatmen.«

Ich tat es.

»Einatmen.«

Floras Stimme. Sanft. Warm. Vertraut.

»Ausatmen.«

Die Tür verblasste. Die Schreie verstummten.

»Einatmen.«

Der Schmerz ließ nach. Ich öffnete die Augen. Sie war da. Flora. Sie war hier. Hielt mich und sah mich an. Suchte etwas. Suchte mich.

»Es geht mir gut«, sagte ich leise.

182

Sie lächelte traurig. »Nein.«

Unsicher betrachtete ich das Funkeln in ihren Augen.

»Dir geht es nicht gut. Aber das ist in Ordnung.« Dann strich sie mir sanft die Haare aus der verschwitzten Stirn.

Sie stand auf. In der Küche füllte sie zwei Schalen mit Cornflakes und Milch.

»Hier, iss. Du siehst blass aus.«

Ich nickte dankbar und gemeinsam krochen wir nach hinten ins Bett und lehnten uns an einen Berg aus Kissen. Ich spürte Floras Blick auf mir, während ich zusah, wie die Milch die Cornflakes aufweichte.

»Wenn du darüber reden willst, bin ich da.«

»Ich weiß«, sagte ich leise.

Sie wartete noch kurz, bevor sie ein Buch hervorholte und leise zu lesen begann. Für sich. Für mich.

Ihre melodische Stimme begleitete mich, während ich mir mit tauben Fingern einen Löffel nach dem anderen in den Mund schob. Ich nahm den Geschmack nicht wahr, konnte mich nicht auf Floras Worte konzentrieren. Kaum hatte ich aufgegessen, stellte ich die Schüssel auf den Boden, meine Brille daneben und legte mich auf meine Seite des Bettes.

Ich schloss die Augen, lauschte Floras Stimme, spürte ihre Beine an meinen. Die Wärme beruhigte mich, lichtete das Chaos in meinem Kopf, das mich daran hinderte, einen klaren Gedanken zu fassen.

Obwohl mich die Müdigkeit übermannte, wollte der Schlaf nicht kommen. Mein Inneres war aufgewühlt, mein Körper vibrierte vor Nervosität und Unruhe.

Je mehr ich auf diese innere Unruhe achtete, desto schlimmer wurde sie.

Flora hörte auf zu lesen. Ich spürte ihren Blick auf mir, aber ich hielt die Augen geschlossen und tat so, als würde ich schlafen. Leise krabbelte sie aus dem Bett und ging ins Badezimmer. Als sie wiederkam, lag ich unverändert da, lauschte auf die Geräusche, die sie verursachte. Kurz darauf hörte ich es erneut, das Rascheln von Buchseiten, dazu ein dumpfer Bass und leise Musik.

Die Unwissenheit, wer ich war und was mich auf diese Brücke geführt hatte, lag wie ein dornenbesetzter Stein auf meiner Brust. Die verwirrenden Bruchstücke gaben mir das Gefühl, in entgegengesetzte Richtungen gezerrt zu werden. Sie drohten mich zu zerreißen und ich konnte nichts dagegen tun. Nur abwarten oder mich den dunklen Erinnerungen stellen.

Ich biss mir auf die Unterlippe. Überlegte.

»Flora?«, fragte ich schließlich leise.

»Hm?«

»Was ist auf der Brücke passiert. Was hast du gesehen?«

Sie schwieg. Eine Sekunde. Zwei Sekunden. Mein Innerstes verkrampfte sich.

Ich drehte mich zu ihr um. Ohne Brille konnte ich nur ihren verschwommenen Umriss erkennen. Aber irgendetwas sagte mir, dass sich ihre Körperhaltung verspannt hatte. Sie klappte das Buch zu, nahm die Kopfhörer aus den Ohren und seufzte, bevor sie mir antwortete.

»Ich war auf dem Heimweg von einer Party. Alex, mein Ex-Freund …« Sie zögerte.

»Er ist dir dort fremdgegangen«, riet ich, spürte eine Wut auf diesen Kerl, der es gewagt hatte, Flora zu verletzen.

»Ja. Ich war ziemlich sauer und bin mit dem Fahrrad über die Brücke gefahren. Und dann habe ich dich gesehen und …«

Erneut zögerte sie. Ich richtete mich etwas auf, war kurz davor, meine Brille wieder aufzusetzen, damit ich sie besser sehen konnte.

»Du bist gesprungen«, sagte sie schnell.

Ich erstarrte. Warum klang es, als wäre noch mehr passiert?

»Mehr nicht?«, hakte ich vorsichtig nach.

»Mehr nicht.«

Verschwieg sie mir etwas? Innerlich schüttelte ich den Kopf. Warum sollte sie?

Es gab keinen Grund für sie. Schließlich hatte sie mich nicht von der Brücke gestoßen.

Ich hang dem Gedanken etwas zu lange nach.

»Es tut mir leid, dass du das mit ansehen musstest«, sagte ich leise.

»Am Ende ist doch alles gut gegangen«, erwiderte sie ebenso leise.

Ist es das?

23
Eine verführerische Stimme

Flora

»Wow.«

Elliot starrte mich mit großen Augen und leicht geöffnetem Mund an. Ich grinste und alle Zweifel, ob das Kleid die richtige Wahl gewesen war, lösten sich in Luft auf.

»Äh, ich meine …« Elliot räusperte sich. »Es ist ungewohnt, dich so zu sehen.«

Ich hob eine Augenbraue und hängte mir eine schlichte schwarze Tasche über die Schulter.

»So?«, hakte ich nach.

»Also … so … also hübsch«, stotterte er.

Rote Flecken erschienen auf seinen Wangen. Ich musste mich zusammenreißen, um nicht zu lachen. Seine Verlegenheit war nicht nur süß, sondern gab mir auch das Selbstvertrauen, das mir in diesem Kleid noch gefehlt hatte.

Ohne meine vertraute Latzhose aus dem Haus zu gehen, fühlte sich ungewohnt an. Fast so, als wäre ich schutzlos, was Unsinn war.

Das Kleid war für meine Verhältnisse schlicht. Ein eng anliegendes dunkelblaues Oberteil, das ab der Mitte in einen weich fallenden Stoff überging. Dunkelrot mit einem dezenten Blumenmuster. Was diesem Kleid jedoch das gewisse Etwas verlieh, war nicht nur der tiefe Ausschnitt vorne, sondern auch der am Rücken. So zeigte ich ungewohnt viel nackte Haut. Die Haare hatte ich zur Abwechslung zu einem hohen Zopf gebunden und an jeder Seite eine geflochtene Strähne eingearbeitet. Die blumigen Accessoires in Form von Sonnenblumenklammern, hielten die abstehenden Strähnen in Schach, während ich um meine Handgelenke mehrere dünne Armbänder trug.

Statt eines dezenten Make-ups trug ich roten Lippenstift und mithilfe eines *Youtube*-Videos hatte ich mir die Augen passend zum Kleid geschminkt.

Heute Abend fühlte ich mich nicht wie eine unscheinbare Cafébesitzerin, heute Abend fühlte ich mich sexy und ein bisschen verwegen.

Es war nicht das erste Mal, dass ich mich für eine Party schick gemacht hatte. Aber zwischen schick und sexy lagen Welten. Und der Grund, warum ich mich heute etwas mehr getraut hatte, stand genau vor mir und schien immer noch überwältigt von meinem Anblick.

Dabei sah er in seinen dunklen Jeans und dem dunkelblauen Shirt mit V-Ausschnitt, das er sich am Morgen in der Stadt gekauft hatte, auch nicht schlecht aus.

»Ich sehe also sonst nicht hübsch aus?«, fragte ich und genoss es, ihn ein wenig zu necken.

»Doch«, entfuhr es ihm hastig. »Aber anders hübsch, normal hübsch.«

»Normal hübsch?«

Ich konnte ihm ansehen, wie er panisch nach den richtigen Worten suchte und es fiel mir immer schwerer, ernst zu bleiben.

Er schien es zu bemerken, denn er runzelte missbilligend die Stirn, nicht ohne den Anflug eines Lächelns auf seinen Lippen.

»Ich fühle mich underdressed«, sagte er schließlich.

Aber ich schüttelte den Kopf. »Du siehst aus wie du und das ist perfekt.«

Er neigte den Kopf, bevor er übertrieben laut seufzte und sich gespielt ehrfürchtig verneigte. »Miss Flora, Sie sehen heute sehr bezaubernd aus und ich freue mich, dass ich Sie auf das Fest begleiten darf.«

Ich spitzte entzückt die Lippen und warf mir in einer übertriebenen Geste den langen Zopf über die Schulter. »Hach, Sie Charmeur.«

Ich hakte mich unter seinen Arm, den er mir formell entgegenhielt, aber kurz bevor wir aus der Tür gingen, eilte ich zu meinen Garnelen zurück.

»Ich muss noch meine Babys füttern.«

Ich öffnete die kleine Dose mit dem Futter und ließ einige kleine Brocken durch ein durchsichtiges Rohr in eine Futterschale rieseln.

»Damit ihr schön dick und fett werdet«, flüsterte ich und eilte grinsend zu Elliot zurück. »Auf geht's!«

»Keine Sorge«, rief er den Garnelen zu. »Ich werde nicht zulassen, dass Flora euch als Salatbeilage verwendet.«

Warnend sah ich ihn an. »Stell dich nicht zwischen mich und mein zukünftiges Essen.«

Das Lachen, für das ich verantwortlich war, löste ein aufregendes Prickeln in meinem Bauch aus.

Die Feier war eine Open Air Party im Stadtpark. Was praktisch war, da wir zu Fuß hingehen konnten. Brit hatte Elliot von dem Auftritt meines Onkels erzählt und nun fragte er mich über ihn aus.

Bereitwillig erzählte ich ihm von Onkel Gerrit und seiner Band *Silence of the Shadows.*

Ich liebte meinen Onkel, der mich in der kurzen Zeit, nachdem ich bei meiner Mutter ausgezogen war, mehr unterstützt hatte, als sie es in all den Jahren zuvor getan hatte. Jedes Mal, wenn er mit seiner Band eine Tourpause einlegte und für einige Zeit in der Stadt war, sog ich seine Fürsorge, seinen Stolz und seine Bewunderung in mich auf. Ich bewahrte sie in meinem Herzen auf für die Zeit, in der er nicht da war. Mein Onkel hatte mir nicht nur das Startkapital für mein Café geliehen, sondern mich auch ermutigt, meinem Traum zu verwirklichen. Und das würde ich ihm niemals vergessen.

»Er hat leider ziemlich Pech mit Frauen«, erzählte ich. »Und meine Verkupplungsversuche war er irgendwann auch leid. Ich glaube, er hat sich mit dem Schicksal als Dauersingle abgefunden.« Die Sonne war längst untergegangen, trotzdem hüllte uns eine milde Wärme ein, sodass wir unsere Jacken in der Wohnung gelassen hatten.

Wir hörten die Musik schon von weitem und reihten uns in die Menge ein, die sich auf den Weg zur Party machte.

»Es ist wahrscheinlich schwierig, jemanden gut genug kennenzulernen, wenn man ständig unterwegs ist«, vermutete Elliot.

»Wahrscheinlich.« Mein Handy vibrierte und ich holte es aus meiner Tasche, um mir die Nachricht von Julia anzusehen. »Die anderen warten bei Brit am Cocktailstand.«

»Sie arbeitet heute?«, fragte er verwundert. Wahrscheinlich, weil Brit die letzten beiden Tage von nichts anderem gesprochen hatte, als mit uns allen die Hüften schwingen zu lassen. Wobei Danny und Elliot bei der Vorstellung zu tanzen, wenig begeistert ausgesehen hatten.

»Nur noch bis acht«, klärte ich ihn auf.

Wir bahnten uns einen Weg durch die immer dichter werdende Masse an hauptsächlich jungen Leuten.

Große Plakate kündigten den heutigen Auftritt der Band an. Vier Männer, alle dunkel gekleidet, in Lederjacken und löchrigen Jeans. Mein Onkel, der Sänger der Band, trug seine langen, dunklen Haare zu einem Dutt zusammengebunden. Selbst auf dem Bild konnte ich die warmen, braunen Augen erkennen, die meinen so ähnlich sahen, obwohl er nur der Halbbruder meiner Mutter war.

Sie bezeichneten sich als Postcore Band. Keine Ahnung, was das genau sein sollte. Ich wusste nur, dass sie bekannte Hits in rockige Nummern verwandelten und ich die Stellen nicht mochte, in denen mein Onkel ins Mikrofon brüllte. Besonders da ich wusste, dass er mich zu Tränen rühren konnte, wenn er Balladen sang. Was leider viel zu selten vorkam.

Im Park herrschte reges Treiben. Überall standen Grüppchen zusammen. Manche mitten auf der Wiese, andere an den vielen Getränke- und Essensständen.

Nach kurzer Suche entdeckten wir Danny und Julia, die beide ein Bier in der Hand hielten und sich unterhielten. Sie standen vor einem schwarzen Ausschankwagen mit giftgrünem Schriftzug, dass das Markenzeichen des Clubs war, in dem Brit an drei Tagen die Woche arbeitete. Selbst nach langen Nächten kam sie morgens in mein Café und bereitete die Kuchen und Sandwiches vor. Es war mir ein Rätsel, wie sie das durchhielt.

Als Julia uns sah, hob sie winkend den Arm. Sie riss den anderen mit hoch, vollführte eine verkrampfte Geste, bevor ich aus der Entfernung sie etwas sagen hörte, dass die zwei Frauen neben ihr sie verwirrt ansehen ließ. Unsicher entfernten sie sich und gaben uns damit automatisch den Platz am Tresen frei.

»Hey, ihr Zwei«, begrüßte ich die beiden. Danny nickte nur stumm, nippte an seinem Bier und wirkte genauso gelangweilt wie im Café. Obwohl sein Blick einen Moment länger an den beiden Frauen hängenblieb.

»Habt ihr es auch endlich geschafft. Ich dachte schon, du würdest den Auftritt deines Onkels verpassen«, sagte Julia.

»Elliot hat Ewigkeiten im Bad gebraucht«, flunkerte ich.

»Hey!«, beschwerte er sich und rückte seine Brille auf der Nase zurecht.

Neben uns knallten zwei Glasflaschen auf den Tresen.

»Lass mich raten«, sagte eine junge blonde Frau hinter dem Tresen, »sie musste noch schnell das Kapitel zu Ende lesen.«

Ich starrte Brit an, die ich im ersten Moment nicht wiedererkannte. Ich wusste, dass sie sich mit einem Fingerschnippen von lässig zu verdammt sexy verwandeln konnte. Doch ich sah sie viel zu selten in letzterem Look, sodass ich immer einen Moment brauchte, um mich daran zu gewöhnen.

Statt ihrer weiten Kleidung trug sie heute ein eng anliegendes, schulterfreies schwarzes Kleid mit extrem tiefem Ausschnitt. Ihre

Haare hingen in sanften Wellen über die Schultern und ihr Make-up übertraf meines bei weitem. Nicht eine Unreinheit war zu sehen, ihre Lippen leuchteten dunkelrot, ihr Gesicht schimmerte, als hätte sie Glitzer aufgetragen und ich war mir ziemlich sicher, dass sie falsche Wimpern trug.

Ich bemerkte, wie Männer und auch Frauen die Blicke nicht von ihr losreißen konnten. Sie sah wirklich umwerfend aus.

Unauffällig schielte ich zu Elliot. Er musterte sie mit einer Mischung aus Verwirrung und Unglauben, jedoch ohne eine Spur der Faszination, die ich in den anderen Gesichtern sehen konnte.

Ein Knoten löste sich in meiner Brust, von dem ich nicht gewusst hatte, dass er da war.

»Es war ein langes Kapitel«, antwortete ich auf Brits Kommentar und streckte ihr die Zunge raus. Ihr Blick glitt an mir auf und ab und sie biss sich verführerisch auf die Unterlippe, als würde sie mit mir flirten.

»Sexy«, sagte sie und zwinkerte mir zu. Ich lachte und schnappte mir die beiden Bierflaschen vom Tresen. Eine reichte ich Elliot.

Als er sie entgegennahm, beugte er sich näher zu mir. »Das ist genau das Wort, das ich in der Wohnung im Kopf hatte.«

Überrascht sah ich ihn an. »Sexy?«

Er presste die Lippen zusammen und zuckte mit den Schultern.

»Warum hast du es nicht gesagt?«

»Es war … es schien mir unangebracht«, sagte er ausweichend.

Ich pikste ihn in die Seite. »Du hast dich nur nicht getraut.«

An seinem Gesicht sah ich, dass ich recht hatte.

»Aber jetzt traue ich mich.« Elliots Augen fixierten mich und ich sah etwas darin, das ich noch nie zuvor an ihm gesehen hatte.

»Du siehst verdammt sexy aus, Flora.«

Jetzt war ich es, der die Hitze in die Wangen schoss.

»Ich glaube, sie fangen an«, rief Julia und riss uns aus dem intensiven Moment, der nicht nur meinen Bauch zum Kribbeln gebracht hatte.

Ich schluckte und drehte mich schnell zu Julia um, die zur Bühne deutete.

Sie war hoch, aber nicht groß und bot der Band genug Platz, um ihre Instrumente aufzustellen.

Wir standen etwas weiter hinten, sodass ich meinen Onkel kaum erkennen konnte, als er sich seine Gitarre umhängte. Aber keiner von uns, abgesehen von Brit, die jedoch arbeiten musste, wollte sich in die Masse direkt vor der Bühne quetschen.

»Das ist dein Onkel?«, fragte Julia neben mir und pfiff lautstark, dabei war mir nicht ganz klar, ob der Pfiff von ihr oder ihrem Tourette kam.

Die Stimme meines Onkels hallte durch den Park. Dunkel und verführerisch, sodass selbst bei der banalen Begrüßung einige Frauen begeistert kreischten. Inklusive Julia.

»Seid ihr bereit zu feiern?«, rief er voller Inbrunst, die Menge brüllte ein lautes »Ja«, und dann setzte die Musik ein.

Zuerst das Schlagzeug, die Menge brüllte lauter, dann der Bass, gefolgt von zwei E-Gitarren, die eine Melodie anstimmten, die mir bekannt vorkam. Die Menschen hüpften begeistert und spätestens als die Stimme meines Onkels durch den Park dröhnte und die rockige Version von *Golden Hour* sang, hatte er jeden einzelnen in den Bann gezogen.

Erst als sie den nächsten Song anstimmten, beugte sich Elliot zur mir. Seine Lippen dicht an meinem Ohr.

»Der Sänger ist dein Onkel?«, fragte er mit erhobener Stimme, um den Lärm zu übertönen.

»Ja«, rief ich.

»Er hat eine Wahnsinnsstimme!«

»Ich weiß.«

Unsere Gruppe blieb unverändert vor dem Getränkewagen stehen. Julia und ich bewegten uns zu der Musik, während Danny und Elliot am Tresen lehnten.

»Er ist der Einzige, der mich dazu bringen könnte, mit einem Mann ins Bett zu gehen«, hörte ich Brit rufen.

Entsetzt drehte ich mich um. »Brit! Das ist mein Onkel.«

Sie grinste. »Na und?«

»Er ist fast zwanzig Jahre älter als ich.«

Sie hob die Schultern. »Sieht man ihm nicht an.«

Ich warf ihr einen warnenden Blick zu, aber sie wandte sich nur lachend ab und nahm die Bestellung von einem großen, breitgebauten Mann entgegen.

Als ich genauer hinsah, erkannte ich, dass es Alex war.

Na toll. Hoffentlich kam er nicht in unsere Nähe.

Er spielte wieder mit dem Zippo, das ich ihm geschenkt hatte. Ich dachte daran, wie schnell ich ihn vergessen hatte und fragte mich erneut, warum ich überhaupt mit ihm zusammen gewesen war. Seine bloße Existenz brachte mein Blut zum Kochen und bei seinem Anblick überkam mich der unbändige Drang, ihm in die Kronjuwelen zu treten.

Als hätte er meine Gedanken gehört, drehte er sich um und unsere Blicke trafen sich. Sein Gesichtsausdruck verfinsterte sich augenblicklich, und ehe ich mich zurückhalten konnte, zeigte ich ihm den Mittelfinger. Schnell drehte ich mich um und nahm mir vor, ihn für den Rest des Abends zu ignorieren.

Was nicht einfach sein würde, denn er schien es sich mit seinen Kumpels und zwei jungen Frauen neben dem Getränkewagen gemütlich gemacht zu haben.

Plötzlich legte sich ein Arm um meine Hüfte und Elliot zog mich an sich.

»Ignorier ihn«, sagte er laut genug, dass ich ihn über die laute Musik verstehen konnte.

Verwundert sah ich ihn von der Seite an. Sein Lächeln wirkte verkrampft und ich hatte den Verdacht, nicht die Einzige zu sein, die Schwierigkeiten haben würde, meinen Ex-Freund zu ignorieren.

24
Die Auswirkungen von Alkohol

Elliot

Warum musste dieser Idiot ausgerechnet hinter uns herumlungern. Ich kannte Alex kaum, aber was ich bisher von ihm mitbekommen hatte und die Tatsache, dass er Floras Ex-Freund war, genügte, dass ich ihn nicht ausstehen konnte.

Ich hatte gesehen, wie Flora ihm den Mittelfinger gezeigt hatte und sie innerlich dafür gefeiert. Allerdings war mir sein angepisster Gesichtsausdruck nicht entgangen, daher hatte ich schnell meinen Arm um sie gelegt und einfach gehofft, dass er uns in Ruhe lassen würde.

Was er nicht tat. Nur zwei Songs später, in einer kurzen Pause, dröhnte seine Stimme zu uns herüber.

»Sieh an, die Freaks sind aus ihrem Loch gekrochen.«

Unsere kleine Gruppe drehte sich zu Alex um, der lässig am Tresen lehnte, eine dürre, dunkelhäutige Frau im Arm und an einem Bier nippte.

Er prostete uns zu.

»Ist das nicht Baka-Alex?«, fragte Julia.

»Ich dachte, du wolltest erst deinen Tripper behandeln lassen, bevor du dir ein neues Mädchen anlachst«, entgegnete Flora prompt.

Alex presste die Kiefer aufeinander, während die junge Frau in seinem Arm ihn von sich wegschob. Er sagte etwas zu ihr, das ich aus der Entfernung nicht verstehen konnte, aber der skeptische Blick von ihr blieb.

»Wenn einer Tripper hat, dann du. Würde mich nicht wundern, wenn du von den ganzen Straßenkötern, die du ständig besuchst, angesteckt wurdest.« Alex sah mich an. »Oder in deiner Wohnung schlafen lässt und fickst.«

Hatte der Typ mich gerade Straßenköter genannt?

Ich ballte die Fäuste, hätte ihm gerne eine davon näher gezeigt, aber Flora war schneller, kämpfte mit Worten statt mit Fäusten. Gegen sie hatte Alex keine Chance.

»Diese Straßenköter sind immerhin in der Lage, sich öfter die Unterhose zu wechseln als du.« Sie beugte sich in Richtung der Frau, als wollte sie ihr etwas aus der Entfernung zuflüstern. »Ich sag dir, nichts ist widerlicher als Bremsspuren in den Shorts erwachsener Männer.«

Bitte was? Ich starrte Flora an, dann Alex, dessen Kopf vor Wut rot angelaufen war. Es lag mit Sicherheit an den drei Bier, die ich bereits getrunken hatte, aber ich konnte mein Lachen kaum noch zurückhalten. Genau wie seine Kumpels hinter ihm.

Das Gesicht der jungen Frau verzog sich vor Ekel, während sie Alex anstarrte.

»Die erzählt doch nur Scheiße«, verteidigte er sich lahm. »Die ist nur eifersüchtig …«

»Worauf?«, unterbrach ihn Flora. »Auf einen Kerl, der seine Frauen öfter wechselt als seine Unterhosen?«

Der Spruch löste Gelächter und Johlen in der Menge um uns herum aus. Wir und Alex Kumpels waren nicht mehr die Einzigen, die das Wortgefecht zwischen den beiden verfolgten. Alex schien das in dem Moment auch zu bemerken. Es hätte mich nicht überrascht, wenn er einfach gegangen wäre. Flora hatte ihn nicht nur vor seinem Date und seinen Kumpels niedergemacht, sondern auch vor mindestens einem Dutzend anderer Leute.

Doch er blieb, ließ sich nicht vertreiben. Leider.

Ein angepisstes »Fick dich« hallte zu uns herüber, bevor er sich über den Tresen beugte, sich eine der Wodkaflaschen nahm und seine Kumpels anschnauzte.

Die Frau bahnte sich bereits einen Weg aus dem Park. Ihr Date war offensichtlich vorbei.

»Dich möchte ich nicht als Feind«, sagte ich zu Flora.

In ihren Augen funkelte noch die Wut, dann seufzte sie und fuhr sich durch die Haare.

»Ich habe übertrieben.«

»Er hat angefangen und das Echo nicht vertragen.«

»Selbst schuld«, kam es von Julia. »Was hat er überhaupt für ein Problem?«

»Flora hat ihm letztens die Meinung gegeigt und ihn als dumm bezeichnet«, erklärte Danny.

»Woher weißt du das?« Flora klang überrascht.

Danny hob die Schultern. »Ich stand hinter dir, als du Brit von dem Abend erzählt hast.«

»Verdammt, wie kann es sein, dass ich dich nie bemerke?« Julia lachte. »Das ist seine geheime Super-*Arsch*-kraft.«

»Superarschkraft?« Danny starrte sie mit gerunzelter Stirn an.

Dann hoben sich seine Mundwinkel und ein Lachen brach aus ihm heraus. Danny lachte. Ich hatte nicht gedacht, dass er dazu fähig war, aber hier stand der ständig gähnende, gelangweilte Danny und lachte so laut, dass er uns alle ansteckte.

Die Anspannung verflog, genau wie jeder Gedanke an Alex. Die Musik der Band verschluckte unser Gelächter und Julia zog Flora und Danny hinter sich her. Flora winkte mich heran, aber ich deutete kopfschüttelnd auf meine leere Bierflasche und danach zum Tresen. Sie nickte und ich war froh, nicht tanzen zu müssen. Besonders als ich Danny sah, der wenig begeistert auf die beiden Frauen heruntersah, die um ihn herum hüpften und den Song mitgröhlten. So schief und schräg, dass ich es noch aus mehreren Metern Entfernung hören konnte.

Ich legte meine Hände auf dem Tresen ab und wartete, bis Brit oder eine andere Bedienung zu mir kam. Dabei sah ich, dass Floras Freundin einen Drink zubereitete. Als sie fertig war, nahm sie ein Fläschchen und gab heimlich drei Esslöffel davon in den Drink. Dann rührte sie noch einmal kräftig um und gab den Becher dem Gast, der kein anderer war als Alex. Er schob einen

Geldschein über den Tresen und ging zu einer Bank, in der anderen Hand noch immer die Wodkaflasche.

Brit bemerkte, dass ich sie beobachtete, und legte grinsend einen Finger über ihre Lippen, bevor sie zu mir kam.

»Was machst du da?«, fragte ich so leise wie möglich.

»Ein bisschen Rache üben für Flora.«

Kurz drehte ich mich um und sah, dass sie und Julia, immer noch ausgelassen tanzten. »Weiß sie davon?«

»Gott, nein, sie wäre entsetzt.«

Brit bemerkte meinen skeptischen Blick. »Mach dir keinen Kopf, das ist nur etwas Abführmittel. Rein natürlich. Nichts Schlimmes. Es sorgt nur dafür, dass der Alkohol schneller aus ihm herauskommt, als ihm lieb ist und das auf eine ziemlich peinliche Art und Weise.«

»Brit, das ist …«

»Genial, ich weiß.« Sie klang zufrieden.

»Ich wollte eigentlich mies sagen.«

»Hey, der Typ ist mit ihr zu einer Party gegangen und hat sich nach fünf Minuten eine andere geschnappt und sie im nächstbesten Schlafzimmer gevögelt. Er hat es nicht anders verdient, als nach seinen Drinks auf dem Klo zu sitzen. Verhindert auf jeden Fall, dass er andere Frauen verarscht.«

Damit hatte sie nicht unrecht. Trotzdem war es moralisch bedenklich.

»Es wundert mich, dass er nicht einfach die Finger von dem Alkohol lässt. Ich habe ihn schon dreimal zum Klo rennen sehen.«

»Heute?«

»Nein, ich mache das mit dem Abführmittel schon, seit er Flora fremdgegangen ist. Er ist oft in dem Club, in dem ich arbeite.«

»Brit!«

»Was? Jeder mit gesundem Menschenverstand hätte den Zusammenhang längst herausgefunden. Aber er scheint wirklich nicht viele Gehirnzellen zu haben.«

Ich wusste nicht, ob ich lachen oder mir Sorgen machen sollte. Nicht um Alex, sondern um Brit. Wenn jemand das herausfand, wäre sie ihren Job innerhalb von Sekunden los.

Sie stellte mir eine neue Bierflasche hin und tippte mit einem Finger auf den Tresen.

»Wehe, du verrätst es ihr. Sie wird mich dafür einen Kopf kürzer machen.«

Ich sah an ihr vorbei zu Alex, der den präparierten Drink in einem Zug hinunter kippte.

»Nur, wenn es heute das letzte Mal war.«

Brit schürzte die Lippen.

Doch ich schüttelte entschieden den Kopf. »Flora kann ihre Kämpfe allein austragen. Und wie du schon sagtest, sie würde es nicht gut finden.«

»Du hast recht«, gab Brit zu und seufzte. »Hoffentlich sehe ich heute noch ein letztes Mal seinen panischen Blick, wenn er zur Toilette rennt.«

Das entlockte mir nun doch ein Lachen. »Dich möchte ich noch weniger zum Feind haben als Flora.«

»Apropos *Flora*.« Die Art, wie sie den Namen betonte, machte mir wieder bewusst, dass das nicht ihr echter Name war. Auch nach zwei Wochen hatte ich ihren Namen noch von niemandem gehört. Im Gegenteil, selbst Julia hatte angefangen, sie so zu nennen. Natürlich konnte ich jemanden fragen, Flora zum Beispiel. Aber mir gefiel der Name, den ich für sie ausgesucht hatte, genauso wie der den sie für mich ausgesucht hatte.

»Sie hat bald Geburtstag.«

Ich horchte auf. »Wann?«

»Übernächsten Montag. Sie wird, wie immer, den ganzen Tag arbeiten und abends zu müde sein, um feiern zu gehen. Aber wer weiß, vielleicht fällt dir etwas ein.«

Ich nickte. »Danke, dass du mir das gesagt hast.«

Brit zwinkerte mir zu und wandte sich zwei Männern auf der anderen Seite zu.

Mein Kopf begann augenblicklich zu arbeiten.

Flora hatte bald Geburtstag. Ich drehte mich um und beobachtete sie.

Was würde ihr eine Freude bereiten? Womit könnte ich sie überraschen? Die Arme hoch in den Himmel gestreckt tanzte sie zum Takt der Musik. Ihr Zopf hüpfte hin und her und löste in mir den Drang aus, ihn zu öffnen und durch ihre weichen Haare zu fahren.

Hastig nahm ich einen weiteren Schluck aus meiner Flasche, nur um festzustellen, dass sie schon wieder leer war.

Ich drehte mich zum Tresen um, bemerkte, dass es um mich herum voller geworden war.

Brit entdeckte mich und gab mir zu verstehen, dass sie mir Nachschub holte.

Jemand quetschte sich neben mich und stieß mich grob zur Seite. Wütend starrte ich den Kerl an. Ich war nicht überrascht, Alex zu sehen.

Sein gerötetes Gesicht war unangenehm nah neben mir, dass ich die Hitze spürte, die von ihm ausging. Schwerfällig stützte er einen Arm auf den Tresen und sah mich aus blutunterlaufenen Augen an. Der Wodka schien seine Wirkung zu entfalten.

»Hat sie dich schon rangelassen?«, fragte er verwaschen und grinste anzüglich, während ihm eine noch nicht angezündete Zigarette aus dem Mundwinkel hing.

Was zur Hölle?

»Was geht dich das an?«, fuhr ich ihn an.

»Also nicht«, sagte er, als ob er meine Wut nicht bemerkte oder es ihn einfach nicht interessierte. »Es hat 'n bisschen gedauert, aber als ich sie endlich so weit hatte … « Er stieß einen Pfiff aus und wedelte mit der Hand, als hätte er sich verbrannt. »Geiler Scheiß. Ich sag's dir.«

Begleitet vom Alkohol schoss mir die Wut durch die Adern. Unvermittelt packte ich ihn am Kragen und presste ihn gegen den Tresen.

»Du solltest jetzt besser die Klappe halten.«

»Bei ihr hast du wenigstens was zum Anpacken«, fuhr Alex unbeirrt fort. »Aber wenn sie deinen Schwanz lutscht, denk daran, dass sie nicht an dich denkt, sondern an ihr bescheuertes Café. Das geht einem irgendwann auf die Eier.«

Ich biss die Zähne zusammen, schloss die Faust fester um den Stoff seines Shirts. Verdammt, keine Ahnung, wie ich es schaffte, aber ich schlug nicht auf ihn ein. Egal wie gerne ich es getan hätte. Doch wenn ich jetzt eine Schlägerei anfing, war der Abend gelaufen. Ich wollte Flora nicht die Feier versauen und mir mit ein oder zwei weiteren Bieren ein wenig Mut antrinken, damit ich mit ihr tanzen konnte.

Also zog ich ihn ein Stück näher an mich heran. Er blinzelte träge und schien nicht mehr viel mitzubekommen.

»Rede weiter und ich ramme dir meine Faust in dein hübsches Gesicht. So lange, bis es nur noch ein blutiger Klumpen ist und selbst dann werde ich weiter machen. Immer weiter. Bis deine Nase bricht. Dein Kiefer. Bis deine Zähne durch die Luft fliegen und du dich einen Monat lang durch einen verdammten Stroh-halm ernähren musst.«

Unsere Blicke trafen sich. Ich wusste nicht, was er in meinen Augen sah, aber sein Blick wurde plötzlich klarer, während gleich-zeitig die Farbe aus seinem Gesicht wich. Ruckartig löste er sich aus meinem Griff.

»Ich wollte dich nur warnen, Kumpel.«

»Ich bin nicht dein Kumpel«, knurrte ich. »Und jetzt verpiss dich.«

Er war größer und muskulöser als ich, aber in diesem Moment rannte er vor mir davon. Wütend starrte ich ihm hinterher, bis er in der Menschenmenge verschwand.

»Ich mag dich.«

Brits Gesicht tauchte neben mir auf.

Ohne sie anzusehen, antwortete ich: »Deine Methode ist zwar immer noch grenzwertig, aber er hat es nicht anders verdient.«

Brit lachte. »Sag ich doch.«

»Wichser.«

Einen Moment später kamen die anderen drei zu uns.

Flora berührte mich am Arm und sprach laut in mein Ohr. »Was wollte Alex von dir?«

Ich hob desinteressiert die Schultern. »Er war betrunken und hat wirres Zeug gelabert.« Ich verdrehte die Augen und sie musterte mich, bevor sie ihr Gesicht genervt verzog. »Hoffentlich muss ich ihn heute nicht mehr sehen.«

»Leute«, sagte Brit mit bedeutsamer Stimme und stellte fünf kleine Gläser mit einer durchsichtigen Flüssigkeit vor uns hin. »Ich habe Feierabend.« Sie knallte noch kleine Päckchen Salz, wie man sie aus Restaurants kannte und eine Schale mit geviertelter Zitrone auf den Tresen.

»Jetzt wird gefeiert.«

»Tequila?«, fragte Flora wenig begeistert.

»Einen zum Anstoßen, Blümchen. Danach mixe ich dir deinen Virgin Colada.«

Flora nahm eines der Gläser in die Hand. »Einer wird nicht schaden«, sagte sie seufzend. Auch wir anderen nahmen uns ein Glas. Brit öffnete den Durchgang an der Seitenwand des Getränkewagens und gesellte sich zu uns.

Wir stießen an und kippten uns den Tequila in den Mund, bevor jeder das Salz von der Hand leckte und in ein Stück Zitrone biss. Die Mischung aus brennender Schärfe, Salz und Säure verwirrte mich kurz. Aber dann breitete sich eine angenehme Wärme in meinem Bauch und in meinem Kopf aus.

Brit verteilte erneut Tequila. Danny und Flora lehnten ab, aber Julia, Brit und ich stießen erneut an. Während sich der Alkohol einen heißen Weg durch meine Speiseröhre bahnte, breitete sich ein Lächeln auf meinen Lippen aus. Ich fühlte mich glücklich. Glücklich, hier zu sein, auf einer Party mit Flora und den anderen. Zum ersten Mal war es, als würde ich dazugehören. Als wäre ich nicht der Fremde, der in das Leben der anderen eindringt. In diesem Moment war ich nicht der Typ ohne Erinnerungen. Nicht der Typ aus einer heruntergekommenen Bruchbude, in der Geheimnisse lauerten, die mir Albträume bescherten.

Ich sah Flora von der Seite an. Sie blickte voller Begeisterung auf die Bühne, stieß laute Pfiffe aus. Ich verlor mich in ihrem Strahlen. Obwohl ich wusste, dass es an manchen Tagen nur eine Maske war, die sie vor den Augen der Welt trug.

Ich hatte schon oft dahinter geblickt. Immer wenn sie sich unbeobachtet fühlte, verschwand das Glitzern in ihren Augen und tiefe Furchen zogen sich über ihre Stirn.

Aber heute gab es keine Maske. Genau vor mir stand die echte Flora. Und diese junge Frau, die ich kaum kannte, hatte sich in den letzten Tagen in mein Herz geschlichen. Ich hatte Angst gehabt, dass dieses Gefühl nur auf Dankbarkeit beruhte. Weil sie für mich da gewesen war, sich um mich gekümmert hat. Aber in diesem Augenblick wusste ich, dass es viel mehr war. Der Tag vor meiner alten Wohnung hatte etwas zwischen uns verändert. Und dieses Etwas war in den letzten Tagen gewachsen, hatte sich geformt, zu mehr als Dankbarkeit, zu mehr als Freundschaft.

Ich suhlte mich in dem warmen Kribbeln, das sich von meinem Bauch bis zu meiner Brust ausbreitete. In dem Gefühl von Aufregung.

Als hätte sie meinen Blick gespürt, drehte sich Flora zu mir um. Sie grinste breit.

»Was ist?«, fragte sie.

Ich schüttelte leicht den Kopf. Sie legte den Kopf schief, musterte mich noch eine Sekunde, bevor sie sich wieder der Bühne zuwandte und lautstark mit Julia jubelte.

Ein spitzer Ellbogen traf mich in der Seite. Überrascht sah ich zu Brit, die mir ein weiteres kleines Glas in die Hand drückte, diesmal mit rotem Inhalt.

Ich wollte eigentlich nichts mehr trinken, da der dumpfe Schleier in meinem Kopf deutlich zu spüren war. Aber Brit stieß bereits mit mir an und kippte ihr Glas hinunter.

»Der Letzte«, rief ich über die Musik und tat es ihr nach.

Dann beugte sie sich zu mir, brachte ihren Mund nah an mein Ohr, dass ich eine Gänsehaut bekam. »Worauf wartest du?« Fragend sah ich sie an.

Auffordernd nickte sie in Richtung Flora, die sich etwas entfernt hatte und sich wieder rhythmisch zu der Rockvariante von *Running Up That Hill* bewegte. Daneben tanzte sogar Danny. Eng an Julia geschmiegt.

Brit stieß mich erneut an. »Mach schon, Elliot, bevor der Typ mit dem Basecap vor dir da ist.«

Irritiert ließ ich meinen Blick umherschweifen. Tatsächlich näherte sich ein junger Typ mit einer schwarzen Basecap. Er war mir schon zuvor aufgefallen, hatte offenbar ein Auge auf Flora geworfen. Er sah nett aus ... verdammt.

Plötzlich schoss mein Puls in die Höhe, der leichte Schwindel war wie weggeblasen. Kurzerhand schnappte ich mir die beiden Gläser aus Brits Hand und stürzte sie nacheinander hinunter, dann noch eins, das hinter ihr auf dem Tresen stand. Dann eilte ich auf Flora zu, stolperte fast über meine eigenen Füße und stellte mich zwischen sie und den sich nähernden Typen.

Floras Augen waren geschlossen, sie wiegte ihren Kopf hin und her, während sich ihre Hüften verführerisch bewegten. Meine Hand zuckte unsicher, bevor ich sie leicht am Arm berührte. Überrascht öffnete sie die Augen. Dann glitt Begeisterung über ihr Gesicht und sie schlang die Arme um meinen Nacken.

Der Alkohol verdrängte meine Unsicherheit und ich legte meine Hände an ihre Hüften, zog sie näher zu mir, bis unsere Körper sich berührten. Kleine Blitze zuckten über meine Haut, lösten einen prickelnden Schauer aus.

Der Beat glitt durch meinen Körper, brachte ihn dazu, sich zu bewegen. Ich fühlte mich leicht, unbeschwert. Ignorierte dabei das Drehen in meinem Kopf. Das taube Gefühl auf meiner Zunge, in meinen Gliedern. Genoss es, an nichts anderes zu denken als an Flora. Ihr Körper an meinem. Ihre Haare, die meine Wangen kitzelten. Ihre warmen Finger in meinem Nacken.

Ich senkte meinen Kopf, streifte mit den Lippen ihre Stirn und wünschte mir, dass dieser Abend nie enden würde.

25
Die Frage nach dem Warum

Flora

Als Elliot zum fünften Mal stolperte und mich fast zu Boden riss, wusste ich, dass die Party für heute zu Ende war.

Ich stützte ihn, als er gefährlich schwankte und ein undeutliches »Sorry« murmelte.

Dabei verdrängte ich die brennende Enttäuschung und versuchte, den harten Knoten in meinem Magen zu ignorieren. Ohne Erfolg, denn sein Zustand erinnerte mich unwillkürlich an Alex.

Ich hasste es, dass er sich in meinen Kopf schlich, wie eine hinterlistige Ratte. Trotzdem kamen die Erinnerungen hoch, in denen mein Ex-Freund wieder einmal zu viel getrunken hatte. Situationen, in denen ich mich auf ihn verlassen hatte und er mich im Stich gelassen hatte. Seine Entschuldigungen waren immer die gleichen.

Sorry, ich habe zu viel getrunken, deswegen habe ich unser Date vergessen.

Sorry, ich habe zu viel getrunken, deswegen habe ich dich nicht abgeholt.

Sorry, ich habe zu viel getrunken, deswegen habe ich dich angeschrien.

Sorry, ich habe zu viel getrunken, deswegen habe ich mit einer anderen geschlafen.

Ich presste meine Lippen zusammen. Warum hatte ich mir das alles gefallen lassen? Ich Vollidiotin. Eine Vollidiotin, für die Alex ihr erster Freund gewesen war. Ich hatte ihn auf einer Party gesehen, fand ihn gut aussehend, nett und unsere ersten Dates waren aufregend gewesen. Aber um ehrlich zu sein, hatte ich einfach die Chance genutzt, endlich die ersten Erfahrungen zu sammeln.

Elliots Lallen holte mich zurück ins Hier und Jetzt. Ich verstand nicht ein Wort, das über seine Lippen kam. Irgendetwas mit Geburtstag und meinen Garnelen.

Mir war nicht aufgefallen, dass er mehr getrunken hatte, als gut für ihn war. Die anfängliche Geschmeidigkeit, als er begonnen hatte, mit mir zu tanzen, war innerhalb weniger Minuten einem unkontrollierten Stolpern gewichen.

Ich zog ihn zu mir heran und rief ihm ins Ohr: »Schluss für heute.«

Glasige Augen musterten mich aus einem geröteten Gesicht.

Er verzog die Lippen zu einem Schmollmund. »Jesch schon?«, lallte er undeutlich.

O Mann, wie sollte ich ihn nach Hause bekommen?

»Ja, jetzt schon«, sagte ich nachdrücklich und tippte Julia auf die Schulter. Sie löste sich von Danny und drehte sich um. Nach einem kurzen Blick auf Elliot verzog sie mitfühlend das Gesicht.

»Wir gehen«, rief ich über die Musik hinweg und unterstrich meine Worte mit einer Handbewegung. Sie nickte und ich winkte den beiden zum Abschied zu. Danny sah aus, als wäre er am liebsten mitgekommen. Aber Julia war offenbar Grund genug, dass er noch ein wenig länger blieb.

Suchend blickte ich mich nach Brit um, konnte sie aber nirgends entdecken. So wie ich sie kannte, war sie mit irgendjemanden weitergezogen und würde bis zu ihrer Schicht im Café wach bleiben. Hoffentlich halbwegs nüchtern, aber bisher war sie nie betrunken aufgetaucht. Es sei denn, sie konnte es besser verbergen, als ich dachte.

Ich führte Elliot aus der tanzenden Menge, und sobald die dicht gedrängten Leiber uns nicht mehr umhüllten, strömte die Kälte der späten Nacht über meine Haut und ließ mich frösteln. Ich nahm Elliots Hand, die sich angenehm warm anfühlte. Auch wenn er betrunken war und Wut und Sorge durch meine Adern wirbelte, löste die Berührung ein heißes Prickeln hinter meiner Brust aus.

»Isch will noch tanzen«, nuschelte er undeutlich und zog mich halbherzig zurück Richtung Menschenmasse.

»Heute nicht mehr. Ich muss morgen arbeiten und du auch.«

»Kannsch blau machn.«

Schön wär's, dachte ich und schnaubte amüsiert.

Ich zog ihn weiter Richtung Parkausgang und zu meinem Glück folgte er mir brummend.

»Kleines!«

Ich drehte mich zu der vertrauten Stimme um.

»Ihr geht schon?«, fragte mein Onkel verwundert.

Die Band hatte noch zwei Songs gespielt, nachdem Elliot zu mir gekommen war. Jetzt kümmerte sich ein DJ um die Musik. Mein Onkel trug seine Lederjacke lässig über der Schulter. Auch wenn er aus der Ferne jung aussah, konnte man aus der Nähe die feinen Fältchen um seine Augen erkennen.

Ich deutete auf Elliot, der ihn mit einem trägen Lächeln ansah.

»Du bischt cool«, lallte dieser und zeigte mit dem Finger auf ihn.

»O ha, da hat wohl jemand ein Gläschen zu viel intus.«

Kurzerhand schob er einen Arm unter Elliots Schulter und stützte ihn.

»Was machst du da?«, fragte ich irritiert.

»Na was wohl, ich helfe dir, ihn nach Hause zu bringen.«

Schnell schüttelte ich den Kopf. »Das musst du nicht tun. So weit ist es nicht. Außerdem …« Ich deutete zurück auf die tanzende Menge im Park.

Er winkte ab, bevor ich weiterreden konnte. »Ich habe keine Lust mehr, die ganze Zeit angequatscht zu werden.«

Ich lachte. »Jeder andere würde sich geschmeichelt fühlen.«

»Ich bin eben nicht jeder anderer.« Er zwinkerte mir zu und ich verdrehte grinsend die Augen.

Dann machten wir uns mit einem schlurfenden Elliot auf den Weg nach Hause.

»Also Kleines, erzähl mir von deinem Freund hier. Du hast ihn bisher nicht erwähnt, oder? Seid ihr zusammen? Mein letzter Stand ist dieser Bodybuilder-Typ. Wie heißt er noch mal?«

»Alex«, klärte ich ihn auf. »Nein, Alex ist Geschichte und die Sache mit Elliot ist kompliziert. Ich kenne ihn erst seit zwei Wochen und ich glaube, eine Beziehung ist momentan nicht das Richtige.«

Mein Onkel sah mich fragend an.

Ich seufzte. »Wie gesagt ... kompliziert.«

»Bin von 'ner Brügge gesprungn.«

Mist.

Mein Onkel riss schockiert die Augen auf. Ich verzog das Gesicht. Eigentlich hatte ich nicht vor, ihm Elliots Geschichte zu erzählen. Er wahrscheinlich auch nicht.

Aber der auffordernde Blick meines Onkels ließ mir keine andere Wahl, und um ehrlich zu sein, war ich froh, endlich mit ihm darüber reden zu können.

»Die letzte Zeit war etwas turbulent«, gab ich zu und begann Elliots Geschichte im Schnelldurchlauf zu erzählen.

»Du lässt einen völlig Fremden bei dir wohnen und arbeiten?«, entfuhr es meinem Onkel aufgebracht, als ich zu Ende erzählt hatte.

»Na ja, nicht völlig fremd. Wir haben uns vorher schon einige Zeit im Krankenhaus unterhalten.«

»Kleines, du kennst den Kerl nicht, du hast keine Ahnung, was für ein Leben er geführt hat. Hast du dir mal Gedanken darüber gemacht, dass er gefährlich sein könnte? Dass er ein Krimineller ist?«

Schon mal drüber nachgedacht, dass der Kerl Scheiße gebaut hat?

Ich biss die Zähne zusammen. Wut brodelte in meinem Magen.

»Meine Schuld«, nuschelte Elliot in diesem Moment. »Alles meine Schuld.«

Toll, das macht es gerade nicht besser.

Mein Onkel warf mir einen Blick zu, der sagte »Siehst du?«.

»Nein«, sagte ich bissiger, als beabsichtig. »Er ist ein guter Kerl. Er könnte keiner Fliege etwas zuleide tun. Wenn ich ein schlechtes Gefühl bei ihm gehabt hätte, hätte ich es nicht getan. Aber er brauchte Hilfe.«

»Es ist nicht deine Aufgabe, jedem zu helfen.«

»Tue ich auch nicht, aber ich konnte ihn nicht einfach allein lassen. Du hättest ihn sehen müssen ...«

»Genau wie diese Paula? Was denkst du dir überhaupt dabei, abends allein in den Park zu gehen, in die dunkelste Ecke, wo all die Junkies rumlungern?«

»Woher weißt du von Paula?«

»Brit hat es mir erzählt.«

Ich runzelte die Stirn. »Wann denn?«

»Als ich dich das letzte Mal im Café besucht habe.«

Diese Petze.

»Weißt du, wie gefährlich das sein kann?«

Ich wandte mich ab, verschränkte im Gehen die Arme vor meiner Brust, die sich schmerzhaft zusammenzog.

»Ich habe immer Pfefferspray und ein Messer dabei.«

Mein Onkel lachte freudlos. »Und das soll dich retten, wenn eine Gruppe von Kerlen beschließt, etwas Spaß mit dir haben zu wollen?«

Bei dem Gedanken wurde mir schlecht und ich musste an die Männer vor Elliots Wohnung denken. Das war etwas, das ich ihm definitiv nicht erzählen würde.

»Wenn du unbedingt Leuten helfen willst, dann mach es wenigstens da, wo auch andere Leute sind. Stell einen Stand vor dein Café oder so. Dann können sie zu dir kommen und du musst nicht zu ihnen gehen.«

»Ich habe nicht so viel übrig, um Dutzende zu versorgen. Und Paula denkt nicht daran. Sie würde vergessen zu kommen. Ihr Gedächtnis funktioniert nicht mehr so gut.«

Er seufzte neben mir, während Elliot eine Melodie summte.

»Manchmal habe ich das Gefühl, du machst das alles nur, um deine Mutter zu ärgern.«

»Das stimmt nicht!«, entfuhr es mir aufgebracht. »Wenn meine Mutter von all dem erfährt, bekommt sie einen Herzinfarkt. Also wehe, du verrätst es ihr.«

Drohend sah ich meinen Onkel an, der nur mit seinem Kopf schüttelte.

»Was willst du mit deinem leichtsinnigen Verhalten erreichen?«

»Nichts«, log ich.

Nichts, was ich dir jetzt erklären werde.

Zu meinem Glück ließ er nach einem genervten Schnauben das Gespräch fallen und wir setzten den Weg in einem angespannten Schweigen fort.

Trotzdem war ich froh, dass mein Onkel mich begleitete, denn allein hätte ich Elliot niemals in den sechsten Stock tragen können.

Er konnte sich kaum auf den Beinen halten und sah aus, als würde er im Stehen schlafen. Mein Onkel musste ihn Stufe für Stufe nach oben schieben.

Am Ende ließ er ihn keuchend auf mein Bett fallen.

»Danke«, sagte ich erleichtert.

Mein Onkel rang nach Luft und sah sich in meiner kleinen chaotischen Wohnung um.

»Er … schläft in … deinem Bett?«, fragte er abgehackt und rang nach Atem.

Ich verdrehte die Augen. Ging das schon wieder los?

»Ja. Und nein, er hat mich noch nie angefasst. Er bleibt immer brav auf seiner Seite und selbst wenn mehr passieren sollte, geht dich das überhaupt nichts an.«

Ich lächelte verkrampft, sah meinen Onkel herausfordernd an.

Er hob abwehrend die Arme. »Ich sage gar nichts. Du hast recht, du bist alt genug. Du bist nicht meine Tochter und du bist ein kluges Mädchen. Manchmal.«

»Bitte?«, entfuhr es mir erbost, aber er lachte, kam auf mich zu und umarmte mich.

»Ich habe dich lieb.«

Ich erwiderte seine Umarmung und drückte ihn an mich. Sog den vertrauten Duft seines Rasierwassers ein und genoss das Gefühl von Geborgenheit, das ich bei meiner Mutter immer schmerzlich vermisst hatte.

Er war mein Fels in der Brandung. Mein sicherer Hafen. Jemand, der mich stärkte, statt zu schwächen. Wenn er damals öfter da gewesen wäre, hätte er vielleicht verhindern können, dass ich zu dem Mädchen wurde, dass noch immer unter der Oberfläche lauerte.

»Pass auf dich auf«, sagte er leise in mein Ohr.

»Du auch auf dich.«

Wir lösten uns voneinander und er wuschelte mir durch die Haare.

Meinen bösen Blick quittierte er mit einem weiteren Lachen, dann deutete er auf Elliot.

»Wenn er Mist baut, ruf mich an. Dann knöpf ich ihn mir vor.«

Grummelnd schob ich ihn zur Tür. »Das mache ich nicht. Das regle ich selbst.« Mit fröhlicher Stimme fügte ich hinzu: »Danke für deine Hilfe, Onkelchen.«

Ich sah, wie er den Mund öffnete, um sich über den Spitznamen zu beschweren, aber ich schloss schnell die Tür. Nicht, ohne ihm vorher noch eine Kusshand zu zuwerfen.

Dann drehte ich mich seufzend um und blickte auf Elliot, dessen Beine aus dem Bett hingen, während sein Oberkörper in verdrehter Haltung auf der Decke lag.

Ich hatte allen Grund, wütend auf ihn zu sein. Dass er sich abgeschossen hatte. Dass wegen ihm der Abend früher zu Ende gewesen war, als ich mir gewünscht hätte. Dass ein betrunkener Kerl in meiner Wohnung lag, der sich wahrscheinlich morgen früh an kaum etwas erinnern würde. Aber die Wut war weg, genauso wie die Enttäuschung.

Ich betrachtete Elliot und fühlte Fürsorge und auch ein wenig Verständnis. Er hatte in den letzten zwei Wochen viel durchmachen müssen. Diese kurze Pause von seinen Sorgen war vielleicht nötig gewesen. Auch wenn ich hoffte, dass er nicht plötzlich im Alkohol die Lösung all seiner Probleme sah.

Ich zog meine Schlafsachen unter ihm hervor und ging ins Badezimmer. Als ich wieder herauskam, hatte sich an dem Anblick nichts geändert. Außer, dass Elliot mittlerweile laut schnarchte. Ich machte mich daran, ihm Schuhe und Socken auszuziehen. Bei seiner Jeans zögerte ich kurz. Ich hatte das Gefühl, eine Grenze zu überschreiten, aber ich konnte mir nicht vorstellen, dass es bequem war, darin zu schlafen.

Er wohnte seit einer Woche bei mir und schlief immer in Boxershorts.

Ach, egal.

Ich öffnete den Knopf, was sich viel zu intim anfühlte, dann zog ich sie ihm aus und legte stöhnend seine Beine auf das Bett. Vorsichtig nahm ich ihm die Brille ab und legte sie halb unter das Bett, damit er am Morgen nicht darauf trat. Ich krabbelte auf meine Seite des Bettes und kuschelte mich unter meine Decke.

Kurz nachdem ich die Augen geschlossen hatte, öffnete ich sie wieder. Starrte die Decke über mir an, die lediglich von dem kalten Licht des Mondes vor meinem Fenster erhellt wurde. Ich lauschte dem Plätschern des Aquariums und dem leisen Wummern der Musik aus dem Park, die ich durch das leicht geöffnete Dachfenster hören konnte.

Neben mir murmelte Elliot etwas Unverständliches vor sich hin. Ich drehte mich zu ihm um. Sein Gesicht war mir zugewandt. Die Augenbrauen zusammengezogen, als bereitete ihm etwas Sorgen.

Meine Brust zog sich zusammen. Ich wollte ihm so gerne diese Sorgen nehmen, die ihn jeden Tag aufs Neue quälten. Doch ich konnte es nicht. Ich konnte nur für ihn da sein, dafür sorgen, dass er sich nie so einsam fühlte, wie ich es getan hatte.

Ich rutschte näher an ihn heran, strich ihm sanft die Haare aus der Stirn. Mit einem Finger fuhr ich über eine kleine, verblasste Narbe, die mir vorher noch nicht aufgefallen war, weiter zu einer zweiten, neben seiner rechten Augenbraue. Bei dem Gedanken, wie er sie sich zugezogen hatte, wurde mir schwer ums Herz.

Als ich ihm erneut durch die leicht gelockten Haare fuhr, löste sich sein angespannter Gesichtsausdruck und er gab ein zufriedenes Brummen von sich. Das Geräusch brachte mich nicht nur zum Lächeln, sondern entfachte auch eine kribbelnde Explosion in mir. Beinahe wäre ich vor diesem plötzlichen Gefühl zurückgeschreckt, doch stattdessen holte ich tief Luft.

Zwischen uns hatte sich etwas verändert. Das ließ sich nicht leugnen. Das anfängliche Mitgefühl, der Drang, sich um ihn zu kümmern, ihn nicht allein zu lassen und die kleine Spur schlechtes Gewissen, wurde zu mehr. Ich begann seine Nähe zu genießen, dass es sich ohne ihn anfühlte, als fehlte jemand. Ich sehnte mich mehr nach dem Abend mit ihm als nach dem Tag im Café. Obwohl es lange Zeit mein Lebensmittelpunkt gewesen war, selbst in der Beziehung mit Alex, war das Café immer wichtiger gewesen als er. Jetzt sehnte ich mich nach einem freien Tag, um ihn allein mit Elliot verbringen zu können.

Der Gedanke hätte mir Sorgen bereiten müssen. Das Café war der Halt in meinem Leben, viel mehr ein Zuhause als diese Wohnung und gleichzeitig der Beweis, dass ich nicht mehr das Mädchen von früher war. Ich hatte so viel Energie in dieses Café gesteckt, dass ich es mir nicht erlauben konnte, dass jemand wichtiger war als dieser Raum voller Bücher, Pflanzen und Kaffee. Und doch war ich dabei genau das zu tun. Es war nicht mehr ein Raum, der mir ein Gefühl von zu Hause und Geborgenheit gab, sondern eine Person. Und die Gefahr, von einer Person verlassen zu werden, war deutlich größer, als von einem Raum verlassen zu werden.

Aber warum interessiert mich das nicht? Warum bereitete mir das keine Sorgen? Warum fühlte ich mich sicherer und glücklicher als jemals zuvor?

213

Ich betrachtete Elliot. Wie konnte ich solche Gefühle für jemanden entwickeln, über den ich kaum etwas wusste. Keiner von uns ahnte, welche Dunkelheit seine Vergangenheit barg. Was für Geheimnisse ans Tageslicht kämen, wenn seine Erinnerungen zurückkehrten.

Mein Blick blieb an seiner Unterlippe hängen, an der man noch deutlich den Cut sehen konnte, auch wenn die Schwellung und die Rötung zurückgegangen waren.

Vorsichtig fuhr ich mit einem Finger darüber, dachte an den Kerl, daran wie er ihn geschlagen hatte.

Meine Kehle zog sich zusammen und ich widerstand dem Drang, Elliot schützend an mich zu ziehen. Ich wusste, dass ich in diesem Moment nichts für ihn hätte tun können. Keiner von uns war in der Lage gewesen, sich gegen eine Gruppe von Schlägern zu wehren.

Zum zweiten Mal hatte Elliot dafür gesorgt, dass mich die Angst überwältigte. In den letzten zwei Jahren hatte ich sie stets konsequent zurückdrängen können, aber Elliot holte sie zurück an die Oberfläche. Dieses schreckliche Gefühl, das ich so sehr hasste.

Und während die Bilder von Elliots Wohnung durch meinen Kopf rasten, verwandelte ich das unerwünschte Gefühl in die vertraute Wut. Wut war besser als Angst. Wut ließ einen nicht erstarren. Ich konzentrierte mich darauf, bis ich langsam zur Ruhe kam.

»Meine Schuld.«

Überrascht sah ich auf. Glasige Augen blickten mich unter halb gesenkten Lidern an.

»Was ist deine Schuld?«, fragte ich Elliot leise.

»Das … weiß ich nicht.« Er schloss die Augen, zog die Stirn in Falten. »Das Schlimme. Warum ich in meinem Kopf immer jemanden schreien höre.«

Seine Aussprache war immer noch lallend und undeutlich.

Ich seufzte. »Nein, ist es nicht.«

»Woher willst du das wissen?«

Weil du es mir gesagt hast.

»Weil ich es weiß.«

Er brummte. »Die Stimmen sagen, es ist meine Schuld.«

Mein Herz zog sich zusammen und ich legte eine Hand auf seine Wange. Seine Haut fühlte sich warm und kratzig von den Bartstoppeln an. Mit dem Daumen streichelte ich ihn sanft und sein Gesicht entspannte sich wieder.

»Hör nicht auf sie, verstanden?«, flüsterte ich. »Und jetzt schlaf. Du musst morgen fit sein und mir helfen.«

Er stieß ein wehleidiges Geräusch aus, bevor er sich tiefer in die Matratze kuschelte.

Als ich dachte, er wäre wieder eingeschlafen, murmelte er kaum hörbar: »Flora?«

»Hm?«

»Wie ist dein richtiger Name?«

Ich schmunzelte, hatte mich bereits gefragt, wann er mich darauf ansprechen würde. Denn bisher hatte ich ihn noch nicht verraten und die meisten hatten einen Spitznamen für mich. Blümchen, Kleines, Boss. Selbst Julia nannte mich mittlerweile Flora.

Ich beugte mich zu ihm rüber und flüsterte ihm meinen Namen ins Ohr.

Die Augen immer noch geschlossen, runzelte er nachdenklich die Stirn. Dann breitete sich ein Lächeln auf seinen Lippen aus.

»Flora gefällt mir besser«, murmelte er.

»Mir auch«, antwortete ich leise.

Dann schwieg er und sein regelmäßiger Atem füllte die Stille zwischen uns. Auch ich kuschelte mich unter meiner Decke ein. Aber es dauerte lange, bis die Gedanken in meinem Kopf zur Ruhe kamen.

26
Katerstimmung

Elliot

Ich wurde von einem unangenehmen Druck in meinem Magen geweckt. Stöhnend drehte ich mich auf die Seite, um mich wie ein Embryo zusammenzurollen. Aber das machte es nur noch schlimmer. Etwas kroch meine Speiseröhre hinauf. Ich sprang auf, bevor ich realisierte, was es war, und rannte halb blind durch den Raum. Ich stolperte über irgendetwas und riss die Tür zum Badezimmer auf. In letzter Sekunde beugte ich mich über die Toilette und ließ dieses Etwas heraus. Viel davon. Mehrere Male hintereinander.

»Elliot?«

»Nicht reinkommen«, rief ich erstickt und füllte fleißig weiter die Kloschüssel, hielt mich schwitzend am Rand fest.

»Brauchst du … kann ich irgendwas tun?«

Der Bereich in meinem Gehirn, der sich nicht mit Kotzen beschäftigte, realisierte, dass Flora hinter mir stand und meine klägliche Gestalt sehen konnte.

»Bitte …« Ich würgte. »Allein«, brachte ich gerade noch heraus, bevor sich mein Körper erneut zusammenkrampfte.

»Okay«, sagte sie zögernd. »Ich komme in fünf Minuten wieder.«

Bitte nicht!

Ich konnte nicht antworten, kämpfte gegen den Brechreiz an. Dann fiel die Tür ins Schloss und es gab nur noch mich und die Kloschüssel.

Irgendwann beruhigte sich mein Magen oder es war einfach nichts mehr drin, was raus konnte. Ich betätigte die Spülung, kämpfte mich hoch und öffnete zitternd das Fenster, um frische Luft hereinzulassen.

Ich wusch mir das Gesicht mit kaltem Wasser, spülte meinen Mund aus und überwand mich, die Zähne zu putzen, obwohl mir dabei wieder übel wurde.

Ich wollte mir das Elend im Spiegel ansehen, sah aber nur eine verschwommene Masse.

»Fuck«, stieß ich leise hervor und fragte mich für einen kurzen Moment, warum es mir so beschissen ging.

Es dauerte ein paar Sekunden, bis mir die Party im Park wieder einfiel. Die Drinks, die mir Brit in die Hand gedrückt hatte.

»O doppel Fuck.«

Ich rieb mir die Stirn, die langsam anfing zu pochen. Ich hatte es übertrieben. Aber gründlich. Ich konnte mich nicht erinnern, wie ich nach Hause gekommen war. Ich war zu Flora gegangen, hatte mit ihr getanzt. Körper an Körper. So nah beieinander. Ich erinnerte mich an das Gefühl, das sich in dem Moment in mir ausgebreitet hatte. Und dann lagen wir nebeneinander im Bett. Ihre Hand an meiner Wange.

Der plötzliche Gedanke, dass gestern noch mehr passiert war, löste eine Panik in mir aus. Ich bemerkte, dass ich nur noch meine Boxershorts und das T-Shirt trug. Immerhin war ich nicht nackt. Aber was, wenn … Hatten wir …?

Das Klopfen an der Tür ließ mich zusammenzucken.

Flora, oder zumindest eine verschwommene Version von ihr, lugte durch die Tür.

»Geht es wieder?«

Ich nickte matt und fuhr mir unwohl durch die Haare. »Tut mir leid«, sagte ich krächzend. »Das war gestern wohl zu viel.«

Zu meiner Erleichterung lachte sie. »Definitiv. Wäre mein Onkel nicht da gewesen, hätte ich nicht gewusst, wie ich dich die Treppen hinauf hätte tragen sollen.«

Ihr Onkel war da gewesen. Die Erleichterung vertrieb die Panik in mir.

»Dein Onkel«, wiederholte ich. »Und ist sonst irgendetwas, keine Ahnung, passiert von dem … äh, also … von dem ich wissen sollte?«

O Mann, warum hörte ich mich an wie der letzte Vollpfosten? Sie zögerte etwas zu lange. »Äh, nicht wirklich. Wir haben getanzt, dann hast du nicht mehr wirklich getanzt und mein Onkel und ich haben dich nach Hause gebracht.«

»Mehr nicht?«, hakte ich nach. Ich konnte Flora nicht richtig erkennen. Hörte nur die Wachsamkeit in ihrer Stimme.

»Nein?« Es war mehr eine Frage statt einer Antwort. »Was denkst du denn, was noch passiert ist?«

Hitze stieg in meine Wangen.

»Nichts«, stieß ich schnell hervor. »Ich wollte nur sichergehen.«

Sie bewegte sich, es sah aus, als würde sie die Arme verschränken. Verdammt, ich brauchte meine Brille.

»Sichergehen, dass wir keinen Sex hatten, meinst du?«

Ich war mir ziemlich sicher, dass mein Kopf in diesem Moment in Flammen stand. Dieses einzelne Wort aus ihrem Mund zu hören, führte dazu, dass ich nur unnützes Gestammel von mir geben konnte.

»Keine Sorge«, sagte sie und ich hörte das Lächeln in ihrer Stimme. »Du hast dich benommen und ich habe deinen komatösen Zustand auch nicht ausgenutzt.«

»Okay«, presste ich hervor. »Gut.«

Flora kam auf mich zu. Unwillkürlich wich ich vor ihr zurück. Vor der Verlegenheit, die sich zwischen uns aufbaute. Sie hielt mir etwas entgegen und als ich es nahm, erkannte ich zu meiner Erleichterung, dass es meine Brille war.

»Du hattest wohl noch nie einen Filmriss, was?«, fragte sie schmunzelnd.

»Kann mich zumindest nicht daran erinnern.«

Sie verzog das Gesicht. »Sorry, da war ja etwas.«

Ich holte tief Luft, bemüht, meine Gefühlswelt wieder in den Griff zu bekommen.

»Also sind wir gestern nicht betrunken übereinander hergefallen?« Ich lachte unsicher.

Warum zur Hölle sprach ich das Thema wieder an?

Vielleicht, weil der Gedanke etwas in meinem Körper auslöste, um das ich mich am liebsten allein unter der Dusche gekümmert hätte.

Fuck!

Flora grinste mich an, aber ich sah, wie sich ebenfalls die Röte auf ihren Wangen ausbreitete. Sie stand immer noch direkt vor mir.

»Nein.«

Plötzlich scheuchte sie mich mit einer Handbewegung zur Tür hinaus. »Ich muss mich für die Arbeit fertigmachen.«

Ich nahm den Griff und wollte die Tür hinter mir schließen. Kurz drehte ich mich um und sah, wie Flora ihr T-Shirt hochzog und einen Streifen ihres nackten Bauches entblößte.

Hastig schlug ich die Tür hinter mir zu. Der Griff lag noch in meinen Händen und ich war kurz davor, zurück in das Badezimmer zu stürmen. Nur die Tatsache, dass ich vor wenigen Minuten ins Klo gekotzt hatte, hinderte mich daran, Flora dabei zu helfen, das verdammte T-Shirt auszuziehen.

Shit!

Ich fuhr mir durch die Haare. Meine Hände zitterten vor Erschöpfung und … etwas anderem.

Ich ging ich in die Küche, trank ein großes Glas Leitungswasser, um die Trockenheit in meiner Kehle loszuwerden, dann ging ich wieder ins Bett. Meine Kopfschmerzen hatten eine neue Intensität angenommen und in meinem Magen rumorte es.

Flora kam aus dem Badezimmer und wirbelte kurz durch die Wohnung. Dann landete etwas auf meinem Bauch. Als ich den Kopf hob, entdeckte ich eine Packung Schmerztabletten.

»Danke«, murmelte ich, ließ mich wieder nach hinten sinken und schloss die Augen.

»Wenn ich dich so sehe, weiß ich wieder, warum ich nur alkoholfreie Cocktails trinke.«

Ich brummte vor mich hin, was Flora zum Lachen brachte.

Kurz darauf senkte sich die Matratze neben meinem Kopf. Sanft strich Flora mir die Haare aus der Stirn und als ich die Augen öffnete, blickte ich in ein Paar warme, braune Augen. Obwohl der Kopfschmerz meinen gesamten Körper in Beschlag nahm, spürte ich im Hintergrund ein Flattern in meiner Brust.

»Ich würde gerne sagen, dass du mir heute nicht im Café helfen musst, aber ich habe Danny und Julia frei gegeben. Also bin ich ab zwölf allein, wenn Brit geht.«

»Wer trinken kann, kann auch arbeiten. Sagt man das nicht so?«

Ich lächelte gequält und Flora verzog mitfühlend das Gesicht.

»Ja, ich hoffe nur, dass du nicht meine Gäste vollkotzt.«

Bei der Vorstellung wurde mir wieder schlecht.

»Das hoffe ich auch.«

Die Gäste blieben zum Glück verschont. Auch wenn es mir wirklich schlecht ging und die Schmerztabletten den Kopfschmerz nur mit Mühe unterdrücken konnten, hielt ich tapfer durch. Brits Sandwiches, an die ich mich am Nachmittag wagte und ein Kräutertee, brachten mich wieder halbwegs zurück ins Reich der Lebenden. Zu meiner Erleichterung war es heute relativ ruhig. Flora hatte damit gerechnet, denn oft war nach großen Veranstaltungen in der Stadt weniger los. Wahrscheinlich, weil es vielen so ging wie mir.

Eine Stunde vor Ladenschluss verließen zwei ältere Frauen das Café und Flora und ich waren allein.

Ich lehnte an der Wand neben der Küche, in der ich bereits alles gereinigt hatte. Flora sortierte eines der Bücherregale auf der gegenüberliegenden Seite neu. Ich beobachtete sie dabei, wie sie nach einem Buch griff. Ihren Körper dabei streckte. Meine Gedanken kehrten zu diesem Morgen zurück. Nicht, dass ich nicht den ganzen Tag daran gedacht hatte. Doch die Arbeit sowie

Übelkeit und Kopfschmerzen hatten ihr bestes gegeben, die Bilder in meinem Kopf in den Hintergrund zu drängen. Aber jetzt, wo es nichts mehr zu tun gab und es mir wieder besser ging, krochen sie zurück an die Oberfläche und mein Blick blieb länger, als er sollte an ihren nackten Beinen hängen. Warum musste sie immer diese verdammten kurzen Latzhosen tragen?

In meiner Vorstellung tauchten Szenen auf, von denen ich nicht wusste, wo sie plötzlich herkamen. Aber statt sie zu verscheuchen, tauchte ich tiefer in sie ein. Weitete sie aus. Genoss das Kribbeln, das sie auslösten und stellte mir vor, Dinge zu tun, für die ich in der Wirklichkeit nicht den Mut aufbrachte.

Ohne etwas von meinen nicht jugendfreien Gedanken zu ahnen, stellte Flora sich vor die Fensterfront und beobachtete den Bürgersteig dahinter. Mein Blick klebte an ihr, meine Muskeln zuckten, weil ich zu ihr wollte, mich aber nicht traute. Ich Feigling.

Seufzend band sie sich die Haare zu einem hohen Dutt zusammen. Keine Ahnung, wie das möglich war, aber allein dieser Anblick löste in mir den Drang aus, sie auf ihren ungeschützten Nacken zu küssen. Meine Lippen über die weiche, helle Haut wandern zu lassen, während meine Finger die Träger ihrer Latzhose öffneten.

Sie drehte den Kopf zu mir. Sagte etwas, dass ich nicht verstand, da ich zu sehr von meinen Gedanken abgelenkt war.

»Elliot?«

Mein Name holte mich schlagartig in die Gegenwart zurück und ich sah in das schmunzelnde Gesicht von Flora.

Ich räusperte mich. »Was?«

»Ich habe gefragt, ob alles in Ordnung ist.«

Meine Wangen begannen zu glühen. »J-ja klar. Alles gut.«

Ich stieß mich von der Wand ab, nahm den Lappen, der auf dem Tresen lag und begann, imaginären Dreck wegzuwischen.

Gläser klirrten, und als ich aufblickte, kam Flora mit dem schmutzigen Geschirr der beiden Frauen auf mich zu. Ihre

Wangen waren leicht gerötet und sie ließ mich nicht aus den Augen, bis sie in der Küche verschwand.

Als sie zurückkam, stand ich vor der Kaffeemaschine und leerte die Behälter aus.

Ich nahm ihre Nähe mehr als deutlich wahr. Spürte, wie sie näher als nötig an mir vorbeiging und sich hinter mich an die Kasse stellte.

Ich schaute über die Schulter zu ihr. Starrte auf ihren Nacken.

»Was du heute früh gesagt hast«, begann sie, ohne sich umzudrehen. Meine Muskeln spannten sich an. »Hättest du dir gewünscht, dass es passiert wäre?«

Ich starrte auf ihren Hinterkopf und drehte mich langsam zu ihr um. Das Herz schlug mir bis zum Hals, sodass ich unwillkürlich schlucken musste.

»Du meinst …«

Die nächsten Worte brachte ich nicht über meine Lippen. Meinte sie …?

Sie sah über ihre Schulter, ohne ihren Blick zu heben. »Dass wir miteinander geschlafen hätten?«

27
Kannst du die Wahrheit ertragen?

Flora

Ein Feuersturm fegte durch mein Inneres. Hatte ich das gerade tatsächlich laut gesagt? Zögernd wagte ich einen Blick in sein Gesicht. Elliots Mund stand offen. Er sah so perplex aus, dass ich gelacht hätte, wenn ich nicht gerade von innen verbrennen würde. Aber in seinen Augen sah ich dieselben Funken sprühen, die mein Unterleib zum Kribbeln brachten.

Seit heute Morgen hatte ich an nichts anderes denken können und Elliot immer wieder heimlich beobachtet. Warum war mir vorher nicht aufgefallen, wie gut er aussah? Wie gut er roch, wie gut sich seine Nähe anfühlte. In den letzten Tagen hatte sich alles auf seine verlorenen Erinnerungen konzentriert. Dass ich ihn mochte, wusste ich von Anfang an, aber wie sehr, das wurde mir von Stunde zu Stunde deutlicher bewusst.

Seine Blicke waren mir ebenfalls nicht entgangen und diese Tatsache hatte mir den Mut gegeben, die Worte auszusprechen, aber nachdem ich es getan hatte, fühlte ich mich wie die letzte Vollidiotin. Besonders da er mir nicht antwortete. Unsicherheit erstickte die Flammen. Meine Wangen wurden heiß und ich wandte meinen Kopf wieder der Vitrine zu, aus der ich die übrig gebliebenen Kuchen holte.

Ich schüttelte den Kopf, wusste nicht, wie ich aus dieser Situation wieder herauskommen sollte.

»Nicht so«, sagte Elliot plötzlich.

Seine Stimme klang heiser. Ich biss mir auf die Unterlippe, traute mich nicht, ihn anzusehen. Meine Fingerspitzen kribbelten vor Nervosität, während ich darauf wartete, dass er noch etwas sagte. Was er kurz darauf tat.

»Nicht in diesem Zustand und nicht, wenn ich mich danach an nichts erinnern kann. Wenn wir …« Er räusperte sich. »Also wenn … wenn wir …«

Ich beschloss, ihm zu helfen. »Wenn wir Sex haben.«

Mein Herz flatterte vor Aufregung und ich spannte mich an, als ich hörte, wie Elliot tief einatmete.

»Genau. Dann will ich alles spüren. Dich. Bis ins kleinste Detail.«

Seine Worte entfachten eine unerträgliche Hitze zwischen meinen Beinen. Unwillkürlich presste ich sie zusammen.

»Ich will mich danach daran erinnern. An das Gefühl von deiner Haut an meiner. Von deinen Lippen auf meinen.«

Oh, Elliot.

Schnell drehte ich mich um und hielt mich hinter meinem Rücken an dem Tresen fest.

Er wich meinem Blick aus und vergrub die Hände in den Hosentaschen.

»Also nur … also, wenn du es auch möchtest, natürlich.«

Seine Unsicherheit entfachte das Feuer in mir nur noch mehr. Der kurze Blick, den er mir von der Seite zuwarf, brachte mich beinahe um den Verstand.

»Ich glaube«, sagte ich leise, »das Café schließt heute ein paar Minuten früher.«

Unsere Blicke trafen sich. Ich leckte mir über die trockenen Lippen und seine Augen folgten der Bewegung.

»Das hört sich gut an«, sagte er leise.

In dem Moment klingelte das Glöckchen über der Eingangstür und das erste Mal, seit ich das Café besaß, ärgerte ich mich über einen Gast. Und ärgern war noch nett ausgedrückt.

»Das Café schließt heute früher«, sagte ich bemüht freundlich und wandte mich dem Störenfried zu.

Es war ein Kerl in dunkler, verschlissener Kleidung und tätowierten Armen. Die Haare kurz, das Gesicht blass und eingefallen. Es fiel mir schwer, sein Alter zu schätzen. Er konnte Ende zwanzig, aber auch schon Ende vierzig sein. Auch wenn ich ihn nicht kannte, kam er mir auf unerklärliche Weise bekannt vor. In seiner linken Hand hielt er ein Buch.

Er hob überrascht die Augenbrauen und ein unangenehmes Grinsen breitete sich auf seinem Gesicht aus.

»Fuck, ich hatte recht.« Dabei sah er nicht mich an, sondern Elliot. Augenblicklich versteifte ich mich.

»Es tut mir leid, wir schließen jetzt«, sagte ich erneut, dieses Mal deutlich weniger freundlich.

Der Blick des Typen wanderte zu mir und er musterte mich abschätzig von oben bis unten. »Keine Sorge, Püppchen, ich muss nur was mit dem Nerd klären.«

Er nickte Richtung Elliot. »Komm Wichser, Schluss mit dem Versteckspiel. Alexej hängt mir an den Eiern.«

Er warf das Buch auf den Tisch neben dem Eingang. Es war das, was ich Elliot geliehen hatte. Dann kam er auf uns zu. Elliot zog mich nach hinten und stellte sich schützend vor mich.

»Und wer bist du? Ich kenne dich nicht.« Aber ich hörte das Zögern in seiner Stimme.

Der Kerl blieb genau vor ihm stehen und kniff die Augen zusammen, dann lachte er auf. »Du kennst mich nicht? Ohne Scheiß? Was zur Hölle denkst du, wer du bist?«

Plötzlich packte er Elliot am Kragen und drückte ihn gegen den Schrank. Ich wich vor Schreck zurück, während die Tassen gefährlich klirrten.

»Verpisst dich einfach. Lässt mich mit dem ganzen Scheiß allein, nur um dir hier einen beschissenen Job als Kellner zu angeln? Willst dir ein nettes Leben aufbauen, oder was?«

Elliot zerrte an den Händen des Typen.

»Lass mich los«, presste er zwischen zusammengebissenen Zähnen hervor. »Ich habe keine Ahnung, was du von mir willst.«

Aber der Kerl drückte ihn noch fester gegen den Schrank.

225

Angst wallte in mir auf. Dieses hässliche, erdrückende Gefühl. Dieses widerliche Stechen in der Brust. Ich ballte die Hände zu Fäusten.

»Hey!« Ich war im Begriff, mich zwischen die beiden zu drängen, um … keine Ahnung, irgendetwas zu tun. Egal was, mich nur nicht, von der Angst überwältigen zu lassen.

Aber dann sagte der Kerl etwas, das mich innehalten ließ.

»Halt dich raus, Püppchen, das ist eine Familienangelegenheit.«

Familienangelegenheit?

Auch Elliots Augen weiteten sich vor Überraschung.

»Du bist Milo?«, fragte er erstickt, da er immer noch in seinem festen Griff gefangen war.

Der zog verwirrt die Augenbrauen zusammen. »Willst du mich verarschen? Wer soll ich sonst sein? Der verfickte Osterhase?«

»Er kann sich an nichts erinnern«, erklärte ich.

Ist er das? Ist das Elliots Bruder?

Zögernd lockerte er den Griff an Elliots Shirt, ließ ihn aber nicht los.

»Was soll das heißen, er kann sich an nichts erinnern?«

»Dass er sein Gedächtnis verloren hat. Er weiß nicht mehr, wer er ist.«

Er sah zu mir und verzog das Gesicht zu einem hämischen Grinsen.

»Und das glaubst du ihm?« Er lachte. Lachte über mich. »Er zieht knallhart eine Mitleidstour ab. Natürlich weiß er, wer er ist, der Scheißkerl war vor ein paar Tagen in unserer Wohnung und hat sein Zeug geholt.«

»Nur, weil ich von der Polizei die Adresse bekommen habe«, presste Elliot hervor. »Ich weiß nur, wie ich heiße und wo ich wohne, aber ich weiß nicht, wer ich bin.«

Zögernd sah Milo zu Elliot. Musterte ihn einige Sekunden, dann riss sich Elliot von ihm los und wich einen Schritt zurück.

»Hast du jetzt angefangen, dir Stoff reinzuziehen, oder was?«

»Nein, ich hatte einen Unfall.«

Milo verschränkte die Arme und in dem Moment erkannte ich die Ähnlichkeit der beiden. Auch wenn er deutlich muskulöser war und das Haar zu kurz, um lockig zu sein, sah ich die Ähnlichkeit in ihren Gesichtern. Die Mundpartie glich sich, genau wie die Form der Augen, auch wenn die von Milo blau waren und nicht grau.

»Du erkennst mich wirklich nicht.«

Elliot schüttelte kaum wahrnehmbar den Kopf. Seine Körperhaltung war weiterhin wachsam und angespannt.

Sein Bruder fuhr sich fassungslos über die Haare. »Fuck. Weißt du überhaupt noch irgendetwas?«

Elliot strich sich nervös das T-Shirt glatt. »Nein. Ich bin vor zwei Wochen im Krankenhaus aufgewacht und an alles, was davor war, kann ich mich nicht mehr erinnern.«

»Wegen dem Unfall? Hm? Lass mich raten, du bist vor einen Zug gesprungen, aber hast selbst das nicht hinbekommen, habe ich recht?«

Schockiert sah ich ihn an. Entsetzt über die kaltherzigen Worte.

Elliot ballte die Fäuste, starrte dabei zu Boden.

»Ich bin von einer Brücke gesprungen.«

Der Kerl schnaufte. »Schade, dass es nicht geklappt hat.«

»Was?!«, entfuhr es mir wütend. Wie konnte er es wagen!

»Halt dich da raus, Püppchen. Du weißt nicht, was er getan hat. Wofür er verantwortlich ist.«

Ruckartig hob Elliot den Kopf. Ich sah die Angst, die sich in seinen Augen spiegelte. Die Angst vor seiner Vergangenheit. Vor der Wahrheit. Auch mein Herz begann zu rasen, als wäre es meine Vergangenheit, meine Wahrheit.

Der Kerl beugte sich zu ihm vor. Das Gesicht zu einem raubtierhaften Grinsen verzogen. Kalt. Hart. Ohne Emotionen.

»Lass mich deinen Erinnerungen auf die Sprünge helfen, Brüderchen«, sagte er mit leiser Stimme, die mir eine Gänsehaut bescherte.

Elliot wich vor ihm zurück. Ich hielt die Luft an.

»Du hast Anna umgebracht, Arschloch.«

Eine erdrückende Stille breitete sich über uns aus.

Umgebracht.

Ohne zu wissen, wer Anna war, hallte jedes einzelne Wort in meinem Kopf nach, durchflutete meinen Körper mit schmerzender Kälte.

Umgebracht. Umgebracht. Umgebracht.

Schon mal drüber nachgedacht, dass der Kerl Scheiße gebaut hat?

»Anna«, wisperte Elliot erstickt.

»Unsere kleine Schwester«, flüsterte Milo.

Das konnte nicht stimmen. Es durfte nicht stimmen.

Ich blickte in Elliots blass gewordenes Gesicht. Sah den erschreckenden Moment, in dem die Welt für ihn in tausend Splitter zersprang, die sich gnadenlos in sein Herz bohrten.

28
Und vor mir der Abgrund

Elliot

Das war sie also. Die Wahrheit. Die schmerzhafte Erinnerung, vor der ich mich die letzten Tage versteckt hatte. Das, was sich hinter der Tür in meinen Träumen verbarg.

Hände stießen mich grob nach hinten. Ich spürte es kaum. Verlor das Gleichgewicht, sah keinen Sinn darin, mich abzufangen, und landete auf dem Boden. Blieb dort sitzen, während die Welt um mich herum zu einem dumpfen Grau wurde.

Ich hatte meine kleine Schwester umgebracht.

Und mit einer traurigen Gewissheit wusste ich, dass es stimmte. Ich wusste, dass dieses kleine Mädchen aus meinen Erinnerungen nicht mehr da war. Ich hatte sie vermisst, noch bevor ich wusste, wer sie war. Ich hatte den Verlust tief in meiner Seele gespürt. Und die Dunkelheit hatte mir verraten, dass ich schuld daran war. Aber ich hatte sie ignoriert. Von mir gedrängt. Wollte nichts davon wissen.

»Verschwinde«, sagte Flora, die neben mir stand. Ihre Stimme drang kaum über das Rauschen in meinen Ohren, und trotzdem hörte ich das Zittern in ihr.

Ich wollte bereits aufstehen, denn es war klar, dass sie mich meinte. Dass sie meine Anwesenheit nicht mehr ertragen konnte, ich konnte es selbst nicht. Doch sie sprach nicht mit mir, sondern mit Milo. Meinem Bruder.

Dieser sah nur mich an und bei dem Ausdruck in seinem Gesicht drehte sich mir der Magen um.

»Du hast unsere kleine Schwester auf dem Gewissen.« Seine

Worte hinterließen blutige Schnitte in meinem Kopf, als würde er sie mit einem stumpfen Messer tief in mein Gehirn ritzen.

»Und dann hast du Mom dafür verantwortlich gemacht und sie den Bullen ausgeliefert.«

Es ist alles deine Schuld!

Mir entkam ein jämmerliches Wimmern.

»Hau ab!«, schrie Flora.

»Du verteidigst ihn?«

»Verlass sofort mein Café oder ich rufe die Polizei.«

Ich starrte auf Milos verdreckte Turnschuhe, die sich nach hinten bewegten. *Ich* sollte gehen, nicht er.

Du solltest auf sie aufpassen! Es ist deine Schuld!

»Er ist ein Lügner, Püppchen. Ein Verräter. Ein Mörder.«

Mörder.

Meine Seele riss auf. Gab den Weg frei für die Dunkelheit, die in mir gelauert hatte. Sie drang in mein Inneres und füllte sie mit einer brennenden Kälte.

»Und Luca.« Mein Name, mein richtiger Name, peitschte durch mich hindurch und ließ mich zitternd nach Luft schnappen. »Lass dich nie wieder bei mir blicken. Du widerst mich an.«

Das Glöckchen über der Tür klang laut und schrill durch die dumpfe Stille. Verstummte und ließ mich mit all den hässlichen, brennenden Worten in meinem Kopf zurück.

Du hast Anna umgebracht.

Deine Schuld.

Mörder.

Du solltest auf sie aufpassen.

Lügner.

Verräter.

Jeder einzelne Buchstabe stach mir in die Brust. Ich konnte kaum atmen, fühlte alles und nichts gleichzeitig. Ich fiel. Ich wirbelte herum. Ich schlug auf und schwebte im Nichts.

Übelkeit überkam mich so plötzlich, dass ich taumelnd aufsprang. Ich stolperte, jemand hielt mich fest.

»Elliot?«

Flora. Warum war sie noch hier? Bei mir? Sie hatte es doch gehört. Sie wusste, dass ich …

Ich würgte.

Sie schob mich in die Küche. Dirigierte mich über das Spülbecken. Ich würgte erneut. Aber nichts kam heraus.

Keuchend hielt ich mich an dem Küchentresen fest, krallte meine Finger schmerzhaft hinein.

Sanft streichelten mich ihre Hände.

Ich konnte die Berührung nicht ertragen.

»Fass mich nicht an!«, fuhr ich Flora an.

Aber sie hörte nicht auf mich. Warum ging sie nicht weg?

»Geh weg!«

»Elliot.« Ihre Stimme klang so verdammt warm und melodisch. So beruhigend und mitfühlend. Ich hasste es. Ich hatte es nicht verdient.

»Atme, Elliot.«

Etwas braute sich in mir zusammen. Ein tosender Sturm. Eine unaufhaltsame Flutwelle.

»Ein und aus.«

»Ich habe sie umgebracht!«

Mein Schrei hinterließ eine klirrende Kälte, die mir eine Gänsehaut bescherte. Ich starrte in das Spülbecken. Keuchte, schluchzte, zitterte.

Flora kam näher, legte ihre Hände um mein Gesicht und zwang mich, sie anzusehen.

Ich blickte in ihre Augen. Sorge spiegelte sich in dem dunklen Braun.

»Du hast niemanden umgebracht.«

Wie konnte sie das sagen. Mit solcher Gewissheit. Sie glaubte an diese Worte. Glaubte an meine Unschuld. Aber die gab es nicht.

Meine Schuld! Meine Schuld! Meine Schuld!

Ich holte tief Luft. »Doch«, sagte ich. Meine Stimme fest und unnachgiebig. Ich hörte die Stimmen in meinem Kopf. Ihre Schreie. Ihre Beschuldigungen. Ich sah die entsetzten Blicke fremder Menschen. Sah die Wut. Die Fassungslosigkeit.

»Doch, das habe ich.« Meine Worte fegten wie ein Eissturm über uns hinweg und mir gelang das, was ich wollte. Sie zog ihre Hände zurück. Von mir. Ich sah, wie die Gewissheit verschwand und durch Zweifel ersetzt wurde. Der Anblick war beinahe so schrecklich wie die grausame Wahrheit, die mich auseinanderriss. Doch ich hatte nichts anderes verdient.

Der Moment hielt nur kurz an, bis sie sich wieder fasste und der Zweifel Entschlossenheit wich.

»Nein, hast du nicht.«

Ich lachte. Es brach einfach aus mir heraus. Ein bitteres, verzweifeltes Lachen.

Unbeeindruckt umfasste Flora meine Hand. Aber bevor sie etwas sagen konnte, entriss ich sie ihr.

»Du hast keine Ahnung«, zischte ich und ging.

Ich floh aus der Küche, floh aus dem Café und vor allem floh ich vor Flora, die mich weiter ansah, als wäre ich unschuldig.

Sie folgte mir. Raus auf den Bürgersteig.

»Aber du?«, rief sie mir nach.

Ich hörte das Klappern ihres Schlüssels, dann schnelle Schritte, die mich verfolgten.

»Sind deine Erinnerungen plötzlich wieder da?«

Ich hatte keine Ahnung, wohin ich lief. In meinem Kopf tobte ein Wirbelsturm. Es herrschte eine Anarchie der Gefühle und Erinnerungen.

»Weißt du wieder, was passiert ist?«

Ich stand an einer Kreuzung. Vor mir drei Wege. Wohin sollte ich gehen? Wohin konnte ich gehen?

»Du glaubst einfach diesem Kerl?«

Ruckartig drehte ich mich um. Flora stand keine zwei Meter von mir entfernt. Sah mich aus großen Augen an. Die Entschlossenheit in ihr zartes Gesicht gemeißelt.

»Er ist mein Bruder!«

Zu laut. Ich war zu laut.

Hört auf zu brüllen. Anna schläft.

»Und deswegen glaubst du ihm jedes Wort?«

In einer verzweifelten Geste hob ich die Arme. »Natürlich. Warum sollte er lügen?«

Sie zuckte mit den Schultern. »Menschen lügen, Elliot. Sie tun es ständig, aus den unterschiedlichsten Gründen.«

Ich ließ die Arme fallen. Starrte diese Frau an, die seit Tagen an meiner Seite war. Sie glaubte an meine Unschuld, obwohl sie gehört hatte, was Milo gesagt hatte. Sie hatte die Worte gehört. Die Wahrheit.

»Flora.« Tränen brannten in meinen Augen. »Ich weiß, dass er Recht hat. Ich höre, wie sie mich anschreien. Wie sie mich beschuldigen.« Verärgert tippte ich mir an die Stirn. »Ich sehe ihre Gesichter vor mir. Das Entsetzen. Den Hass.«

Sie verschränkte die Arme. »Das akzeptiere ich nicht.«

Fassungslos starrte ich sie an. Mir fehlten die Worte. Ich hörte meinen eigenen trommelnden Herzschlag, das Rauschen meines Blutes in den Ohren, meinen keuchenden Atem.

»Warum glaubst du mir nicht?«, flüsterte ich. Meine Beine zitterten.

Sie schüttelte leicht den Kopf. »Dir glaube ich. Aber deinem Bruder nicht.«

Ich verstand kein Wort.

Langsam kam sie näher. Zögernd, als befürchtete sie, ich würde weglaufen. Was ich am liebsten getan hätte, aber meine Füße waren mit dem Asphalt unter mir verschmolzen.

»Ich glaube an das, was Luca auf der Brücke zu mir gesagt hat.«

Luca? Das war ich.

Flora blieb direkt vor mir stehen, hob ihre Hände und legte sie an meine Wangen. Umfing mein Gesicht und zwang mich, sie anzusehen.

»Was habe ich gesagt?«, flüsterte ich angespannt.

»Du hast gesagt«, flüsterte sie ebenso leise, »dass du weißt, dass es nicht deine Schuld war.« Sie sah mir fest in die Augen. »Erst jetzt verstehe ich, was du da gesagt hast. Egal, was geschehen ist, du wusstest, dass du nicht dafür verantwortlich bist. Also, bitte, glaube dir selbst und nicht diesem Kerl, deinem Bruder, der plötzlich vor dir steht und sich mehr über deinen Zusammenbruch gefreut hat, als traurig oder wütend über den Verlust eines geliebten Menschen zu sein.«

Wir sahen uns an. Die Nasenspitzen nur wenige Zentimeter voneinander entfernt. Ich dachte über ihre Worte nach. Ich wollte ihr glauben, mir glauben. Aber das Chaos in mir war noch zu groß. Ein tosender Wirbelsturm aus Dutzenden Empfindungen, die drohten, mich von den Füßen zu reißen.

Ich schluckte, leckte mir die trockenen Lippen. »Wir haben geredet?«

Sie löste ihre warmen Hände von meiner Haut. Sofort leckte die Kälte darüber und ich sehnte mich augenblicklich wieder nach dieser Berührung. »Nicht viel.«

»Aber ich dachte … du sagtest doch, du hättest mich nur springen sehen. Nicht mehr.«

Sie senkte den Blick, bevor sie mir leise antwortete. »Ich habe gelogen.«

Warum? Aber die Frage kam nicht über meine Lippen, eine andere war in dem Moment wichtiger.

»Was habe ich noch gesagt? Was ist auf der Brücke passiert?«

Ich wartete auf die Wut, darüber dass sie mir etwas verheimlicht hatte. Auf das Unverständnis. Auf das Gefühl des Verrates, weil sie mir meine eigenen Worte verschwiegen hatte. Aber alles, was ich bekam, war eine Taubheit, die meine Glieder überzog. Und um ehrlich zu sein, war ich froh darüber. Ich wusste nicht, wie viel ich in diesem Moment noch ertragen konnte. Wann der Punkt kam, an dem ich unter der Last der Empfindungen zusammenbrach. Wenn ich das nicht bereits tat.

Flora seufzte und zog sich ganz von mir zurück. Ich widerstand dem Drang, ihre Hand zu nehmen, sie an mich zu ziehen. »Ich kam gerade von der Party, als ich dich von weitem gesehen habe. Ich wusste sofort, was du vorhattest. Du hast mich gefragt, ob wir uns kennen. Und dann hast du mir deinen Hoodie gegeben, weil mir kalt war. Ich wollte mich neben dich setzen, bei dir sein. Aber du hattest Angst um mich.« Sie lachte traurig. »Du hast dich in dem Moment um mich gekümmert, als ich es hätte tun sollen. Ich hätte dich aufhalten müssen.« Sie schlang die Arme um sich. Ich sah, wie sie ihre Finger in die Haut ihrer nackten Oberarme grub. Ich erinnerte mich an das Bild von ihr auf der Brücke. Sie hatte dort genauso vor mir gestanden wie in diesem Moment. Flora öffnete den Mund, schien nach Worten zu suchen, doch sie kamen nicht. Stille senkte sich zwischen uns. In der Ferne hupte ein Auto. Ich hörte wummernde Musik aus einer der Wohnungen. Ein Hund bellte.

»Welche Brücke war es?«, fragte ich.

Flora sah ruckartig auf. Die Augen geweitet. »Du willst dorthin?«

Ich nickte.

»Jetzt?«, hakte sie nach. Die Sonne stand bereits tief am Himmel, färbte die wenigen Wolken in ein warmes Orange.

Ich nickte erneut.

Sie neigte den Kopf, bevor sie ihre Schultern straffte. »Okay«, sagte sie, drehte sich um und ging zurück in Richtung Café.

Als ich ihr nicht folgte, drehte sie sich zu mir um. »Zu Fuß dauert es zu lange, wir fahren mit dem Fahrrad.«

Ich wusste nicht, wie es ihr gelungen war, aber der Sturm in meinem Inneren war zu einer erträglichen Böe geworden. Das Chaos hatte sich gelichtet und ich klammerte mich an Floras Worte. An ihren Glauben an mich, an meine Unschuld. Ich musste daran festhalten. Denn wenn ich es nicht täte, würde ich immer tiefer fallen, bis ich nicht mehr zurück an die Oberfläche gelangen konnte.

29

Ich verrate dir ein Geheimnis

Elliot

Wir standen im Fahrradkeller und Flora schob mir ein rotes Rad entgegen.

»Gehört das nicht deinem Nachbarn?«, fragte ich heiser.

»Na und? Er braucht es erst morgen früh wieder. Er wird gar nicht merken, dass du es dir kurz ausleihst.«

Zögernd hielt ich es am Lenkrad fest. »Oder er beobachtet uns aus dem Fenster und ruft die Polizei.«

Flora holte ihr Handy hervor und sah auf die Uhrzeit, die ihr auf dem Display entgegen leuchtete. »Er sieht sich gerade eine Datingshow an.«

Ich zog die Augenbrauen zusammen. »Kennst du den Tagesablauf von all deinen Nachbarn?«

Sie lachte. Es klang nicht so gelöst und fröhlich wie sonst. Der Gedanke legte sich wie ein eisiges Tuch über meine Haut.

»Nein, nur von ihm. Und auch nur, weil er es jedem unter die Nase reiben muss. Was er nicht alles tun muss, wann und warum.«

Immer noch unwohl, das Fahrrad des unfreundlichen Nachbarn *auszuleihen*, trug ich es die Treppe hoch. Flora folgte mir und gemeinsam machten wir uns auf den Weg zu der Brücke. Dort würde ich entscheiden, wem ich vorerst glauben würde, bis ich die Wahrheit kannte.

Wir fuhren durch den Park, weiter an einer stark befahrenen Straße entlang. Mehrere Geschäfte reihten sich aneinander. Wir fuhren durch eine Stadt, die ich noch immer nicht kannte, obwohl ich hier aufgewachsen war. Oder zumindest einige Zeit gelebt hatte. All die Straßennamen und Gebäude waren mir fremd. Ich folgte Flora. Ein paar Mal sah sie sich nach mir um. Ein sanftes Lächeln auf den Lippen, das ihre Augen nicht erreichte.

Schon bald brannten meine Oberschenkel durch die ungewohnte Belastung und ich war froh, als wir nach rechts abbogen, auf einen Weg, der leicht bergab ging und uns in den Wald führte. Die Laternen leuchteten uns den Weg. Wir wichen Spaziergängern und Hunden aus und irgendwann hörte ich das Rauschen des Flusses. Ich sah zur Seite. Der Weg war durch eine Leitplanke gesichert, dahinter fiel ein Hang ab, der bis zu dem dunklen, fließenden Wasser führte.

Quietschend bremste ich. Starrte auf die Dunkelheit und etwas zupfte an meinen Erinnerungen. Von der Anstrengung schwer atmend konzentrierte ich mich auf das Gefühl.

»Alles gut?«

Flora war ebenfalls stehen geblieben und hatte sich auf dem Fahrrad zu mir umgedreht.

»Ja ... nein.« Meine Stimme klang heiser und fremd, während ich weiter auf den dunklen Fluss starrte.

Dann atmete ich einmal tief durch. »Lass uns weiterfahren.«

Flora trat wieder in die Pedale und ich folgte ihr.

Es dauerte nicht lange, bis es einen steilen Berg hinauf ging. Mühsam trat ich in die Pedale, war kurz davor einfach abzusteigen und zu schieben, als wir endlich die Spitze erreichten. Gemeinsam blieben wir vor der Brücke stehen. Sie war aus dicken, robust wirkenden Holz gebaut. Mein Herz raste bei dem Anblick.

»Das ist sie.«

Flora nickte, sah mich aufmerksam von der Seite an. »Ich kam von der anderen Seite. Du saßt in der Mitte auf dem Geländer.«

»Ich will alles wissen.« Die Worte klangen harscher als beabsichtigt. Aber Flora begann, ohne zu zögern zu erzählen, während wir gemeinsam unsere Fahrräder bis zur Mitte der Brücke schoben.

Sie erzählte, wie sie an den Anglern vorbeigefahren war, wie sie sich über ihren Ex-Freund aufgeregt hatte und wie sie befürchtete, dass ich ein Serienkiller sein könnte.

Sie wiederholte die Worte, die ich zu ihr gesagt hatte.

»Ich weiß, dass es nicht meine Schuld war. Aber es fühlt sich jeden Tag so an. Das waren deine Worte.«

Wir waren in der Mitte angekommen und ich krallte meine zitternden Hände in das Holz.

Und plötzlich erinnerte ich mich an die Worte. Meine eigenen. Das Gefühl, was sie in mir ausgelöst hatten. Die traurige Gewissheit, dass es trotzdem keinen Unterschied machte.

Ein leises Schluchzen holte mich aus meinen Gedanken. Ich drehte mich zu Flora, die neben mir stand und auf den Fluss sah.

»Nicht weinen«, flüsterte ich, sah, wie sich ihre Lippen zu einem leisen Lächeln verzogen, bevor sie sich zu mir umdrehte. Die Wangen feucht von ihren Tränen.

»Das hast du damals auch zu mir gesagt«, sagte sie mit erstickter Stimme.

»Ich weiß.«

Überrascht sah sie mich an, während ich mich an die weinende junge Frau erinnerte, die in ihrem Blumen T-Shirt und der Latzhose neben mir stand. Meinen Hoodie in ihren Händen.

»Die Sterne haben sich in deinen Augen gespiegelt.«

Flora presste die Lippen aufeinander und ich drehte mich wieder von ihr weg. Sah zum Himmel hinauf, so wie ich es damals auch getan hatte.

Wofür lebst du?

Wofür kämpfst du?

Weitere Erinnerungen drängten sich in meinem Inneren durch die verschlossene Tür.

Ich hatte alles für meine kleine Schwester getan. Hatte sie beschützt, behütet und begonnen uns einen Weg aus dem Viertel zu erkämpfen.

Doch nun war sie fort.

Was bleibt, wenn einem der Grund genommen wird?

Ich beugte mich über das Geländer, sah in die Tiefe unter mir. Auf das schäumende Wasser, die spitzen Felsen, die vereinzelnd herausragten.

Was bleibt ohne dich, Anna?

Ihr helles, unschuldiges Lachen hallte durch meinen Kopf.

Ihre kleinen Finger umfassen meine Hand. Leuchtende Augen sehen zu mir hinauf. Ein breites Grinsen auf ihren Lippen. Die strohblonden Locken zu einem unordentlichen Zopf geflochten.

»Ich verrate dir ein Geheimnis.«

Ich beuge mich zu ihr herunter. »Okay.«

»Aber du darfst es niemals vergessen.« Sie zieht die Augenbrauen zusammen. »Auch in tausend Jahren nicht. Versprochen?«

Ich nicke pflichtbewusst. »Versprochen.«

Ihr Atem kitzelt mich am Ohr. Geflüsterte Worte dringen in meine Seele. Ein leises Kichern.

Die Erinnerung endete, aber Annas lachendes Gesicht brannte sich in mein Herz.

Was bleibt mir ohne dich, kleine Schwester?

»Elliot?«

Ich zögerte, löste den Blick von dem Fluss und drehte mich zu Flora um. Ich sah in ihr blasses Gesicht. In ihre feuchten Augen. Das dunkle Haar, das sich über ihre Schultern wellte.

Wofür lebe ich? Wofür kämpfe ich?

Damals hatte ich nach diesem kleinen Funken gesucht. Etwas, an dem ich mich festhalten konnte. Einen Grund. Einen Sinn. Sei er nur noch so klein. Ich war gesprungen, ohne zu erkennen, dass mich dieser kleine Funken gefunden hatte.

Ich sah Flora an und konnte die Tränen nicht mehr stoppen, konnte die Flutwelle aus Trauer und Schmerz nicht aufhalten. Mein Blick verschwamm. Mein Herz verkrampfte sich. Aber ich wusste, dass dieser kleine Funken, der sich in eine leuchtende Fackel verwandelt hatte, mich festhalten würde. Er würde verhindern, dass mich die Dunkelheit verschlang. Und er würde verhindern, dass ich Anna vergaß. Die Erinnerung an sie. Das Geheimnis, das sie mir ins Ohr geflüstert hatte.

Und das erste Mal ließ ich zu, dass die Dunkelheit über mich herfiel. Mit all dem Schmerz, der Qual, dem Hass, der Wut und der unendlichen Trauer.

»Meine kleine Schwester ist tot«, stieß ich erstickt hervor.

»Oh, Elliot.«

Flora schlang ihre Arme um mich. Hielt mich fest. Hielt mich zusammen, während ich weinte und schrie. Meine Beine gaben nach und gemeinsam sanken wir auf den Boden. Unter uns rauschte der Fluss. Der Wind raschelte in den Blättern der Bäume. Und während ich um meine kleine Schwester weinte, kroch die Nacht über den Horizont.

30
Die Kälte danach

Flora

»Erinnerst du dich?«, fragte ich.

Elliots Körper zitterte nicht länger in meiner Umarmung. Seine Tränen waren versiegt und wir lauschten seit einer Weile den Geräuschen um uns, ohne unseren Platz auf dem Holzboden der Brücke zu verlassen. Wir lehnten uns an das Geländer. Sein Kinn ruhte auf meinem Kopf und seine Arme umschlossen mich genauso wie meine ihn.

Ich spürte, wie er leicht den Kopf schüttelte. »Nein.« Seine Stimme klang kratzig und heiser, er räusperte sich, bevor er weitersprach. »Es sind nur Bruchstücke. Noch immer nur einzelne Szenen.«

Er holte tief Luft, hielt sie an, bevor er sie entweichen ließ. »Ich weiß nicht, was mit ihr geschehen ist. Aber ich weiß, dass ich mein Leben für sie geopfert hätte.«

Ich schwieg einen kurzen Moment. Dachte an seinen Bruder. An den Ausdruck in seinem Gesicht. »Aber warum gibt dein Bruder dir die Schuld dafür?«

»Ich weiß es nicht.«

»Hast du sein Gesicht gesehen?«, fragte ich leise.

Erneut schüttelte er den Kopf.

Ich erschauderte bei der Erinnerung an sein schmieriges Grinsen. »Da war keine Trauer, Elliot. Keine Wut, kein Hass, kein Schmerz. Nur …«, ich zögerte, suchte nach dem richtigen Wort, »Genugtuung.«

Elliots Körper spannte sich an.

241

»Er hat es genossen, dich leiden zu sehen. Das ist keine Reaktion, die man zeigt, wenn man jemanden verloren hat. Selbst wenn er glaubt, es wäre deine Schuld. Was es nicht ist! Dann wäre da Wut in seinen Augen gewesen. Hass.«

Die Stille nach meinen Worten war mit unausgesprochenen Fragen getränkt.

Elliot seufzte erschöpft. Langsam löste er sich aus meinem Griff. Mit einer fahrigen Bewegung nahm er seine Brille ab und rieb sich die Augen, bevor er sie wieder aufsetzte und seine Hände hinter dem Kopf verschränkte.

»Es ist alles so durcheinander«, gestand er müde. »Ich weiß, dass ich nicht für ihren ... dass ich nicht dafür verantwortlich bin. Ich weiß, dass es nicht meine Schuld ist. Aber aus irgendeinem Grund macht mich nicht nur mein Bruder dafür verantwortlich, sondern auch meine Mutter. Ich erinnere mich, wie sie mich angeschrien hat. Wie mein Bruder mich angebrüllt hat. Wie die Nachbarn mich angesehen haben. Wie mich einer von ihnen geschlagen hat.«

Er fasste sich an den Kiefer, als würde er noch den Schmerz spüren.

»Sie alle haben mich beschuldigt und ich erinnere mich an das Gefühl, dass ich ihnen langsam angefangen habe zu glauben. Ich habe die Schuld auf mich genommen. Denn das war es, was alle wollten.«

»Aber warum? Was ist passiert?«, sprach ich meinen Gedanken aus.

»Das ist die große Frage, nicht wahr?«

Elliot sah mich an. Müde. Erschöpft. Die Augen rot und geschwollen. Der Verlust seiner kleinen Schwester stand ihm deutlich ins Gesicht geschrieben. Ein so unendlich tiefer Schmerz, der sich in das Grau seiner Iris gegraben hatte.

Bei dem Anblick zog sich mein Inneres zusammen und Tränen traten mir in die Augen. Doch dieses Mal ließ ich sie bereitwillig zu. Denn sie waren nicht für mich, sie waren für ihn, für seine Schwester.

»Dann sollten wir die Antwort darauf herausfinden«, sagte ich, rieb mir über die Augen und richtete mich auf. »Aber nicht jetzt. Nicht heute.« Ich streckte ihm meine Hand entgegen. »Komm, wir fahren nach Hause.«

Es dauerte einige Sekunden, bis seine kalten Finger meine umschlangen und ich ihm auf die Beine half.

Vierzig Minuten später kam ich aus dem Badezimmer und sah Elliot auf dem Bett liegen. Im ersten Moment dachte ich, er schläft. Er lag auf der Seite, ein Arm hing über dem Boden und er trug nur noch eine Boxershorts und ein T-Shirt. Auch die Brille lag auf dem weichen Teppich. Als ich näherkam, erkannte ich, dass seine Augen offen waren. Sie starrten ins Leere und der Anblick brach mir das Herz.

Ich setzte mich neben ihm auf das Bett.

»Willst du etwas essen?«

Er schüttelte den Kopf.

»Willst du etwas auf *Netflix* anschauen?«

Erneutes Kopfschütteln.

Ich dachte nach, sah mich in meiner Wohnung um. »Soll ich dir etwas vorlesen?«

Doch er seufzte nur schwerfällig, drehte sich um und krümmte sich. »Ich glaube, ich schlafe jetzt einfach.«

Ich presste meine Lippen zusammen, konnte meine Hand nicht zurückhalten, wollte es auch nicht. Also strich ich ihm sanft durchs Haar.

»Okay«, flüsterte ich und schmiegte mich an seinen Rücken. Es war nur ein schmaler Streifen Platz und ich drohte vom Bett zu fallen, aber ich schlang meine Arme um seinen Körper und hielt mich an ihm fest. Legte meine Handfläche auf sein Herz. Spürte, wie es schnell und hart schlug. Seine Finger legten sich auf meine.

»Tut mir leid, dass ich dir nichts von unserem Gespräch auf der Brücke erzählt habe.« Ich holte tief Luft, ich hatte nicht vorgehabt, jetzt damit anzufangen, aber die verdrängten Schuldgefühle überfielen mich und ich musste wissen, was er darüber dachte, ob ich mit meinem Schweigen etwas zwischen uns zerstört hatte. »Bist du sauer auf mich?«

Es dauerte einige quälende Sekunden, bis er antwortete. »Nein ... ja. Ein bisschen.« Er seufzte leise. »Ich weiß es gerade nicht. Im Moment nicht, aber vielleicht morgen.« Dann nahm er meine Hand und presste sie an seine Lippen. »Jetzt gerade brauche ich dich einfach.«

Ich vergrub meine Nase in seinem Nacken und hauchte ein leises »Okay«. Fühlte mich etwas leichter, sicherer und nahm seine Worte als Anlass, mich noch näher an ihn zu drücken.

Ich blieb bei ihm, so lange, bis das Zittern nachließ und sein Atem ruhiger und regelmäßiger wurde. Erst als ich sicher war, dass er schlief, löste ich mich von ihm. Ich breitete seine dünne Decke über ihm aus und ließ mich erschöpft in meinen Sessel sinken. Meine Augen brannten, ich konnte sie kaum noch offenhalten, trotzdem musste ich mich noch an den Flyer für die nächste Lesung setzen.

Meine Gedanken schweiften immer wieder ab. Kreisten um den Tod von Elliots Schwester, um seinen Bruder, um all die Ereignisse, die sich wie Puzzleteile vor mir ausbreiteten. Es fehlten noch so viele Teile, um überhaupt im Ansatz Elliots früheres Leben erkennen zu können. Aber das, was ich sehen konnte, weckte in mir das Bedürfnis, ihn in den Arm zu nehmen und vor all der Dunkelheit abzuschirmen.

Mir gelang es nicht, mich zu konzentrieren, also gab ich zehn Minuten später auf, schloss das Notebook und legte mich neben Elliot ins Bett.

Ich hoffte, dass er wenigstens im Schlaf ein wenig Frieden fand, aber die Falten auf seiner Stirn zeugten vom Gegenteil.

»Du siehst aus, als hättest du gestern einfach ohne mich weiter gefeiert.«

Ich brachte ein halbherziges Lächeln zustande, während ich

meinen schmerzenden und steifen Körper dazu drängte, sich zu bewegen.

Brit lehnte am Tresen und musterte mich aufmerksam. »Was ist passiert?«

Es war klar, dass sie etwas bemerkte. Das tat sie immer. Aber schließlich sahen wir uns seit zwei Jahren fast täglich. Sie war mehr eine Freundin als eine Angestellte.

»Zu viel«, antwortete ich wage und wusste genau, dass ich Brit damit nicht zufriedenstellen würde. Aber mehr würde sie nicht von mir erfahren. Das, was gestern geschehen war, gehörte Elliot. Es war seine Entscheidung, wem er davon erzählen wollte, nicht meine.

Er war am Morgen bereits wach gewesen. Ich hatte mich so erschreckt, als ich die regungslose Gestalt im Sessel sitzen gesehen hatte. Mit seinem Handy in der Hand hatte er ins Leere gestarrt und nur halbherzig auf meine Fragen reagiert.

Ich fühlte mich nicht wohl ihn nach all dem, was gestern geschehen war, allein zu lassen, aber ich hatte keine andere Wahl.

»Hat Elliot etwas angestellt?«, fragte Brit ernst. Überrascht drehte ich mich zu ihr um. »Nein.« Ich seufzte, wusste, dass sie mich nicht in Ruhe lassen würde.

»Nein, er hat gestern etwas über sich erfahren, dass … nicht so schön ist.«

Die Untertreibung des Jahrhunderts.

Brit wirkte besorgt, aber ich hob schnell die Hände. »Frag mich bitte nicht weiter danach. Wenn du mehr wissen willst, musst du ihn selbst fragen. Aber bitte nicht heute, okay?«

»So schlimm?«

Ich nickte, schluckte die plötzliche Enge in meiner Kehle hinunter. »Schlimmer.«

»Fuck.« Brit stieß sich von der Wand ab. »Obwohl es zu erwarten war.«

Fragend sah ich sie an.

»Na ja, es muss einen guten Grund gehabt haben, warum er von der Brücke gesprungen ist.«

Der Gedanke sorgte nicht dafür, dass die Sorge um Elliot nachließ. Im Gegenteil.

Als er um zwölf Uhr nicht im Café auftauchte, hatte ich ein ungutes Gefühl. Bisher war er spätestens eine Stunde nach mir gekommen. Es wäre völlig in Ordnung gewesen, wenn er heute nicht arbeiten wollte. Darum ging es nicht. Ich wollte nur nicht, dass er allein in meiner Wohnung saß. Gefangen in seinen Gedanken. In Vorwürfen. In Trauer und Schmerz. Und je mehr ich darüber nachdachte, desto stärker wurde das nagende Gefühl, dass etwas nicht stimmte. Die Enge in meiner Brust. Das Rasen meines Herzens. Ich hatte Angst. Angst um ihn.

Brit und Danny waren bereits weg. Das Café war gut besucht und ich konnte Julia nicht allein lassen. Aber ich musste. Nur kurz. Schnell nachsehen, wie es Elliot ging. Ich wartete, bis ich die Gruppe vor dem Tresen mit ihren Getränken versorgt hatte, als ich mich zu Julia umdrehte. »Ich muss schnell in die Wohnung. Kann ich dich kurz allein lassen?«

Julia sah sich im vollen Café um und ich bemerkte, wie sie blasser wurde.

»Nur fünf Minuten. Ich muss nach Elliot sehen.«

Sie sah mich überrascht an. »Was ist mit ihm?«

Ich leckte mir die Lippen. »Ihm geht es nicht so gut. Etwas Persönliches. Ich will nur wissen, ob er klarkommt und ihm etwas zu essen bringen.«

Julia nickte entschlossen. »Ein paar Minuten werde ich schon schaffen.«

Ihre Mundwinkel zuckten nervös, bevor auch ihre Schultern anfingen, mehrmals zu zucken.

»Ich bin gleich zurück.«

Damit eilte ich zu meiner Tasche in der Küche, holte meinen Schlüssel und lief aus dem Café. Keine Minute später schloss ich schwer atmend meine Tür auf.

»Elliot? Ich bin es.«

Ich betrat meine Wohnung und fand bis auf die Garnelen in meinem plätschernden Aquarium niemanden.

»Elliot?« Ich ging zur Badezimmertür. Klopfte. Lauschte. Aber als ich sie öffnete, war der Raum leer.

Erst jetzt sah ich zurück in den Flur, wo eigentlich Elliots Schuhe stehen sollten. Aber das taten sie nicht. Er war nicht hier. Meine Handflächen begannen zu schwitzen. Die Fingerspitzen kribbelten. Verdammt. Wo war er? Ich sah auf den Tisch, aufs Bett, in die Küche, es gab keinen Zettel.

Meine Kehle zog sich zusammen, mein Plus raste.

Nervös rieb ich die Hände aneinander. Unschlüssig, was ich tun sollte.

Seine Geldbörse, die heute früh noch auf dem Tisch gelegen hatte, war weg, genau wie sein Handy. War das ein gutes Zeichen? Vielleicht war er nur einkaufen gegangen? Aber warum hatte er mir nicht Bescheid gesagt? Ich schüttelte den Kopf. Warum sollte er? Wir waren nicht zusammen. Ich war nicht für ihn verantwortlich. Er wohnte bei mir. Arbeitete bei mir, mehr nicht.

Lügnerin.

Ich holte tief Luft, schloss die Augen und verdrängte die Sorge. Es gab Nichts, das ich im Moment tun konnte. Ich würde warten müssen.

Ich rollte die Schultern, schlug mir leicht auf beide Wangen, um mich wieder zu fokussieren. Meine Gäste warteten, Julia wartete. Und Elliot würde wieder auftauchen. Punkt.

Entschlossen verließ ich meine Wohnung, ignorierte das beklemmende Gefühl in meiner Brust. Er *musste* wieder auftauchen.

Julia wartete bereits mit zuckenden Gesichtsmuskeln hinter dem Tresen und Pfiff.

»Ich bin wieder da«, sagte ich überflüssigerweise.

Sie lächelte mich erleichtert an. In dem Moment wurde mir wieder bewusst, wie jung Julia mit ihren achtzehn Jahren noch war. Wie viel Mut es sie kostete, sich trotz ihres Handicaps in ein volles Café zu stellen. Sich den Blicken zu stellen, sich spitze Bemerkungen anzuhören und gleichzeitig ständig sich und ihr Tourette zu erklären.

»Und wie geht es ihm?«

»Keine Ahnung, er war nicht da.«

Ihren Augen wurden groß. »Oh. Vielleicht musste er nur etwas frische Luft schnappen.«

»Ja, wahrscheinlich.« Ich lächelte. Versteckte meine Sorge vor ihr und allen anderen. Die vertraute, strahlende Maske glitt wie selbstverständlich über mein Gesicht und blendete jeden, der mich ansah. Ich zeigte ihnen, dass es mir gut ging, dass ich alles im Griff hatte, während mich die Angst von innen heraus zerfraß.

31
Wie soll ich es ertragen?

Flora

Das Lächeln war schmerzhaft in mein Gesicht getackert. Mit jeder Minute, die verging, bekam meine Maske Risse. Ich war unkonzentriert, ließ zwei Tassen fallen, vergaß, Gästen ihren Kuchen zu bringen, oder verwechselte Getränke. Julias Blicke entgingen mir nicht, aber sie sagte nichts und ich tat weiter so, als gäbe es die Sorge und Angst um Elliot nicht.

Als gegen zwei Uhr die Glocke über der Tür läutete und Julias *Ding-Ding-Dong* durch das volle Café hallte, knickten mir beinahe die Knie ein. Elliot kam mit einem nachdenklichen Gesichtsausdruck herein und eine unsichtbare Last fiel von meinen Schultern. Ich hatte gerade ein Tablet mit Geschirr in der Hand, das ich in die Küche brachte und abstellte.

Ihm geht es gut.

Ich presste die Augen zusammen.

Ihm geht es gut.

Die Erleichterung verwandelte meine Beine in Pudding und ich stützte mich an dem Küchentresen ab.

»Hey, alles in Ordnung?«

Elliots Stimme rann wie ein warmer Wasserfall meinen Rücken hinab. Ich drehte mich um und blickte in ein Paar traurige, graue Augen.

»Jetzt schon«, wisperte ich, bevor ich mit fester Stimme fragte: »Wo warst du?«

»Bei der Polizei.«

Überrascht sah ich ihn an.

»Ich hatte gehofft, dass sie mir sagen können, was passiert ist«, erklärte er.

»Und?«

Er schob seine Hände in die Hosentaschen und sah auf den Boden. »Sie dürfen mir keine Auskunft geben. Ich soll mich an einen Anwalt wenden. Irgendetwas wegen Akteneinsicht oder so.« Er lachte bitter. »Als ob ich Geld für einen beschissenen Anwalt hätte.«

»Obwohl du ihr Bruder bist?«

»Bescheuert, oder?«

Bevor ich antworten konnte, hörte ich die Glocke über der Tür.

Ich sah an Elliot vorbei.

Er folgte meinem Blick und verzog das Gesicht. »Tut mir leid, ich hätte Bescheid sagen sollen, dass ich später zur Arbeit komme.«

Ich seufzte. Wusch meine Hände gründlich über dem Waschbecken. »Das hättest du.«

»Ich hole die beiden Stunden nach.«

»Darum geht es nicht.« Ich warf das Papierhandtuch in den Müll und verschränkte die Arme, bevor ich ihn ansah. Julia und die Gäste mussten noch einen Moment warten. »Ich habe mir Sorgen gemacht.«

Elliot wirkte zerknirscht.

»Die letzten vierundzwanzig Stunden waren nicht einfach für dich. Und dann verschwindest du plötzlich. Keine Nachricht. Nichts. Nach alldem was du, was wir erfahren haben, warst du einfach weg.« Ich schaffte es nicht, meine Stimme unter Kontrolle zu bringen, schaffte es nicht, das Brennen in meinen Augen zurückzuhalten. »Und ich konnte nichts machen. Ich konnte nur warten und hoffen, dass du wieder kommst. Dass es dir gut geht. Dass du nicht … keine Ahnung.«

Besorgt sah Elliot mich an, hob seine Hand und fuhr mit dem Daumen meine Wange entlang. »Nicht weinen«, flüsterte er.

Ich wandte mich ab, wischte mir schnell über das Gesicht. »Ich weine nicht«, log ich. Atmete tief durch und wollte an ihm vorbeigehen. Aber er hielt mich sanft am Arm zurück.

»Tut mir leid«, begann er, während ich von ihm abgewandt stehen blieb. Ich wollte nicht, dass er mich so aufgelöst sah. »Ich … Es war ziemlich spontan und ich wollte so schnell es ging dorthin, bevor ich es mir wieder anders überlegt hätte.«

»Okay.« Verdammt, warum hörte sich meine Stimme so zittrig an. »Aber vielleicht sollten wir unsere Handynummern tauschen. Nur für den Fall, dass du wieder spontan irgendwohin musst.«

»Flora?«

Jetzt sah ich ihn doch an.

»Komm her.« Er zog mich zu sich und schloss seine Arme um mich. Augenblicklich vergrub ich mein Gesicht an seiner Schulter, atmete den vertrauten Duft ein. »Tut mir leid«, sagte er erneut. »Ich wollte nicht, dass du dir Sorgen machst.«

Ich wusste nicht, was ich sagen sollte, und genoss einfach die Erleichterung, dass er wieder bei mir war.

Julia erschien im Türrahmen. »Ich will ja nicht stören.«

Ich löste mich schnell von Elliot und fuhr mir über das Gesicht. »Ich komme.«

Und dieses Mal war das Lächeln auf meinem Gesicht keine Maske.

Elliot blieb im Café und ließ sich in einer ruhigen Minute, die Zubereitung der verschiedenen Getränke erklären, damit er auch hinter dem Tresen helfen konnte.

Er war hochkonzentriert und schrieb sich alles Wichtige auf einen kleinen Block, aber sobald Julia sich um einen Gast kümmern musste, sah ich, wie sein Blick ins Leere glitt oder er aus dem Fenster starrte. Wie die Traurigkeit sein Gesicht überschattete und seine Schultern von der Last seiner Erinnerungen nach unten sanken.

In den Momenten wollte ich nichts sehnlicher als ihn in meine Arme schließen und ihm zeigen, dass ich beim ihm war, er all das nicht allein durchstehen musste. Doch das musste warten, bis keine Gäste mehr da waren, um die ich mich kümmern musste. Daher beließ ich es vorerst bei flüchtigen Berührungen, einem aufmunternden Lächeln, Aufgaben, die er für mich übernehmen konnte, um ihn ein wenig abzulenken. Ich ließ nicht zu, dass er in der Dunkelheit versank. Nicht jetzt, nicht inmitten von fremden Menschen.

Um zehn nach sechs verließ auch die letzte Kundin mein Café. Julia hatte ich bereits nach Hause geschickt und als sich die Tür begleitet von dem Glöckchen schloss, legte sich eine angespannte Stille über uns. Elliot wischte die letzten Tische ab, ich lehnte am Tresen und beobachtete ihn. Er war wieder so in Gedanken versunken, dass er nicht bemerkte, dass er bereits zum dritten Mal über denselben Tisch wischte. Dieses Mal gab es niemanden, der mich davon abhalten konnte, zu ihm zu gehen.

Ich stieß mich ab und durchquerte den Raum mit wenigen Schritten. Von hinten schlang ich meine Arme um ihn. Er zuckte kurz zusammen. Als ich meine Hand auf seine legte, ballte er sie zu einer Faust. Ich schmiegte meine Wange gegen seinen Rücken.

»Samstag habe ich einen Besuchstermin im Gefängnis«, sagte er plötzlich aus dem Nichts.

Ich hielt inne und dachte einen Moment lang nach. »Du besuchst deine Mutter?«

Noch immer lehnte ich an seinem Rücken, spürte, wie sich seine Muskeln verhärteten.

»Wenn die Polizei mir nicht helfen kann, dann vielleicht sie. Sie muss wissen, was passiert ist.«

Ich dachte an seinen Bruder. An die Worte, die er Elliot entgegengeschleudert hatte.

»Vorausgesetzt sie sagt die Wahrheit«, gab ich zu bedenken.

»Das muss sie«, sagte er leise. »Das wird sie.«

Nachdem wir das Café abgeschlossen hatten, begleitete mich Elliot in den Park, um Paula zu besuchen. Ich war mir nicht sicher, ob das eine gute Idee war. Sie schien etwas in ihm auszulösen und ich fürchtete, dass es wieder mit einer Panikattacke endete. Doch er schien entschlossen, mich zu begleiten, daher tat ich das Einzige, das ihm in diesem Moment helfen könnte. Ich nahm seine Hand und hielt sie fest.

Schweigend liefen wir nebeneinander her und bereits aus der Ferne konnte ich erkennen, dass die dunkle Ecke mit den beiden Bänken verlassen war. Was nichts bedeutete. Paula kam oft in dem Moment, in dem ich mich setzte. Als hätte sie sich in den Schatten versteckt und auf mich gewartet.

»Sie ist nicht da«, sagte Elliot, als ich den Karton mit dem Essen unter eine der Bänke schob. Seine Stimme klang erleichtert.

»Ich warte noch einen Moment, aber du musst nicht hierbleiben.«

Er schüttelte den Kopf und setzte sich neben mich. Nicht, ohne sich umzusehen.

»Es stört mich nicht, wirklich.« Ich spürte, wie unwohl er sich fühlte, und fragte mich, warum er sich selbst dazu zwang zu bleiben.

Er schnaubte. »Ich lass dich nicht allein hier sitzen.«

Darum ging es?

»Du machst dir Sorgen um mich?«

Er fixierte mich, als hätte ich das Offensichtliche ausgesprochen. »Natürlich.«

»Du weißt schon, dass ich das hier bereits getan habe, bevor ich dich kennengelernt habe. Genauer gesagt, treffe ich mich mit Paula schon fast ein Jahr. Und bis jetzt ist mir nichts passiert.«

»Das heißt aber nicht, dass nicht doch irgendwann ein Vollidiot auf dumme Gedanken kommt.«

Ich erwiderte nichts. Wusste selbst, wie sehr ich das Schicksal herausforderte. Eine junge Frau, allein in einer dunklen Ecke im Park. Ob bei Tag oder bei Nacht, es war ein Wunder, dass mich bis jetzt niemand belästigt hatte. Sei es nur, um ein bisschen Kleingeld von mir zu schnorren.

»Du hast gesagt, es wäre eine Mutprobe«, begann Elliot und ich verkrampfte mich sofort. »Was hast du damit gemeint?«

Panisch suchte ich nach einer Antwort, die die Wahrheit verschleierte. Ich fühlte mich nicht bereit, ihm von dem stillen, ängstlichen Mädchen zu erzählen, das sich vor der Welt und sich selbst versteckt hatte. Zu meinem Glück rettete mich Paula vor einer Antwort. Sie kam schwankend zu uns. Elliot stand von der Bank auf, machte ihr Platz und entfernte sich ein Stück. Unsicher, mit verkrampfter Miene, als hätte er Angst, dass ihre Nähe neue Erinnerungen heraufbeschwören würde.

Paula tätschelte mein Knie, bevor ich mich herunterbeugte und den Karton mit dem Essen unter der Bank hervorholte und ihr reichte.

»Mein liebes Kind«, nuschelte sie undeutlich. Ihre Augen waren blutunterlaufen und glasig. Die Hände zitterten, als sie einen Muffin herausholte und hineinbiss.

»Wie geht es dir?«, fragte ich sie. Sie wirkte benommener als sonst. An ihrem Arm entdeckte ich eine dünne Blutspur, die von ihrer Armbeuge hinunterlief.

»Du hast gesagt, du hast mit dem Spritzen aufgehört.«

Sie nickte leicht. »Habe ich. Habe ich. Glaub mir. War nur eine Ausnahme.«

Ich seufzte, wusste, dass ich nichts für sie tun konnte. Ich konnte sie nicht zwingen, in eine Entzugsklinik zu gehen, konnte sie nicht zwingen, damit aufzuhören.

»Habe an sie gedacht, weißt du. Und an *ihn*. Es war zu viel. Musste es vergessen.«

»Und hat es geholfen?«, fragte ich, ohne die Wut zu verbergen.

Sie stockte, kaute langsam weiter, bevor sie den halbaufgegessenen Muffin zurück in den Karton legte.

»Nein«, entgegnete sie genauso wütend. Dann stand sie auf und deutete auf Elliot. »Du hast gesagt, du passt auf sie auf.«

Elliot zuckte zurück. »Das mache ich.«

»Dann halt sie in Zukunft davon ab, herzukommen.«

Sie drückte den Karton an sich. »Danke«, sagte sie leise, ohne mich anzusehen, und eilte davon.

Ich blickte ihr nach. Sorge ersetzte die Wut. Ich hatte kein Recht, mich einzumischen, über sie zu urteilen. Was sie zu den Drogen geführt hatte, wusste ich nicht. Ich ahnte, dass *er* ihr etwas angetan hatte, dass keine Person einer anderen antun sollte. Und ich ahnte, dass das nicht der einzige Albtraum in ihrem Leben war, der sie zu den Drogen geführt hatte. Drogen, die sie langsam töteten, ihr aber im Gegenzug kurze Momente des Friedens schenkten.

Ich sah zu Elliot, dessen Blick in die Ferne gerichtet war. Der Gedanke, dass sein Leben genauso hätte aussehen können, bewirkte, dass ich aufstand, seine Hand ergriff und ihm ein schwaches Lächeln zuwarf.

»Lass uns nach Hause gehen.«

32
Ein unnötiges Drama

Elliot

Brit starrte mich von der Seite an, während ich Teller, Tassen und Besteck in die große Spülmaschine räumte.

Sie wusste, dass etwas vorgefallen war, dass ich etwas herausgefunden hatte. Genau wie Julia und Danny. Doch sie schwiegen. Niemand wagte zu fragen, warum ich die letzten zwei Tage so still war, warum mein Lachen so künstlich klang und warum ich mich manchmal nicht von der Stelle rühren konnte.

Ich wollte mit ihnen reden, ihnen erklären, was los war. Ich wollte die Worte und den Schmerz aus mir herausschreien, in der Hoffnung, dass es dadurch erträglicher wurde. Aber ich konnte nicht. Ich wusste, dass es nicht funktionieren würde. Der Schmerz und das Entsetzen würden nicht verschwinden, nur weil ich darüber sprach. Ich konnte auch nicht einfach wieder vergessen, die Gefühle ausblenden, die Erinnerungen wieder hinter die Tür sperren. Sie waren hinausgekrochen, ein Teil von ihnen, und hatten sich in meinem Kopf eingenistet, rammten ihre scharfen Krallen in mich hinein.

Anna.

Ihr Name geisterte durch meine Gedanken. Ihr Gesicht verfolgte mich in den Träumen. Der Gedanke an sie überschattete alles andere, saugte die Freude und das Glück aus jedem Moment. Wie ein Parasit. Ich hasste mich für den Gedanken. Hasste mich dafür, dass ich mich immer noch nicht an alles erinnern konnte, hasste mich dafür, weil ich wusste, dass es meine Schuld war. Sie waren da die Erinnerungen. Hinter dieser Tür. Doch ich wehrte mich dagegen, weil ich nicht wusste, wie viel Dunkelheit ich noch ertragen konnte.

Anna war tot. Es war nicht meine Schuld ... oder? Dieses Oder hielt sich hartnäckig und bereitete mir Angst.

»Kommst du?« Überrascht sah ich auf, hatte nicht bemerkt, wie sich das Café geleert hatte, wie der gesamte Tag an mir vorbeigezogen war, und Flora mit ihrer Tasche an der Tür stand. Ich zwang meine Beine, sich zu bewegen und folgte ihr nach draußen.

»Ich muss noch einkaufen gehen, brauchst du etwas?«

Ich räusperte mich, bevor ich antwortete: »Ich komme mit.«

Sie musterte mich, nickte jedoch. Genau wie die anderen drängte auch Flora mich nicht dazu, zu reden. Allerdings hatte sie mir einen Zettel mit Namen und Nummern von Psychologen in die Hand gedrückt. Eine stumme Erinnerung an unseren Deal.

Gemeinsam gingen wir drei Querstraßen weiter zu einem großen Supermarkt. Flora holte einen Einkaufswagen, den ich ihr abnahm und hinter ihr her durch den Laden schob.

Murmelnd ging sie durch die Gänge, warf hin und wieder etwas hinein. Sie wirkte nachdenklich. Nein. Schlecht gelaunt, was ich von ihr nicht kannte.

Ich war den ganzen Tag so mit meinen eigenen Gedanken beschäftigt gewesen, dass mir nicht aufgefallen war, dass etwas bei Flora nicht stimmte.

»Alles okay bei dir?«, fragte ich vorsichtig. Überrascht sah sie mich an.

»Ja, klar. Was sollte sein?« Ein Lächeln breitete sich auf ihren Lippen aus. Zu unbeschwert. Zu fröhlich.

»Du musst mir nichts vorspielen, Flora.«

»Ich spiele dir ...« Sie beendete den Satz nicht und ihr Lächeln fiel in sich zusammen. Seufzend strich sie sich über den Zopf, nahm eine Packung Schokoriegel in die Hand und warf sie mit mehr Kraft als nötig in den Wagen.

»Ich ärgere mich nur über jemanden und über mich selbst.«

Eine Tüte Gummibärchen folgte den Schokoriegeln auf die gleiche Weise.

»Es geht um schlappe fünfzig Euro. Fünfzig! Dafür will sie allen Ernstes einen Anwalt einschalten. Fünfzig!«

Ich wusste nicht, wovon sie sprach, beobachtete sie nur abwartend dabei, wie sie die Wut an den Lebensmitteln ausließ.

»Es ist so lächerlich. Ein Riesendrama für etwas, das ihr mehr geholfen hätte als mir. Neue Leser. Buchverkäufe. Aber anscheinend ist ihr Geld wichtiger.« Sie schnaubte und drehte sich zu mir um. »Kurz vor dem Termin kommt sie plötzlich an und verlangt einhundertfünfzig Euro für ihre Lesung. Kannst du dir das vorstellen?«

Ich schüttelte den Kopf, während mir die Situation langsam klar wurde.

»Und nur, weil ich mich geweigert habe, ihr Geld zu geben, über das wir während der einmonatigen Planung nicht einmal gesprochen hatten, sagt sie die ganze Veranstaltung ab und will mit allen Mitteln ihre blöden fünfzig Euro für die Marketingkosten wiederhaben.« Sie holte tief Luft. »Wenn ich ihr das Geld einfach zurückgeben würde, hätte ich meine Ruhe, aber verdammt, ich sehe das nicht ein. Es geht ums Prinzip.«

Wir bogen in die Getränkeabteilung ein und vor dem Regal mit dem Hochprozentigen sah ich ein Gesicht, auf dessen Anblick ich liebend gern verzichtet hätte.

Alex fasste einer jungen Frau in kurzen Shorts ungeniert an den Hintern. Diese quietschte auf und schlug ihm lachend auf die Hand. Es war nicht die von Samstag. Es hätte mich auch gewundert, wenn sie nach dem Wortgefecht, das sich Alex mit Flora geliefert hatte, bei ihm geblieben wäre. Offenbar hatte Flora recht damit, dass er seine Frauen öfter wechselte als seine Unterhosen.

»Der auch noch«, grummelte Flora neben mir. »Muss ich ihn ständig überall sehen?«

Sie war laut genug, dass er sie gehört hatte und sich zu ihr umdrehte. Funken sprühten aus seinen Augen, als er uns sah.

Flora schnappte sich zwei Limo Dosen und drehte sich demonstrativ um. Ich folgte ihr bereitwillig mit dem Einkaufswagen, ich wollte ihn nicht länger als nötig sehen.

»Wer war das?«, hörte ich die Stimme der Frau.

»Nur irgendeine Schlampe.«

Flora blieb abrupt stehen, sodass ich ihr in die Hacken fuhr. Sie zog die Schultern hoch und ballte die Hände zu Fäusten.

»Er ist es nicht wert«, versuchte ich nicht nur sie, sondern auch mich zu beruhigen.

»Er ist nur ein armseliger Idiot.«

Wortlos setzte Flora sich wieder in Bewegung.

»Ich glaube, ich kenne sie«, sagte Alex' Begleitung. »Hat sie nicht dieses niedliche Buchcafé in der Nähe des Stadtparks?«

»Niedlich?«, kam es abfällig von Alex. »Dir ist schon klar, dass die da eine Rattenplage haben, oder? Ich würde da nichts essen oder trinken, die Küche ist total verdreckt.«

Ich konnte nicht schnell genug reagieren, da wirbelte Flora bereits herum und stampfte wütend auf ihn zu.

»Du!«, zischte sie mit erhobenem Finger. »Wage es nicht, den Ruf meines Cafés in den Dreck zu ziehen. Wage es nicht, Lügen zu verbreiten, verstanden?«

Alex verschränkte die Arme und hob spöttisch eine Augenbraue. »Und was willst du dagegen tun?«

Ich war kurz davor, Flora zur Seite zu schieben und ihm selbst eine zu verpassen.

»Was zur Hölle ist dein Problem, Alex?«, fuhr sie ihn an. »Warum kannst du dich nicht einfach aus meinem Leben raushalten. Du bist mir fremdgegangen, du hast mich verarscht und hattest nicht einmal die Eier in der Hose, dich danach zu melden, geschweige denn, dich zu entschuldigen.«

»Alex?«, fragte die Frau neben ihm unsicher.

»Das ist Ewigkeiten her.«

Flora lachte laut auf. »Ewigkeiten. Es ist noch keine drei Wochen her, du Arschloch.«

Eine ältere Dame lief an uns vorbei und räusperte sich warnend. Keiner beachtete sie.

»Du solltest jetzt gehen«, sagte ich bedrohlich leise und starrte ihn an.

Keine Ahnung, ob er sich noch an die Worte erinnerte, die ich auf der Party zu ihm gesagt hatte, aber seine Augen wurden etwas größer. Ruckartig stieß er sich von dem Regal ab. »Komm, Liv.«

Aber die junge Frau, Liv, ging einen Schritt zurück. »Du hast gesagt, du wärst schon seit einem Jahr Single.«

Er presste die Zähne zusammen und deutete auf Flora. »Weil sie keine Bedeutung hatte.«

»Genau wie all die anderen Frauen, die du in den letzten drei Wochen flachgelegt hast.«

»Komm jetzt«, brummte Alex und griff nach Liv's Arm. Doch diese wich ihm aus.

»Du kannst ohne mich nach Hause gehen.«

»Ist das dein Ernst?«

Sie nickte entschlossen und verschränkte die Arme.

Alex starrte uns abwechselnd an. »Fickt euch!«

Dann rauschte er davon und wir sahen ihm nach, bis er um eine Ecke verschwand. Die beiden Frauen ließen ihren Atem entweichen. Auch ich spürte, wie sich meine Muskeln wieder entspannten.

»O mein Gott, was für ein Arsch«, stieß Liv aus. »Es tut mir so leid.«

Flora schüttelte den Kopf und zwang ein Lächeln auf ihre Lippen. »Dich trifft keine Schuld.«

Liv richtete sich die Tasche auf der Schulter zurecht. »Dank dir weiß ich jetzt, was für ein Mistkerl er ist.« Sie blickte Flora an, legte den Kopf schief. »Ich habe schon viel Gutes über dein Café gehört, vielleicht werde ich die Tage mal vorbeikommen.«

Das entlockte Flora ein aufrichtiges Lächeln. »Das wäre schön.«

Liv nickte uns zu und ließ uns neben den Getränken allein.

»Ich hoffe, dass ich ihn nicht so schnell wiedersehen muss.«

Flora rieb sich die Stirn, als hätte sie Kopfschmerzen.

»Wie zur Hölle bist du überhaupt an diesen Typen gekommen?«, fragte ich sie, während ich mich am Nacken kratzte.

»Warum?«, zischte sie mich plötzlich wütend an und ich zuckte unwillkürlich zurück.

»Weil ich nicht so aussehe wie seine anderen Mädchen? Wie eine Cheerleaderin?«

»Nein … also ja, äh, nein«, stotterte ich, bereute sofort, dass ich gefragt hatte. »Ich hätte nur nicht gedacht, dass du auf solche Typen stehst.«

»Du meinst gut aussehend, groß, sexy?«

Verdammt. Sie hatte mich völlig falsch verstanden.

»Nein«, sagte ich beschwichtigend. »Ich meine dumm.«

Sie starrte mich einige Sekunden lang an. Ihre Augen funkelten vor unbändigem Zorn. Ich sah ihr an, wie die Gedanken durch ihren Kopf wirbelten, und plötzlich verschwand die Wut, wurde fortgetragen von dem Lachen, das aus ihr herausbrach.

Verwirrt beobachtete ich sie, bis ich es selbst in mir aufsteigen spürte und mit einstimmte. Die Anspannung fiel von uns ab. Wir hielten uns den Bauch, ignorierten die Blicke der anderen Kunden und kugelten uns vor Lachen, bis uns die Tränen kamen. Es war einer dieser Lachanfälle, wo man nicht mehr aufhören konnte, wo jeder Augenkontakt einen erneut zum Lachen brachte. Mein Bauch tat weh und ich bekam keine Luft mehr, wischte mir unter der Brille über die feuchten Augen. Minutenlang schafften wir es nicht, uns zusammenzureißen. Irgendwann gaben wir auf und setzten unseren Einkauf unter immer neuem Gelächter fort.

33
Ein Wettrennen mit Folgen

Elliot

»Ich muss meinen Kopf freibekommen.« Flora ließ sich in ihren Sessel fallen und legte die Stirn auf den Tisch.

Die gelöste Stimmung aus dem Supermarkt war längst verflogen. Nicht mehr als eine flüchtige Pause vor unseren Gedanken, die nun gewaltvoll zurück in unsere Köpfe kehrten.

Flora drehte den Kopf und sah zu mir auf. »Könnte dir auch helfen.«

Den Kopf freizubekommen, hörte sich nach einem guten Plan an. »Was schlägst du vor? Bungeejumping?«, fügte ich scherzhaft hinzu.

»Was? Nein!«

»Auf dem Dach eines Wolkenkratzers balancieren?«

Sie hob ihren Kopf von der Tischplatte. »Warum sollte ich das tun?«

Ich lachte. »Weil du ständig solche riskanten Dinge machst.«

»Nur, weil ich abends in die dunkelste Ecke des Parks gehe?« Sie verschränkte die Arme und lehnte sich im Sessel zurück.

Ich hob die Schultern. »Weil du dich mit einer Gruppe finsterer Typen anlegst. Weil du deinen deutlich größeren und schwereren Ex-Freund disst. Weil du einen Fremden bei dir schlafen lässt. Weil du das Fahrrad deines gruseligen Nachbarn klaust.«

»Wenn ich mich recht erinnere, hast du es geklaut.«

»Geliehen.«

Grinsend sahen wir uns an, bevor sie sagte: »Nein, ich gehe joggen. Eine Runde durch den Park.«

Zweifelnd sah ich sie an und wieder deutete sie meinen Blick falsch.

»Ich weiß, ich sehe nicht aus wie eine Sportskanone.«

Ich schüttelte entschlossen den Kopf. »Deswegen schaue ich dich auch nicht so an. Sondern weil du nach einem zwölfstündigen Arbeitstag, an dem du die ganze Zeit auf den Beinen warst, abends nach dem Einkaufen noch daran denkst, joggen zu gehen. Das ist verrückt.«

Sie lachte. »Aber es hilft. Glaub mir.«

Meinte sie das ernst?

»Du willst jetzt wirklich mit mir rausgehen und laufen?«

»Jap.«

Ich öffnete den Mund, aber sie kam mir zuvor und hob einen Finger. »Keine Ausreden. Zieh deine Jogginghose an. Wir laufen eine Runde durch den Park.«

Enthusiastisch sprang sie auf, ging an mir vorbei und kramte in einer Schublade in ihrem Schrank. Dann verschwand sie im Badezimmer.

»Sie meint es ernst«, sagte ich fassungslos zu den Garnelen, die unbekümmert an den Pflanzen hingen und mit ihren kleinen Beinchen fleißig die Algen davon abfraßen.

Als Flora in ihren Sportklamotten herauskam, stand ich bereits startklar im Flur und ließ den Blick über ihren Körper wandern.

»Was?« Sie sah an sich herunter.

»Du siehst g–« Schnell belehrte ich mich eines Besseren und sagte: »Sexy aus.«

Zweifelnd hob sie die Augenbrauen. »Sexy? In diesen Klamotten?«

Eine kurze, lockere Sporthose, die mehr Bein zeigte als ihre kurzen Latzhosen oder das Kleid von Samstag. Ein enges Top, unter dem ich die Träger ihres Sport-BHs sehen konnte, dazu der hohe Zopf, der schon mehr als einmal den Drang in mir geweckt hatte, ihren Nacken zu küssen.

Ich schluckte. »Verdammt sexy.«

»Mal sehen, ob du das immer noch sagst, wenn ich nach hundert Metern keuchend und verschwitzt neben dir herrenne.«

Wir starrten uns an und ich sah den Moment, in dem ihr klar wurde, dass ihre Worte genau das Gegenteil bewirkten. Die Röte kroch ihren Hals hinauf und auch ich spürte, wie die Hitze von meinem Kopf nach unten wanderte.

Wenige Minuten später, war ich derjenige, der keuchend und schwitzend neben Flora herlief.

Seitenstiche quälten mich bereits nach wenigen Metern. Ich fühlte mich nur nicht schlecht, weil es Flora neben mir nicht besser ging. Aber sie lief einfach weiter. Ihr Gesicht war verschwitzt und erhitzt. Einzelne Haarsträhnen klebten an ihrem Nacken, aber ihre Füße stießen sich unbeeindruckt weiter vom Boden ab. Und das mit einer Geschwindigkeit, die ich von ihr nicht erwartet hätte.

Sie meinte es wirklich ernst. Wir pusteten hier im Park unsere Köpfe frei. Denn ich konnte mittlerweile an nichts anderes denken als an meine brennenden Lungen. All die Sorgen, der Schmerz in meinem Herzen, die wirbelnden Gedanken, all das war in diesem Moment nichts weiter als ein entferntes, leises Hintergrundrauschen. Und es fühlte sich befreiend an. Auch wenn ich kaum Luft bekam, war es, als könnte ich zum ersten Mal seit Tagen wieder richtig atmen. Der schwere Stein auf meiner Brust war zu einem Sandkorn geschrumpft und ich genoss es, die warme Sommerbrise auf meiner erhitzten Haut zu spüren. Genoss es, hinter Flora herzulaufen. Sie ungehindert zu betrachten. Obwohl mein Blick die meiste Zeit an ihrem verschwitzten Nacken kleben blieb.

Ich weiß nicht, was mich daran so faszinierte, aber unter all der Anstrengung regte sich ein erregendes Kribbeln in mir. Die Ereignisse der letzten Tage hatten es in den Hintergrund gedrängt, aber nun entfachte der Funken und meine Gedanken begannen abzuschweifen. Mir Bilder zu zeigen, die mich aus dem Tritt brachten.

Der Drang, sie zu berühren, ließ meine Hände zucken. Ich ballte sie zu Fäusten, lief weiter.

»Kannst du noch?« Flora drehte im Laufen den Kopf zu mir.

»Klar«, sagte ich atemlos. »Könnte ... die ganze Nacht ... so weitermachen.«

Sie lachte abgehackt.

Ich hatte nicht gedacht, dass sich eine Runde durch den Park so lang ziehen konnte, aber kurz darauf sah ich in der Ferne den schmalen Sandweg, der uns zurück zu ihrer Wohnung führte. Die Erleichterung währte nur kurz, denn plötzlich fragte Flora: »Bereit für den finalen Sprint?«

»Was?!«

»Bis zur Bank«, rief sie und rannte plötzlich los. Automatisch erhöhte auch ich das Tempo. Und schnell wurde aus dem Sprint ein Wettrennen. Ich hätte gelacht, wenn noch genug Luft in meiner Lunge gewesen wäre. Aber so beließ ich es bei einem Grinsen und holte das letzte bisschen Kraft aus mir heraus. Ich überholte Flora, konzentrierte mich auf die morsche Holzbank vor mir, spürte sie dicht hinter mir.

Eine Hand packte mich am T-Shirt, zog mich nach hinten, brachte mich zum Stolpern, sodass Flora an mir vorbeilaufen konnte. Ich versuchte, sie meinerseits zu packen. Mit einem Quieken wich sie mir aus und drehte sich im Laufen halb zu mir um. Ich stolperte mehr, als dass ich rannte, kämpfte gegen den Sauerstoffmangel und das ausbrechende Lachen an. Meine Kräfte verließen mich und Flora legte die letzten Meter hastig zurück, bevor sie mit einem Satz auf die Bank sprang und den Sieg für sich beanspruchte. Triumphierend riss sie die Arme in die Luft, drohte dabei jedoch nach hinten über die Lehne der Bank zu fallen.

Schnell eilte ich auf sie zu und packte sie im letzten Moment an den Hüften.

Sie stieß ein atemloses »Huch« aus und hielt sich an meinen Schultern fest.

Keuchend sah ich zu ihr auf. Der Schweiß lief mir über die Stirn, den Rücken, selbst an den Armen kitzelte er mich. Mein Gesicht glühte, meine Lunge brannte, der Puls pochte hinter meinen Augen und trotzdem grinste ich. Nahm die Hitze wahr, die ihr Körper ausstrahlte. Genau wie den festen Griff ihrer Hände an meinen Schultern. Ich blickte in ihr erhitztes Gesicht, betrachtete die kleinen Schweißtropfen an ihren Schläfen, das Glitzern auf ihren geschwungenen, roten Lippen.

»Ich habe gewonnen«, flüsterte sie.

Ich schluckte, starrte weiter auf ihren leicht geöffneten Mund. Bilder blitzten vor meinem inneren Auge auf. Bilder, die mein Herz zum Stolpern brachten, die dazu führten, dass ich den Griff an ihren Hüften verstärkte.

Die Welt um mich herum existierte nicht länger, meine ganze Konzentration richtete sich auf die Frau vor mir auf der Bank. Auf die wenigen und zeitgleich endlosen Zentimeter, die uns trennten. Auf die Hitze, die zwischen uns flimmerte.

Langsam zog sie ihre Unterlippe zwischen die Zähne, beugte sich nur ein wenig zu mir. Das war der Moment, in dem ich all die Bedenken, die Unsicherheit und das Zögern fortwischte und den lächerlichen Abstand zwischen uns überwand.

Meine Lippen trafen hart auf ihre. Feucht. Heiß. Schwer und weich zugleich. Meine Nervenenden explodierten, als ich in der Berührung versank, mich in der drängenden Zärtlichkeit verlor. Ihre Hände legten sich quälend sanft auf meine Wangen, zogen mich näher an sich. Der Kuss wurde tiefer, intensiver. Unsere Münder bewegten sich aufeinander, öffneten sich, und als ihre Zunge meine berührte, konnte ich ein Stöhnen nicht unterdrücken. Ich grub meine Finger tiefer in ihre Hüften, schmeckte ihr Strahlen, ihr Lachen und ihr Verlangen.

Ich packte sie fester und hob sie von der Bank, nur um sie sofort wieder an mich zu pressen. Entfernt war mir bewusst, dass das hier intensiver war, als es sich für einen öffentlichen Ort gehörte. Doch als sie zaghaft an meiner Unterlippe knabberte, verflog der Gedanke im Rausch der Erregung. Ich eroberte ihren Mund, grub eine Hand in ihr Haar. Unser keuchender Atem vermischte sich, meine Haut stand in Flammen, als Floras Hände unter mein Shirt wanderten. Meinen verschwitzten Rücken hinauf und wieder hinunter.

Fuck!

»Wir sollten nach Hause gehen«, murmelte ich an ihrem Mund. Sie stieß ein zustimmendes Geräusch aus, aber es dauerte noch einige Sekunden, bis wir uns voneinander lösen konnten.

Flora räusperte sich und strich sich nervös das Haar zurück.

Auch mein Kopf wurde wieder klarer und die plötzliche peinliche Stille verdrängte das Feuer in mir.

»Wollen wir …« Flora deutete zögernd hinter sich.

»Ja«, sagte ich knapp und nach einem weiteren Räuspern meinerseits machten wir uns auf den Weg zurück.

Wir schwiegen und keiner von uns wusste so recht, wohin mit sich. Ich sah Flora von der Seite an, betrachtete ihr Profil. Die Wangen gerötet, die Haare durcheinander und verschwitzt. Wieder stieg die Hitze in mir auf. Ein nervöses Kribbeln, das sich von meinem Bauch abwärts ausbreitete.

Ich biss die Zähne zusammen und begann schneller zu laufen.

Als wir nach einer gefühlten Ewigkeit endlich in ihrer Wohnung angekommen waren, schloss ich die Tür hinter mir und blieb im Flur stehen, starrte auf Floras Rücken. Mein Herz raste, während ich meinen Blick an ihr auf und ab wandern ließ. Ihre Kleidung verdeckte in diesem Moment viel zu viel von ihrer weichen Haut und ich wollte nichts mehr, als sie von ihrem Körper zu reißen. Flora sah über ihre Schulter zu mir. Der Mund leicht geöffnet. Ein Funkeln in den Augen.

Ich biss die Zähne zusammen.

Scheiß drauf.

34
Mein Körper ist dein

Flora

Unsere Körper prallten aufeinander. Verschwitzt, erhitzt, unkontrolliert.

Weiche Lippen legten sich verlangend auf meine, bewegten sich, sodass ich das Kratzen der Bartstoppeln auf meiner Haut spürte. Unser schwerer Atem vermischte sich, verband uns, machte uns zu eins. Zu einem tosenden Sturm aus Emotionen, die zu lange darauf gewartet hatten, auszubrechen. Jetzt verschlangen sie uns, trieben uns an, mehr zu wollen, sich mehr zu nehmen. Elliot öffnete den Mund und meine Zunge glitt rücksichtslos hinein. Als ich seine berührte, explodierte die Lust in meinem Unterleib. Meine Brüste spannten sich und ein leises Stöhnen entfuhr mir. Ich versank in dem Kuss, der sich tausendmal besser anfühlte als in meiner Vorstellung. All die Träume in der Nacht, all die heimlichen Fantasien. Sie waren nichts im Vergleich zu diesem realen Moment, der meinen Körper in Flammen setzte.

Elliots Hände wanderten meinen Rücken hinunter, umfassten meinen Po und drückten mich gegen seine Härte. Ich keuchte auf, drängte mich verlangend an seine Mitte, neigte den Kopf, um den Kuss zu vertiefen. Mit zitternden Fingern schob ich sein T-Shirt hoch, griff nach seiner nackten, verschwitzten Haut. Ein Knurren glitt über seine Lippen in meinen Mund, ließ meinen Körper lustvoll vibrieren.

Ich zupfte an seinem Shirt. Er verstand sofort und wir lösten uns voneinander, um die störenden Oberteile auszuziehen. Nur wenige hastige Herzschläge später pressten wir unsere halbnackten Körper aneinander. Elliot suchte nach dem Verschluss meines BHs, allerdings besaß er keinen. Er stöhnte ungeduldig und schob die Körbchen kurzerhand nach oben, bevor er mir den BH über den Kopf zog. Ich lachte kurz über seine Ungeduld. Doch sein Mund verschluckte es sofort und als sich seine Hände schützend über meine Brüste legten, verwandelte es sich in ein lustvolles Stöhnen.

Mein Unterleib kribbelte verheißungsvoll. Es war zu viel und gleichzeitig zu wenig. Ich hielt mich an Elliots Schultern fest, als seine Lippen meinen Hals hinabwanderten. Tiefer bis zu meinem Schlüsselbein, weiter bis zu meinen Brüsten. Seine Berührung löste tausend Blitze auf meiner Haut aus. Vernebelte mein Gehirn, löschte alle Gedanken darin aus. Als sich sein Mund um meine Brustwarze schloss und seine warme Zunge sie neckte, versagten fast meine Beine.

Elliot musste es bemerkt haben, denn er schob mich in Richtung des Bettes. Kaum, dass ich die Matratze in den Kniekehlen spürte, ließ ich mich nach hinten fallen. Elliot folgte mir, ohne sich von mir und meiner Brust zu lösen.

Während er sich der anderen zuwandte, kneteten seine Hände meine Hüften und ich ließ meine über seine Haut wandern. Meine Finger glitten in den Bund seiner Jogginghose und Elliots Stöhnen entfachte das Feuer in mir zu einem brüllenden Inferno.

Ich zerrte an dem Stoff und Elliot richtete sich auf.

»Du zuerst«, sagte er leise, griff nach dem Bund meiner Sporthose und zog sie herunter.

Der Stoff klebte an meiner feuchten Haut. Elliot zerrte ungeduldig daran. Mit einem kräftigen Ruck zog er mir die Hose samt Slip aus. Doch er war zu nah an der Bettkante, verlor das Gleichgewicht und knallte rücklings auf den weichen Teppich.

Bevor ich überhaupt verstand, warum er weg war, tauchte sein Kopf wieder auf.

Er grinste atemlos und kniete eine Sekunde später wieder auf dem Bett. Aber anstatt sich auf mich zu stürzen, blieb er, wo er war, und starrte mich an. Meinen Körper. Die Faszination in seinem Blick verhinderte, dass ich meine Beine schützend an mich zog. Ich wusste, dass mein Körper nicht perfekt war. Blasse Haut und Rundungen, die mich in diesem Moment mehr störten, als sie sollten. Und trotzdem kniete Elliot über mir und ließ seine Augen über jeden Zentimeter wandern, als wäre es ein Gemälde.

»Verdammt sexy«, murmelte er und ich schluckte unwillkürlich. Dann nahm er seine Brille ab und beanspruchte meinen Mund für sich. Mein Körper vibrierte vor Anspannung und Erregung und spätestens als seine Hand über meinen Bauch bis zwischen meine Beine wanderte, war ich völlig verloren.

Meine Nässe entlockte ihm ein dunkles Stöhnen, vertrieb augenblicklich das Gefühl der Scham, das in mir aufstieg. Doch es hatte keine Daseinsberichtigung. Nicht jetzt. Nicht hier. Nicht mit Elliot. Ich gehörte ihm. Meine Erregung. Meine Lust. Mein Körper.

Er berührte meine empfindlichste Stelle, löste einen Sturm aus, der drohte, mich unter sich zu begraben.

»Elliot«, hauchte ich und der Druck in mir wurde größer, schwerer, bis er in tausend prickelnde Funken explodierte, die wie leuchtende Punkte vor meinen Augen tanzten.

Ich keuchte schwer, spürte erneut Lippen, die mich überall gleichzeitig zu berühren schienen.

»Hast du …?«, begann er unsicher und sah von meinem Bauch zu mir auf. »Bitte sag mir, dass du welche hier hast.«

Die Verzweiflung in seiner Stimme entlockte mir ein atemloses Lachen. Ich wusste, was er meinte, rollte mich über das Bett, griff in eine Lücke zwischen Matratze und Wand und holte ein Kondom hervor.

»Gott sei Dank.« Er entledigte sich seiner Hose, hielt aber plötzlich inne.

»Also nur, wenn du … wenn, wenn du auch möchtest.«

»Hör auf zu reden und komm her.«

Das ließ er sich nicht zweimal sagen. Er nahm das Kondom

und nur wenige Augenblicke später war er wieder über mir. Legte sich zwischen meine Beine und begann, meine Zunge mit seiner zu necken.

Nichts hätte mich auf den Moment vorbereiten können, als er in mich eindrang. Auf die Flutwelle, die er in mir auslöste. Ich verlor mich in ihm. In seinen Bewegungen. In seinen Händen auf meinem Körper. In seinem hektischen Atem an meinem Ohr. Ich hielt mich an ihm fest, ließ mich von der Flutwelle mitreißen, ritt auf ihr, bis sie über mir zusammenbrach und Elliot mit sich riss.

Ich spürte sein schnell schlagendes Herz unter meiner Hand. Hörte das rhythmische Schlagen in seiner Brust. Mein Zeigefinger kreiste um seinen Bauchnabel, zupfte neckend an den kleinen Härchen. Die Benommenheit in meinem Kopf verschwand mit jedem Atemzug ein wenig mehr, bis ich mich aufraffte und zum unromantischen Teil nach dem Sex überging.

Ich drückte Elliot einen Kuss auf die Wange, den er mit einem zufriedenen Lächeln quittierte, dann ging ich ins Bad. Im Spiegel blickte mir ein träge lächelndes Gesicht entgegen. Die dunklen Haare standen wie ein Vogelnest von meinem Kopf ab. Der Zopf hatte sich inzwischen gelöst und das Haargummi hing in einer verknoteten Strähne. Ich beugte mich vor und wischte mir die verschmierte Mascara unter meinen Augen fort. Von den vielen Küssen waren meine Lippen gerötet. Mein eigener Anblick entlockte mir ein Grinsen.

Ich habe mit Elliot geschlafen.

Ich fuhr mir mit einem Finger über die Unterlippe, spürte noch immer den Nachhall seiner Berührung.

Wärme prickelte hinter meiner Brust und verdrängte all den Ärger und die Sorgen der letzten Tage.

Nachdem ich im Bad fertig war, öffnete ich die Tür und schaute hinaus. Elliot kniete auf dem Boden und suchte ihn tastend ab.

»Auf dem Bücherstapel.«

Suchend drehte er sich um und fand schließlich seine Brille.

»Ich gehe duschen, willst du …« Bevor ich den Satz beenden konnte, sprang er bereits auf und eilte zu mir.

»Unbedingt«, sagte er, drückte mir einen Kuss auf die Lippen, bevor er sich an mir vorbei drängte und in die Dusche stieg.

»… mitkommen«, beendete ich meinen Satz und musste bei dem begeisterten Gesichtsausdruck von Elliot schmunzeln.

Das Duschen wurde schnell zur Nebensache und erst das kälter werdende Wasser trieb uns hinaus. Zitternd trockneten wir uns ab. Ich verzichtete darauf, meine Haare zu föhnen und flocht sie stattdessen zu einem Zopf.

Auch wenn wir uns beide lieber in das weiche, warme Bett gelegt hätten, verlangten unsere knurrenden Mägen nach Aufmerksamkeit. Es war halb zehn und wir hatten neben dem Einkaufen, Alex, dem Joggen und dem darauffolgenden, atemberaubenden Sex, das Essen völlig vergessen.

Während wir banale Scheiben Toast mit Käse aßen und jeder eine Dose Limo dazu trank, bemerkte ich, wie die Zufriedenheit in Elliots Gesicht mit jeder Sekunde verblasste. Am Ende waren seine Augen mit der vertrauten Traurigkeit und einem unendlich tiefen Schmerz überschattet.

»Was ist los?«, fragte ich leise, schlang meine Arme um mich, denn mir war plötzlich kalt.

Er seufzte leise, drehte seinen Kopf zu meinem Aquarium und starrte darauf.

»Rede«, verlangte ich sanft.

Er schwieg. Eine Sekunde. Zehn Sekunden. Eine Minute. Und ich befürchtete, dass es anhalten würde, doch dann drehte er sich zu mir.

»Es fühlt sich an, als verdiene ich es nicht«, begann er leise. »Als dürfte ich mich nicht gut fühlen, nicht glücklich sein.«

Ich legte den Kopf schief.

»Versteh mich bitte nicht falsch«, fügte er hastig hinzu. »Ich bereue es nicht, werde es niemals bereuen und«, er beugte sich näher zu mir, strich eine Haarsträhne aus meinem Gesicht, bevor er seine warme Hand sanft an meine Wange legte, »ich würde dir in diesem Moment am liebsten wieder das T-Shirt vom Körper reißen.«

Ich küsste den Finger, der über meine Lippen strich und seine grauen Augen weiteten sich für einen kurzen Moment. Ich sah das Verlangen in ihnen, bevor es von dem Schmerz in seiner Seele vertrieben wurde.

»Es tut nur so verdammt weh«, flüsterte er. Dann nahm er die Hand von meiner Wange und die plötzliche Kälte ließ mich erneut frösteln.

Elliot verschränkte die Finger auf seinem lockigen Haarschopf. »Immer wenn ich all das für einen kurzen Moment vergesse, mich glücklich fühle, dann kommen die Erinnerungen mit voller Wucht zurück und es schmerzt mehr als zuvor. Als würde ich bestraft werden, weil ich mich gut gefühlt habe. Als würde es mir nicht zustehen.«

Tränen schimmerten in seinen Augen. Tränen, die mich dazu veranlassten, aufzustehen und mich auf seinen Schoß zu setzen.

Er legte sein Kinn auf meinen Kopf. »Ich habe Angst, dass ich mich immer so fühlen werde. Dass dieses Gefühl nie mehr verschwindet und ich weiß nicht, wie ich das ertragen soll.«

Seine Arme wärmten mich, während ich mein Gesicht an seine Brust schmiegte und seinen Geruch in mich aufnahm.

»Der Schmerz wird nie ganz verschwinden, Elliot«, begann ich leise. »Es wird immer Momente geben, in denen du sie vermisst, in denen du um sie weinst und die Traurigkeit dich zu Boden reißt. Aber es wird leichter, die Momente werden weniger und der Schmerz verblasst.« Ich sah zu ihm auf. »Nicht heute, nicht morgen, nicht in einem Monat. Aber irgendwann wirst du an deine Schwester denken, dich an die schönen Momente erinnern und lächeln können.«

»Wenn ich mich eines Tages erinnere«, sagte er bitter.

»Das wirst du, glaub mir. Und bis es so weit ist, bleibe ich an deiner Seite. Du wirst das nicht allein durchstehen müssen. Hast du mich verstanden?«

Er drückte mich fester an seinen Körper. Das zaghafte Nicken an meinem Kopf war die einzige Antwort, die ich bekam. Aber sie genügte.

»Ihr hattet Sex!« Brit deutete auf Elliot und mich. Einige Gäste drehten sich neugierig zu uns um.

»Brit!«, zischte ich, während mir die Hitze in die Wangen kroch. Elliot räusperte sich unwohl und verschwand schnell in der Küche.

»War es gut?«

Ich verdrehte die Augen, konnte mir aber ein Grinsen nicht verkneifen. »Verdammt gut.«

»Das wurde aber auch Zeit.«

»Wie bitte?«

Brit hob unbekümmert die Schultern. »Ihr teilt euch ein Bett. Seht euch fast vierundzwanzig Stunden am Tag. Es hätte nur auf die eine oder andere Weise enden können.«

Fragend sah ich sie an, während ich mich hinter den Tresen stellte.

»Na ja, entweder hättet ihr euch gegenseitig umgebracht oder euch die Kleider vom Leib gerissen.« Sie hob wissend einen Mundwinkel. »Ich habe natürlich auf Letzteres getippt, aber ich hätte nicht gedacht, dass es so lange dauern würde.«

»Wir kennen uns noch keine drei Wochen, Brit, und die Umstände sind nicht die Besten gewesen, sind es immer noch nicht.«

»Und trotzdem war von Anfang an diese Verbindung zwischen euch.« Sie rieb ihre Fingerspitzen demonstrativ aneinander.

Ich schmunzelte, bevor ich in Richtung Küche deutete. »Ja, ja, und jetzt mach dich wieder an die Arbeit«, befahl ich gespielt streng.

»Aye, aye Boss.«

Elliot kam aus der Küche, doch sie griff nach seinen Armen und zog ihn zurück. Skeptisch sah ich ihnen hinterher, doch dann kamen neue Gäste, die bedient werden wollten.

Der Rest des Tages verlief in hektischen und ruhigen Abschnitten. Während des Vormittags sah ich Elliot und Brit immer wieder nebeneinanderstehen und sich leise unterhalten. Sogar Danny gesellte sich dazu. Doch als ich fragte, worüber sie sprachen, antwortete Elliot nur, dass es ein Geheimnis sei und gab mir einen Kuss.

Am Nachmittag erwischte ich Julia und Elliot dabei, wie sie sich leise in der Küche unterhielten. Doch keiner wollte mir sagen, was los war.

Auch wenn es mich nervte, hegte ich einen Verdacht und gab den Versuch, Elliot auszuquetschen, bald auf.

35
Kennen wir uns?

Elliot

»Ich habe sechsundzwanzig Nachrichten von einem Jacob.«

Flora beugte sich über meine Schulter, schmiegte ihr Gesicht an meine Wange und blickte auf das Handy in meiner schwitzigen Hand.

Es war Donnerstagabend und ich hatte mich endlich getraut mein Handy nicht nur anzuschalten, sondern auch die offenen Nachrichten zu lesen.

Auf dem Display waren meine Chats aufgelistet. Drei davon mit ungelesenen Nachrichten. Zwei von Milo, eine von einer Feline und sechsundzwanzig von diesem Jacob.

Milos Chat ignorierte ich, da ich mir sicher war, dass mich dort nichts Gutes erwarten würde. Ich tippte auf Feline.

Willst du immer noch ihre Sachen abholen?

»Hm«, kam es von Flora. »Kannst du damit etwas anfangen.«

Ich schüttelte den Kopf. Auch wenn ich ahnte, wem besagte Sachen gehörten. Schnell tippte ich auf Jacobs Chat und eine Flut aus kurzen und langen Nachrichten breitete sich vor mir aus.

»*Wie geht es dir?*«, las ich leise vor. »*Was machst du heute? Wann kommst du wieder? Mir ist langweilig. Luca, ist alles okay?*« Ich überflog den Rest.

»Er scheint sich Sorgen um dich zu machen.«

Scheiße, bitte melde dich.

276

Ich hoffe, alles ist okay.

Ich klinge wie meine Mom, aber ich mache mir echt Sorgen.

Wenn ich dir helfen kann, sag Bescheid. Ich bin da.

Die letzte Nachricht war von vor drei Tagen.

»Jacob«, murmelte ich. Suchte in meinem Kopf nach einem Bild von ihm.

Glitzerndes Wasser. Ein hoher Kirschbaum. Eine verschwommene Gestalt, die mich von einer Terrasse aus beobachtete.

»Du solltest ihm antworten«, sagte Flora, löste sich von mir und ging in die Küche.

Sie schenkte jedem von uns ein Glas Wasser ein.

»Ich weiß nicht«, sagte ich ausweichend.

Sie seufzte. »Gib mal her.«

Ohne lange nachzudenken, gab ich Flora mein Handy.

Doch als sie zu tippen begann, riss ich die Augen auf. »Was machst du da?«

Sie gab es mir mit einem zufriedenen Lächeln zurück.

»Nur ein kleiner Schubs in die richtige Richtung.«

Einen Moment später vibrierte das Handy in meiner Hand. Ich sah auf den Bildschirm und entdeckte eine neue Nachricht von Jacob.

O mein Gott!! Ich dachte, du wärst tot!! Auf jeden Fall. Du musst vorbeikommen. Morgen Abend?

»Flora! Er will sich morgen Abend mit mir treffen!«

Sie nippte an ihrem Glas, bevor sie antwortete: »Wir haben nichts vor.«

Vierundzwanzig Stunden später stiegen wir aus dem Bus und fanden uns in einer Straße mit einfachen, aber gepflegten Einfamilienhäusern wieder. In der Ferne fuhren Teenager mit Rollschuhen umher, lachten und kreischten dabei.

Zum hundertsten Mal sah ich auf mein Handy. Überprüfte die Adresse, die Hausnummer.

»Vierundfünfzig«, sagte ich, obwohl Flora bereits losgelaufen war.

»Hier entlang«, rief sie mir zu und ich beeilte mich, ihr zu folgen, auch wenn ich am liebsten wieder umgedreht wäre.

Die Ungewissheit, was mich hier erwarten würde, machte mich nervös. Wer war dieser Jacob, wie sah er aus? Woher kannten wir uns? Und was am wichtigsten war, was genau wusste er? Über mich. Über meine Schwester. Meine Handflächen schwitzten, meine Schritte wurden langsamer.

Ich war nicht bereit dafür.

Eine sanfte Berührung ließ mich aufblicken. Flora nahm meine Hand in ihre und drückte sie aufmunternd.

»Was ist los?«, fragte sie.

Ich seufzte. »Keine Ahnung.« Matt hob ich die Schultern. »Alles, was ich bisher über mich erfahren habe, war … nicht gut. Ich habe einfach Angst, dass hier ein neuer Schrecken auf mich wartet. Ein neues Geheimnis, das mich in den Abgrund reißt.«

»Das glaube ich nicht. Schau dich um. Die Gegend sieht friedlich aus. Und Jacob scheint dein Freund zu sein. Er hat sich Sorgen um dich gemacht.«

Ohne meine Antwort abzuwarten, zog sie mich weiter. Ihre Unbeschwertheit beruhigte mich ein wenig, ebenso wie die Tatsache, dass sie einfach mitgekommen war. Wir hatten nicht darüber gesprochen und irgendwie stand es von Beginn an fest, dass sie mich begleiten würde.

Ich entdeckte die gesuchte Hausnummer auf einem großen Stein neben einer breiten, gepflasterten Auffahrt. Ein teuer aussehender Jeep stand unter einem Carport. Dahinter ragte ein zweistöckiges Haus empor. Ein riesiger Vorgarten mit hübsch angelegten Beeten und einem einzelnen großen Kirschbaum in der Mitte.

»Bist du bereit?«, fragte mich Flora.

»Nein.«

»Das wird schon.«

Dann zog sie mich zur Haustür.

Ich hatte keine andere Wahl. Ich musste mehr über mich erfahren, musste wissen, was für ein Mensch ich war, bevor ich zu meiner Mutter ging. Denn Flora hatte nicht Unrecht, ich konnte nicht wissen, ob meine Mutter mir die Wahrheit über mich und meine Schwester erzählen würde. Ich brauchte jemanden, dem ich vertrauen konnte, dessen Worten ich wirklich glauben konnte. Und dieser Jacob war meine einzige Chance.

Nachdem ich geklingelt hatte und hastig vom Treppenabsatz hinuntergesprungen war, hörte ich es hinter der Tür poltern und fluchen. Kurz darauf öffnete ein braungebrannter junger Mann mit blonden Haaren die Tür. Er trug ein Basecap, dazu kurze Shorts und ein einfaches Shirt.

Blaue Augen musterten mich, bevor sich ein breites Grinsen auf seinen Lippen ausbreitete.

»Luca!«, rief er und humpelte auf mich zu.

Erst jetzt sah ich die Krücke, auf die er sich stützte.

Unwillkürlich wich ich zurück, was ihn sofort stutzen ließ.

»Hey«, sagte ich zögernd.

»Hey« Bei ihm klang es eher wie eine Frage. Er sah mich unsicher an, bevor sein Blick auf Flora fiel.

»Ich wusste nicht, dass du jemanden mitbringst.«

Die Atmosphäre wurde von Sekunde zu Sekunde unangenehmer.

Flora kam einen Schritt nach vorne und hob grüßend die Hand. »Hey, ich bin T… Flora. Und um ehrlich zu sein, war ich diejenige, die dir geschrieben hat.«

»Okay? Jetzt bin ich verwirrt.«

»Wir sollten gehen«, brach es aus mir heraus und ich zupfte an Floras Latzhose.

Jacob schüttelte den Kopf. »Nein, nein! Kommt rein. Ich wollte Pizza bestellen und …« Nervös fuhr er sich über den Nacken, sah zwischen Flora und mir hin und her. »Und du wolltest mit mir reden, hast du geschrieben.« Er deutete auf mich, bevor sein Finger zu Flora wanderte. »Oder du?«

»Eigentlich bin ich nur der seelische Beistand. Also ja, Elliot, äh, Luca würde dir gerne ein paar Fragen stellen.«

Die Verwirrung in seinem Gesicht wurde noch größer und die Situation war einfach merkwürdig.

»Okay, dann kommt rein.«

Wir folgten ihm ins Haus, zogen im Eingangsbereich unsere Schuhe aus, bevor wir mit Jacob in das offene Wohnzimmer gingen.

Nicht nur von außen wirkte das Haus elegant und teuer, auch innen fielen mir die hochwertigen, hellen Möbel auf, eine moderne Küche, die so glänzte, als hätte noch nie jemand darin gekocht.

Ich hätte mich unwohl fühlen müssen, aber der Anblick löste ein vertrautes Gefühl in mir aus. Hier war ich schon einmal gewesen.

»Meine Eltern kommen erst übermorgen zurück, also können wir uns heute hier breitmachen.«

Jacob deutete auf das große Ledersofa und wir setzten uns. Ein betretenes Schweigen setzte ein und ich fühlte mich,͘ als hätte ich gleich ein Vorstellungsgespräch.

Ich sah mich um, bemerkte, dass im Fernseher ein Videospiel pausierte, dessen Musik im Hintergrund weiterlief.

»Okay, ihr zwei.« Wir sahen Jacob an, dessen Lächeln deutlich verkrampfter war als zu Beginn. »Was ist hier los?«

Ich richtete mich etwas auf und räusperte mich. »Ich bin vor mehr als zwei Wochen im Krankenhaus aufgewacht und habe seither keine Erinnerung mehr an mein Leben.«

»Ja, ist klar.« Lachend sah er uns an, bis er unsere ernsten Gesichter bemerkte. »Du meinst das ernst?«

»Ja.«

Seine Augen wurden groß. »Ach du Scheiße!«, entfuhr es ihm laut. »Du hast dein Gedächtnis verloren? Alles?«

»So ziemlich«, sagte ich.

»Krass!« Jacob nahm das Basecap ab und fuhr sich durch die Haare. Dann hievte er sich hoch und humpelte in die Küche. »Ich brauche ein Bier.« Er drehte sich fragend zu uns. »Noch jemand?«

Doch Flora und ich schüttelten die Köpfe.

Als er sich wieder setzte, schien er immer noch überfordert von meiner Offenbarung und nahm einen großen Schluck aus seiner Flasche.

Also zwang ich mich, weiter zu reden. »Ich scheine kein gutes Verhältnis zu meiner Familie zu haben und bin mir nicht sicher, ob ich ihnen vertrauen kann, deswegen hatte ich gehofft, etwas mehr über mich zu erfahren, von einem ...« Ich zögerte. »Einem Freund?«

Jacob sah mich mit hochgezogenen Augenbrauen an. »Ja, wir sind Freunde. Wenn auch noch nicht sehr lange.«

»Entschuldige, das muss seltsam für dich sein.«

Er lachte und etwas zupfte an meinen Erinnerungen. Aber das Gefühl verflog sofort wieder.

»Es ist mega seltsam, und irgendwie habe ich das Gefühl, dass du gleich aufspringst und lauthals *verarscht* rufst.«

Das entlockte mir ein Grinsen, wenn auch etwas gequält. »Schön wär's.«

Er nippte an seinem Bier. »Okay, du weißt gar nichts? Nada? Niente?«

Ich nickte, dann stellte Jacob seine Flasche auf den Tisch, rieb sich die Hände und verkündete: »Alles klar, dann bestelle ich uns mal eine große Familienpizza und halte euch ein Referat über den berühmten Luca Callens.«

Er tippte kurz auf seinem Handy herum, dann versorgte er uns mit Limo Dosen, und als er sich setzte, klopfte er sich auf die Oberschenkel.

»Wo fang ich an«, begann er, dann hob er seine Krücke. »Eigentlich kennen wir uns nur dadurch. Ich bin kurz vor den Semesterferien von meinem Motorcross-Bike gefallen und hab mir beide Beine gebrochen.«

»Autsch«, entfuhr es Flora mitfühlend.

Er nickte. »War definitiv eine Erfahrung, die ich nicht wiederholen möchte. Ich war erst mal für einige Zeit an einen Rollstuhl gefesselt, was wirklich nervig war und während all meine Freunde losgezogen sind, Partys, Ausflüge, haben sie mich eiskalt meinem Schicksal überlassen. Ich war ziemlich down, als meine Eltern dich gefragt haben, ob du dir mit Gartenarbeit etwas dazuverdienen willst, weil ich nicht in der Lage dazu war und sie viel unterwegs sind.«

»Ich war euer Gärtner?«, fragte ich überrascht.

Jacob nickte. »Du hast hier in den letzten drei Jahren immer mal wieder den Nachbarn geholfen. Dem alten Harry von gegenüber hast du immer die Hecke geschnitten und den Rasen gemäht. Ich kannte dich also schon vom Sehen, aber du warst meistens ziemlich für dich. Nett, aber schweigsam.«

Das passte schon eher zu mir.

»Du kamst zweimal die Woche. Montags zum Rasenmähen und dienstags für die Beete. Und da ich vor Langeweile beinahe gestorben wäre, habe ich dich einfach angequatscht.«

Sein Lachen kam mir vertraut vor, genau wie die Leichtigkeit, die er versprühte. Er war das komplette Gegenteil von mir, nicht nur vom Charakter, sondern auch von seinem Leben. Semesterferien bedeuteten, dass er studierte. Seine Eltern schienen beide zu arbeiten und gut zu verdienen.

»Ich habe dich ausgefragt, aber richtig viel konnte ich dir anfangs nicht entlocken.«

Bevor sich Enttäuschung in mir breitmachen konnte, sprach er weiter.

»Nur das du versuchst, dir ein eigenes Leben aufzubauen. Dass du das Geld sparst und dass du nur vormittags Zeit hast, weil du mittags deine Schwester vom Kindergarten abholen musstest. Du hast sie sogar ein paar Mal mitgebracht.«

Mein Herzschlag geriet ins Stolpern und ich starrte Jacob an.

»Ich habe Anna mit hierhergebracht?«

»Ja, ein paar Mal. Ich habe dir angeboten, dass ihr in den Pool könnt. Wie gesagt, mir war wirklich langweilig und ich war über jede Gesellschaft froh, so war ich immerhin nicht allein.«

Ich schluckte. »Wie ... wie war sie?«

Überrascht sah er mich an. Offenbar verwirrt über meine Frage. »Niedlich. Sie hat viel gelacht, war superneugierig und ... keine Ahnung. Ihr beide habt mich fasziniert. Du warst oft nachdenklich und dich zum Lachen zu bringen, grenzte an ein Wunder. Aber sobald Anna bei dir war, wurdest du zu einem anderen Menschen.« Er zögerte. Musterte mich aufmerksam. »Geht es Anna gut?«

Ich verkrampfte mich. Ballte die Hände zu Fäusten, damit ich den drohenden Ansturm an Emotionen standhalten konnte. Ich schloss die Augen und versuchte, verzweifelt die Tränen zurückzuhalten.

»Ja«, log ich, öffnete die Augen und zwang ein Lächeln auf meine Lippen. »Es ist nur ziemlich viel momentan. Tut mir leid.«

Ich konnte kaum atmen, der Druck auf meiner Brust war unerträglich. Ich betete, dass er das Thema fallen ließ und nach einem weiteren forschenden Blick, klingelte es zum Glück an der Tür.

Jacob stemmte sich umständlich hoch.

»Ich gehe schon«, sagte Flora. »Hast du schon bezahlt?«, fragte sie im Laufen.

»Jap.«

Sie ging zur Tür, nahm den riesigen Pizzakarton entgegen und kam zurück.

Als sie den Deckel öffnete, schlug uns ein Schwall von

Gerüchen entgegen. Fettiger Käse, Tomatensauce, Zwiebeln, Salami, Pilze.

Jacob bedeutete uns, uns zu bedienen und jeder nahm sich ein Stück. Obwohl mir die Erinnerung an Anna noch im Magen lag, zwang ich mich zu essen.

Irgendwann sagte Jacob: »Deine Familie ist eine Katastrophe.« Er lachte bitter. »Sorry, ich weiß, du kennst mich momentan nicht und auch ich kenne dich erst wenige Monate, aber das, was ich mitbekommen habe, ist echt übel. Dein Bruder und deine Mom, die interessieren sich nur für sich selbst. Ich kann gut verstehen, dass du den beiden nicht traust. Das solltest du auch nicht.«

Ich nickte. »So viel habe ich auch schon mitbekommen.«

Jacob räusperte sich. »Also, wenn du … wenn du einen Ort brauchst, wo du … du weißt schon, wohnen kannst, dann sag Bescheid okay? Anna natürlich auch. Ihr seid hier jederzeit willkommen, okay?«

Ich presste meine Lippen zusammen. Nickte und zwang ein leises »Okay« hinaus. Schnell biss ich von meiner Pizza ab, um nichts mehr sagen zu müssen.

Schweigen setzte ein. Jeder aß für sich und ich überlegte, was Jacob mir noch erzählen konnte, was er wissen könnte.

Aber er kam mir zuvor und fragte: »Und woher kennt ihr euch? Das letzte Mal, als wir uns gesehen haben, hast du mir nichts von einer Freundin erzählt.«

Er grinste wie ein kleines Kind, als er zwischen uns hin und her sah. Bei dem Wort *Freundin* spürte ich die Hitze in mir aufsteigen. Ich sah Flora an, die mich anlächelte. Weder sie noch ich widersprachen dem Wort. Ein Kribbeln breitete sich in mir aus, drängte das erdrückende Gefühl zurück und machte Platz für die Wärme, die meine Haut überzog wie eine weiche Decke.

»Flora war da, als ich den … Unfall hatte und hat mich im Krankenhaus besucht.« Ich sah zu ihr, unsere Blicke trafen sich erneut. Das Lächeln war etwas verrutscht. Und ich fragte mich, woran sie gerade dachte.

»Sie war die Erste, die ich gesehen habe, als ich aufgewacht bin und ist seither für mich da.«

»Also kanntet ihr euch vorher nicht?«, fragte Jacob.

Wir schüttelten gleichzeitig den Kopf.

»Und was genau war das für ein Unfall? Was ist passiert?«

»Autounfall«, sagte ich schnell. »Ich wurde angefahren und bin mit dem Kopf auf der Straße aufgeschlagen.«

Flora verzog kaum merklich das Gesicht. Aber ich hatte nicht vor, Jacob die Wahrheit zu erzählen. Nicht jetzt, wo ich ihn noch gar nicht richtig kannte. Nicht wusste, was für ein Mensch er war.

»Krass! Dann hast du Glück gehabt, dass nicht mehr passiert ist. Das hätte übel ausgehen können.«

Ich hob die Schultern. »Ja, aber mir fehlt zum Glück nichts, bis auf mein Gedächtnis.«

Ich sah Jacob an. Und plötzlich sah ich vor meinem inneren Auge, wie er in seinem Rollstuhl saß und sich fluchend mit einem Stock unter dem Gips kratzte. Und das Echo eines Gefühls hallte in mir wider. Ich konnte es jedoch nicht richtig zuordnen. Jacobs Freundschaft, egal, wie frisch sie noch war, hatte mir viel bedeutet. Bedeutete mir immer noch viel.

36
Ich habe keine Angst

Flora

Jacob war ein ziemlich witziger und gesprächiger Typ. Und mir wurde schnell klar, warum sich die beiden vor Elliots Unfall angefreundet hatten. Elliot war ein Ruhepol, holte Jacob allein mit seiner Ausstrahlung immer etwas runter, während Jacob Elliot etwas Lebendigkeit einhauchte. Er brachte ihn zum Lachen und versprühte eine Leichtigkeit, die Elliot dringend nötig hatte.

Ich hielt mich die meiste Zeit im Hintergrund. Überließ den beiden das Gespräch bereitwillig, während ich darauf hoffte, dass Elliot den Kontakt zu ihm hielt.

Ich fand es nicht richtig, dass er ihn angelogen hatte, über Anna, über den Unfall und war der Meinung, dass er ihm irgendwann die Wahrheit sagen musste. Aber ich verstand ihn. Heute war Jacob noch ein Fremder, aber vielleicht könnte er bald wieder zu einem Freund werden.

Von der riesigen Pizza war mehr als die Hälfte übrig, obwohl ich beinahe platzte, schnappte ich mir noch ein Stück und beobachtete aus dem Augenwinkel, wie Elliot gespannt auf das lauschte, was Jacob zu erzählen hatte.

Viel mehr erfuhren wir leider nicht über ihn. Ich bekam jedoch den Eindruck, dass er auch vor seinem Unfall genau der Kerl war, den ich jetzt kannte. Ruhig, herzensgut, verantwortungsbewusst und manchmal ein wenig zu nachdenklich und besorgt.

Gegen zehn Uhr verabschiedeten wir uns von Jacob. Er zog nicht nur Elliot in eine kräftige Umarmung, sondern auch mich. Dabei flüsterte er mir etwas ins Ohr.

»Danke, dass du für ihn da bist. Pass gut auf ihn auf.«

Mein Herz zog sich zusammen und als wir uns lösten, blickte ich in besorgte blaue Augen. Er ahnte etwas. Er wusste, dass mehr passiert war, als Elliot ihm verraten hatte. Ich erwiderte die Sorge in seinem Blick und sagte leise: »Das werde ich.«

Dann nickte er und wandte sich mit einem Lächeln an Elliot.

»Melde dich mal wieder. Dann können wir eine Runde zocken und ich erinnere dich daran, dass du gegen mich keine Chance hast.«

»Zocken ist ein Reflex«, sagte Elliot grinsend. »Ich glaube, du warst derjenige, der nie eine Chance gegen mich hatte.«

Jacob verzog das Gesicht. »Erwischt.«

Wir winkten uns zum Abschied zu, bevor Elliot und ich schweigend zu der Bushaltestelle gingen. Nach einem kurzen Blick auf den Fahrplan stellte ich fest, dass wir den letzten Bus um drei Minuten verpasst hatten und der nächste erst in knapp zwanzig Minuten kam. Also setzten wir uns auf die Bank.

»Jacob ist ziemlich cool«, sagte ich, damit keine Stille zwischen uns entstand.

»Hmhm.« Elliot hatte die Hände in den Hosentaschen vergraben und starrte gedankenversunken ins Leere.

»Hey.« Ich legte ihm eine Hand auf den Oberschenkel, was ihn aufblicken ließ.

»Er scheint dich wirklich zu mögen.«

Er verzog seine Lippen zu einem schiefen Lächeln. »Irgendwie seltsam.«

»Warum? Ich mag dich schließlich auch.«

Das brachte ihn zum Lachen und ich lehnte mich an seine Schulter.

»Nein, ich meine, es ist seltsam, dass er mich besser kennt als ich mich selbst. Dass er von Dingen weiß, an die ich mich noch immer nicht erinnere und dass er Anna kannte.«

Ich spürte, wie er sich unter meiner Berührung anspannte.

»Warum hast du es ihm nicht erzählt?«, fragte ich leise.

Er seufzte. »Er war so fröhlich. Ich wollte nicht, dass er mich plötzlich so ansieht wie alle anderen. So voller Sorge und Mitleid. Ich wollte, dass er mir erzählt, wer ich bin, ohne dass er weiß, was passiert ist. Und ich wollte nicht, dass das alles unser erstes Treffen bestimmt.«

»Aber vielleicht kann er dir mehr über Anna erzählen.«

Er schnaubte. »Ich will nicht, dass er mir von ihr erzählt«, sagte er plötzlich ungehalten und ich wich zurück. »Ich will meine eigenen Erinnerungen zurück und nicht die eines Fremden. Ich will, dass diese Leere endlich verschwindet. Dieses nagende Gefühl, dass da etwas ist, das man einfach nicht sehen kann. Dass da Dinge auf einen warten, aber man nicht weiß, wie man sie erreichen soll.« Mit der Faust klopfte er sich grob gegen die Stirn. »Ich will meine verdammten Erinnerungen zurück.«

Seine Finger griffen in sein Haar und er lehnte sich zurück. Meine Hand blieb unverändert auf seinem Oberschenkel, während ich darauf wartete, dass der Sturm der Emotionen nachließ. Dabei sah ich, wie sein Gesicht sich vor Trauer verzog.

»Sorry, jetzt weine ich schon wieder.« Er nahm seine Brille ab und wischte sich über die Augen. »Manchmal fühle ich mich wie ein richtiger Waschlappen.«

»Ist schon gut«, sagte ich schließlich. Unsere Blicke trafen sich. Ich sah das Schimmern der Tränen, die Röte um seine Augen und die Traurigkeit, die ich ihm so gerne genommen hätte. »Es ist in Ordnung zu trauern, es ist in Ordnung zu vermissen, es ist in Ordnung zu weinen und zu schreien«, fuhr ich fort. »Es ist in Ordnung, mal nicht zu lachen, mal nicht glücklich zu sein und den Schmerz zuzulassen.«

Ein bitteres Lächeln legte sich auf seine Lippen. »Ist es das?«

»Ja, verdammt. Die Gefühle müssen raus, sonst werden sie dich von innen auffressen.«

Er legte den Kopf schief und sah mich an. »Und warum tust du es dann nicht?«

Überrumpelt zuckte ich zurück. Ein unsicheres Lachen kam über meine Lippen. »Natürlich tue ich das.«

Hastig wandte ich mich ab, damit er meine Unsicherheit nicht sah. Hier ging es nicht um mich, sondern um Elliot.

»Flora, warum hast du mir nichts von dem Gespräch auf der Brücke erzählt?«

Meine Brust zog sich zusammen. Da war sie. Die Frage. Die Frage, die ich nicht beantworten wollte. Denn es war eine Antwort, die mich wieder zurück zu dieser Nacht führte, zurück zu diesem Mädchen, zu dem ich in dem Moment geworden war.

Elliot wartete geduldig darauf, dass ich etwas sagte. Der Bus würde erst in mehr als zehn Minuten kommen. So lange konnte ich nicht hier sitzen und schweigen. Es gab nichts, das mich vor der Antwort rettete, die ich ihm schuldete. Er hatte es verdient, alles zu wissen, was damals passiert war und warum es passiert war. Warum ich ihn nicht stoppen konnte.

»Ich habe mich geschämt«, presste ich hervor.

»Geschämt«, echote Elliot leise neben mir.

Ich seufzte, knibbelte nervös an dem gelben Lack auf meinem Daumennagel. »Ich hätte verhindern können, dass du springst. Ich hätte dich aufhalten können. Aber ich hatte Angst. Und Angst ist etwas, dass nicht mehr zu mir gehört.«

Das belustigte Schnauben neben mir ließ mich irritiert aufblicken.

»Flora, du hast ständig Angst.«

Ich riss die Augen auf, während sich eine brennende Schlinge um meinen Hals zuzog.

»Du hast Angst vor negativen Gefühlen«, fuhr er unbeirrt fort. »Vor negativen Reaktionen. Du hast Angst, wie andere dich sehen. Du hast Angst, zu versagen. Du hast Angst, dass etwas nicht so läuft, wie du es geplant hast. Du hast Angst vor der Angst, Flora.«

Mein Herz raste.

»Das sagst ausgerechnet du?«, presste ich erstickt hervor, ich konnte kaum atmen.

»Ich stehe dazu. Ich stehe dazu, eine verdammte Scheißangst zu haben. Vor mir selbst, vor meinen Erinnerungen. Aber du setzt jeden Tag eine Maske auf. Eine lachende Maske, hinter der du deinen panischen Blick versteckst, hinter der du die Tränen versteckst. Niemand darf sie sehen. Niemand darf dich sehen. Aber weißt du was? Ich sehe dich. Jeden Tag. Du bemerkst es nicht einmal, aber ich habe dich schon so oft ohne deine Maske gesehen. Ohne das Strahlen, ohne das Lachen. Ich habe die echte Flora gesehen.«

»Die echte Flora?« Ich schnaubte. Meine Hände zitterten. Mein gesamter Körper bebte. »Du hast doch keine Ahnung, wer ich bin, Elliot. Du weißt nicht einmal meinen richtigen Namen. Du weißt nichts von mir und sagst, dass du mich kennst?«

Er schüttelte den Kopf. »Ich habe nicht gesagt, dass ich dich kenne. Ich habe gesagt, dass ich dich sehe. Ich sehe das Mädchen, das du nicht sein willst, das du vor allen versteckst. Und die ganze Zeit frage ich mich, warum.«

Ich sprang auf. Konnte es plötzlich nicht mehr ertragen, so nah bei ihm zu sein.

»Ich verstecke überhaupt nichts. Es gibt kein anderes Mädchen, es gibt nur mich!«

Ich drehte mich um und ging. Ich wusste, dass ich überreagierte. Dass mich die Panik überschwemmte.

»Flora.« Ich hörte, wie er mir folgte. Wie schnelle Schritte zu mir aufschlossen.

Ich hob eine Hand, ohne mich umzudrehen. »Nein.« Meine Stimme zitterte. »Dieses Mädchen gibt es nicht mehr und wird es auch nie wieder geben.«

Elliot rannte an mir vorbei und baute sich vor mir auf. Ich musste stehenbleiben, damit ich nicht in ihn hineinlief.

»Wovor läufst du weg?«, fragte er. Verwirrung und Sorge standen ihm ins Gesicht geschrieben.

»Ich laufe vor gar nichts weg«, fuhr ich ihn an. »Ich … ich …«

Ich wandte mich ab, sah mich um, während ich nach Worten suchte, die meine Reaktion erklärten.

Plötzlich spürte ich kühle Hände auf meinen Wangen. Ich war so überrascht von der Berührung, dass ich die irrationale Wut kurz vergaß und zu ihm aufblickte.

»Wovor hast du Angst?«, fragte er. Er hielt mich in seinem Blick gefangen. »Jetzt, in diesem Moment.«

»Ich habe keine Angst«, erwiderte ich. Doch das Zittern in meinem Körper strafte meine Worte mit Lügen.

»Das glaube ich dir nicht.« Elliots Stimme war leise und sanft. Als ich nicht antwortete, neigte er leicht seinen Kopf. »Weißt du, wovor ich in diesem Moment Angst habe?«

Ich schwieg weiter, kämpfte verzweifelt gegen dieses vertraute und verhasste Gefühl in mir an.

»Gerade jetzt habe ich Angst, dass du gehst. Dass du mich hier zurücklässt. Dass ich dabei zusehen muss, wie ich dich verliere, weil ich, keine Ahnung, etwas Falsches gesagt habe, dich verletzt habe, was ich nicht wollte. Davor habe ich gerade Angst.«

Ich schluckte.

»Also, rede mit mir. Erzähl mir von deiner Angst. Jetzt in diesem Moment.«

Ich war hin- und hergerissen. Zwischen fliehen und mich an ihm festhalten. Ich hasste dieses Wort und konnte nicht verhindern, dass es zu einem Gefühl wurde. Ein Gefühl, dass mir Übelkeit bereitete, dass mich dazu brachte, weinend zusammenzubrechen und die Kontrolle zu verlieren.

»Ich habe Angst«, begann ich erstickt, »dass du sie genauso hasst wie ich.«

»Wen?«

»Das ängstliche, schwache Mädchen, das ich einmal war. Das mich verfolgt und immer wieder droht zurückzukommen.« Ich holte Luft und dann sprudelten die Worte aus mir heraus.

»Ich habe Angst, dass sie wieder die Kontrolle übernimmt. So wie auf der Brücke. Ich habe Angst, dass du mich dafür hasst, dass ich nicht stark genug war, dass ich dich nicht aufhalten konnte. Ich habe Angst, dass du wütend bist, weil ich dir nicht alles von der Nacht erzählt habe. Und ich habe Angst, dass du mich dafür genauso hasst wie ich mich selbst.«

Ich verstummte. Mein Blick verschwamm und in meinem Kopf tobte ein Sturm, den ich nicht fassen konnte.

»Wie könnte ich dich hassen, Flora?« Elliot legte eine Hand auf meine Wange. Sein Daumen strich über die Haut, während ich meinen Blick nicht von dem schimmernden Grau seiner Augen abwenden konnte. »Du hast mir das Leben gerettet.«

Tränen brachen aus mir heraus. Ungehalten, wie eine Sturmflut überschwemmten sie meine Augen, mein Herz, meine Seele.

Ich schüttelte den Kopf. »Nein, das habe ich nicht. Ich habe es nicht geschafft. Du lebst nur wegen diesen Anglern. Ich habe nur daneben gestanden. Ich habe dich springen lassen, Elliot. Ich habe dir dabei zugesehen!«

»Und doch hast du mich gerettet.« Ein warmes Lächeln erschien auf seinen Lippen. Ein Lächeln, das ich nicht verdient hatte. »Du warst da, als ich niemanden hatte. Du warst da und bist immer noch da. Meine Rettungsleine, mein Anker. Weißt du, was passiert wäre, wenn ich an diesem Tag nach Hause gegangen wäre, statt zurück ins Krankenhaus in der Hoffnung, dich wieder-zusehen? Ich wäre Milo begegnet. Er hätte mir tausend Lügen erzählt, hätte mich fertiggemacht, und irgendwann wäre ich wieder auf diese Brücke gegangen. Du bist diejenige, die mich am Leben hält. Die mir Hoffnung gibt, Liebe. Du bist der Grund, warum ich jeden Tag kämpfe. Gegen mich. Gegen die Dunkelheit. Du bist der Grund, warum ich lebe, Flora.«

Seine Worte überwältigten mich. Trieben mir immer mehr Tränen in meine Augen. Öffneten mein Herz und füllten es mit Liebe, Hoffnung und Geborgenheit. Als seine Lippen die meinen berührten, ging meine Welt in Flammen auf.

37
Hasst du sie?

FLora

Zehn Minuten später holte uns der Bus zurück in die Realität, sodass wir uns widerstrebend voneinander lösten. Augenblicklich ließ mich die fehlende Wärme frösteln. Und während wir uns in dem beinahe leeren Bus auf einen Zweiersitz setzten, traf ich eine Entscheidung.

Zwanzig Minuten Fahrt. Genau in diesen zwanzig Minuten würde ich Elliot von meiner Vergangenheit erzählen, von meiner Mutter und dem ängstlichen Mädchen. Zwanzig Minuten, nicht eine Minute länger.

»Ich erzähle dir von diesem Mädchen.«

Neben mir richtete sich Elliot auf.

»Sobald wir aus diesem Bus aussteigen«, sagte ich und sah ihn eindringlich an, »ist dieses Thema abgeschlossen, verstanden?«

Er hob eine Augenbraue.

»Ich meine es ernst. Ich erzähle dir von mir. Warum ich so bin, wie ich bin und danach werde ich nie wieder darüber reden. Diese Zeit ist für mich vorbei. Ich habe sie hinter mir gelassen und ich werde nicht zulassen, dass die Vergangenheit meine Gegenwart und meine Zukunft in etwas verwandelt, das ich hasse.«

Er sah mich mit großen Augen an, nickte aber schließlich.

»Okay.« Ich holte tief Luft und überlegte, wo ich anfangen sollte, was er wissen musste, damit er verstand, warum ich so war, wie ich war.

»Meine Mom«, begann ich. Denn sie war der Kern der Geschichte, der Grund, der Auslöser. »Meine Mom war schon

293

immer ein introvertierter, zurückgezogener Mensch. Das hat mir meine Großmutter erzählt.« Bei dem Gedanken an sie legte sich ein schwerer Stein auf mein Herz. »Sie hat sich ständig Sorgen gemacht. Hat Probleme gesehen, die es nicht gab. Sie war jemand, der lieber in einem sicheren Zuhause blieb, als auszugehen oder in den Urlaub zu fahren. Trotzdem lernte sie meinen Dad kennen und er hat sein Bestes getan, um sie ab und zu nach draußen zu locken. Aber dann kam ich.« Ich kratzte mit meinem Fingernagel über einen Fleck auf meiner Latzhose.

»Jetzt hatte meine Mom jemanden, um den sie sich zusätzlich Sorgen machen musste. Wenn ich Fieber bekam, fuhr sie sofort ins Krankenhaus, wenn ich weinte, verfiel sie in Panik, weil sie nicht verstehen konnte, das Babys nun mal weinten. Mein Dad hat ihr viel abgenommen, hat sich um mich gekümmert, wenn sie es nicht konnte. Aber er spürte, dass meine Mom Probleme hatte, die sie nicht selbst in den Griff bekommen konnte.«

»Hat sie Hilfe gesucht?«

Ich schüttelte den Kopf. »Nein, sie wollte keine Hilfe. Sagte, es sei alles in Ordnung und dass mein Dad zu leichtsinnig wäre.« Ich stieß ein freudloses Lachen aus. »In seinem Fall hatte sie sogar recht. Als ich drei Jahre alt war, überholte er einen LKW und ist mit einem entgegenkommenden Fahrzeug frontal zusammengestoßen. Er war sofort tot.«

Elliot ergriff meine Hand und drückte sie leicht. »Es tut mir leid.«

Ich hob die Schultern. »Ich kann mich nicht wirklich an ihn erinnern. Aber dieser Schicksalsschlag hat den Zustand meiner Mutter verschlimmert. Spätestens als ich wenige Monate nach seinem Tod von einem Klettergerüst fiel und mir einen Arm brach, wurde ihre Angst krankhaft.«

Seufzend lehnte ich meinen Kopf an Elliots Schulter. »Sie begann, mich in Watte zu packen, wich mir nicht mehr von der Seite, ermahnte mich, bei jedem Schritt vorsichtig zu sein. Ich durfte nicht springen, nicht rennen, musste an ihrer Hand bleiben, wenn wir draußen waren. Selbst in unserem Garten ließ sie mich nie aus den Augen. Sie brachte mich nicht in den Kindergarten, sodass ich in der Schule von den vielen Kindern überfordert war. Ich konnte nichts mit ihnen anfangen, wusste nicht, wie ich mich verhalten sollte. Hinzu kam, dass meine Mutter mich jeden Tag bis zum Klassenzimmer brachte und mich nach Schulschluss genau dort wieder abholte. Bereits da hatte ihre extreme Angst auf mich abgefärbt. Ich war ein unsicheres, stilles Kind, das sich freiwillig isolierte und am liebsten die Zeit in ihrem Zimmer verbrachte.«

Elliot gab einen nachdenklichen Laut von sich. »Was war mit dem Rest deiner Familie? Deiner Großmutter? Deinem Onkel oder irgendwelchen Tanten?«

»Meine Großmutter wohnte zu weit weg, als dass sie uns oft besuchen konnte. Und mein Onkel war damals mit seiner Band viel unterwegs. Ich habe ihn höchstens einmal im Jahr gesehen. Aber jedes Mal, wenn einer von ihnen uns besuchen kam, war es wie Weihnachten und Geburtstag zusammen. Für ein paar Tage konnte ich ein unbeschwertes Kind sein, bekam einen Einblick in ein Leben, das so viel mehr zu bieten hatte als die fiktiven Abenteuer irgendwelcher Helden aus Büchern.«

Bei dem Gedanken an meinen Onkel breitete sich ein Lächeln auf meinen Lippen aus. »Besonders meinem Onkel gelang es, diesen kleinen Funken an Stärke und Selbstbewusstsein in mir am Leben zu erhalten. Es war nicht viel, aber es reichte, dass ich mich gegen andere Schüler bewähren konnte, dass sie mich in Ruhe ließen und ich nicht zu ihrem Mobbingopfer wurde. Schon damals war ich recht schlagfertig und gab Konter, wenn mich jemand blöd anmachte.«

Ich lachte, obwohl nichts daran komisch war.

»Wann hat sich das geändert?« Elliot saß ruhig neben mir, stützte sein Kinn auf meinem Haarschopf ab, während ich weiter den Fleck auf meiner Hose bearbeitete.

»Nach meinem Schulabschluss. Alle wollten auf die Uni, um zu studieren, nur ich war völlig planlos. Ich fiel in ein Loch und verkroch mich noch mehr. Eines Tages hatten wir einen Rohrbruch im Keller. Wir mussten Handwerker rufen und plötzlich war unser Haus voller fremder Männer. Es waren nur drei, aber es fühlte sich an wie eine ganze Mannschaft. Mom bekam eine Panikattacke, die so schlimm war, dass ich einen Krankenwagen rufen musste. Sie blieb drei Tage dort und ich war das erste Mal in meinem Leben allein und auf mich gestellt.«

Und zum ersten Mal war niemand da, der mich zurückhalten konnte, der mich nach unten zog.

»Den ersten Tag verbrachte ich verängstigt in dem verlassenen Haus. Doch am nächsten Morgen wachte ich auf und spürte, dass etwas anders war. Natürlich, meine Mom war nicht da, aber ihr Fehlen hinterließ ein Gefühl von ... Freiheit.«

Zögernd sah ich Elliot an. »Verstehst du? Nach achtzehn Jahren war ich das erste Mal allein und frei.«

Ich erinnerte mich an das Gefühl. An diese Leichtigkeit. An dieses aufregende Kribbeln, von dem ich nicht gewusst hatte, dass es existierte.

»Ich liebe meine Mom. Sie war immer für mich da, hat mich nie zu etwas gezwungen oder mir wehgetan, aber sie hat mich eingeengt. Sie hat mich unfreiwillig mit ihrer Art beeinflusst und mich zu einem Spiegelbild ihrer selbst gemacht. Und wenn ich ganz ehrlich bin, weiß ich, dass sie mich auf eine seltsame Art verkrüppelt hat. Aber ich gebe ihr nicht die Schuld. Habe ich nie. Die einzige Person, die Schuld daran hat, bin ich selbst. Nachdem meine Mom wieder zu Hause war, begann ich Dinge zu tun, die ich mich sonst nie getraut hätte. Ich ging einkaufen, ich ging shoppen, ich ging allein in ein Café und aß Kuchen. Meine Mutter ist beinahe durchgedreht vor Sorge, und immer, wenn ich zurückkam, musste ich sie stundenlang beruhigen. Aber ich blieb dabei und probierte Dinge aus, vor denen ich mich fürchtete. Was bei anderen ein Fallschirmsprung ist, war bei mir, abends in einen Club zu gehen oder allein in ein Restaurant oder Fremde anzusprechen, um nach dem Weg zu fragen. Ich tat all das und liebte es. Liebte das Gefühl zu leben. Teil von etwas zu sein und nicht nur in Fantasiewelten zu sein, sondern in einem Park, in einem Wald. Ich fuhr drei Stunden mit dem Zug, nur um das Meer zu sehen. Und eines Tages habe ich dieses leer stehende Geschäft gesehen und mich überkam eine verrückte Idee.«

Lächelnd sah ich Elliot an.

»Das Café.«

Ich nickte. »Das Café. Ich wollte einen Ort erschaffen, an dem man sich wohl und geborgen fühlt. Wie das eigene Wohnzimmer. Einen Ort, an dem man sich setzen und stundenlang lesen, schreiben oder Musik hören kann, ohne dass man schief angeschaut oder rausgeschmissen wird, weil man nichts mehr bestellt. Und insgeheim hatte ich gehofft, einen Ort zu erschaffen, den auch meine Mutter lieben könnte.«

»Und?«

Fragend sah ich Elliot an.

»Gefällt ihr dein Café?«

Das Lächeln ließ nach, auch wenn sich Überreste davon hartnäckig hielten.

»Nein. Sie war nicht einmal da.« Ich sah aus dem Fenster, betrachtete die Welt, die meiner Mutter wahrscheinlich für den Rest ihres Lebens verwehrt bleiben würde. »Sie hat sich selbst zu einer Gefangenen gemacht.«

Ich dachte an ihre eingesunkene Gestalt, an die vor Angst geweiteten Augen, die selbst in der freundlichen Nachbarin, die für sie einkaufen ging, eine Gefahr sahen. Das Haus war ihre Burg. Der verwilderte Garten ihr Schützengraben. An ruhigen Abenden überkam mich das schlechte Gewissen. Ein Schuldgefühl, das mir zuflüsterte, dass ich meine eigene Mutter im Stich ließ, dass ich sie verlassen hatte und sie ihrem Schicksal überließ. Isoliert, einsam, unfähig vor die Tür zu gehen, um den Briefkasten zu leeren.

»Besuchst du sie manchmal?«, fragte Elliot irgendwann.

»Selten. Mein Onkel besucht sie in letzter Zeit öfter und erzählt mir dann, wie es ihr geht. Aber jedes Mal, wenn ich sie besuche, versucht sie, mir das Café auszureden und sie schafft es, dass mich die Angst wieder einholt. Ich hasse dieses Gefühl, ich hasse es, dass es mir meine Kindheit und meine Jugend genommen hat und deswegen lasse ich nicht zu, dass mich diese Angst weiter einschränkt. Dass sie verhindert, zu derjenigen zu werden, die ich sein möchte.«

Ich drehte mich zu Elliot um. »Jetzt weißt du, wen ich hinter der Maske verstecke.«

Er sah mich an. Seine Lippen verzogen sich zu einem Lächeln. Ein Finger strich mir eine lose Haarsträhne aus der Stirn und schob sie hinter mein Ohr.

»Danke, dass du es mir erzählt hast.«

»Danke, dass du mich nicht hasst.«

Er legte den Kopf schief. »Ich hasse weder dich noch das Mädchen, das du einmal warst. Und du darfst sie auch nicht hassen, Flora. Sie hat dich zu dem Menschen gemacht, der du heute bist. Du bist wundervoll. Selbstbewusst, stark, du hast ein gutes Herz und bringst andere zum Strahlen.«

»Wenn ich mich so auf Tinder beschreibe, bekomme ich nie einen Match.«

Elliot lachte. »Doch einen.«

Dann küsste er mich. Sanft und besitzergreifend zugleich.

»Und damit ... meine ich ... Brit«, stieß er zwischen drei Küssen hervor.

Ich löste mich von ihm und sah ihn mit erhitzten Wangen an. »Ich habe an niemand anderen gedacht.«

Zurück in der Wohnung starrte ich seit gefühlten Stunden an die Decke über meinem Bett und lauschte dem beruhigenden Plätschern des Aquariums.

Ich war müde und erschöpft von dem langen Tag, aber an

Schlaf war nicht zu denken. Meine eigenen Worte geisterten durch meinen Kopf. Erinnerungen an früher, an meine Mutter. Ich hatte in den letzten zwei Jahren so viel erreicht, war an meinen Aufgaben gewachsen und lebte ein Leben, von dem ich damals nur heimlich in meinem Zimmer geträumt hatte. Und trotzdem hielten sich die Zweifel. Nagten in der hintersten Ecke an mir, wie Biber an einem morschen Baumstamm.

Du wirst es irgendwann bereuen.

Du riskierst zu viel.

Du wirst es nicht durchhalten.

Du weißt nicht, was du tust.

Ich glaubte nicht, dass meine Mutter es böse gemeint hatte. Sie war einfach ehrlich gewesen, hatte ihre Ängste mit mir geteilt, ohne zu merken, wie sehr sie mich damit beeinflusste. Welche Wirkung ihre Worte auf mich hatten.

Leise seufzend fuhr ich mir durch die Haare und drehte mich zur Seite.

Überrascht zuckte ich zurück, als ich in die halbgeöffneten Augen von Elliot blickte.

»Kannst du nicht schlafen?«, fragte er leise.

»Mir gehen zu viele Gedanken durch den Kopf.«

»Kenne ich.« Er hob einen Mundwinkel. »Wir könnten noch eine Runde laufen gehen, um den Kopf freizubekommen.«

»Oder wir überspringen diesen Teil und ...«

Elliots Augen weiteten sich und er holte zischend Luft. »Und?«

»Und könnten etwas Besseres tun«, flüsterte ich, griff sanft in seine Haare und zog ihn zu mir.

Wir ließen uns Zeit. Erkundeten gegenseitig unsere Körper, entfachten mit einer quälenden Geduld das Feuer in uns, bis wir in Flammen standen und sich unsere Gedanken in Rauch auflösten. Seine Finger wanderten zielgerichtet zwischen meine Beine. Ich bog mich ihm entgegen und berührte ihn, um auch ihm Lust zu verschaffen.

»Nicht«, flüsterte er und umfasste mein Handgelenk, um zu

verhindern, dass ich ihn berührte. Ich wollte mich beschweren, doch dann wanderte sein Mund von meinen Brüsten über meinen Bauch weiter nach unten. Seine Zunge fand meinen empfindlichen Punkt und ich stieß einen spitzen Schrei aus. Blitze zuckten durch meine Muskeln, über meine Haut. Meine Finger fanden seine Haare. Ich griff grob hinein, was ihm ein Stöhnen an meinem Unterleib entlockte, dann presste ich ihn enger an mich. Verlangte nach mehr. Verlangte nach allem, was er mir geben konnte.

Elliots Mund trieb mich an den Abgrund, ließ mich dort für wenige Sekunden verharren, bevor ich mich abstieß und in die süße, köstlich prickelnde Dunkelheit fiel.

Er ließ mir nur einen Atemzug, bevor seine feuchten Lippen meine fanden. Ich schmeckte mich selbst, fühlte mich verwegen, weil es mir gefiel. Und endlich erlaubte er mir, mich zu revanchieren.

Aber nur für kurze Zeit. Mit einem leisen »Stopp«, zog er mich nach oben. Knisternd riss er die Kondompackung auf, bevor ich mich rittlings auf ihn setzte. Es dauerte nicht lange, bis wir einen Rhythmus fanden, der uns an einen Ort führte, an dem nur unser keuchender Atem, unsere rasenden Herzen, unsere erhitzten Körper existierten.

38
Nicht ich

Elliot

Grobe Männerhände tasteten mich ab. Ich spannte mich an, mein Puls raste vor Nervosität, als würde er jeden Moment das Klappmesser in meinem Schuh finden, das nicht existierte. Oder die Schusswaffe im Bund meiner Hose, die ebenfalls nicht da war. Es gab keinen Grund, nervös zu sein, zumindest nicht vor diesem Typen, der endlich von mir abließ und mich den kahlen Gang entlangführte. Trotzdem überkam mich Übelkeit, als er ein Gitter öffnete und es klappernd zur Seite schob.

»Sechzig Minuten«, brummte er und öffnete eine weiße Tür mit einem kleinen Fenster im oberen Drittel.

Ich zögerte.

»Wird's bald.«

Ich straffte die Schultern, holte tief Luft und trat durch die Tür, die sich sofort hinter mir schloss, was eine unerträgliche Beklemmung in mir auslöste.

Ich befand mich in einem großen Raum mit mehreren Tischen und Stühlen. Links von mir befand sich eine kleine Spielecke für Kinder, in der zwei kleine Jungs mit Autos spielten. Zwei Wärterinnen und ein Wärter standen im Raum verteilt und ließen ihre Blicke konzentriert über die Anwesenden schweifen. Nicht alle Tische waren besetzt, trotzdem erfüllte ein gedämpftes Stimmengewirr die Luft.

»Luca?«

Mein Herz geriet ins Stocken und ich suchte angespannt nach der Besitzerin der gebrechlichen Stimme.

Zwei Frauen saßen allein an einem Tisch. Nur der schockierte Blick der einen verriet mir, dass es meine Mutter sein musste. Während ich mit steifen Schritten auf sie zulief, versuchte ich, etwas an ihr zu finden, das mir bekannt vorkam.

Sie war blass, mager und eingefallen. Die wirren Locken zu einem unordentlichen Zopf zusammengebunden. Graue, stumpfe Augen starrten mich aus einem Gesicht an, das mir ebenso fremd war wie die anderen Gesichter in diesem Raum. Sie trug ein einfaches Top darüber einen schwarzen Cardigan, der ihren knochigen Körper umhüllte.

Vor dem einfachen Holztisch blieb ich stehen.

»Bist du meine Mutter?«

Verwirrt hob sie die Augenbrauen. »Was soll die Frage, Luca?«

Das fragte ich mich in diesem Moment auch. Sie kannte meinen Namen. Natürlich war sie meine Mutter.

Langsam setzte ich mich auf den kalten, unbequemen Stuhl ihr gegenüber. Musterte sie. Die unreine, gerötete Haut, die trockenen Lippen. Ihr fehlten einige Zähne und ihre Nägel waren bis zu den Fingerkuppen abgekaut.

Ich wartete auf das vertraute Zupfen, auf das Gefühl, dass hinter der Dunkelheit eine Erinnerung wartete. Aber da war nichts. Ich kannte diese Frau nicht.

Ich starrte sie weiter an und je länger ich das tat, desto unruhiger wurde sie. Sie kaute auf ihren Fingernägeln, wandte den Blick ab, sah nervös in alle Richtungen, nur nicht zu mir.

Ich schwieg weiter, während sich ein brennender Zorn in mir ausbreitete. Langsam, bedrohlich. Er tastete sich aus den Tiefen meiner Seele an die Oberfläche und ich genoss es, zu sehen, wie sie sich unter meinem starren Blick wand.

»Was machst du hier?«, fragte sie schließlich. Ihre Augen zuckten zu mir und sofort wieder weg.

»Mit dir reden.«

Sie schnaubte belustigt und zeitgleich abwertend. »Ich habe dir nichts zu sagen.«

Der Zorn wurde heißer, rauschte durch meine Adern.

»Wie konnte es so weit kommen? Warum ist Anna gestorben und warum gebt ihr mir die Schuld?«

Meine Stimme klang rau, dunkel und so kalt, wie ich sie noch nie bei mir gehört hatte.

Die Augen der Frau weiteten sich. »Was zur Hölle soll das?«, flüsterte sie.

Als ich nicht antwortete, presste sie den Kiefer zusammen. »Scheiße, was willst du? Willst du mich weiter foltern? Genügt es nicht, dass meine Tochter tot ist und ich hier festsitze. Deinetwegen! Was willst du noch von mir?«

Ich konnte ihr nichts von meinem Gedächtnisverlust erzählen. Sie würde es ausnutzen, mir Lügen einflüstern. Ich hoffte nur, dass Milo ihr nichts von mir erzählt hatte. Obwohl ich nicht glaubte, dass er der Typ war, der seine Mutter regelmäßig im Gefängnis besuchte.

»Ich will, dass du mir sagst, wer wirklich Schuld an ihrem Tod hat.«

»Du!«, stieß sie hervor, beugte sich drohend näher zu mir.

Meine Brust verkrampfte sich, das Herz darin geriet ins Stolpern.

»Du solltest auf sie aufpassen. Das hast du immer getan. Jeden Tag. Ich konnte mich auf dich verlassen, seit dem Tag ihrer Geburt.« Sie lachte freudlos. »Es war, als wäre sie dein eigenes Kind. Sie hat dir mehr vertraut als mir.«

Zu Recht, dachte ich.

»Was ist an dem Tag passiert?« Ich zögerte. Ich dachte an den Erinnerungsfetzen. Anna hatte mich geweckt. »An dem Morgen.«

»Woher soll ich das wissen?«, fuhr sie mich an. »Ich war völlig zugedröhnt. Wollte mir nur ein scheiß Bier holen und dann lag sie da auf dem Boden.«

Es kostete mich meine ganze Willenskraft, ihr nicht das Entsetzen zu zeigen, das ihre Worte in mir auslösten.

»Einfach so?«, brachte ich hervor.

Sie kniff die Augen zusammen. »Warum fragst du mich das alles? Soll ich dir ein Bild malen, wie die Kotze an ihrem Mund geklebt hat? Soll ich dir beschreiben, wie der Raum gestunken hat. Wie sie in ihrer eigenen Pisse gelegen hat.«

Mir wurde schlecht. Ich war kurz davor aufzuspringen und das Gesicht dieser widerlichen Frau auf den Tisch zu knallen. Immer und immer wieder. Meine geballten Fäuste zitterten auf meinen Oberschenkeln. Wie konnte sie so über ein kleines Kind sprechen. Über ihre Tochter, meine Schwester. Anna.

O Anna. Es tut mir so leid. Ich musste kurz die Augen schließen, um mich zu sammeln, um den Hass in mir zu bändigen. Sei es nur für wenige Minuten, damit ich mehr aus der Frau, die niemals meine Mutter sein würde, herausbekommen konnte.

»Sie ist erstickt«, schlussfolgerte ich mit bebender Stimme. Ich konnte es kaum ertragen, weiter darüber nachzudenken. Aber ich musste es tun. Musste die Wahrheit erfahren.

Plötzlich stand die Frau auf. Der Stuhl quietschte bedrohlich laut.

»Ich habe keinen Bock auf diesen Scheiß. Lass mich in Ruhe.«

Eine Wärterin näherte sich uns.

»Warum bin ich daran schuld? Was habe ich denn getan?«

»Du hast nicht auf sie aufgepasst! Du hast immer auf sie aufgepasst! Immer, immer, immer!«

»Sie sollte doch nur in die Küche gehen und sich Cornflakes machen«, sagte ich, während Bilder meinen Kopf durchfluteten.

Ein Kichern an meinem Ohr.

Nackte, kleine Füße, die sie mir lachend ins Gesicht streckt.

Ich ballte die Hände zu Fäusten.

»Scheiße, du hast doch gesehen wie Milo und ich uns die Pillen eingeworfen haben. Du hast uns angeschnauzt, als würde es dich etwas angehen.«

Etwas kratzte an meinen Erinnerungen.

»Seid ihr völlig bescheuert? Anna schläft genau gegenüber. Macht das woanders!«

Milo lacht und schleudert mir eine volle Bierdose entgegen.
»Verpiss dich, du Loser.«
Ich weiche aus, nehme die Dose und werfe sie zurück. Treffe
Milo an der Schulter. Er steht drohend auf.
»Ich hab gesagt, verpiss dich!«
»Verpiss dich«, murmelt Mom.
Ich hole mein Bettzeug und gehe in Annas Zimmer. Lege mich
vor ihrem Bett auf den Boden und passe auf sie auf. So wie ich es
immer tue.

»Ihr habt Drogen genommen, obwohl Anna zu Hause war«, sagte ich, fühlte mich noch etwas benommen von der Erinnerung.

»Deswegen bist du in ihr Zimmer gegangen. Du hast auf sie aufgepasst.«

Was war an diesem Morgen passiert? Warum lag sie auf dem Boden? Warum hatte sie sich übergeben?

Dann klickte etwas in meinem Kopf und ich starrte voller Abscheu auf die Gestalt vor mir.

»Ihr habt die Pillen auf dem Tisch liegen lassen.«

Meine Mutter zog den Cardigan enger um den Körper. Ihre dürre Gestalt bebte unkontrolliert, bevor ich das Schluchzen hörte.

Ich knallte die Faust auf den Tisch und sie zuckte erschrocken zusammen. »Rede!«

»Gibt es hier ein Problem?« Die Wärterin stand keine zwei Meter von uns entfernt.

»Nein«, sagte ich leise. Meine Mutter sah weg.

»Gut, dann reißen Sie sich zusammen. Hier sind Kinder im Raum.«

Ich nickte und vor mir begann meine Mutter leise zu weinen.

»Rede«, drängte ich sie erneut.

Meine Mutter holte tief Luft, wischte sich über das Gesicht.

»Ich habe vergessen, sie wegzuräumen, okay? Aber ich wusste, dass du auf sie aufpasst. Du passt auf, dass nirgendwo unser Zeug liegt. Du passt auf, dass Anna von all dem nichts mitbekommt.«

Fassungslos starrte ich diese abgefuckte Frau an. »Milo und du, ihr gebt mir die Schuld dafür, dass ihr eure Drogen auf dem Tisch liegen gelassen habt?«, zischte ich ungehalten, bemüht, leise zu bleiben. »Ihr gebt mir die Schuld dafür, dass Anna sie gefunden hat. Dass sie sie geschluckt hat. Dass sie daran gestorben ist. An einer verdammten Überdosis eurer scheiß Pillen. Wie krank seid ihr eigentlich? Wie verdammt krank seid ihr?«

»Es *ist* deine Schuld«, zischte sie zurück und wirkte für einen kurzen Moment wie eine Verrückte. Ihr Gesicht hatte sich vor Schmerz, Trauer und Wut zu einer hässlichen Grimasse verzogen. »Du hast nicht aufgepasst. Du hast nicht aufgepasst. Du hast nicht aufgepasst.« Ihre Stimme wurde zu einem wahnsinnigen Murmeln.

»Nein«, sagte ich und stand auf. Ich wusste, dass die nächsten Worte wahr waren, auch wenn Milo und meine Mutter alles getan hatten, dass ich immer noch an ihnen zweifelte. »Du bist schuld, Mom. Du und Milo. Ihr habt sie dort liegen lassen, ihr seid die Junkies, nicht ich. Ihr habt Anna umgebracht, nicht ich.«

»Nein, nein, nein, nein.« Sie griff sich in die Haare und schüttelte den Kopf.

Ich beugte mich näher zu ihr. »Nicht ich sitze im Gefängnis, sondern du. Nicht ich habe die Drogen genommen, sondern du. Nicht ich habe all das Geld statt für Essen für Stoff ausgegeben, sondern du.«

»Du ...«

Ich schnitt ihr mit einer Handbewegung das Wort ab. »Nein. Ich habe alles gegeben. Ich war für Anna da. Jeden Tag. Jede Nacht. Ich habe gekämpft, gegen dich, gegen Milo und ich habe verloren. Und anstatt das Annas Tod euch endlich wachrüttelt, habt ihr einfach den nächsten in den Tod getrieben. Ihr habt mit eurem Scheiß weiter gemacht und eure Last, eure Schuldgefühle auf mir abgeladen. Ihr habt mich genauso umgebracht wie Anna.«

Meine Mutter sah mich verwirrt an. Tränen liefen über ihre Wangen.

»Was redest du da?«

Ich stieß mich von dem Tisch ab. »Lebwohl, Mom. Ich hoffe, wir sehen uns nie wieder.«

Ich drehte mich um und ging. Ließ meine Mutter zurück, die nichts mehr als eine Fremde für mich war. Eine zerstörte Seele in einem zerstörten Körper.

»Luca?«

Ich klopfte an die Tür und kurz darauf öffnete sie mir ein Wärter. Ich trat hindurch.

»Luca!«

Sie fiel hinter mir zu. Kappte die letzte Verbindung zu meiner Mutter. Und zum ersten Mal war ich froh, mich nicht an sie erinnern zu können.

39
Zucker für die Seele

Flora

»Die bekommen das schon hin.«

Verwirrt sah ich von meinem Handy auf. Mein Onkel lächelte mich aufmunternd an.

»Wen meinst du?«, fragte ich.

»Na Brit und die anderen. Das Café läuft auch mal ein paar Stunden ohne dich.«

Wieder starrte ich auf mein Handy. Auf die Uhrzeit. Er war genau zweiundvierzig Minuten weg.

»Darum geht es nicht.«

»Ach?« Ich hörte Stoff rascheln, als er sich auf dem Fahrersitz zu mir umdrehte.

Wir standen auf dem Parkplatz der Justizvollzugsanstalt und warteten darauf, dass Elliot wieder nach draußen kam. Das Gefängnis, in das seine Mom gebracht worden war, befand sich eine Stunde entfernt von meiner Wohnung und die Fahrt mit dem Bus hätte über zwei Stunden gedauert. Weder ich noch Elliot besaßen ein Auto, geschweige denn einen Führerschein, also rief ich gestern Abend kurzerhand meinen Onkel an und fragte ihn, ob er uns fahren könne.

Ich war froh, als er ohne zu zögern zugestimmt hatte. Elliot stand seit dem Morgen völlig neben sich. Das Wissen, dass er seine Mutter im Gefängnis treffen und wahrscheinlich die Wahrheit über den Tod seiner Schwester erfahren würde, hatte ihn in ein nervliches Wrack verwandelt. Umso besorgter war ich gewesen, als er allein das Gebäude betrat.

»Warum starrst du dann permanent auf dein Handy?«

Ich seufzte und spielte nervös an dem Zopf, der mir über die Schulter hing. »Elliot, er ... dieser Besuch wird nicht einfach für ihn sein. Ich habe Angst, in welcher Verfassung er zurückkommt.« Er schnaubte. »Was zur Hölle ist los bei ihm? Bei euch?«

Ich verzog das Gesicht. Es stand mir nicht zu, ihm mehr zu erzählen, daher war ich froh, als er kurz darauf abwehrend die Hände hob und sagte: »Ich weiß, ich bin heute nur euer schweigsamer Chauffeur, der nicht zu viele Fragen stellen soll, aber irgendwann, wenn das zwischen euch bleibt, wenn es ernster wird, knöpfe ich ihn mir vor. Ob du willst oder nicht.«

Ich schmunzelte. Ernster wird? War es das nicht schon längst? Was sich zwischen Elliot und mir entwickelt hatte, war viel mehr als eine Freundschaft, viel mehr als ein Flirt, viel mehr als guter Sex. Es ging tiefer und hatte eine Verbindung zwischen uns geschaffen, die sprühende Funken in mir auslöste und mir in manchen Momenten eine Heidenangst einjagte.

»Da kommt er«, sagte mein Onkel plötzlich, ich hob ruckartig den Kopf und blickte mich suchend um, bis ich die vertraute Gestalt entdeckte.

Augenblicklich spannte ich mich an. Seine Schritte wirkten abgehackt, steif, die Schultern hochgezogen und als er näher kam, erkannte ich die geballten Fäuste und den verkrampften Kiefer.

Das sah nicht gut aus.

Er stampfte auf das Auto zu, riss die Tür auf und ließ sich in den Sitz hinter mir fallen, bevor er die Autotür so heftig zuknallte, dass der ganze Wagen wackelte.

Mein Onkel sagte nichts, er starrte ihn nur an. Auch ich wagte es nicht, ihn anzusprechen, ihn zu fragen. Nicht jetzt. Es war offensichtlich, wie das Gespräch mit seiner Mutter verlaufen war.

Die Stille lag schwer über uns, drückte mich nieder und verwandelte den Knoten in meinem Magen in einen tonnenschweren Stein.

Ich wollte gerade meinem Onkel sagen, dass er losfahren

konnte, da holte Elliot plötzlich aus und donnerte seine Faust gegen die Plastikverkleidung der Tür.

»Wow!«, entfuhr es meinem Onkel erschrocken und warnend zugleich.

Erneut traf die Faust auf Plastik, und noch einmal.

»Hey! Reiß dich zusammen, Junge.«

»Elliot?«

Er schien keinen von uns zu hören, stattdessen begann er auf die Rückenlehne meines Sitzes einzuschlagen. Ich wurde unsanft nach vorne katapultiert und musste mich an dem Armaturenbrett abstützen.

»Pass auf!«

»Elliot!«, rief ich erschrocken.

Sein Kopf schnellte nach oben. Das Gesicht eine Maske aus Zorn. Seine Augen funkelten gefährlich, die Wangenknochen traten hervor und verliehen ihm etwas Bedrohliches, das ich noch nie an ihm gesehen hatte. Für einen kurzen Moment hatte ich Angst vor ihm.

Doch dann riss er die Augen auf und wich hastig zurück.

»Flora«, flüsterte er. Schmerz ersetzte die Wut und sein Körper sackte in sich zusammen. Gequält presste er die Augen zusammen, ließ langsam und kontrolliert die Luft aus seinem Mund entweichen. In einer verzweifelten Geste presste er die Handflächen gegen die Stirn, während sein ganzer Körper zu zittern begann. Der Anblick ließ mein Herz bluten und meine Seele schreien.

»Tut mir leid«, sagte er leise. »Tut mir leid, tut mir leid, tut mir leid.«

Tränen stiegen mir in die Augen und mit einem Mal war die Barriere, die der Sitz zwischen uns bildete, unerträglich. Kurzerhand krabbelte ich über die Mittelkonsole nach hinten.

»Mein Auto ist doch keine Turnhalle«, beschwerte sich mein Onkel halbherzig.

Zaghaft berührte ich Elliot am Arm.

»Elliot?«, fragte ich erneut.

Doch er schüttelte den Kopf. »Nicht jetzt«, flüsterte er. »Bitte.«

»Okay«, sagte ich ebenso leise und begegnete dem Blick meines Onkels.

Er zog fragend die Augenbrauen zusammen. »Sollen wir los?«

Ich nickte und schnallte mich an.

Während wir das Gefängnis hinter uns ließen, beobachtete ich Elliot von der Seite. Sein Kopf lehnte an der Fensterscheibe und er starrte teilnahmslos hinaus.

Es war kaum zu ertragen, ihn so zu sehen. Ich wollte ihm helfen, für ihn da sein, ohne zu wissen, wie, während ich mich fragte, welche Wahrheit er erfahren hatte und welche Konsequenzen sie haben würde.

»Wisst ihr was?«, sagte mein Onkel, als wir in die Hauptstraße einbogen, die uns zu meiner Wohnung führte. »Wir fahren jetzt Eis essen.«

Ich blinzelte verwirrt. »Was?«

Er hob die Schultern. »Es ist warm, ich habe Hunger auf ein Eis und Zucker ist gut für die Seele.«

Elliot reagierte nicht, er schien ihn nicht gehört zu haben.

»Ich muss zurück ins Café.«

»Schwachsinn«, entfuhr es ihm. »Es ist nicht einmal Mittag. Deine Mitarbeiter können den Laden ruhig noch eine Stunde ohne dich schmeißen.« Leiser fuhr er fort. »Außerdem kannst du auch eine kleine Verschnaufpause vertragen, Kleines.«

Unschlüssig verzog ich das Gesicht.

»Dein Onkel hat recht«, sagte Elliot plötzlich. Den Blick immer noch aus dem Fenster gerichtet.

»Siehst du?« Er klang zufrieden und anstatt in die Seitenstraße abzubiegen, in der mein Café lag, fuhren wir weiter in die Stadt hinein.

Zehn Minuten später saßen wir auf einer Bank vor einem

großen Springbrunnen, der inmitten des belebten Marktplatzes stand.

Jeder von uns hielt eine riesige Eistüte mit drei Kugeln, Sahne, Streuseln und Schokosauce in der Hand.

Ich hatte keinen Appetit, auch Elliot rührte sein Eis nicht an. Nur mein Onkel steckte sich genüsslich einen Löffel Sahne in den Mund. Schweigend aß er es auf, überließ uns unseren Gedanken, bis er schließlich aufstand.

»Ich muss leider wieder los«, verkündete er. »Wir haben heute Abend noch einen Auftritt und die Jungs warten auf mich.«

Ohne ihn anzusehen, sagte ich: »Danke, dass du uns gefahren hast.«

»Ich bin immer für dich da, wenn du Hilfe brauchst.«

Ich schenkte ihm ein mattes Lächeln. Seine braunen Augen sahen mich mitfühlend an. Er blickte zu Elliot, der regungslos ins Leere starrte.

Leise seufzend ging er vor uns beiden in die Hocke.

»Das Leben kann manchmal ziemlich beschissen sein«, begann er. »Das Leben stellt dich vor Aufgaben, die dir unmöglich erscheinen. Vor Situationen, die du nicht ertragen kannst. Ein riesiger Berg, vor dem du stehst und weißt, dass der Aufstieg dich zerbrechen wird.«

Ich runzelte die Stirn und hatte das Gefühl, dass er selbst einmal vor einem solchen Berg gestanden hatte.

»Das Leben ist nicht fair, das Leben ist nicht einfach, das Leben schlägt dir in die Fresse und rammt dir ein Messer ins Herz. Das alles ist Leben. Aber wisst ihr was?«

Langsam erhob er sich und legte Elliot und mir sanft eine Hand auf den Kopf, als wäre er ein Lehrmeister, was er vielleicht auch war.

»Das Leben gibt dir auch den Klebstoff, mit dem du die Scherben wieder zusammensetzen kannst. Es schenkt dir jemanden, der deine Blutung stillt, der dir aufhilft und dich zu Atem kommen lässt. Das Leben nimmt, aber es gibt auch.«

Dann wuschelte er uns mit einer vertrauten Leichtigkeit durch die Haare. »Das Leben hat euch beide zusammengeführt. Nutzt das. Nutzt euch gegenseitig und verbindet eure Wunden, bis sie nicht mehr bluten und sich irgendwann in verblasste Narben verwandeln.«

Seine Lippen berührten meine Stirn, bevor er sich umdrehte und uns allein auf der Bank sitzen ließ.

Als wenige Minuten später das Eis begann, auf meine Finger zu tropfen, konnte ich es nicht lassen, von der süßen Masse zu kosten. Der fruchtige Erdbeergeschmack prickelte auf meiner Zunge und belebte meine lethargischen Sinne. Ich dachte über die Worte meines Onkels nach, musterte dabei Elliot von der Seite. Das langsam schmelzende Eis überzog bereits seine ganze Hand. Ich wusste nicht, ob er überhaupt gehört hatte, was mein Onkel gesagt hatte.

Aber seine Worte stimmten. Das Leben hatte uns zusammengeführt. Es wäre dumm, das nicht zu nutzen.

Also aß ich mein Eis auf, gab Elliot Zeit, wieder zu sich zu finden. Als es ihm nicht gelang, holte ich Taschentücher aus meiner Handtasche, nahm ihm das Eis ab und wischte seine Hand, so gut es ging, sauber. Ein Zittern durchlief seinen Körper, als ich ihn berührte, ihn umsorgte, mich um ihn kümmerte. Auch wenn ich in dem Moment nur das Eis daran hinderte, weiterhin auf seine Hand zu tropfen.

»Willst du noch?«, fragte ich leise.

Ich atmete erleichtert auf, als er endlich reagierte und seinen Kopf schüttelte. Die Eistüte landete im nächsten Mülleimer, bevor ich mich neben ihn setzte, seine Finger mit meinen verschränkte und meinen Kopf auf seine Schulter legte.

Dann wartete ich.

40
Gefangen in Erinnerungen

Elliot

»*Was machst du da?*«

»*Ich rufe die Polizei.*« *Meine Finger zittern so sehr, dass ich das Handy kaum halten kann.*

Milo schlägt es mir brutal aus der Hand. Mit einem lauten Scheppern landet es auf dem Boden.

»*Bist du wahnsinnig?! Die werden wissen, dass es Drogen waren. Sie werden es herausfinden.*«

»*Natürlich werden sie das!*« *Das Blut rauscht in meinen Ohren, während nur langsam die Erkenntnis in meinen Kopf schleicht, was geschehen ist. Was ich an diesem Tag verloren habe. Wen. Keuchend hole ich Luft, als der Schmerz in mein Herz eindringt und eine tödliche Wunde hinterlässt.*

»*Ich werde ihnen sagen, was ihr getan habt*«, *flüstere ich, verdränge das Entsetzen und konzentriere mich auf die Wut. Auf den brennenden Hass, der meine Seele tränkt.*

Milo packt mich am Kragen und schleudert mich gegen die Wand. Mein Kopf donnert dagegen, doch ich spüre den Schmerz nicht. Spüre nichts, bis auf das Brennen.

»*Das wirst du nicht!*«

Ich starre meinen Bruder an, sehe Entsetzen und Panik. Sehe Unglauben und etwas, dass mir die Galle hochkommen lässt. Eine Dunkelheit, die sich in seiner Seele eingenistet hat.

»*Sie werden es so oder so herausfinden*«, *sage ich emotionslos.*

»*Was willst du tun? Sie hinter dem Haus vergraben?*«

Und für einen schrecklichen Moment sehe ich, wie er tatsäch-

lich darüber nachdenkt. Angewidert reiße ich seine Hand von mir, stoße ihn zurück, bevor ich mich nach meinem Handy bücke. Meine Mutter steht regungslos im Türrahmen, den leblosen Körper meiner Schwester in ihren Armen.

Ich bin froh, dass sie zulässt, dass ich Anna vorsichtig an mich nehme.

So kalt.

Meine Sicht verschwimmt vor meinen Augen, während ich gegen die Übelkeit ankämpfe, die der Geruch auslöst, der von dem kleinen Körper auf meinen Armen ausgeht. Das ist nicht mehr meine Anna. So werde ich sie nicht in Erinnerung behalten. Nein. Niemals.

Ich trete in den Flur.

»Was hast du vor?« Die Stimme meiner Mutter zittert.

Heuchlerin. Als ob sie sich um Anna sorgt, als ob es sie kümmert, was mit ihr passiert. Das hat es nie.

»Ich bringe sie weg«, sage ich kalt. »Weg von dir. Weg von euch. Weg von diesem Ort.«

»Aber du rufst nicht die Polizei, oder?«

Ich drehe mich um, starre die Person an, die uns das Leben geschenkt und es uns im selben Moment genommen hat.

»Du widerst mich an.«

Dann verlasse ich die Wohnung.

Wimmernd holte ich Luft. Krallte mich an der Hand fest, die meine hielt. Nutzte sie, um mich aus der Dunkelheit zu ziehen. Langsam, Stück für Stück.

Die Erinnerungen verblassten, wurden zu einem dumpfen Entsetzen in mir. Der graue Schleier, der die Welt um mich herum eingehüllt hatte, senkte sich und ich fand mich plötzlich an einem Ort wieder, den ich nicht kannte.

Ich starrte auf einen großen Brunnen, hörte das sanfte Plätschern. Tauben gurrten nicht unweit von mir, pickten hektisch Krümel vom Boden.

»Elliot?«, fragte eine vertraute, warme Stimme neben mir.

Ich drehte mich zu Flora um. Tränen glitzerten in ihren braunen Augen, sammelten sich darin, bis ein Blinzeln sie befreite und ihre Wange hinunterlaufen ließ.

»Nicht weinen«, flüsterte ich und wischte ihr mit dem Daumen die feuchte Spur aus ihrem Gesicht.

Erleichtert schloss sie die Augen und ließ weitere Tropfen von ihren Wimpern fallen.

Ich starrte diese wunderschöne Frau neben mir an, während die Hässlichkeit in meinem Kopf tobte.

»Milo hat sie alle belogen«, brach der Gedanke aus mir heraus.

Flora erwiderte meinen Blick, überrascht, aber auch voller Sorge.

»Er hat der Polizei gesagt, dass es meine Drogen waren, dass ich der Junkie und der Dealer war. Sie beide.« Ich tat einen zittrigen Atemzug. »Sie haben geschrien und getobt. Haben mit dem Finger auf mich gezeigt. Auf mich und Anna.«

Ihre Hand legte sich federleicht an meine Wange und ich schmiegte mich dagegen. »Aber die Polizei hat ihnen nicht geglaubt?«

»Nein, sie waren noch völlig zugedröhnt.« Ich schluckte. »Am Ende haben sie meine Mom mitgenommen. Sie kam nicht zurück.«

»Du erinnerst dich.«

Ich schüttelte den Kopf. »Nur bruchstückhaft.«

»Aber du erinnerst dich, dass es nicht deine Schuld gewesen war.«

Ich schwieg. Denn ich fühlte sie immer noch in mir. Versteckt in einer dunklen Ecke, wartete sie nur auf den richtigen Moment, um mich niederzureißen.

»Milo«, begann ich. »Er hat überall herumerzählt, dass ich die beiden verraten habe. Dass ich schuld sei. Dass ich wusste, dass die Drogen da lagen, dass ich sie nicht weggeräumt habe. Dass es mir egal war.« Ein bitteres Lachen stieg in mir auf, als ich mich an das Brüllen von ihm erinnerte.

316

Du wolltest es doch! Du wolltest, dass Anna verschwindet, damit du endlich deine Ruhe hast!

Dann hatte ich auf ihn eingeschlagen. So lange, bis er sich befreien konnte und mich beinahe bis zur Bewusstlosigkeit gewürgt hatte.

»Alle haben es geglaubt. Sie haben mich angesehen wie ein Monster. Haben mich angebrüllt, mich verprügelt, mich verfolgt. Milo hat sie gegen mich aufgehetzt. Und irgendwann habe ich ihren Worten geglaubt.«

Meine Schultern sackten nach unten und ich legte die Stirn auf meine Arme. »Das ist sie«, wisperte ich. »Meine dunkle Vergangenheit. Der Grund, warum ich von dieser Brücke gesprungen bin. Die Wahrheit, die ich nicht ertragen konnte.«

Nicht ertragen kann.

Ich hob den Kopf. Tränen rannen mir unaufhaltsam über die Wangen, tropften von meinem Kinn auf den Boden.

Ich schluchzte verzweifelt, während ich Floras entsetztem Blick begegnete.

Ein einzelner Gedanke griff nach meinem Herz und riss es in tausend blutige Fetzen.

»Ich kann das nicht«, flüsterte ich. Spürte, wie die Kälte meine Glieder hinaufkroch, spürte, wie sie meine Seele tränkte.

Die Worte erweckten Flora zum Leben und sie stürzte auf mich zu. Schlang ihre warmen Arme kraftvoll um mich, als versuchte sie, mich davor zu bewahren, auseinanderzubrechen.

»Doch«, flüsterte sie an meinem Ohr. »Du kannst das. Du hast keine andere Wahl.«

Ich vergrub mein Gesicht in ihrer Halsbeuge.

»Wer würde sich sonst an Anna erinnern?«

Ich erstarrte.

»Wer würde an sie denken, von ihr erzählen?«

Flora löste sich und blickte mir mit tränennassen Augen und einem Lächeln auf den Lippen ins Gesicht. »Wenn du nicht mehr bist, wer würde dafür sorgen, dass man sie nicht vergisst?«

Ich starrte sie an. Wiederholte ihre Worte in meinem Kopf. Immer und immer wieder.

Niemand, dachte ich. Wenn ich ging, würde ich Anna mit nehmen. Den Klang ihres Lachens, das Glitzern in ihren Augen, das Strahlen in ihrem Gesicht.

Ihr Leben wäre ausgelöscht, als hätte sie nie existiert.

Die Kälte verschwand aus meinen Gliedern, verließ mein Herz und zog sich aus meiner Seele zurück.

Du bist mehr als eine verblassende Erinnerung, Anna. Viel mehr.

Zurück in Floras Wohnung brach ich vor Erschöpfung auf ihrem Bett zusammen und wachte erst am Sonntag wieder auf. Mein Kopf schmerzte, meine Glieder fühlten sich schwer an. Regungslos starrte ich an die Decke und wartete, bis der Sturm in meinem Inneren sich zu einer erträglichen Windböe abschwächte.

Die letzten Stunden, nein, die letzten drei Wochen, waren von Verwirrung, Verzweiflung, Angst und Trauer geprägt gewesen. Jetzt, da ich wusste, warum ich von einer Brücke gesprungen war, warum ich Anna verloren hatte, verlangten mein Körper und meine Seele nach Ruhe. Sie waren ausgelaugt, während sie immer noch mit all den Emotionen kämpften.

Flora war längst im Café und ich allein mit all den Gedanken und Gefühlen. Doch immer, wenn sie mich zu überwältigen drohten, wenn ich mich in der Dunkelheit zu verlieren glaubte, tauchten Floras Worte in meinem Kopf auf.

Sie gaben mir die Kraft, mich aufzurichten, aufzustehen, zu duschen, zu essen. Sie gaben mir sogar die Kraft, einen Blick hinter die alte Holztür in meinem Inneren zu werfen. Nur kurz, aber es war ein Anfang.

Gegen Mittag öffnete sich die Tür und Flora trat ein. Einen Becher duftenden Kaffee in der einen Hand und eine Papiertüte in der anderen.

»Hey.«

Ich saß in einem der beiden Sessel und hob die Hand. »Hey.«

»Wie …« Sie presste die Lippen zusammen und sagte stattdessen: »Ich habe dir was zu essen mitgebracht.« Dabei hielt sie demonstrativ die Tüte in die Höhe.

»Danke.«

Ihr Blick fiel auf das Handy in meiner Hand.

Weil es ihre Worte waren, die mich dazu ermutigt hatten, drehte ich ihr den Bildschirm zu. Sie riss die Augen auf und kam zögernd näher.

»Ist sie das?«, fragte sie leise.

Meine Finger begannen zu zittern, ich legte das Handy auf den Tisch und gemeinsam sahen wir das Foto meiner kleinen Schwester an.

»Ich … das ist das neuste Bild in meiner Galerie. Ich habe mich noch nicht getraut, die anderen durchzusehen.«

»Sie sieht zauberhaft aus.«

Tränen brannten in meinen Augen, während ich das grinsende Gesicht musterte. Graue Augen, sonnengebräunte Haut und lockige, strohblonde Haare, die unter einem Basecap hervorlugten. Anna stand inmitten eines Erdbeerfeldes und hielt eine tiefrote Frucht in die Höhe. Die roten Flecken in ihrem Gesicht zeugten davon, dass mehr Erdbeeren in ihrem Mund gelandet waren als in dem Korb, der vor ihren Füßen stand.

»Ja, oder?«, flüsterte ich und ein Lächeln breitete sich auf meinen Lippen aus.

41
Unerwartete Überraschung

Flora

Verwundert beobachtete ich die dunkle Gestalt, die am frühen Vormittag an der Fensterfront des Cafés vorbeieilte. Elliots ausgeblichener Hoodie war einer von Hunderten, die ich erkannte. Warum er sich bei zwanzig Grad in den dicken Hoodie hüllte, konnte ich mir nicht erklären. Genauso wenig wie den Moment, als er nur zwei Sekunden später zurückkam und in die andere Richtung lief. Danny stellte einen Milchkaffee auf den Tresen und ich machte mich wieder an die Arbeit.

Zwei Tage waren vergangen, seit Elliot seine Mutter besucht hatte. Es ging ihm alles andere als gut, aber das war in Ordnung. Genauso wie die Albträume in der Nacht und die vereinzelten Panikattacken. Niemand erwartete von ihm, dass er all das Grauen, das sich ihm eröffnet hatte, einfach so wegsteckte. Niemand verurteilte ihn für die Tränen, die ihm aus dem Nichts überfielen. Dennoch war ich erleichtert gewesen, als ich ihn mit meiner Liste von Psychiatern in der Hand gesehen hatte. Auch wenn er noch keinen angerufen hatte, so war es doch ein erster Schritt. Egal wie klein er auch sein mochte.

Danny, Brit und Julia wussten nicht genau, was los war, auch wenn sie sich sorgten, waren sie für Elliot da, ohne ihn zu bedrängen. Im Gegenteil. Jeder von uns tat sein Bestes, um ihn abzulenken.

Brit hatte sogar vorgeschlagen, heute Abend meinen Geburtstag zu feiern. Aber ich wollte nicht, ich fühlte mich nicht wohl bei dem Gedanken. Nicht heute, nicht in nächster Zeit.

Zehn Minuten später betrat Elliot zögernd das Café. Ein zaghaftes Lächeln lag auf seinen Lippen, auch wenn die dunklen Ringe unter seinen Augen die Schwere seines Herzens widerspiegelten.

Die Hände hinter dem Rücken versteckt, kam er auf mich zu. Ich verzog den Mund zu einem Lächeln, das sich in ein Strahlen verwandelte, als er mir einen riesigen Blumenstrauß entgegenstreckte. Jemand musste ihm verraten haben, dass ich Geburtstag hatte.

»Happy Birthday, Flora.«

Ich nahm den Strauß entgegen, erkannte neben Sonnenblumen noch Eisenhut, Ringelblumen und weitere Wildblumen. Er sah wunderschön aus. Und für einen kurzen Moment war ich von mir irritiert, warum mich dieser Blumenstrauß so berührte. Bis mir klar wurde, dass ich noch nie einen geschenkt bekommen hatte. Weder zu meinen vorherigen Geburtstagen noch von Alex. Dass Elliot der Erste war, machte diese Geste nur noch bedeutender.

Ich legte eine Hand auf seine Wange und schenkte ihm einen langen Kuss, den ich am liebsten vertiefen wollte. Elliot schien es ähnlich zu gehen. Seine Hände wanderten meinen Rücken hinab und gruben sich in meine Hüfte. Nur mit Mühe konnte ich mich von ihm lösen.

»Ich weiß, ein Blumenstrauß ist nicht so außergewöhnlich, aber …«

»Er ist perfekt«, unterbrach ich ihn, roch an den Sonnenblumen, bevor ich Elliot noch einen Kuss gab. Die Bartstoppeln kratzten mich am Kinn und ich hätte nie gedacht, dass dieses Gefühl ausreiche, um solch eine glühende Hitze durch mein Inneres zu jagen.

»Danke«, flüsterte ich, lehnte meine Stirn an seine und genoss noch einen kurzen Moment seine Nähe.

Gemeinsam gingen wir in die Küche. Ich suchte nach etwas, das ich als Vase verwenden konnte, und Elliot zog sich seine Schürze über, die an dem Haken neben dem Kühlschrank hing.

»Ich habe mir überlegt, dass wir heute Abend essen gehen könnten.« Er hob verlegen die Schultern. »Zur Feier des Tages.«

»Das klingt schön«, sagte ich und drapierte die Blumen in einer hohen Rührschüssel.

»Ist das dein Ernst?«, entfuhr es Brit, die nun ebenfalls in die Küche kam und auf die Schüssel zeigte.

»Ich habe keine Vase«, verteidigte ich mich. *Weil ich noch nie Blumen geschenkt bekommen habe.*

»Das ist meine Sahneschüssel«, brummte sie, aber ich konnte den Anflug eines Lächelns erkennen. »Sei froh, dass ich heute keine mehr steifschlagen muss.«

»Apropos steif«, fuhr sie fort und zwinkerte überzogen, »wenn das so weiter geht zwischen euch, müssen wir hier bald ein *FSK 18* Schild an die Tür hängen.«

»Brit!«

Sie lachte, während Elliot mit hochrotem Kopf aus der Küche floh.

»Du bist unmöglich«, tadelte ich sie, konnte mir ein Grinsen jedoch nicht verkneifen. Ich nahm die Sahneschüssel mit den Blumen mit vor ins Café und stellte sie auf einem Regalbrett, zwischen zwei Aloe-Vera-Pflanzen ab.

Zufrieden drehte ich mich um und konnte es kaum erwarten, bis Feierabend war und ich den Abend mit Elliot verbringen konnte.

»Sie hat leider keine Zeit, aber wir sind trotzdem zwanzig Leute.«

Zwanzig Leute?

Unauffällig spitzte ich die Ohren, versuchte, mir etwas aus dem Gespräch zwischen Brit und Elliot zusammenzureimen.

Sie planten etwas. Die Frage war nur was. War es nur ein Vorwand, von Elliot mit mir essen zu gehen? Ich wusste nicht, ob ich enttäuscht oder aufgeregt sein sollte.

»Damit sind wir immer noch mehr als geplant.«

»Je mehr, desto besser.«

Elliot stieß ein unbestimmtes Geräusch aus. »Meinst du nicht, das wird zu viel? Ich dachte, wir wollten es klein halten.«

»Ach, Quatsch. Das wird super!«

»Alles in Ordnung?«

Ertappt sah ich auf und entdeckte genau vor mir Liv stehen. Die Ex-Freundin von Alex, die wir im Supermarkt getroffen hatten, wartete auf ihren Iced Latte.

Schnell drückte ich den Deckel des To-Go-Bechers zu und reichte ihr das Getränk.

»Ja, alles gut.«

Die junge Frau machte keine Anstalten, sich zu verabschieden, blieb am Tresen stehen und sah sich fasziniert im Café um.

»Ich wollte mich noch mal bedanken«, begann sie. »Wegen Alex.«

Ich verzog mein Gesicht, was sie zum Lachen brachte.

»Ich habe ihn tatsächlich am nächsten Tag gesehen, wie er mit einer anderen rumgeknutscht hat.«

Sie verdrehte die Augen und nahm einen Schluck von dem Getränk.

»Arschloch«, sagten wir gleichzeitig, was uns zum Lachen brachte.

»Sage mal«, begann Liv nachdenklich, »suchst du zufällig eine Aushilfe?«

Ich stützte meine Ellenbogen auf dem Tresen ab und sah mich nachdenklich im Café um.

Elliot räumte Geschirr ab und unterhielt sich mit einer Kundin, Brit hörte ich in der Küche klappern und Danny stand wie ein dünner, hoher Schatten hinter mir und tippte auf seinem Handy herum. Mein Blick blieb erneut an Elliot hängen. Dass er bei mir arbeitete, war nur eine vorübergehende Lösung. Dieses Café war mein Traum, nicht seiner. Er sollte etwas machen, dass ihm selbst viel bedeutete. Er sollte die Chance für seinen Neuanfang nutzen. Nicht heute, nicht morgen, aber irgendwann.

»Wenn du möchtest, kannst du nächste Woche Probearbeiten kommen«, sagte ich an Liv gewandt. »Dann sehen wir, wie es funktioniert und ob es dir gefällt.«

Liv strahlte mich an und nickte enthusiastisch.

Mittags erwischte ich Elliot und Julia in der Küche. Als ich hineinkam, hörten sie sofort auf zu reden und ich starrte sie misstrauisch an. Doch das Einzige, das ich von den beiden bekam, war ein zufriedenes Grinsen auf ihren Lippen. Als dann auch noch Danny mit den beiden zusammenstand, stellte ich sie zur Rede.

»Okay, was ist hier los?«

»Nichts.« Danny hob die Schultern, schnappte sich seinen Rucksack und wünschte uns später einen schönen Feierabend.

Fragend sah ich Elliot und Julia an.

»Nichts«, entgegneten auch sie und machten sich wieder an die Arbeit.

Verwirrt hob ich die Arme und ließ sie wieder sinken.

Was war hier los?

Julia war früher gegangen, weil sie sich mit Danny verabreden wollte und auch das Café war um kurz vor sechs Uhr leer. Ich kümmerte mich um den Kassenabschluss und Elliot fegte den groben Dreck auf dem Boden zusammen.

»Hast du schon eine Idee, wo du heute Abend essen gehen willst?«, fragte er.

Nachdenklich tippte ich mir mit einem Stift ans Kinn. »Irgendwo, wo ich noch nicht war.«

»Wir könnten einfach durch die Stadt schlendern und sehen, welches Restaurant uns am meisten anspricht.«

»Das hört sich gut an.«

Pünktlich um sechs schloss ich das Café hinter mir ab und wir gingen in meine Wohnung, um uns frische Kleidung anzuziehen.

Zumindest hatten wir das vor. Kaum das ich meine Latzhose von den Beinen streifte, war Elliot hinter mir und half mir aus dem T-Shirt.

»Ich dachte, wir wollten essen gehen?«

Elliot schob meinen BH nach oben und legte seine Hände über meine nackten Brüste. Ich holte zischend Luft und lehnte mich an seine Brust.

»Was hältst du von einer Vorspeise?«, raunte er mir ins Ohr.

Warme Lippen strichen über meinen Hals. Ich drehte mich zu ihm und zeigte ihm, was ich von der Idee hielt.

Eine halbe Stunde später schlüpfte ich in meine Schuhe. Hinter mir wühlte Elliot in seiner Tasche, und als ich ihn wartend beobachtete, holte er eine kleine, in Geschenkpapier verpackte Schachtel hervor. »Ich habe noch etwas für dich.«

Er kam auf mich zu und reichte mir verlegen die Schachtel. Vorsichtig packte ich sie aus und blickte einen Moment später auf eine Kette. Der Anhänger war nicht größer als eine zwei Euro Münze. Ein goldener Ring umfasste klares Glas, in dem gepresste kleine weiße Blüten zu sehen waren. Vorsichtig holte ich sie aus der Schachtel und legte den Anhänger in meine Handfläche.

»Sie ist wunderschön«, flüsterte ich und strich mit einem Finger über die glatte Oberfläche.

»Soll ich sie dir umlegen?«

»Unbedingt!«

Ich reichte die Kette Elliot und er brauchte ein paar Sekunden, bis er den Verschluss schließen konnte.

»Jetzt habe ich Hunger«, verkündete er und zog mich aus der Wohnung. Wir gingen die Treppe hinunter, doch zu meinem Bedauern kam uns mein cholerischer Nachbar entgegen. Er starrte zuerst mich und dann Elliot missmutig an.

»Haben Sie den Vermieter informiert, dass noch jemand bei Ihnen wohnt? Das müssen Sie machen, das wissen Sie, oder?«

»Ja, das weiß ich«, log ich. Um ehrlich zu sein, hatte ich mir darüber noch keine Gedanken gemacht. Mist.

»Einen schönen Abend noch.«

Ohne ihn eines weiteren Blickes zu würdigen, lief ich mit Elliot die letzten Stufen nach unten. Vor der Tür stieß ich ein leises »Idiot« aus. Elliot lachte und ich stimmte ein. Doch es stoppte abrupt, als ich sah, dass die Tür zu meinem Café offenstand.

»Elliot? Ich habe das Café abgeschlossen, oder?«

Langsam näherten wir uns.

»Eigentlich schon.«

Er klang alarmiert.

Ich schluckte und mein Puls schoss in die Höhe, rauschte ohrenbetäubend laut in meinen Ohren.

Das Licht war aus, aber ich sah dunkle Schatten, die sich im Inneren bewegten.

»Einbrecher?«, fragte Elliot leise.

Ich sah ihn von der Seite an, hoffte kurz, dass es vielleicht eine Überraschung war, der Grund, warum er heute ständig mit Brit, Julia und Danny gesprochen hatte.

»Wir sollten die Polizei rufen.«

Nein, das war keine Geburtstagsüberraschung. Mein Café wurde gerade ausgeraubt.

Während Elliot sein Handy ans Ohr hielt, ballte ich die Fäuste. Wie konnten sie es wagen. Wer auch immer da gerade drin war. Sie konnten doch nicht … durften nicht … Nein. Nicht mit mir. Entschlossen lief ich auf die offene Tür zu.

»Flora! Was hast du vor?«

Elliot kam hinter mir her, hielt mich jedoch nicht auf.

Ich trat durch die Tür.

»Raus aus meinem Café«, brüllte ich entschlossen, mit fester Stimme, obwohl das Adrenalin meine Adern durchflutete.

»Ganz sicher nicht«, entgegnete mir eine vertraute Stimme aus der Dunkelheit.

42
Vermeintliche Einbrecher

Elliot

Ich wusste, dass Flora mutig war. Leider auch leichtsinnig in vielen Dingen. Aber was sie gerade getan hatte, war wirklich dumm gewesen. Wären es echte Einbrecher gewesen, hätte ich sie aufgehalten, aber so verkniff ich mir ein Lachen, während Flora schockiert in die Dunkelheit starrte.

»Onkelchen?«

Eine große Gestalt trat aus dem Schatten. Im Hintergrund schaltete jemand das Licht an und fast zwanzig Leute grinsten Flora an und riefen laut »Überraschung!«.

»Ich habe dir gesagt, du sollst mich nicht so nennen.« Floras Onkel funkelte sie an, doch dann breitete er die Arme aus, zog die noch immer überraschte Flora in seine Arme und hob sie hoch.

»Happy Birthday, Kleines!«

»Wollt ihr, dass ich einen Herzinfarkt bekomme?«, entfuhr es ihr ungehalten und sie strich sich mit zittrigen Fingern die Haare aus dem Gesicht. Dann schüttelte sie grinsend den Kopf und drehte sich zu mir um.

»Vielleicht solltest du Schauspieler werden.«

Ich lachte, erleichtert, dass die Überraschung gelungen war und plötzlich stürmten alle Gäste auf sie zu, überschütteten sie mit Geschenken und Glückwünschen. Neben Brit, Julia, Danny und Floras Onkel waren auch der Gitarrist der Band, der später mit ihm ein kleines Privatkonzert geben sollte, die Autorin Stella, die damals mit ihrem Sohn hier gewesen war, gekommen, heute jedoch ihren Ehemann mitgebracht hatte, ein weiterer Autor, den ich nicht kannte, mit seinem Partner, einige Stammgäste, Liv und auch Jacob. Dieser kam humpelnd auf mich zu und schlug mir auf die Schulter.

»Überraschung gelungen, was?«

»Kann man so sagen.« Ich wandte mich ihm zu. »Ich freue mich, dass du gekommen bist.«

»Ich freue mich, dass ich eingeladen wurde.«

Ich grinste schief. »Na ja, immerhin bist du mein bester Freund.«

Nachdenklich hob Jacob eine Augenbraue. »Erinnerst du dich wieder?«

Ich schüttelte den Kopf. »Nicht wirklich, aber ich vertraue deinen Worten.«

Wir beobachteten, wie Flora ein Geschenk nach dem anderen annahm. Viele sahen verdächtig nach Büchern aus, aber anstatt sie auszupacken, legte sie sie alle auf den Tresen. Im hinteren Teil des Raumes war ein kleines Buffet aufgebaut. Jeder hatte etwas mitgebracht und so gab es eine große Auswahl an Salaten, herzhaften und süßen Snacks sowie Getränken.

Gerrit und sein Bandkollege machten es sich bereits auf zwei Stühlen am Ende des Raumes bequem. Die restlichen Möbel waren zur Seite geräumt worden und die Sitzkissen davor verteilt.

»Willst du etwas trinken?«, fragte ich Jacob, als er nickte, besorgte ich uns zwei Flaschen Bier und stellte einen Stuhl an den Rand, damit er sich mit seinem verletzten Bein nicht auf den Boden setzen musste.

Nach und nach begannen sich die anderen Überraschungsgäste auf den Sitzkissen zu verteilen. Auch Flora kam zu uns und setzte sich auf den Boden. Sie umschlang meinen Arm und lehnte sich an mich.

»Ihr seid verrückt.«

»Genauso verrückt wie du«, entgegnete ich und beugte mich zu ihr. »Du bist vorhin hier reingelaufen, obwohl mehrere Einbrecher auf dich hätten schießen können.«

»Nicht alle Einbrecher haben Schusswaffen bei sich.«

»Aber Messer«, mischte sich Jacob ein.

Ich nickte bestätigend. »Bitte mach so was nicht noch einmal.« Um meinen Worten Nachdruck zu verleihen, presste ich meine Lippen auf ihre Wange.

Braune Augen musterten mich von der Seite. »Du hättest mich aufhalten können.«

Ich verzog das Gesicht. »Glaub mir, wenn die Gefahr echt gewesen wäre, hätte ich das auch getan.«

»Ich weiß«, flüsterte sie und schmiegte sich noch enger an mich.

Die Gespräche um uns verstummten, als Gerrit seine Stimme erhob. »Die Songs, die wir euch heute spielen werden, hat bisher noch niemand zu hören bekommen«, begann er. »Um ehrlich zu sein habe ich mich bisher nicht getraut, etwas Selbstgeschriebenes vor Publikum zu spielen. Ihr seid also die Ersten und mit Pech auch die Letzten.«

Jemand lachte auf, bevor er sich direkt an Flora wandte. »Ich weiß, wie sehr du dich freust, wenn ich Balladen singe. Alles Gutes zum Geburtstag, Kleines.«

Flora warf ihm einen Handkuss zu und dann begann das erste Lied.

Gerrits Stimme war auf der Party bereits der Wahnsinn gewesen, hier im Café, nur von einer Gitarre begleitet, überzog eine Gänsehaut innerhalb von Sekunden meine Arme. Seine warme, rauchige Stimme voll Emotionen und Leidenschaft zog uns alle in den Bann. Niemand sagte etwas, niemand rührte sich. Ich hatte das Gefühl, dass alle den Atem anhielten, um nicht einen Ton zu verpassen.

Die Geschichte hinter dem Song handelte von der ersten Liebe und ihrem Verlust. Dem tiefen Fall und dem schweren Aufstieg aus der Dunkelheit.

Das war der Moment, in dem meine eigene Dunkelheit an der verschlossenen Tür ruckelte. Den ganzen Tag über war ich durch die bevorstehende Überraschungsparty so abgelenkt gewesen, dass ich eine kurzzeitige Pause von all den Albträumen gehabt hatte.

Sofort überfiel mich das schlechte Gewissen. Wie konnte ich es wagen, nicht an Anna zu denken, Freude zu empfinden, mich glücklich zu fühlen.

Deine Schuld!

Was glaubst du, wer du bist?

Du hast immer auf sie aufgepasst!

Ich zwang mich, die Stimmen zu ignorieren. Wusste, dass sie logen.

Hastig leerte ich das Bier und stand leise auf. Suchte bei den Getränken nach etwas Hochprozentigem. Ich wollte nicht, dass Flora sah, wie die Trauer mich wieder überkam, oder dass ich wieder eine Panikattacke erlitt oder heulend in einer Ecke saß. Ich wollte, dass Flora den Abend, ihren Geburtstag, genoss.

Ich fand eine Flasche Wodka, vermischte ihn in einem Glas mit einer Dose Energy. Ich leerte es mit großen Schlucken und machte mir ein Neues, in der Hoffnung, dass der Alkohol meine Gefühle für zumindest zwei, drei Stunden dämpfte.

Ich setzte mich zurück neben Flora und ihr Blick fiel auf mein Getränk.

»Soll ich dir auch einen machen?«, fragte ich leise, aber sie schüttelte den Kopf und konzentrierte sich wieder auf die Musik.

Musik, die schmerzhafte Erinnerungen in mir aufkommen ließ, doch ich spülte sie mit einem Schluck meines Getränkes wieder nach unten.

Gerrit spielte noch fünf weitere gefühlvolle Balladen. Neben mir holte Flora schniefend Luft und ich drückte sie sanft an mich, während ich das Brennen in meinen Augen mithilfe eines dritten Getränks vertreiben wollte.

Unter tosendem Applaus verbeugten sich Gerrit und sein Gitarrist zum Abschluss. Jemand stellte das Radio ein und ich stand langsam auf. Dabei schwankte ich kurz, schob es aber auf das lange Sitzen auf dem Boden.

»Geht es dir gut?«, fragte Flora, als Antwort gab ich ihr einen Kuss auf ihre wundervoll geschwungenen Lippen.

»Jap.«

Um ihrem nachdenklichen Blick zu entkommen, steuerte ich erneut auf die Getränke zu und füllte mein Glas auf. Mit ein wenig mehr Alkohol als nötig, aber das würde mein letzter für diesen Abend sein. Redete ich mir zumindest ein.

Ich nahm einen Schluck und genoss die Schärfe in meiner Kehle. Gerade als ich zurück zu Flora wollte, die von Liv und zwei weiteren Frauen umgeben war, kam Gerrit auf mich zu. Er legte einen Arm über meine Schulter, schob mich von Flora weg und nahm das Glas aus meiner Hand.

»Äh, das …«

»Das reicht für heute, Elliot«, sagte er mit belegter Stimme.

»Es ist das Letzte, okay?« Ich versuchte, mir das Glas wieder zu holen, doch er hielt mich zurück, beugte sich näher zu mir.

Sein Blick ließ mich innehalten und ich musste schlucken.

»Heute ist ihr Geburtstags und wenn er so endet wie die Party letztens, dann haben wir beide ein ziemlich großes Problem, verstanden?«

Ich nickte steif. In dem Moment bemerkte ich, dass der dumpfe Nebel in meinem Kopf dichter geworden war, meine Gliedmaßen schwerer, die Welt verschwommener. Ich leckte mir die Lippen, spürte die Taubheit in meinem Mund. Verdammt, ich wollte nur ein bisschen Leichtigkeit, stattdessen hatte ich es übertrieben – schon wieder.

»Tut mir leid«, lallte ich. Scheiße, seit wann lallte ich?

Unwillkürlich sah ich zu Flora und unsere Blicke trafen sich. Ihr Onkel hatte recht, ich war kurz davor ihr den Abend zu versauen.

»I-ich … ich gehe mal kurz an die frische Luft.«

Gerrit sah mich noch einmal warnend an, dann nickte er und entließ mich. Ich konzentrierte mich darauf, nicht zu schwanken, während ich Richtung Tür ging. Flora eilte an meine Seite.

»Hey. Was ist los? Willst du lieber nach Hause gehen?«

»Nein!« Meine Stimme hallte laut durch den Raum, sodass einige in unsere Richtung sahen. Mist. Mist. Mist.

Ich räusperte mich und schenkte ihr ein verkrampftes Lächeln.

»Nein, ich gehe nur frische Luft schnappen.«

Kurzerhand nahm ich mir eine Wasserflasche von einem der Tische und hielt sie ihr demonstrativ vor die Nase. Die Tatsache, dass sie leer war, ignorierten wir beide.

»Bin gleich zurück, versprochen.«

»Soll ich …«

»Nein, es ist … bleib hier. Ich brauche nur eine Minute.«

Eine Hand legte sich auf meine Schulter.

»Ich helfe unserem Kumpel, sein angetrunkenes Gehirn zu lüften«, sagte Jacob und zwinkerte Flora zu.

Auch wenn die Sorge in ihrem Gesicht blieb, nickte sie und wandte sich wieder ihren Freunden zu.

»Danke«, murmelte ich und ließ mich von ihm nach draußen führen.

Auf der Bank schloss ich die Augen und verfluchte mich.

»Ich bin ein Idiot.«

»Nein Kumpel, nur ein bisschen betrunken.« Jacob lachte, als ich ihn wenig begeistert anstarrte. »Du hast nirgendwo hin gekotzt, du hast keine andere angemacht, du hast dich nicht blamiert, alles halb so schlimm.«

Seufzend fuhr ich mir durch die Haare und knetete meinen Nacken. »Ich sollte mich um Flora kümmern und mich nicht betrinken. Ich weiß gar nicht, wie viel ich getrunken habe. Das ist …«

»Eine schwere Zeit für dich gerade«, unterbrach er mich. »Mach dir keinen Kopf. Und wenn du das nächste Mal den Drang verspürst, etwas durch Alkohol verdrängen zu wollen, dann geh zu mir und nicht zu Mr. Wodka.«

Ich schnaufte belustigt. »Mr. Wodka?«

»Oder Ms. Rum oder Monsieur Whiskey.«

Ich schüttelte grinsend den Kopf und wollte aus der Wasserflasche trinken, erinnerte mich daran, dass sie leer war.

Die Tür ging auf und Brit trat durch die Tür. Sie sah uns beide auf der Bank sitzend an.

»Ich dachte, du hast heute noch was mit unserem Blümchen vor. Mach keinen Scheiß.«

»Mach ich nicht. Ich musste nur ...«

Sie winkte ab und reichte mir eine volle Wasserflasche. »Ja, ja. Hier, trink die aus und dann iss etwas. Das bringt dich wieder auf Kurs.«

Hinter ihr ging erneut die Tür auf, Julia und Danny traten ins Freie.

»Fang!«, rief Julia und ich konnte gerade noch ein abgebrochenes Stück Baguette auffangen, bevor es mich am Kopf traf.

Erschrocken hielt sie sich eine Hand vor dem Mund. »Tut mir leid! *Pisser*!«

Dankend hielt ich das Stück Baguette nach oben und nahm den gefüllten Teller von Danny entgegen, bevor ich das Wasser leer trank und mir Gabel für Gabel in dem Mund schob.

»Das ist mir schon drin aufgefallen«, begann Jacob zögernd und sah Julia an. »Was ... also ...« Er suchte nach den richtigen Worten.

»Ich habe Tourette.« Wie, um es zu unterstreichen, ließ die Krankheit ihre Schultern zucken und sie mit der Zunge schnalzen.

»O-okay?«

»Versuche, es einfach zu ignorieren«, erklärte sie lächelnd. »Und wenn es was Witziges ist, ist es völlig okay zu lachen, aber bitte mach die Ticks nicht nach, das macht es schlimmer.«

Jacob reckte den Daumen in die Höhe. »Alles klar.«

Nachdem das geklärt war, blieben wir noch einen Moment draußen und unterhielten uns. Flora und Liv stießen dazu. Ich bemerkte, wie der Nebel in meinem Kopf sich langsam lichtete und mir wurde bewusst, dass der Alkohol die Enge in meiner Brust nur gedämpft hatte. Aber hier draußen mit Flora und meinen Freunden zusammen zu sein, das sorgte dafür, dass sie sich löste und ich plötzlich wieder freier atmen konnte.

Gegen elf Uhr klopften zwei freundliche Polizisten an die Tür, weil sich jemand wegen des Lärms beschwert hatte. Da wir die Musik jedoch nur leise im Hintergrund laufen ließen und nur noch zehn Leute waren, die sich ruhig unterhielten, verabschiedeten sie sich ohne eine Verwarnung von uns. Flora und ich vermuteten sofort, dass ihr Nachbar dahintersteckte.

Eine halbe Stunde später löste sich unsere Feier auf und Brit war die Letzte, die sich von uns verabschiedete.

»Viel Spaß noch euch beiden«, flüsterte sie mir zu.

»Bis morgen, Brit«, sagte ich, schob sie nach draußen und schloss hinter ihr die Tür.

Froh, dass wir endlich allein waren, drehte ich mich zu Flora, die mit angezogenen Knien auf einem Stuhl saß und an einem Stück Melone knabberte.

Ich vergrub meine Hände in den Hosentaschen und schlenderte auf sie zu.

»Ich habe noch eine Überraschung für dich.«

»Noch eine?« Sie verzog das Gesicht. »Jetzt reicht es aber.«

»Nur eine kleine. Dafür musst du für zehn Minuten in die Küche gehen und die Tür zu machen.«

Als sie keine Anstalten machte aufzustehen, machte ich eine scheuchende Handbewegung. Lächelnd erhob sie sich, doch als sie an mir vorbeigehen wollte, zog ich sie kurzerhand zu mir und legte meine Lippen auf ihre. Sie öffnete ihren Mund und ihre Zunge strich über meine, hinterließ den Geschmack nach süßer Wassermelone. Es kostete mich all meine Willenskraft, mich von ihr zu lösen und sie sanft Richtung Küche zu schieben.

»Zehn Minuten«, sagte ich und schloss die Schiebetür.

Nach fünfzehn Minuten hörte ich sie fragen: »Und?«

»Ja, warte, gleich«. Hektisch sah ich mich um. Zwei Isomatten

mit Kissen und Decken lagen auf dem Boden vor einem Bücherregal, an das ich mehrere Lichterketten befestigt hatte. Außerdem
hatte ich Kerzen aufgestellt und aus Tischen und Stühlen eine
Barriere gebaut, damit uns niemand durch die Fensterfront sehen
konnte. Ich öffnete den Korb, den Brit für uns vorbereitet hatte,
und starrte den Inhalt an. »Im Ernst, Brit?«

»Was macht Brit noch hier?«, rief Flora.

»Nein, sie ist nicht hier. Aber ... ach egal.«

Ich fuhr mir durch die Haare, sah mich prüfend um, bevor ich
zum Lichtschalter eilte und das Licht löschte, sodass nur noch die
Lichterketten und die Kerzen den Raum erhellten.

»Du kannst rauskommen.«

Die Schiebetür öffnete sich und das erste Mal an diesem Tag
nahm ich mir die Zeit, Flora eingehend zu betrachten, meinen
Blick über jeden einzelnen Zentimeter ihres Körpers wandern zu
lassen. Ihr Make-up war etwas verschmiert und die Haare zer-
zaust, aber das machte sie nur noch schöner.

»Wir übernachten hier«, stellte sie strahlend fest und die Lichter
spiegelten sich in ihren Augen.

Wie damals auf der Brücke.

Es war erst drei Wochen her, aber es fühlte sich an, als würde
ich Flora schon Ewigkeiten kennen. Flora, deren echter Name
noch immer ein Geheimnis war. Der Gedanke brachte mich zum
Schmunzeln.

»Der einzige Nachteil ist, dass Brit uns morgen früh hier
wecken wird.«

Ich schnaubte. »Ich wette, sie freut sich jetzt schon, uns
morgen nasse Waschlappen ins Gesicht zu werfen.«

Ihr Lachen rauschte durch meine Adern, vertrieb die Schwere
aus meinem Herzen und brachte es zum Glühen. Nur ihr gelang
es, mich so fühlen zu lassen. So leicht und unbeschwert, sei es nur
für wenige Minuten. Aber es reichte, um nicht in der Finsternis zu
ertrinken. Sie war der Grund, für den ich nach oben schwamm
und nach Luft schnappte. Jeden Tag aufs Neue.

Ein Beben ging durch meinen Körper und plötzlich war mir der Abstand zwischen uns zu groß. Ich ging auf sie zu, umfing ihr Gesicht sanft mit meinen Händen und küsste sie. Überrascht holte sie Luft, nur um sich sofort an mich zu lehnen. Ihr weicher Körper an meinen gepresst, entlockte mir ein leises Stöhnen. Sanft bewegte ich meinen Mund auf ihrem, schickte meine Hände auf Wanderschaft, während sich ihre Lippen teilten und meiner Zunge Einlass gewährten.

»Elliot?«, murmelte sie an meinem Mund.

»Hmhm.«

»Was ist in dem Korb?«

»Dinge.«

Ich ignorierte ihr Kichern und erkundete die weiche Haut an ihrem Hals, suchte nach dem Reißverschluss ihres Kleids.

»Lass mich nur kurz reinschauen«, flüsterte sie.

Gegen meinen Willen wandte sie den Kopf und sah in den Korb, der hinter uns auf dem Boden stand. Ich tat es ihr nach, obwohl ich den Inhalt bereits kannte. Wein, zwei Plastikbecher, Trauben, Schokolade und …

Flora beugte sich nach unten, nahm eine schwarze Schachtel heraus und hielt sie zwischen uns in die Höhe.

»Kondome?«

Abwehrend hob ich die Hände. »Brit hat den Korb vorbereitet.«

»Typisch.«

»Sie weiß eben, was wichtig ist.« Dann öffnete ich den Reißverschluss und befreite sie von dem störenden Stoff.

43
Ein brennender Traum

Elliot

Ein lautes Scheppern riss mich aus dem Schlaf. Automatisch tastete ich nach meiner Brille und sprang auf, noch bevor ich sie richtig auf der Nase hatte. Ich taumelte kurz, während mein schlaftrunkenes Gehirn nur langsam realisierte, wo ich war und was meine Augen sahen.

Tische, Stühle, Bücherregale, zerbrochenes Glas auf dem Boden. Orangefarbene Flammen hinter der Fensterfront.

»Was zur …«.

Plötzlich zersplitterte eine weitere Scheibe. Erschrocken wich ich zurück. Flora schrie auf. Flammen züngelten nach allen Seiten. Ich spürte die Hitze auf meiner Haut, während der Feueralarm losging und schrill in meinen Ohren dröhnte.

Entsetzt starrte ich auf die Szene vor mir. Die Flammen, die sich in Windeseile zu allen Seiten ausbreiteten, die an den Möbeln, an den Büchern leckten. Der Anblick fühlte sich surreal an, doch die schmerzende Hitze war echt.

Wir müssen hier raus!

Adrenalin schoss durch meinen Körper und mein Fluchtinstinkt übernahm die Kontrolle. Ich packte Flora am Arm, zog sie hoch und wollte sie Richtung Küche zerren. Weg von dem Feuer. Aber sie bewegte sich nicht.

»Flora!«, rief ich über das laute Knistern und das hektische Piepen des Alarms hinweg. Sie starrte mit offenem Mund in die Flammen und schien mich nicht zu hören.

»*Flora!*« Rauch drang in meine Lungen und ich musste husten.

Ich riss an ihrem Arm, sie stolperte und fiel zu Boden.

»Raus hier!«

Endlich kehrte Leben in ihren Körper und sie sprang auf, rannte in den Durchgang, der zum Pausenraum führte. Ich folgte ihr, aber statt weiterzulaufen, riss sie den kleinen Feuerlöscher von der Wand.

War das ihr Ernst?

Verdammt, sie musste unter Schock stehen, konnte nicht klar denken.

»Das bringt nichts«, schrie ich und hielt sie zurück, verhinderte, dass sie sich den Flammen näherte. Der tödlichen Hitze, obwohl es der Rauch war, der sich wie Gift in unsere Körper schlängelte.

Flora kämpfte gegen meinen Griff an, versuchte, sich zu befreien. Aber ich schlang kurzerhand meine Arme um sie und hob sie hoch.

Sie schrie, strampelte, hustete, während ich sie durch die Tür in den Pausenraum trug.

»Es brennt«, schrie Flora panisch. »Mein Café brennt! Wir müssen …«

»Wir müssen hier raus«, unterbrach ich sie und wollte die Metalltür, die in den Hinterhof führte, öffnen. Doch sie war verschlossen.

»Wo ist der Schlüssel?«

Flora starrte ins Leere, keuchte schwer.

Ich schüttelte sie an den Schultern.

»Wo ist der Schlüssel, Flora? Wir müssen hier raus!«

Träge blinzelnd sah sie sich im Raum um.

»Flora!«, brüllte ich.

Sie sah mich an. Tränen schimmerten in ihren Augen.

»In meiner Handtasche.«

Mist, die lag noch neben unseren Isomatten. Ich rannte zurück in den Hauptraum. Achtete darauf, meine Atmung flachzuhalten, während der Rauch so dicht war, dass ich kaum noch etwas sehen konnte. Ich suchte den Boden ab, die Hitze brannte auf meiner

Haut und in meinen Augen. Endlich fand ich ihre Tasche, schnappte sie mir und eilte hustend wieder zu Flora. Sie stand unverändert mitten im Pausenraum und starrte ins Leere.

Mit zittrigen Fingern suchte ich nach ihrem Schlüsselbund. Es kostete mich wertvollen Sekunden, bis ich ihn fand und die Metalltür öffnete.

Kühle frische Luft schlug mir entgegen. Ich zerrte Flora hinter mir her. Raus aus dem Café, raus aus der Flammenhölle. Der Rauch verfolgte uns, hing wie ein tödliches Tuch über unseren Körpern.

Ich zog Flora noch einige Schritte weiter, bis ich tief einatmete, wodurch ich wieder husten musste.

In der Ferne hörte ich Sirenen. Ich ließ Flora los, wartete kurz, ob sie zurück ins Gebäude stürmen wollte, als sie einfach nur regungslos stehen blieb, ließ ich meinen Blick orientierungslos streifen. Ich war noch nicht in dem Hinterhof gewesen und musste erst in der Dunkelheit suchen, bis ich die schmale Ausfahrt fand.

Mein Herz schlug mir noch immer bis zum Hals und meine Hände zitterten, als ich Floras Hand ergriff und sie zur Ausfahrt zog.

Wir mussten immer wieder husten, aber für den Moment war ich erleichtert, dass wir unbeschadet entkommen konnten. Dieses Gefühl hielt jedoch nur so lange an, bis wir aus dem Hinterhof kamen und uns in einem Chaos aus Menschen, Stimmen, Hitze und orangen Flammen wiederfanden.

Menschen in ihren Schlafsachen standen auf der Straße, manche hielten ihre Handys hoch, andere umklammerten ihre Haustiere. Aber alle starrten auf das brennende Café. Floras Café.

Sie stieß ein ersticktes Geräusch aus. Ich wollte sie in den Arm nehmen, doch in dem Moment knickten ihr die Beine weg. Als hätte jemand unsichtbare Fäden durchschnitten, fiel sie auf die Knie und starrte mit weit aufgerissenen Augen auf die Flammen.

»Flora.«

Das Entsetzen in ihrem Gesicht brach mir das Herz und als ein Wimmern über ihre trockenen Lippen kam, sank ich neben sie auf die Knie. Meine Hände schwebten unsicher in der Luft, während das Wimmern lauter wurde, quälender, bis es zu einem Schrei anschwoll.

Laut. Verzweifelt. Voller Schmerz.

Das Geräusch drang in meine Seele und nahm mir den Atem. Meine Hände überbrückten die wenigen Zentimeter und ich zog sie an mich, presste ihren Kopf an meine Brust, damit sie nicht mehr zum Feuer sah.

Sie schrie weiter, krallte ihre Hände in mein Shirt, bis ihre Stimme versagte und Schluchzer ihren Körper durchschüttelten. Sie zitterte in meinen Armen. Bebte unkontrolliert, während ich die feuchten Tränen durch den Stoff spürte.

Selbst wenn ich gekonnt hätte, gab es in dem Moment keine tröstenden Worte, die ich ihr hätte sagen können.

Wir saßen schweigend auf dem kühlen Bürgersteig, während wir die Hitze der entfernten Flammen auf unserer Haut spürten.

Es dauerte nur ein oder zwei Minuten, bevor mehrere Feuerwehrfahrzeuge kamen. Krankenwagen. Polizei. Innerhalb kürzester Zeit bestand die Welt aus blauen, blickenden Lichtern, dutzenden Einsatzkräften, lauten Stimmen. Aber all das drang nur entfernt durch den Schock, der meinen Körper beherrschte.

Als ein Sanitäter zu mir kam, zuckte ich vor seiner Berührung zurück, zog Flora schützend an mich.

Er redete mit mir, aber ich verstand die Bedeutung seiner Worte nicht. Ich sah sein besorgtes Gesicht, sah die Hand, die auf Flora deutete.

Erst dann bemerkte ich, dass Flora nicht mehr zitterte, sich nicht regte. Besorgt sah ich zu ihr, ließ es zu, dass der Sanitäter sie mir aus den Armen nahm und zum Rettungswagen brachte.

Ihre Augen waren geschlossen, das Gesicht bleich.

»Was ist mit ihr?«, krächzte ich und musste wieder husten. Der Anfall hielt so lange an, bis ich würgen musste.

Jemand hielt mir eine Wasserflasche entgegen. Ich sah zu Flora, die auf der Liege im Rettungswagen lag. Wann hatten sie ihr die Sauerstoffmaske gegeben? Warum war ihr T-Shirt vorne offen? »Was ist mit ihr?«, sagte ich dieses Mal lauter. Hielt die Flasche in der Hand, hörte eine Stimme neben mir, aber es war alles zu durcheinander, zu laut und verwirrend. Ich konnte mich nicht konzentrieren, sah nur zu Flora. Ihrem regungslosen Körper, der viel zu klein und zerbrechlich aussah.

Ich sprang auf und eilte zu ihr. Schlug eine Hand fort, die mich stoppen wollte.

Doch dann packten mich zwei weitere Hände und ich wurde zu einem großen, bulligen Sanitäter gedreht. Er drängte mich zu einem anderen Krankenwagen.

»Wir bringen deine Freundin ins Krankenhaus. Sie ist stabil, aber bewusstlos.«

»Ich muss zu ihr.«

»Du musst dich erst mal hier hinsetzen, damit ich dich untersuchen kann.«

»Aber ich …«

Er schnitt mir das Wort ab, in dem er mich in den Krankenwagen schob und mich auf die Liege setzte.

»Deine Freundin ist in guten Händen und du kannst im Moment sowieso nichts tun. Also lass dich untersuchen und erzähl mir, was hier passiert ist.«

»Das würde mich auch interessieren.«

Ein Polizist tauchte an der offenen Tür des Krankenwagens auf. Der Sanitäter begann eine Manschette um meinen Arm zu legen.

»Ich … wir«, begann ich stotternd. Ich holte tief Luft, was mich sofort wieder zum Husten brachte.

»Das Café gehört meiner Freundin«, begann ich heiser.

»Wie heißt deine Freundin.«

»Flora.« Ich stockte. »Nein, also sie heißt nicht wirklich Flora. Ich kenne ihren echten Namen nicht.«

Der Polizist sah verwirrt aus.

»Es ist kompliziert.« Ich schüttelte den Kopf. »Wir haben Namen für uns ausgedacht.«

Auch der Sanitäter hielt inne und sah mich an.

»Okay.« Der Polizist schrieb etwas auf seinen Notizblock. »Und sie ist die Inhaberin des Cafés?«

Ich nickte.

»Wie ist der Name davon?«

Ich sah an ihm vorbei. Die Löscharbeiten waren in vollem Gange, es brannte nur noch an vereinzelten Stellen. Das Schild über dem Café war nicht mehr zu erkennen.

»*Books, Cakes and Flowers.*«

Er nickte. »Was können sie uns über die heutige Nacht erzählen? Was genau ist passiert?«

Ich erzählte dem Polizisten alles. Von der Überraschungsparty, dem Privatkonzert, dass Flora und ich dort übernachtet hatten und dass plötzlich die Scheiben zu Bruch gingen. Dem Feuer, Rauch und Chaos.

»Also Brandstiftung?«

Ich starrte ihn an. Erst jetzt wurde mir bewusst, dass es kein Unfall war. Es war kein technischer Defekt. Keine Kerze, die wir vergessen hatten auszupusten. Jemand hatte Floras Café angezündet. Mutwillig.

Mein Herz stockte, bevor es zu rasen begann. Wut sammelte sich in meinem Inneren, entfachte einen Sturm, den ich nur mit Mühe beherrschen konnte. Ich presste die Zähne zusammen, ballte die Hände zu Fäusten.

»Ganz ruhig«, sagte der Sanitäter.

»Haben Sie sonst etwas bemerkt? Irgendeine Person oder irgendetwas, das ein Auslöser für die Tat sein könnte?«

Sofort dachte ich an meinen Bruder. Hatte er einen Grund dafür? Er hasste mich, hatte mir die Schuld an Annas Tod gegeben. Er brauchte keinen Grund, er könnte es einfach tun, einfach weil er mich leiden sehen wollte.

Aber den Gedanken behielt ich vorerst für mich.

Nicht nur, weil ich mir nicht sicher sein konnte, ob er es gewesen war, auch weil ich es satt hatte, mich vor ihm zu verstecken. Wenn er dafür verantwortlich war, dann würde er es bereuen.

»Ich habe keine Ahnung«, sagte ich schließlich. Der Polizist sah mich noch einmal prüfend an, bevor er weitere Fragen stellte und schließlich ging.

»Ich würde dich gerne mit ins Krankenhaus nehmen. Gibt es jemandem, den du informieren möchtest?«

Ich sah auf meine zitternden Hände hinab. »Nein«, sagte ich leise. »Es gibt niemanden.«

44
Dunkelheit in seinen Augen

Flora

Es klopfte leise an meiner Tür. Ich ignorierte es, starrte stattdessen aus dem offenen Fenster, durch das der Geruch nach feuchtem Gras zu mir drang. Er reichte nicht, um den Rauch zu vertreiben, der noch immer an mir zu haften schien.

Ich war im Krankenhaus aufgewacht, als die Sonne am Horizont aufging. Nun stand sie hoch am Himmel und verbreitete eine fröhliche Leichtigkeit, die nicht bis zu mir gelangte. Ich wusste nicht, was ich fühlen sollte. Wut, Trauer, Sorge, Verwirrung. Das alles vermischte sich zu etwas, das ich nicht greifen konnte.

Ich hatte mein Café verloren.

Das wusste ich. Begriffen hatte ich es allerdings noch nicht. Wie auch? Mein Leben, mein Traum war abgebrannt. Nicht mehr da. Ich wollte es nicht begreifen.

Es klopfte erneut. Obwohl ich auch dieses Mal nichts sagte, drehte ich den Kopf in Richtung der Tür. Es dauerte einige Sekunde, bevor sie sich öffnete und eine vertraute und zugleich fremde Gestalt in den Raum schlich.

Die Körperhaltung in sich gekehrt, die Schultern hochgezogen, blieb die korpulente Frau zögernd stehen. Ein paar ängstlich blickende braune Augen, die denen von mir ähnelten, sahen mich an. Und für einen kurzen Moment spürte ich wieder die Angst in mir, die nicht meine eigene war. Die Unsicherheit, die Sorge.

»Ich habe es dir gesagt.«

Ich starrte meine Mutter an. Ihre Worte drangen nur langsam in meinen Kopf. Die Bedeutung von ihnen.

»Das ist das Erste, was du zu mir sagst?«, fragte ich fassungslos.

»Theresa. Schatz. Das war doch nur eine Frage der Zeit.«

Zögernd näherte sie sich. Als sie vor meinem Bett zum Stehen kam, wollte sie meine Hand berühren, aber ich zog sie zurück.

»Was? Dass mein Café abgebrannt ist? Dass ich fast darin verbrannt wäre?«

Meine Mutter setzte sich. Trotz der Wärme, die nicht nur draußen, sondern auch in dem Zimmer herrschte, trug sie einen langen Mantel. Ihre Finger gruben sich in das Leder ihrer Handtasche, während sie unruhig auf ihrem Stuhl hin und her rutschte.

»Nein, dass du das Café verlierst. Egal, auf welche Weise. Dir muss doch klar gewesen sein, dass es nicht für immer gut gehen kann. Irgendwann musste etwas passieren.«

Ich starrte sie an, doch sie senkte den Blick. Die Taubheit wich siedend heißer Wut. »Ist das dein Ernst?«

Ihre Finger nestelten nervös an der Tasche. »Ich habe dir gesagt, dass es zu gefährlich ist«, sagte sie leise. »Dass viel schiefgehen kann.«

Ich stieß ungehalten die Luft aus. Ein frustrierter Schrei lauerte in meiner Brust, aber ich ließ ihn nicht raus.

»Schiefgehen?« Ich schüttelte den Kopf. »Hier geht es nicht darum, dass ich zu wenig verdient habe, dass ich Insolvenz anmelden musste. Mein Café ist abgebrannt und das Einzige, was du dazu zusagen hast, ist, dass du wusstest, dass das passiert? Dass ich selbst dafür verantwortlich bin, dass es meine Schuld ist?«

»Theresa.«

»Nein, wenn das alles ist, was du dazu zu sagen hast, kannst du gerne wieder gehen.«

»Du hast alles verloren, mein Schatz.« Meine Mutter sah flehend zu mir. »Komm wieder nach Hause.«

Ich zog die Stirn in Falten und schüttelte energisch den Kopf. »Warum sollte ich? Was soll ich bei dir? Mich verkriechen? Aufgeben? Vor mich hinvegetieren wie du?«

Sie zuckte zusammen. »Bei mir ist es am sichersten.«

Theresa, sei vorsichtig.

Lauf nicht so schnell.

Theresa, bleib lieber im Haus, draußen ist es gefährlich.

Theresa, du bist zu jung, du schaffst das nicht.

Nur bei mir bist du sicher.

Ich kniff die Augen zusammen, verdrängte die Worte meiner Mutter. Die Worte, die mich immer noch verfolgten, die mich geprägt hatten, die mein Selbstbewusstsein zerstört hatten. Nein, nicht zerstört. Sie hatten verhindert, dass ich in den ersten Jahren überhaupt eines entwickeln konnte.

»Das ist das Einzige, woran du denkst?«, presste ich hervor. »Dass ich sicher in deinem kleinen Vogelkäfig sitze, während die Welt sich weiter dreht?«

»Die Welt hat dich ins Krankenhaus gebracht«, entfuhr es meiner Mutter. Die Stimme immer noch leise, aber deutlich schärfer. »Die Welt hat deinen Vater umgebracht. Die Welt hat dafür gesorgt, dass *du* dem Tod viel zu nah warst. Die Welt ist gefährlich und du solltest dich glücklich schätzen, dass ich mich so um dich sorge. Also hör auf mit diesem Kinderkram und komm nach Hause.«

»Kinderkram? Hörst du dir eigentlich selbst zu? Dieser Kinderkram ist mein Leben, mein Traum, durch diesen Kinderkram war ich endlich glücklich. Ich habe Freunde, habe ein Leben, das ich liebe. Und nur weil mein Café nicht mehr da ist, heißt es nicht, dass ich einfach so aufgebe.«

»Was hast du vor? Du hast nichts mehr.«

Ich zuckte zurück. »Ich finde einen Weg.«

»Um was zu tun?«

»Das Café wieder aufbauen, natürlich. Ich gebe nicht einfach so auf, Mom. Dieses Café hat nicht nur mir viel bedeutet, sondern auch vielen anderen.«

»Das ist Unsinn, Theresa. Das schaffst du nicht.«

Ein Stich in mein Herz. Unwillkürlich fasste ich mir an die

Brust, öffnete den Mund, aber kein Wort kam über meine Lippen. Ich holte tief Luft, was mich zum Husten brachte, und ließ mich dann erschöpft nach hinten fallen.

»Weißt du was, Mom?«, sagte ich resigniert. »Zur Abwechslung könntest du mich unterstützen. Hinter mir stehen, mir etwas zutrauen, mir vertrauen.« Ich sah sie an, begegnete ihrem Blick. Meine nächsten Worte kamen nur als leises Flüstern aus meinem Mund. »Stolz auf mich sein.«

Wir starrten uns einige Sekunden an, dann wandte sie sich ab.

»Ich will nur, dass es dir gut geht.«

Ich seufzte. Das brachte nichts. Es war wie gegen eine Mauer zu reden. Egal, was ich sagte, es prallte von ihr ab. Interessierte sie nicht. Sie war gefangen in ihrer kleinen, sicheren Welt und wollte mich zu sich in ihr Gefängnis zerren.

Entgegen meinem Willen dachte ich darüber nach, ob sie nicht doch recht hatte. Es wäre der einfachere Weg, sich einfach zu verkriechen. Wie damals. Nur ich und meine Bücher.

Als mir klar wurde, worüber ich nachdachte, schüttelte ich den Kopf. Ja, es wäre einfacher, aber ich würde so nie glücklich werden. Ich würde mich selbst zerstören und am Ende nichts weiter als ein Schatten meiner Selbst sein.

Es klopfte an der Tür und einen Moment später trat ein junger Mann in das Zimmer. Elliot sah blass und müde aus. Die Locken standen wirr von seinem Kopf und seine Brille saß leicht schräg auf der Nase. In einer Hand hielt er meine Handtasche, über seiner Schulter hing seine Sporttasche.

Als er mich entdeckte, legte sich Erleichterung auf sein Gesicht. Ich konnte sehen, wie eine Last von seinen Schultern fiel.

Sein Blick richtete sich auf meine Mom und er zögerte.

»Wer ist das?«, fragte sie leise, als ob er es aus der Entfernung nicht hören könnte.

»Elliot«, sagte ich. »Mein Freund.«

Elliots Gesicht erhellte sich bei meinen Worten.

»Das ist meine Mutter«, erklärte ich Elliot.

»Hallo.« Kurz hob er eine Hand, dann überwand er den Abstand zwischen uns.

Kaum war er bei mir, zog er mich in seine Arme. Ich vergrub mein Gesicht an seiner Schulter. Roch Rauch, Krankenhaus und Elliot.

»Wie geht es dir?«, fragte er, ohne mich loszulassen.

Meine Finger gruben sich in sein Shirt.

»Nicht gut«, sagte ich wahrheitsgemäß. Meine Kehle zog sich zusammen. Ich erinnerte mich an die Flammen in meinem Café. An all die Bücher. An meine Pflanzen. Die Möbel. Ich schluchzte und klammerte mich noch fester an ihn.

»Mir geht es nicht gut«, brachte ich erstickt hervor.

Er hielt mich fest, bevor er sich löste und mir sorgenvoll in die Augen sah.

»Was haben die Ärzte gesagt?«

Ich richtete mich etwas auf und wischte mir über das Gesicht.

»Nur eine leichte Rauchvergiftung. Es war wohl der Schock, weswegen ich ohnmächtig geworden bin.«

Er nickte ernst, strich mir die Haare aus dem Gesicht und gab mir einen sanften Kuss auf die Stirn.

Seine Berührung löste den Knoten in meiner Brust und ich war plötzlich so erschöpft, dass ich kurz die Augen schließen musste.

»Ich werde jetzt besser gehen.«

Beinahe wäre ich zusammengezuckt, da ich meine Mutter vergessen hatte.

Elliot richtete sich auf. In einer nervösen Geste schob er seine Brille hoch.

»Nein, das müssen Sie nicht. Sie wollen bestimmt noch etwas bei Ihrer Tochter bleiben.«

Aber meine Mutter schulterte bereits ihre Tasche und schüttelte den Kopf.

»Nein, nein. Ich war lange genug hier.«

Lange genug? Sie war vor nicht mal zehn Minuten gekommen.

Elliot nickte und stand etwas unbeholfen neben dem Bett.

Meine Mutter tätschelte kurz meine Hand und sah dann zu Elliot.

»Vielleicht können Sie sie zur Vernunft bringen.«

»Mom!«, entfuhr es mir und ich musste husten. »Kannst du es bitte sein lassen.«

Fragend sah Elliot zwischen meiner Mutter und mir hin und her.

»Was genau meinen Sie?«, fragte er.

»Theresa will das Café wieder aufbauen.«

Ich sah, wie Verwirrung sich auf seinem Gesicht ausbreitete. Mit zusammengekniffenen Augen musterte er mich. Dann schien etwas klick zu machen und ein kleines Schmunzeln legte sich auf seinen Mund.

»Theresa«, flüsterte er.

Es war seltsam, meinen richtigen Namen aus seinem Mund zu hören. Ich hatte mich so an Flora gewöhnt, dass sich dieser Name fremd anfühlte.

»Aber das ist doch eine gute Idee«, sagte Elliot an meine Mutter gewandt. »Es lief wirklich gut und nicht nur den Gästen würde dieser Ort fehlen.«

Meine Mutter versteifte sich. Ihre Kieferpartie spannte sich an, während ihre Hand weiß anlief, weil sie den Gurt ihrer Tasche zu fest umklammerte.

»Sie hat gar kein Geld dafür«, murmelte sie. »Und ich werde dir kein Geld geben«, fügte sie hinzu.

Ich verschränkte die Arme. »Als ob ich mir von dir je Geld geliehen hätte, Mom. Ich habe das Café schon einmal allein aufgebaut, ich werde es wieder tun.«

»Dein Onkel hat dir geholfen. Er wird dich nicht noch einmal unterstützen. Glaub mir.«

Ich biss die Zähne zusammen.

»Wir werden einen Weg finden«, ging Elliot ruhig dazwischen.

Kurz sah meine Mutter zwischen uns hin und her, dann drehte sie sich um und verließ das Zimmer ohne ein weiteres Wort.

349

Elliot und ich starrten noch einige Sekunden die geschlossene Tür an. Dann seufzte ich. Ich wollte etwas sagen, wusste aber nicht was. Auch Elliot schwieg.

»Theresa, hm?«, sagte er schließlich und setzte sich neben mich auf das Bett.

»Das Geheimnis ist gelüftet.«

»Darf ich dich trotzdem Flora nennen?«

Ich lehnte mich an seine Schulter. »Unbedingt.«

»Was ist mit dir?«, fragte ich irgendwann, versuchte vergeblich den Husten zu unterdrücken.

Elliot blinzelte, hob dann unbekümmert die Schultern. »Ich wurde einmal durchgecheckt und wieder entlassen.«

Er reichte mir meine Handtasche und seine Sporttasche.

»Ich durfte noch schnell in die Wohnung, bevor sie mich mit ins Krankenhaus genommen haben. Ich dachte, du, ich, wir könnten frische Kleidung und Schuhe gut gebrauchen.«

Ich war erleichtert, dass ich jetzt die Möglichkeit hatte, die stinkende Kleidung zu wechseln. Denn immer, wenn der Geruch nach Rauch in meine Nase stieg, dachte ich an die Flammen und mein gesamter Körper verkrampfte sich bei der Erinnerung.

»Was genau ist passiert?«, fragte ich leise. »Ich kann mich nur noch an das Feuer erinnern. Ab da an ist alles verschwommen.«

»Ich wollte mit dir raus, durch den Hinterausgang. Aber du hast dir plötzlich den Feuerlöscher geschnappt. Ich musste dich in den Pausenraum tragen, du warst völlig durcheinander. Dann sind wir in den Hinterhof und um das Gebäude herum gegangen.« Elliot wirkte, als würde er noch etwas sagen wollen, dann fuhr er fort.

»Du bist ohnmächtig geworden und dann kam die Polizei, die Feuerwehr, der Krankenwagen. Das volle Programm. Sie haben dich mitgenommen und ein Polizist hat mich befragt, bevor auch ich ins Krankenhaus gebracht wurde.«

»Wurde jemand verletzt?«

Er schüttelte den Kopf. »Nicht, dass ich wüsste.«

»Zum Glück«, flüsterte ich.

Erneutes Schweigen. Wir sahen beide aus dem Fenster, hingen unseren Gedanken nach.

»Und jetzt?«, fragte ich leise.

»Wie du schon gesagt hast. Das Café neu aufbauen.«

»Aber wie? Wie soll ich anfangen. Wo? Was muss ich tun? Was passiert als nächstens? Wie soll ich die Miete zahlen?«

Elliot legte beruhigend eine Hand auf meine. »Schritt für Schritt.« Wiederholte damit den Ratschlag, den ich ihm selbst erst vor einigen Tagen gegeben hatte. »Wenn du entlassen wirst, machen wir uns einen Plan.«

Ich seufzte. »Wie konnte das passieren? Wir haben doch alle Kerzen ausgemacht. Die Geräte waren aus …«

Elliot sah mich an. »Es war Brandstiftung, Flora.«

Ich stockte. »Brandstiftung?«

»Jemand hat die Scheiben eingeworfen«, erklärte er. »Davon bin ich wach geworden. Aber da hat die gesamte vordere Front bereits gebrannt. Von außen.«

»Jemand hat von außen mein Café angezündet?«

Elliot nickte.

Ich starrte ihn voller Entsetzen an. »Warum? Wer macht so etwas?«

Sein Blick verfinsterte sich und ich sah etwas in seinen Augen, dass ich zuletzt im Auto meines Onkels bei ihm gesehen hatte. Etwas Gefährliches. Etwas Dunkles. Ich bekam eine schreckliche Vorahnung.

»Glaubst du etwa, dass es dein Bruder war?«

Er hob die Schultern. »Könnte sein.«

»Aber warum sollte er das tun?«

Elliot stand auf. Seine Körperhaltung war angespannt. »Braucht er einen Grund? Er hat mich schließlich auch beschuldigt, dass ich für Annas Tod verantwortlich bin.« Er drehte sich zu mir und in seinem Gesicht stand deutlich die Wut. »Weißt du noch, wie er sich verhalten hat, als er ins Café kam. Er wollte mich leiden sehen. Das hast du selbst gesagt.«

»Aber dann direkt mein Café anzünden? Ich kann mir nicht vorstellen, dass er so weit gehen würde.«

»Er ist ein verdammter Drogenjunkie. Er braucht keinen Grund, nur genug Stoff, der sein Hirn vernebelt.«

Nachdenklich sah ich aus dem Fenster. Ich konnte es mir nicht vorstellen. Aber ich konnte mir auch nicht vorstellen, dass irgendjemand anderes einfach mein Geschäft anzündete. »Hast du es der Polizei gesagt?«

Elliots Schweigen war Antwort genug.

»Du weißt nicht, ob er es war oder irgendein anderer kranker Mensch.«

Er schwieg weiter.

»Elliot?« Ich bekam ein ungutes Gefühl. »Elliot!«

Endlich sah er mich an, blinzelte und fuhr sich durch die wirren Locken, bevor er mich anlächelte. »Ja, du hast recht. Wir sollten die Polizei ihre Arbeit machen lassen.« Er kam zu mir und drückte sanft seine Lippen auf meine. Dann strich er mit dem Daumen über meine Wange und lehnte seine Stirn an meine. »Ich bin so froh, dass dir nichts passiert ist, Flora.« Er nahm mein Gesicht in die Hände und sah mir eindringlich in die Augen. »Und egal, wie es weiter geht, egal, was du machen willst, du bist nicht allein. Ich bin da, ich helfe dir und zusammen schaffen wir das.«

Tränen füllten meine Augen und ich nickte.

Elliot richtete sich auf. »Ist es okay, wenn ich zurückfahre und nach dem Rechten sehe? Vielleicht hat die Polizei etwas herausgefunden. Außerdem kann ich nachsehen, ob noch etwas zu retten ist.«

»Mach das. Ich werde mich erkundigen, wann sie mich entlassen wollen. Schreib mir, wenn etwas ist, in Ordnung?«

Er nickte, gab mir noch einen Kuss und winkte zum Abschied, bevor er durch die Tür verschwand. Dabei wurde ich das ungute Gefühl nicht los, dass er etwas sehr Dummes tun würde.

Ich nahm mein Handy aus der Handtasche neben mir und schrieb eine Nachricht.

45
Unerwarteter Besuch

Elliot

Kaum, dass ich durch die Tür war, erlosch mein Lächeln und ich eilte durch das Krankenhaus.

Ich bringe diesen Scheißkerl um!

Ich war mir sicher, dass mein Bruder seine Finger im Spiel hatte. Wer sonst hatte einen Grund dafür, Floras Café anzuzünden? Wer sonst würde so weit gehen?

Reichte es nicht, dass er für den Tod meiner Schwester mitverantwortlich war, wollte er mich jetzt auch umbringen? Und Flora?

Der Gedanke, dass sie beinahe verletzt worden war, machte mich rasend. In meinem Kopf herrschte ein Durcheinander. Ich war nicht in der Lage, klar zu denken. Aber das musste ich auch nicht. Ich musste nur zu meiner alten Wohnung. Den Weg vom Krankenhaus dorthin kannte ich noch und so eilte ich durch die Stadt mit einem einzigen Ziel. Mein Bruder.

Als ich das heruntergekommene Wohnviertel erreichte, brannte die Sonne auf meinen Armen und trieb mir den Schweiß auf die Stirn. Der Boden war so trocken, dass ich mit jedem Schritt Staub aufwirbelte. Ich hörte die vertrauten Geräusche. Hunde bellten. Das Brüllen von Männern. Das Knirschen von zerbrochenem Glas.

In der hintersten Ecke meines Verstandes wusste ich, dass das hier eine bescheuerte Idee war. Aber ich hatte keine Lust mehr, mich zu verstecken. Ich hatte keine Lust, dass die Erinnerungen an meine Vergangenheit mich lähmten. Mich dazu brachten, ständig fliehen zu wollen. Ich hatte es satt, ein Opfer zu sein.

Irgendein Typ sprach mich mit meinem Namen an, stellte sich mir sogar in den Weg. Ich glaubte, es war der Nachbar aus der Wohnung nebenan. Aber ich lief einfach weiter, rempelte ihn mit der Schulter zur Seite. Seine lauten Rufe ignorierte ich, während ich auf das Haus mit der Nummer sechsundvierzig zusteuerte. Pöbelnd folgte er mir.

In meiner Hosentasche vibrierte das Handy. Das tat es bereits die ganze Zeit. Aber auch das ignorierte ich. Ich wusste, dass Flora es nicht gutheißen würde, was ich hier tat. Ich wusste, dass sie sich Sorgen machen würde. Und ich wusste auch, dass ich mir Sorgen hätte machen müssen. Um mich selbst. Aber es war mir egal. Mein Bruder hatte eine Grenze überschritten. Schon wieder.

Zwei Stufen auf einmal nehmend eilte ich die Treppen hinauf, bis ich vor meiner alten Wohnungstür stand. Ich hörte hinter mir den Nachbarn die Stufen hinaufpoltern.

»Was fällt dir eigentlich ein, du kleiner Scheißer?«, sagte er atemlos. »Du hast hier nichts mehr verloren. Du Kindermörder.«

Meine Sicherungen brannten endgültig durch.

Ich drehte mich um, packte den Kerl an seinem verschwitzen T-Shirt und knallte ihn gegen die Wand neben dem Treppenabsatz.

Er keuchte überrascht, die Augen vor Schreck weit aufgerissen. Er stank nach Bier und Zigaretten.

»Jetzt hör mir genau zu«, zischte ich ihn an. »Ich bin kein Mörder. Ich trage nicht die Schuld an Annas Tod. Ich habe all die Jahre versucht, uns beide am Leben zu halten. Und wenn du den Worten von zwei verdammten Drogenjunkies mehr Glauben schenkst als mir, dann bist du nicht besser als sie. Ich habe alles für Anna getan. Alles! Und ich habe es satt, dass ich für ihren Tod verantwortlich gemacht werde. Also wenn du mich noch einmal auch nur anschaust, dann prügle ich dir die Scheiße aus dem Leib verstanden?«

Er starrte mich an.

»Verstanden?«

Hastig nickte er, aber ich hielt ihn noch einige Sekunden an die Wand gedrückt, bevor ich ihn losließ.

Ich wandte mich ab. Das Adrenalin brachte meinen Körper zum Zittern, während ich ungehalten gegen die Tür hämmerte.

»Verpiss dich«, rief Milo von innen. Aber ich hörte nicht auf. Die Tür erzitterte unter meinen Schlägen.

»Fuck, was soll der Scheiß?« Schritte näherten sich, blieben kurz vor der Tür stehen, bevor sie sich öffnete.

»Was zur Hölle …«

Ich ließ ihn nicht ausreden und schlug ihm mitten ins Gesicht. Der Überraschungsmoment war auf meiner Seite. Milo stolperte nach hinten und fiel auf den Boden. Der Schock in seinem Gesicht wurde nur einen Moment später durch Wut ersetzt. Er rappelte sich auf und ging brüllend auf mich los.

Vielleicht war das keine so gute Idee gewesen.

Mein Bruder war nicht nur größer, sondern auch kräftiger als ich. Er rammte mich wie ein Bulldozer, und der Aufprall trieb mir die Luft aus den Lungen. Ich knallte mit dem Rücken gegen das Treppengeländer und Schmerz explodierte in meiner Wirbelsäule.

Mir gelang es, mich aus seinem Griff zu winden, und ich schlug ihm erneut ins Gesicht.

»Bist du jetzt glücklich?«, brüllte ich ihn an.

»Was ist dein Problem?«, brüllte er zurück.

Blut tropfte aus seiner Nase und er ging erneut auf mich los. Packte mich an den Schultern und drängte mich durch die offene Wohnungstür. Ich fiel zu Boden, drehte mich schnell zur Seite, bevor mich sein Fuß treffen konnte. Hastig rappelte ich mich auf und wich zurück.

Fuck! In dem engen Flur konnte ich nicht an ihm vorbei. Ich saß in der Falle.

Milo erkannte es im selben Moment wie ich und ein raubtierhaftes Grinsen erschien auf seinem Gesicht.

»Hast du wirklich gedacht, du kannst einfach herkommen und auf mich einprügeln?«

Ich presste die Zähne zusammen. Mein Herz raste und ich dachte fieberhaft nach, was ich jetzt tun sollte. Milo würde mich jeden Moment windelweich prügeln. Das konnte ich nur allzu deutlich in seinen Augen sehen.

Sein Lachen entfachte erneut meine Wut. Nein, dieses Mal würde ich nicht wegrennen.

Ich stürzte mich auf Milo, konnte ihn durch meinen plötzlichen Angriff überraschen. Doch er blockte meinen Schlag ab, stattdessen knallte seine Faust gegen meinen Kiefer und schickte mich erneut zu Boden.

Der Schmerz schoss durch meine Nervenbahnen und plötzlich war Milo über mir. Eine Hand legte sich um meine Kehle, presste mich auf das kühle Laminat und drückte mir die Luft ab.

Mit einem zufriedenen Grinsen beugte er sich über mich. Blut tropfte aus seiner Nase auf mein T-Shirt.

»Du weißt doch, dass du gegen mich keine Chance hast, kleiner Bruder.«

Wutentbrannt sah ich ihn an, während ich gleichzeitig versuchte, seine Hand von meiner Kehle zu lösen.

»Also wer zur Hölle hat dir so ins Hirn geschissen, dass du geglaubt hast, mir einfach so eine reinhauen zu können?«

»Reicht es nicht«, krächzte ich atemlos, »dass du Anna auf dem Gewissen hast. Wolltest du mich jetzt auch umbringen?«

Bei dem Namen unserer Schwester zuckte Milo kaum merklich zusammen.

»Was redest du da für Scheiße?«

Schwarze Punkte tanzten vor meinen Augen.

»Du hast Floras Café abgefackelt«, stieß ich mühsam hervor. »Und uns fast mit!« Meine Stimme war kaum noch zu hören.

Er hielt inne. Ich sah die Verwirrung auf seinem Gesicht. Und endlich lockerte er den Griff um meinen Hals.

»Wer zur Hölle ist Flora?«

Ich sog den dringend benötigten Sauerstoff ein und musste unwillkürlich husten.

»Das Mädchen aus dem Café.«

»Die Kleine mit der Latzhose?«

Ich nickte und da er nun von mir abgelassen hatte, robbte ich zurück an die Wand und lehnte mich dagegen. Ich rieb mir über den Hals und starrte meinen Bruder hasserfüllt an, der noch immer nicht zu verstehen schien, was ich sagte.

»Was habe ich mit deiner Freundin und dem Café zu tun?«

»Du hast einen Brand gelegt, während wir noch drin waren!«

Er hob in einer abschätzigen Geste eine Augenbraue. »Warum sollte ich das tun?«

»Warum hast du Annas Tod auf mich geschoben?«, entgegnete ich ihm.

Augenblicklich verzerrte Wut sein Gesicht.

»Weil es deine Schuld war!«

»Es waren nicht meine Drogen, es waren deine!«, brüllte ich ihn heiser an. »Nicht ich habe mich zugedröhnt und sie liegen gelassen, sondern du. Du und Mom.«

Er wich vor mir zurück. »Aber du hättest dran denken müssen. Du hättest aufpassen müssen!«

»Das habe ich! Fünf Jahre! Fünf Jahre habe ich auf Anna aufgepasst und nur ein einziges Mal bin ich liegen geblieben, habe ihr gesagt, dass sie sich Cornflakes holen soll, weil sie schon so verdammt selbstständig war. Weil sie schon so unglaublich viel konnte und wusste. Und wir waren zu Hause. Und ein Zuhause sollte sicher sein. Da sollten keine Drogen auf dem Küchentisch herumliegen. Besonders keine Drogen, die wie lustige Pillen mit Smilies aussehen! Ein einziges Mal, Milo! Ein einziges Mal habe ich darauf vertraut, dass ihr keine Scheiße macht, dass ihr Verantwortung übernehmt.« Ich lachte auf. »Also ja. Ich bin schuld, weil ich euch vertraut habe. Aber ich bin nicht schuld an ihrem Tod. Sondern du und Mom.«

Milos Augen weiteten sich mit jedem Wort. Tränen hatten sich darin gesammelt und liefen nun über seine Wangen. Stumm und unbedeutend. Sie kümmerten mich nicht. Es war zu spät.

»Als wäre das nicht genug, zerstörst du jetzt auch noch die Existenz einer Frau, die überhaupt nichts damit zu tun hat. Die dir nie etwas getan hat. Nur, um mich zu quälen?«

Milo starrte mich an, bevor er seine Zähne aufeinanderpresste.

»Ich bin weder an Annas Tod Schuld noch an diesem Brand«, fuhr er mich an.

»Als ob ich dir das glauben soll.«

Wachsam beobachtete ich, wie er sich aufrichtete. Von seiner arroganten, selbstsicheren Art war nichts mehr zu sehen. Mit einem Mal sah ich nur noch einen einsamen, gebrochenen Menschen. Doch ich hatte kein Mitleid für ihn.

»Verpiss dich, Luca«, sagte er halbherzig.

Ich wollte etwas erwidern, doch dann hörte ich vom Treppenhaus eine vertraute Stimme.

»Callens!«, trällerte jemand von weiter unten. »Zahltag!«

Milo und ich sahen uns an.

Fuck! Das waren die Schläger und wenn ich mich richtig erinnere, waren heute die drei Wochen um. Milo war schneller als ich und stürmte bereits aus der Wohnung. Hastig rappelte ich mich auf, taumelte kurz, bevor ich ihm die Treppen nach oben folgte. Dort stürzte er durch eine Tür, die auf das Dach führte. Ich wollte hinterher, aber er stieß die Tür vor meiner Nase zu. Es ruckelte dahinter und als ich sie öffnen wollte, ging sie nicht auf.

»Scheiße!«, fluchte ich leise, hörte die Schritte im Treppenhaus näherkommen.

Hastig rannte ich zurück in die Wohnung. Ich hatte nicht viel Zeit, mir darüber Gedanken zu machen. Also versteckte ich mich hinter der offenen Tür, die an der Garderobe lehnte. Ich hoffte, dass die Kerle dumm genug waren und an mir vorbeilaufen würden. Die Jacken und Schuhe boten zumindest etwas Tarnung.

Ich presste mich gegen die Wand und als ich die Schritte auf dem Treppenabsatz hörte, hielt ich den Atem flach.

»Mi-lo?«, trällerte der Kerl, der mich damals verprügelt hatte. »Mein alter Freund, wo bist du?«

Mehrere Schritte kamen langsam näher.

Mein Herz raste und ich hatte Angst, dass sie es hören konnten.

»Ihr zwei seht oben nach«, befahl er jemandem. Dann kam er an der offenen Tür vorbei. Er und noch jemand. Ich hielt die Luft an. Durch den Spalt zwischen den Jacken und der Tür konnte ich die Rücken der beiden sehen. Die breiten Nacken, die kurz geschorenen Haare. Sie mussten sich nur umdrehen, dann wäre ich geliefert. Angst pulsierte in jeder Zelle und ließ mich erstarren. Ich musste hier weg. Jetzt.

Einer öffnete die Tür des Badezimmers und für einen kurzen Moment war ich vor ihren Blicken geschützt.

Ich nutzte den Moment, sprang aus meinem Versteck und rannte aus der Tür.

»Hey, da ist einer!«, brüllte einer der beiden. Schwere Stiefel folgten mir, ich hastete die Treppe hinunter. Die Schritte dicht hinter mir.

Ich rannte. Rannte um mein Leben und hoffte, dass keiner von ihnen am Eingang stand.

Ich hatte Glück. Der Weg war frei und ich stürmte aus dem Gebäude. Rannte über den staubigen Platz, während die Schläger mir dicht auf den Fersen waren.

46
Eine Mitfahrgelegenheit gefällig?

Elliot

Meine Lungen brannten, aber ich durfte nicht langsamer werden. Kurz wagte ich, mich umzudrehen. Ein Fehler. Sie waren dicht hinter mir. Ich hatte gehofft, dass sie mit ihren massigen Körpern nicht mit mir mithalten konnten. Allerdings waren sie entschlossen, mich in ihre Finger zu bekommen. Und ich war nicht so sportlich, wie ich es gerne sein würde. Das hatte mir das Joggen mit Flora deutlich gezeigt.

Scheiße, scheiße, scheiße!

Ich rannte schneller. Gelangte an die Straße, die mich in Richtung der gepflegten Einfamilienhäuser führen würde. Ein schwarzer Jeep fuhr an mir vorbei und hupte, aber ich achtete nicht darauf und lief einfach weiter.

Ein erneuter Blick sagte mir, dass ich den Abstand vergrößert hatte. Es liefen nur noch zwei von ihnen hinter mir her. Wo waren die anderen beiden?

Weiter hinten sah ich den schwarzen Jeep wenden und geradewegs auf mich zu fahren.

Oh, fuck! Ich konnte nicht ausweichen. Links war eine Mauer und rechts ein Zaun.

Das Auto erreichte mich und verlangsamte das Tempo, sodass es genau neben mir herfuhr. Irritiert sah ich zur Seite, stolperte fast. Dann öffnete sich das Beifahrerfenster.

»Luca!«

Verwirrt blickte ich in das Innere des Wagens und entdeckte ein vertrautes Gesicht.

»Jacob?«, stieß ich keuchend hervor, ohne anzuhalten.

Er grinste. »Brauchst du eine Mitfahrgelegenheit?«

Verdammt, ja! Ich näherte mich der Autotür und er hielt an. Hastig riss ich die Tür auf und sprang auf den Beifahrersitz.

»Fahr«, schrie ich panisch, die Reifen drehten bereits durch und der Jeep fuhr los, noch bevor ich die Tür geschlossen hatte.

Keuchend drehte ich mich um und starrte aus der Heckscheibe. Die beiden Kerle blieben auf dem Parkplatz stehen und schienen keine Anstalten zu machen, mir weiterhin zu folgen.

»Fuck«, stießen Jacob und ich zeitgleich aus. Mir entkam ein atemloses Lachen, während ich mir den Schweiß von der Stirn wischte. Mein Herz trommelte so schnell, dass es schmerzte, das Adrenalin ebbte nur langsam ab.

»Wer zur Hölle waren diese Typen?« Jacobs Stimme klang atemlos, obwohl er sich nicht von seinem Sitz bewegt hatte.

»Ganz ehrlich?«, antwortete ich. »Ich habe keine Ahnung.«

Unsicher drehte sich Jacob kurz zu mir, bevor er seinen Blick wieder auf die Fahrbahn richtete. Ich rutschte etwas tiefer in meinen Sitz und schloss die Augen.

»Irgendetwas mit Geld, mein Bruder ist ihnen noch etwas schuldig, und weil er mein Bruder ist, haben sie es irgendwie auch auf mich abgesehen.«

»Ungünstig.«

Ich lachte freudlos. »Jap.«

»Werden … also werden sie dich verfolgen oder so?«

Ich öffnete die Augen und starrte aus dem Fenster. »Ich denke nicht.« Aber meine Stimme klang nicht überzeugend.

Ich gab mir einen kurzen Moment, um wieder zu Atem zu kommen, bevor ich Jacob fragte: »Was hattest du überhaupt auf dem Parkplatz zu suchen?«

»Flora hat mich angerufen und gesagt, dass du wahrscheinlich im Begriff bist, Scheiße zu bauen.«

Überrascht hob ich die Augenbrauen. »Flora hat dich angerufen?«

»Sie hat mir erzählt, dass ihr Café abgebrannt ist und du deinen Bruder dafür verantwortlich machst. Sie hatte Angst, dass dir etwas passiert, und bat mich, nach dir zu sehen.« Jacob schnaufte. »Ihre Sorge war berechtigt.«

Offenbar war ich doch nicht so überzeugend gewesen, wie ich dachte. Zum Glück. Denn ich hatte keine Ahnung, ob ich tatsächlich vor den Typen hätte davonrennen können. Ohne Jacob wäre es schnell brenzlig geworden.

»Danke«, sagte ich.

»Dafür sind Freunde da, nicht wahr?« Wir sahen uns kurz an und grinsten.

Doch die ausgelassene Stimmung hielt nicht lange an. Denn Jacobs nächste Frage legte sich wie ein dunkles, schweres Tuch über mich.

»Anna geht es gut, oder? Sie war hoffentlich nicht in der Nähe der Typen.«

Meine Eingeweide zogen sich zusammen und der plötzliche aufkeimende Schmerz war so schrecklich vertraut, dass ich ihn mir am liebsten aus der Brust gerissen hätte.

»Anna ist tot.«

Kalt. Hart. Schonungslos.

Jacob trat so hart auf die Bremse, dass ich nach vorne flog und der Gurt mir schmerzhaft in die Schulter schnitt.

Hinter uns hupte jemand.

»Was?« Trotz der heftigen Reaktion war seine Stimme leise.

»Wir … du solltest hier nicht mitten auf der Straße stehen bleiben.«

Jacob drehte sich im Fahrersitz zu mir um. Sein Gesicht blass vor Schock. »Das ist mir gerade scheißegal. Was ist mit Anna passiert?«

Ich wandte den Blick ab, sah nach oben auf den grauen Stoff des Autodaches.

Die Tränen kamen so zuverlässig wie immer. Trotzdem versuchte ich, sie zu vertreiben, und presste die Augen zusammen.

Mein Hals war trocken und meine Stimme erstickt, als ich zu sprechen begann. »Mein Bruder ist ein Drogendealer. Er und meine Mom haben sich nachts ein paar Ecstasy-Pillen eingeworfen und den Rest auf dem Tisch liegen gelassen. Am nächsten Morgen hat Anna sie gefunden.«

Jacob sagte nichts und sein Schweigen war kaum zu ertragen.

»Sie muss gedacht haben, dass es Süßigkeiten sind. Meine Mom war sich nicht sicher, wie viele auf dem Tisch lagen. Fünf vielleicht.«

»Luca …«

Blinzelnd öffnete ich die Augen und sah in ein Paar blaue Augen.

Ich verzog meine Lippen zu einem traurigen Lächeln. »Ich habe geschlafen. Ich habe nicht mitbekommen, dass sie zusammengebrochen ist. Als meine Mom mit ihr in das Zimmer kam, war sie bereits tot.«

Ich sah, wie er über etwas nachdachte und seine Miene finsterer wurde.

Als er aufblickte, ahnte ich, was in seinem Kopf vorging.

»Die Nebenjobs«, begann er. »Das Geld, das du bekommen hast. Das hast du aber nicht … also du hast nicht … hast es nicht für Drogen ausgegeben, oder?«

Ich schluckte den bitteren Geschmack in meinem Mund herunter. Es war nur logisch, dass er darüber nachdachte. Trotzdem tat es weh.

Ich schüttelte den Kopf. »Ich kann dir nicht mit Sicherheit sagen, inwieweit ich involviert war. Ich kann mich noch nicht an alles erinnern. Aber das, woran ich mich erinnern kann, ist das Gefühl, sie beschützen zu müssen. Ich war immer bei ihr, habe mich um sie gekümmert, seit sie ein Baby war und habe das Geld heimlich gespart, damit ich ihr vielleicht irgendwann ein besseres Leben bieten kann. Ich wollte mit ihr weggehen, aber ich war nicht schnell genug.«

Jacob sah mir in die Augen. Dann nickte er. In meinem Inneren löste sich ein weiterer Knoten und ich hatte nicht gewusst, wie wichtig es für mich war, dass er mir glaubte. Ich hätte die Abscheu und das Entsetzen nicht ertragen, wenn er von meiner Schuld überzeugt gewesen wäre.

»Der Unfall«, sagte er leiser. »Das war kein Unfall, oder?«

Ich schüttelte den Kopf. Auch wenn die Worte drohten, in meiner Kehle steckenzubleiben und ich alle Kraft brauchte, um ihm alles zu erzählen, tat ich es.

»Meine Mom und mein Bruder haben mir die Schuld für ihren Tod gegeben. So lange, bis ich es selbst geglaubt habe. Ich konnte … nein, ich kann Annas Tod kaum ertragen. Aber ich erinnere mich an den Hass in ihren Augen. An das wütende Brüllen von fremden Menschen. Sie alle haben mich angesehen, als wäre ich ein Monster. Es war einfach zu viel. Ich konnte nicht mehr.«

»Warum bist du nicht zu mir gekommen?«

Ich hob die Schultern. »Keine Ahnung. Wahrscheinlich hatte ich Angst, dass du das Gleiche denkst, wie alle anderen.«

Jacob schnaufte. »Vergleich mich nicht mit diesem Abschaum. Ich habe euch beide gesehen. Ihr wart wie ein Herz und eine Seele. Niemals hätte ich geglaubt, dass du etwas damit zu tun hättest.«

»Ich hätte besser aufpassen sollen.«

Jacob schüttelte den Kopf. »Nein. Es war nicht deine Schuld. Punkt. Lass dir von niemandem etwas anderes einreden. Du bist nicht für die Scheiße von anderen verantwortlich.«

Ich wusste nicht, was ich darauf antworten sollte. Wusste, dass er recht hatte, aber ich konnte nichts tun, was das schreckliche Gefühl vertrieb. Ich wusste auch nicht, ob es überhaupt irgendwann verschwinden würde, oder ob ich für immer die Schuld in meinem Herzen spüren würde.

Jacob lud mich ein, die Nacht bei ihm zu verbringen. Und ich gestand mir ein, dass mich die Idee in Floras leerer Wohnung zu sitzen, nicht wirklich reizte.

Trotzdem lehnte ich ab. Ich musste mir überlegen, wie ich

Flora mit dem zerstörten Café helfen konnte. Außerdem hatte ich Angst, dass Jacob noch mehr Fragen stellen würde. Der Tag war bereits zu viel für mich gewesen. Ich wollte nur noch meine Ruhe, auch wenn ich sie am liebsten mit Flora gehabt hätte.

Als Jacob mich an Floras Wohnung absetzte, starrten wir beide noch eine Weile auf die Überreste des Cafés, bis er sich widerwillig von mir verabschiedete.

Das Absperrband der Polizei wehte in dem leichten Wind und der Geruch nach verbranntem Holz und Plastik setzte sich in meiner Nase fest. Ich näherte mich, versuchte, in den Trümmern zu erkennen, ob noch etwas zu retten war.

Aber auch ohne näher ranzugehen, wusste ich, dass nicht viel das Feuer überlebt hatte und dass was überlebt hatte, war von dem Löschwasser zerstört worden.

Nachdem die Aufregung der letzten Stunde langsam abebbte, genau wie die Wut, klärte sich mein Kopf und ich war mir plötzlich nicht mehr sicher, ob mein Bruder tatsächlich etwas mit dem Brand zu tun hatte.

Die plötzliche Erschöpfung legte sich schwer auf meine Schultern und meine Gedanken kehrten zu Flora zurück.

Ich sollte sie anrufen.

Noch einmal sah ich auf die Trümmer, dann wandte ich mich ab und ging zurück in die Wohnung. Ich nahm mein Handy aus der Hosentasche und rief Flora per Videoanruf an. Es dauerte nicht lange, bis ein verpixeltes, wütendes Gesicht mir entgegenblickte.

»Bist du völlig verrückt!«, fuhr sie mich an.

Meine Lippen verzogen sich zu einem Lächeln, während Flora mir die Hölle heiß machte. Die Anspannung löste sich und ich genoss den Klang ihrer Stimme, egal wie wütend sie war.

»Ich liebe dich.«

Das Bild von Flora stockte. Kurz dachte ich, der Empfang sei weg, aber dann zog sie die Stirn in Falten.

»Das sagst du mir ausgerechnet jetzt? Am Telefon? Während ich hier im Krankenhaus liege? Allein?«

Ich hob die Schultern. »Es ist mir so herausgerutscht.«
Sie grinste schief. »Rausgerutscht also.«
Dann wurde ihr Grinsen zu einem Lächeln.
»Ich liebe dich auch.«

47
Der Beweis

Flora

Starke Arme zogen mich in eine feste Umarmung. Ich schluckte schwer, schloss die Augen und kämpfte tapfer gegen die Tränen an.

»Ach, Kleines«, flüsterte mein Onkel mir ins Haar. »Was für eine Scheiße.«

Ich lachte erstickt über seine Ehrlichkeit und brachte ein schwaches »Ja« zustande.

Sanft schob er mich ein Stück zurück und musterte mich aufmerksam. Sein Gesicht voller Sorge und Mitgefühl.

Ich schluckte schwer und zupfte an den Trägern meiner Latzhose. Ich trug die Kleidung, die mir Elliot aus der Wohnung mitgebracht hatte und stand vor der Eingangstür des Krankenhauses. Froh darüber, endlich wieder nach Hause zu können, auch wenn dort die verkohlten Überreste meines Cafés auf mich warteten.

»Wie geht es dir?«

»Geht so.« Dann schüttelte ich den Kopf. »Nein, beschissen«, korrigierte ich mich selbst.

Der Knoten in meinem Magen bescherte mir seit heute Morgen eine unterschwellige Übelkeit. Ich hatte nicht einen Bissen von dem trostlosen Krankenhausfrühstück herunterbekommen. Auch nichts von dem Schokoladenmuffin, den mir Brit vorbeigebracht hatte, als sie mich besuchte.

»Das wird schon wieder«, sagte mein Onkel zuversichtlicher, als ich mich fühlte.

Sie alle – Julia, Danny, Brit, Elliot – sie sagten mir, dass alles

367

wieder gut werden würde. Aber niemand verriet mir, wie oder wann. Die Ungewissheit machte mich ruhelos und ich wollte nichts sehnlicher, als irgendetwas zu unternehmen, zu planen, vorzubereiten. Mich in die Arbeit zu stürzen, damit alles wieder so war wie vor dem Brand.

»Du darfst nur nicht den Kopf in den Sand stecken. Egal was deine Mutter sagt, verstanden? Wir bekommen das hin.«

Es wunderte mich nicht, dass er wusste, dass Mom mit mir gesprochen hatte. Er besuchte sie öfter als ich und wahrscheinlich hatte sie versucht, auch ihn zu überzeugen, dass ich mein Café vergessen sollte.

Ich nickte, straffte meine Schultern und legte ein Lächeln auf meine Lippen. Der Blick meines Onkels verriet mir jedoch, dass es nicht überzeugend aussah. Dann machten wir uns auf den Weg nach Hause.

Auch wenn ich mich mental darauf einstellte, den Überresten meines Cafés gegenüberzustehen, hätte mich nichts auf den Schmerz vorbereiten können. Die Tränen liefen über meine Wangen, ohne dass ich ein Geräusch von mir gab. Ich machte mir nicht mal die Mühe, sie zurückzuhalten. Ich stieg langsam aus dem Auto. Es war ein furchtbarer Anblick. Mein Traum. Mein Leben. Nichts weiter als ein ausgebranntes Gebäude. Was sollte ich jetzt tun? War es noch zu retten? Konnte ich es wieder aufbauen oder war mein Café für immer verloren?

Der stechende Rauchgeruch hing in der Luft und brachte mich zum Husten.

»Flora.«

Ich drehte mich zu der vertrauten Stimme um und lief Elliot entgegen, der gerade aus der Tür des Wohnhauses kam. Seine Umarmung linderte zwar nicht den Schmerz in meiner Seele, aber sie machte ihn erträglicher.

Als er mir sanft die Tränen von der Wange wischte, bemerkte ich einen blauen Fleck an seinem Kiefer.

»Ist der von deinem Bruder?«, fragte ich leise und fuhr darüber.

»Alles halb so schlimm.«

Wütend zog ich die Augenbrauen zusammen und gab ihm einen unsanften Schlag gegen die Schulter. »Halb so schlimm? Ernsthaft? Ich erinnere dich daran, dass dich diese verdammten Schläger fast erwischt hätten.«

Elliot hob einen Finger. »Die Betonung liegt auf fast. Also alles halb so schlimm.«

Er grinste und drückte mir einen Kuss auf die Wange. Als Antwort grummelte ich leise, bevor ich mich wieder meinem Café zuwandte. Ein rotweißes Band sperrte den Bereich ab. Die komplette vordere Front war abgebrannt und ich entdeckte dunklen Ruß, der bis zu dem Fenster im ersten Stock reichte. Von innen blickte mir eine nasse, schwarze Masse entgegen.

Hilflos schlang ich meine Arme um meinen Oberkörper.

Meine Bücher. Meine Pflanzen.

»Hast du schon irgendetwas gehört?«, fragte ich Elliot. »Wie groß ist der Schaden? Können die anderen zurück in ihre Wohnung?«

»Es wird alles noch geprüft und untersucht. Aber was ich bisher gehört habe, ist, dass der hintere Bereich, also Küche, Toiletten, Pausenraum, wohl größtenteils unversehrt geblieben ist.«

Ich seufzte. »Immerhin etwas.«

Eine schwere Hand legte sich auf meine Schulter und ich sah zu meinem Onkel.

»Erinnerst du dich noch, wie viele Gedanken du dir am Anfang gemacht hast? Du bist immer vom Schlimmsten ausgegangen, hast dir Sorgen über Dinge gemacht, die gar nicht eingetreten sind. Du hast alle möglichen Szenarien durchgespielt, was alles mit deinem Café passieren könnte.«

Ich nickte, wusste nicht, worauf er hinauswollte.

»Es war übertrieben. Aber das Gute an dieser extremen Angst, die du damals hattest, ist, dass du für alles Mögliche eine Versicherung abgeschlossen hast. Und ich wette, dass du auch eine gegen Brandschäden hast.«

Ich dachte über seine Worte nach. Er hatte recht, ich hatte jede nur mögliche Versicherung abgeschlossen, auch wenn die Beiträge mich am Anfang beinahe in den Bankrott getrieben hatten. Ein kleiner Funke Hoffnung entflammte in meiner Brust.

»Stimmt«, kam es von Elliot und der Funke verwandelte sich in ein loderndes Feuer. »Ich habe mir gestern Abend noch den Ordner mit deinen Unterlagen angesehen, von dem du mir am Telefon erzählt hast. Du bist dagegen versichert.« Er lachte. »Du bist sogar gegen Erdbeben und Lawinen versichert.«

»Lawinen?«, fragte ich und ein kleines Lächeln schlich sich auf mein Gesicht.

»Man weiß schließlich nie«, sagte mein Onkel belustigt.

»Ich habe heute früh ein wenig im Internet recherchiert«, fuhr Elliot fort. »Und eine Liste gemacht mit allen Dingen, die wir jetzt erledigen müssen. Schritt für Schritt.«

Seine Worte lösten ein Prickeln in meinem Bauch aus, entwirrten den harten Knoten ein wenig und seit einer gefühlten Ewigkeit konnte ich wieder Luft holen.

»Schritt für Schritt«, flüsterte ich und nahm seine Hand. Er drückte sie aufmunternd und ich war in diesem Moment so unfassbar glücklich, ihn an meiner Seite zu haben.

»Ich werde mal meinen Kumpel besuchen«, erklärte mein Onkel und gab mir einen Kuss auf die Stirn, bevor er Elliot freundschaftlich auf die Schulter klopfte. »Der, von dem du damals die gebrauchten Stühle bekommen hast. Vielleicht hat er noch ein paar übrig.«

Schritt für Schritt.

»Danke, Onkelchen.«

Er wuschelte mir durch die Haare, bevor er zu seinem Auto ging.

»Ich darf da nicht rein, oder?«, fragte ich einen Moment später Elliot und deutete auf mein zerstörtes Café.

Wie befürchtet, schüttelte er den Kopf.

»Da es Brandstiftung ist, müssen sie noch nach Hinweisen suchen oder so.« Er hob die Schultern.

Ich sah zu Boden und kickte ein angekokeltes Stück Holz zur Seite.

»Brandstiftung«, murmelte ich leise, hatte beinahe vergessen, dass irgendein krankes Arschloch dafür verantwortlich war, dass ich vor den Trümmern meines Traumes stand.

In dem Moment bemerkte ich ein Fahrrad, das langsam neben uns zum Stehen kam. Als ich aufsah, erkannte ich meinen cholerischen Nachbarn. Innerlich rollte ich mit den Augen, hoffte, dass er einfach weiterfahren würde. Ich hatte jetzt keine Kraft für seine nervigen Beschwerden. Doch zu meinem Bedauern stieg er genau vor Elliot und mir ab.

»Hallo«, sagte er zögernd. Die Unsicherheit in seinen Gesichtszügen ließ mich stocken.

»Also …« Er tippte nervös auf dem Griff seines Lenkrads herum. »Ich wollte nur sagen, dass es mir leidtut.«

Überrascht hob ich die Augenbrauen.

Sichtlich unwohl wand er sich unter meinem Blick.

»Dass mit Ihrem Café. Ich weiß, wie es sich anfühlt, etwas durch ein Feuer zu verlieren.« Er schenkte mir ein zurückhaltendes Lächeln und ich war mir ziemlich sicher, dass ich ihn zuvor noch nie lächeln gesehen habe.

»In dem Haus meiner Eltern ist damals auch ein Feuer ausgebrochen. Wir haben alles verloren.«

»Das tut mir leid«, sagte ich bedauernd, doch er winkte ab.

»Das ist schon Jahrzehnte her. Ich wollte nur … Sie wissen schon. Ich hoffe, Sie können Ihr Café bald wieder eröffnen. Nur vielleicht an einem anderen Ort?«

Das entlockte mir ein leises Lachen, auch er zog seine Mundwinkel nach oben. Dann räusperte er sich, straffte seine Schultern und die Ernsthaftigkeit kehrte zurück in sein Gesicht. »Es tut mir sehr leid.«

Damit ließ er mich und Elliot stehen. Irritiert beobachteten wir

371

ihn, wie er sein Fahrrad durch die Tür in das Wohnhaus schob und verschwand.

»Ganz ehrlich«, begann Elliot einen Moment später. »Für einen kurzen Moment habe ich überlegt, ob nicht er es gewesen war.«

Ich nickte. Ich hatte den gleichen Gedanken gehabt.

»Aber jetzt glaube ich es nicht mehr«, fuhr er fort.

»Ich auch nicht.« Dann fragte ich: »Glaubst du denn noch immer, dass dein Bruder etwas damit zu tun hat?«

Elliot dachte einen Moment nach, dann schüttelte er den Kopf. »Nein, dafür wirkte er gestern zu überrascht.«

»Wirst du dich mit ihm aussprechen? Irgendwann?«

»Nein.« Die Art, wie Elliot es sagte, ließ keinen Zweifel an seiner Antwort.

Ich löste meinen Blick von der Tür und wandte mich wieder meinem Café zu.

Es ärgerte mich, dass ich nicht in mein eigenes Geschäft gehen durfte, nicht nach Dingen suchen konnte, die den Brand überlebt hatten. Ich wollte wissen, wie schlimm der Schaden von innen war.

Doch stattdessen konnte ich nur am Absperrband entlanglaufen und auf die verkohlten Reste hinabblicken. Ich kam am Ende des rotweißen Bandes an und plötzlich lenkte ein Glitzern meine Aufmerksamkeit auf einen kleinen Gegenstand, der sich unter einem Mülleimer verbarg.

Ich starrte darauf. Eine Sekunde. Zwei. In meinem Kopf rasten die Gedanken umher wie ein tosender Wirbelsturm, bevor sie zum Stillstand kamen.

Eine vertraute und zugleich verhasste Stimme tauchte in meinem Kopf auf.

Sorry, ich habe zu viel getrunken, deswegen habe ich dein Café abgefackelt.

Ich betrachtete das Feuerzeug, erkannte das eingravierte *A* auf der Oberfläche und plötzlich brach ein Lachen aus mir heraus. Ein bitteres, fassungsloses Geräusch. Natürlich, warum war ich nicht vorher draufgekommen? Wer hasste mich so sehr, dass er mein Café in Brand steckte?

»Was ist los?«, fragte Elliot und stellte sich neben mich.

Ich deutete mit dem Fuß auf das Feuerzeug, das ich Alex damals geschenkt hatte. »Ich glaube, ich weiß, wer der Brandstifter war.«

Epilog
Neuanfang

Flora

Drei Monate später

»Achtung, Elliot!« Ich streckte die Hand aus, als könnte ich so verhindern, dass er einen Schritt nach hinten trat. Es gelang mir nicht und so landete sein Schuh mitten im Farbeimer.

»Shit!« Er ruderte mit den Armen, in dem Versuch, sein Gleichgewicht zu halten, stolperte zur Seite und fing sich an der frisch gestrichenen Wand ab.

Wir starrten uns an, während im Hintergrund die Radiomoderatorin die Hoffnung auf weiße Weihnachten zunichtemachte.

Gleichzeitig pressten wir die Lippen zusammen, bevor das Lachen aus uns herausbrach und durch den leeren Raum hallte.

»Zum Glück war er fast leer«, sagte ich, nachdem ich mich wieder gefasst hatte.

»Mein Schuh ist trotzdem hinüber.« Doch Elliots Traurigkeit hielt sich in Grenzen. Denn für die Renovierungsarbeiten im Café zog er immer die zu kleinen Schuhe an, die er damals vom Krankenhaus bekommen hatte.

Nach Weihnachten, pünktlich zum neuen Jahr wollte ich *Books, Cakes and Flowers* wiedereröffnen. Es gab noch jede Menge zu tun und da wir beide durch unsere Aushilfsjobs wenig Zeit hatten, ging die Arbeit nur schleppend voran.

Irgendwie mussten wir schließlich die Miete für die Wohnung und das Café bezahlen. Wir hatten keine Wahl gehabt, als uns vorübergehend mit kleinen Jobs etwas Geld dazuzuverdienen. Ich half in einer Bäckerei aus und musste zu einer unmenschlichen Zeit aus dem Bett, während Elliot noch früher aufstehen musste, um Zeitung auszutragen. Zusätzlich ging er in einem Supermarkt Regale einräumen.

Das einzig Gute war, dass die Versicherung die Kosten für die Sanierung und Renovierung übernommen hatte. Und das ohne große Probleme und Diskussionen, was wahrscheinlich auch daran lag, dass die Polizei Alex als Brandstifter ermitteln konnte.

Nicht nur das gefundene Feuerzeug hatte ihn überführt, sondern auch ein Kumpel, der bei der Polizei ausgesagt hatte. Alex war in dieser Nacht betrunken gewesen und hatte mithilfe mehrerer Wodkaflaschen vorsätzlich einen Brand gelegt und danach seinem Kumpel stolz erzählt, dass er sich endlich an mir gerächt hatte. Nur blöd, dass sein Kumpel sofort zur Polizei gegangen war. Alex drohten mindestens zwei Jahre Haft.

Eigentlich hätte ich mich freuen sollen, dass er erwischt worden war, aber das Einzige, was der Gedanke in mir auslöste, war Traurigkeit. Hatte es wirklich so weit kommen müssen? Hätte ich einfach den Mund halten sollen? Mir meine Sprüche verkneifen sollen?

Wenn es nach meiner Mutter ginge, wäre ich schuld. Genau deswegen sprach ich nur noch selten mit ihr. Und wenn wir telefonierten, vermieden wir es beide, über das Café zu sprechen. Aber auch wenn sie nicht ein Wort dazu sagte, spürte ich trotzdem den Zweifel, das fehlende Vertrauen in das, was ich tat. Und als wäre ich noch immer das einsame, ängstliche Mädchen, hallten ihre Gefühle in mir nach und brachten mich zum Nachdenken, lösten eine Angst vor der Zukunft aus. Was, wenn das Café nicht mehr so lief wie vorher? Wenn ich nicht mehr genug Geld einnehmen würde, um die Mieten zu bezahlen? Wenn Julia und Danny nicht mehr zurückkämen? Vielleicht wollten sie bei ihren neuen Nebenjobs bleiben. Vielleicht hatten meine Stammkunden ein neues, besseres Café entdeckt.

»Flora?« Elliots Stimme holte mich aus meinen Gedanken.

Er saß auf dem Boden und hielt seinen nun petrolfarbenen Schuh in der Hand. Auch seine Haare hatten etwas davon abbekommen, ebenso wie seine Stirn.

Er sah mich mit schief gelegtem Kopf an. »Alles okay?«

Ich zwang meine Lippen zu einem Lächeln und verdrängte das unangenehme Gefühl in meiner Brust. »Noch nicht, aber bald.«

Bei meinen Worten verzog er den Mund zu einem traurigen Lächeln, denn sie trafen auf uns beide zu. Dann stellte er den Schuh auf den Boden, wischte sich die Hände an seinem T-Shirt ab und breitete die Arme aus.

»Komm her.«

Das ließ ich mir nicht zweimal sagen. Ich kuschelte mich auf seinen Schoß, schlang meine Arme um seinen Hals und vergrub mein Gesicht in seiner Halsbeuge. Sein vertrauter Geruch brachte meinen Bauch zum Flattern und mein Herz zum Rasen. Ich konnte nicht widerstehen und drückte ihm einen Kuss auf die empfindliche Haut. Dann noch einen und einen dritten. Sein Griff um meinen Oberschenkel verstärkte sich und ich knabberte sanft an seinem Hals, was ihm ein leises Stöhnen entlockte. Ich spürte seine Erektion unter mir und genoss das Wissen, sie ausgelöst zu haben. Sanft küsste ich den Pfad von seinem Hals zu seinem Mund. Unsere Lippen trafen aufeinander, öffneten sich und gaben den Weg für unsere Zungen frei.

Seine Hände fuhren den Stoff meiner Latzhose entlang und ein frustriertes Geräusch entfuhr ihm.

»Ich hasse diese Latzhosen«, murmelte er an meinen Lippen.

Gespielt entsetzt zog ich mich zurück. »Wie kannst du es wagen?«

»Ich muss … immer erst … diese verdammten Träger öffnen«, stieß er zwischen den Küssen hervor, »bevor ich unter dein Oberteil kann.«

»Auf dem Weg zu meinen Brüsten warten viele Herausforderungen.« Elliots Lippen küssten das Grinsen weg, und ich ver-

376

fluchte selbst den Stoff meiner Hose, als seine Hand begann, mich zwischen meinen Beinen zu reiben.

Mein Atem beschleunigte sich und ich drängte mich näher an seinen warmen Körper.

Elliots Finger nestelten an der Schnalle des Trägers, und gerade, als er die erste geöffnet hatte, klopfte es an der Tür.

Überrascht sahen wir uns an, dann die Tür. Die neue Fensterfront war mit Folie abgeklebt, sodass man nur durch die Scheiben der Eingangstür hineinschauen konnte. Ich erkannte Brit, die sich ihre Nase platt drückte und uns mit wissend angrinste.

»Das ist nicht ihr Ernst«, murmelte ich und lehnte meine erhitzte Stirn an Elliots.

»Sollen wir später wiederkommen?«, rief sie von draußen.

Wir?

Elliot und ich sahen uns erneut an, bevor wir uns voneinander lösten und aufstanden. Das nahm Brit zum Anlass, die Tür zu öffnen. Hinter ihr standen nicht nur Danny und Julia, sondern fast ein Dutzend weitere vertraute Gesichter.

»Wir wollten jetzt nichts Spannendes unterbrechen.« Brits Zwinkern ließ mich mit den Augen rollen und Elliot richtete etwas verlegen den Schritt seiner Hose.

»*Porno im Café*«, stieß Julia aus und pfiff einige Male.

»Ihr braucht euch nicht zu schämen«, sagte Eva, meine treue Stammkundin, die seit dem Brand schon ein paar Mal vorbeigeschaut hatte.

»Schaut nur, wie rot sie werden.« Liv betrat ebenfalls das Café und erst jetzt fiel mir auf, dass jeder von ihnen einen Stapel Bücher in den Händen hielt.

»Was macht ihr denn alle hier?«, fragte ich ehrlich verwirrt und plötzlich war das Café voller strahlender Gesichter.

»Wir haben gehört, dass die ersten Bücherregale stehen«, sagte Stella, die Autorin, die damals eine Lesung gehalten hatte. »Und wir dachten, dass wir dir helfen können, sie zu füllen.«

Ich brauchte ein paar Sekunden, bis ich die Worte begriff.

Dann presste ich die Lippen aufeinander, um die Tränen zurückzuhalten.

Ich brachte kein Wort über meine Lippen, nickte nur und trat zur Seite. Machte meinen ehemaligen Gästen und meinen Freunden Platz, damit sie zu der hinteren Wand gehen konnten, die hinter dunkelbraunen Bücherregalen verborgen war.

Ich lehnte mich an Elliot und sah zu, wie Buch für Buch eingeräumt wurde. Und mit jedem Regalbrett, das sich füllte, wurde mein Herz leichter und das Strahlen in meinen Augen heller.

Das war mein Leben. Mein Traum. Und ich war so glücklich, ihn mit all den anderen teilen zu können.

Meine Mutter würde nie recht behalten. Das war kein Fehler.

Denn niemals konnte sich ein Fehler so schön anfühlen.

Epilog
Verzeih mir

Elliot

Februar

»Du hättest sie geliebt. Sie und das Café«, sagte ich leise. »Genau wie ich.«

Ich knibbelte an den Resten der Fingermalfarbe an meinen Händen. Ein Andenken von den kleinen Rackern aus dem Kindergarten, in dem ich gerade ein Praktikum machte.

Ich lächelte, auch wenn die Trauer die Welt vor meinen Augen verschwimmen ließ. Manchmal hatte ich das Gefühl, Anna zwischen den Kindern herumlaufen zu sehen und in diesen Momenten war ich mir nicht sicher, ob Erzieher das Richtige für mich war. Aber dann kamen manche von ihnen weinend zu mir. Ich konnte sie trösten, ich konnte ihnen helfen, ich konnte ihnen zuhören und ihnen den richtigen Weg weisen. Und ich wusste, dass ich durch sie mein Herz heilen konnte. Langsam. Stück für Stück. Splitter für Splitter. Am Ende würde man immer noch die Risse sehen, aber es würde halten.

»Ich wünschte, du wärst hier«, flüsterte ich erstickt. »Ich wünschte, du wärst an meiner Seite. Ich wünschte, du hättest die gleiche Chance bekommen wie ich.«

Der Grabstein vor mir schwieg, während die Februarkälte in meine Glieder kroch.

Ich grub einen Fingernagel in meine Haut und versuchte, die Tränen davon abzuhalten, meine Wangen hinabzulaufen, aber es gelang mir nicht.

»Ich fühle mich so schlecht, dass ich ein neues Leben beginnen konnte, dass ich es dort rausgeschafft habe und du … nicht.« Ich schluckte. »Es ist nicht fair, Anna. Das Leben ist nicht fair.«

Es tat weh. Immer noch. Für immer. Aber der Schmerz raubte mir seltener den Atem und ließ meine Seele nicht mehr so qualvoll aufschreien wie am Anfang. Doch ich machte mir nichts vor. Dieser Schmerz, so blass er auch sein mochte, er war jetzt ein Teil von mir.

»Ich vermisse dich. Ich vermisse die fehlenden Erinnerungen an dich. An uns.«

Ich nahm die Brille ab und rieb meine Augen trocken, bevor ich tief durchatmete und langsam aufstand. Ich sah auf den kleinen flachen Grabstein hinunter. Ich hatte ihn vom Laub befreit und ein kleines Armband mit glitzernden Sonnenblumen lag in einer schmalen Holzkiste neben einer bunten Kerze und getrockneten Blütenblättern.

»Verzeih mir, dass ich dich nicht beschützen konnte«, flüsterte ich, bevor ich mich hastig abwandte.

Es war mein erster Besuch am Grab meiner Schwester, aber nicht mein letzter. Ich war froh, dass ich herausfinden konnte, wo sie begraben worden war. Auch wenn ich lange gebraucht hatte, bis ich mich stark genug fühlte, hierher zu kommen.

Die meisten meiner Erinnerungen waren immer noch hinter der Tür in der dunklen Leere versteckt, aber mithilfe meines Therapeuten, bei dem ich seit drei Monaten in Behandlung war, kamen von Zeit zu Zeit einige an die Oberfläche. Manche waren gut, andere weniger. Manche lösten Panik in mir aus, andere Freude.

Doch ich wusste, dass ich mit dem Schmerz und der Trauer in meinem Herzen nicht allein klarkommen musste.

Ich ging den schmalen Sandweg zurück zum Ausgang.

Am Tor wartete eine junge Frau in einer leuchtendgelben Daunenjacke. Ihre dunkelbraunen Haare wehten um ihr zartes

Gesicht, und das warme Lächeln, das sie mir zuwarf, ließ mich wieder ein wenig leichter fühlen.

»Hallo, Fremder.

Ich lächelte. »Hallo, Fremde.«

ENDE

Danksagung

Ich schreibe meine dritte Danksagung. Wie konnte das so schnell passieren?

Es kommt mir vor, als hätte ich Flora und Elliot erst gestern kennengelernt. Ihre Geschichte in meinem Kopf entwickelt, mit ihnen gelacht, geweint, gelitten. Ich muss zugeben, dass »Der Regen von gestern« eine ziemlich rasante Fahrt war. Meine Finger haben geraucht, während sie über die Tastatur geflogen sind, und in meinem Kopf war kaum Platz für etwas anderes.

Elliots Geschichte war eine spontane Idee, mit dem Ziel, sie so schnell wie möglich, zu Papier zu bringen. Dass sie mir am Ende so viel bedeutet, damit habe ich nicht gerechnet.

Dabei war der Schreibprozess geprägt von vielen Zweifeln und Unsicherheiten. Hatte ich doch zuvor gedacht, dass ich niemals ein Buch ohne Fantasy-Elemente schreiben könnte. Tja, falsch gedacht. In mir steckt wohl doch eine kleine Romance-Autorin.

Elliot und Flora waren für wenige, aber intensive Monate ein Teil meines Lebens und werden es auch bleiben.

Daher geht mein erster Dank an meine beiden wundervollen Protagonisten. Danke, dass ihr mich überfallen und nicht wieder losgelassen habt.

Danke an meinen Mann Felix, der dieses Buch wahrscheinlich nie lesen wird, der mir jedoch die Möglichkeit gegeben hat, die nötige Zeit in diese Geschichte zu investieren. Danke, dass du hinter mir stehst, mich unterstützt und dich nie darüber aufregst, dass ich abends mehr Zeit mit meinen Protagonisten verbringe als mit dir.

Danke an meine Familie, danke für all die Begeisterung und Liebe.

Ich danke meinen Testleserinnen Marie, Samira, Lina und Lisa, deren wundervolles Feedback zu meiner Leseprobe mir die nötige Motivation gegeben hat, um weiterzuschreiben.

Ein ganz großer Dank geht an Sarah und Alessia, die sehr spontan, sehr schnell, sehr viel lesen mussten. Ihr habt mir den Hintern gerettet!

Claudi, Markus, Ronja, Jasmin, Saskia, Claudia – danke für eure Zeit, eure Hilfe und dass ich euch mit Fragen durchlöchern durfte.

Danke an Rosa für diese wunderschöne Illustration.

Dieses Buch würde es nicht ohne den wundervollen VAJONA Verlag geben.

Danke an Vanessa und das VAJONA Team für die unglaublich tolle Möglichkeit Teil des Verlags zu sein. Für all die Mühe und Zeit, die ihr in mein Buch investiert habt.

Und natürlich danke ich euch. Euch Leser*innen da draußen, die Elliot und Flora eine Chance gegeben haben. Danke, dass ihr das Buch in den Händen haltet und sogar bis zum letzten Satz dieser Danksagung lest.

HINWEIS

Der Roman behandelt Themen wie Suizidversuch, Drogenkonsum
und den Tod eines Kindes